바늘구멍

EYE OF THE NEEDLE
by Ken Follett

이 도서의 국립중앙도서관 출판예정도서목록(CIP)은
서지정보유통지원시스템 홈페이지(http://seoji.nl.go.kr)와
국가자료공동목록시스템(http://www.nl.go.kr/kolisnet)에서 이용하실 수 있습니다.
(CIP제어번호: CIP2018003452)

EYE OF THE NEEDLE
바늘구멍

켄 폴릿 장편소설 ✕ **김이선** 옮김

KEN FOLLETT

문학동네

일러두기

1. 본문 중의 주석은 모두 옮긴이주입니다.
2. 고딕체는 원서에서 이탤릭체와 대문자로 표시된 부분입니다.

아낌없이 귀중한 도움을 준
맬컴 헐크에게 감사를 보낸다

차례

『바늘구멍』을 다 썼을 때, 내가 아주 좋은 일을 했다는 강렬한 느낌이
있었다. 어쩌면 이삼 년간 대출금을 갚을 만큼 좋은 일. 그것은 행복한
과소평가였다.

사십 년이 지난 지금 그때를 돌이켜보면 멍해진다. 얼마 전 라디오에
서 폴 매카트니가 비틀스의 초기 노래에 대해 이야기하는 것을 들었다.
"그 곡들에 귀기울이면 머릿속으로 이런 생각이 들어요. 영리한 녀석."

그 기분을 안다. 『바늘구멍』을 썼을 때 나는 스물일곱 살이었다. 그렇
게 젊은 나이에 그런 좋은 일을 했다니, 지금 읽어도 놀랍고 자랑스럽다.

첫 시도는 아니었다. 그전까지 몇 편의 스릴러, 텔레비전과 영화의
스크립트, 단편을 썼지만 무엇도 문학계에 깊은 인상을 남기지 못했다.
나는 네 살 때부터 열렬한 독자였고 편집자로 일하며 무엇이 베스트셀
러를 만드는지, 실패작은 어떻게 알아보는지 알아내기 위해 머리를 싸
매고 고민했다. 서점에 가면 70년대 인기 작가들의 반짝거리는 새 하드
커버 책이 쌓인 광경을 부러운 눈길로 바라보았다. 어떻게 하면 저렇게

앞쪽에 잔뜩 진열해놓는 책을 쓸 수 있을까. 어찌어찌 많은 것을 배웠지만, 그것으로 충분할까?

이 책의 특징을 하나만 꼽으라면 뚜렷한 독창성이다. 여성이 영웅이니까. 그녀의 이름은 루시 로즈다. 지금은 흔한 설정인지 몰라도 당시는 전례가 없는 일이었다. 만일 앞서 여성 영웅이 등장한 스릴러를 내가 미처 발견하지 못한 게 아니라면.

루시는 여성의 사회적 역할이 변하고 있던 당시의 시대상을 반영한다. 나는 그 변화를 좋아하지만 그래서 그녀를 영웅으로 내세운 것은 아니다. 그것은 정치적이라기보다 문학적인 이유였다. 두 남자가 끝까지 싸우는 책은 적어도 백 권은 읽은 반면 영웅적인 여성과 강인하고 사악한 남성이 격렬하게 충돌하는 이야기는 그때껏 본 적이 없었다. 그 흥미진진하고 매혹적인 아이디어가 마음에 쏙 들어 나는 어린 자식을 둔 젊은 여성을 만들어냈다. 효과는 경탄스러울 정도였고, 클라이맥스가 한층 더 짜릿해진 것은 그 덕분이다.

책을 다시 읽어보니 당시에는 생각지도 못했던 점이 마음을 끈다. 빅토리아시대의 군상을 그린 윌리엄 파월 프리스의 〈기차역〉이나 〈더비 경마 날〉 같은 영국 묘사. 도주과정에서 온갖 인간을 맞닥뜨리는 페이버는 누구 하나 대수롭게 넘기지 않고 이방인의 눈으로 주의깊게 관찰한다. 페이버에게 차를 도둑맞은 노파 자매, 아일랜드인을 무시하며 '패디'라 부르는 경사, 페이버를 자기 차에 태워준 붉은 얼굴의 어리석은 치안판사, 모두 내가 좋아하는 인물이다. 그들을 등장시킨 것은 서스펜스의 배경을 만들기 위해서였지만, 지금은 전면의 추격전보다 그들이 더 좋을 정도다.

이 이야기의 생명력은 끊임없이 놀라움과 기쁨을 안긴다. 요새도 우리집 우편함에는 거의 매달 이 책의 신판이 들어온다. 텔레비전에서는 영화 〈바늘구멍〉이 몇 번이고 방영된다. 집필한 지 삼십 년이 지난 시점에 독일 오디오북 베스트셀러 1위에 올랐다. 책이 처음 나왔을 때 태어나지도 않은 독자들이 내게 팬레터를 보낸다.

이 책을 쓰는 경험은 꼭 비탈길을 달려내려가는 느낌이었다고 기억한다. 이제 소설 한 편을 쓰려면 삼 년이 걸린다. 『바늘구멍』은 삼 주 만에 거의 모든 것을 썼다.

다시 그럴 수 있다면 얼마나 좋을지.

서문

1944년 초 독일 정보부는 영국 남동부에 대규모 군대가 집결했다는 증거를 수집하고 있었다. 정찰기가 워시만의 막사와 비행장과 함대를 촬영한 사진을 가져왔다. 조지 S. 패튼 장군은 누가 봐도 그가 확실한 분홍색 승마바지 차림으로 흰색 불도그를 산책시키고 있었다. 그 지역 연대 간 무전활동과 신호가 폭발적으로 감지되었다. 영국에서 활동하는 독일 스파이들은 이를 뒷받침하는 징후들을 보고했다.

군대는 물론 없었다. 함대는 고무와 나무로 만든 가짜였고, 막사는 영화 세트만큼 비현실적이었다. 패튼 수하에는 단 한 명의 부하도 없었다. 무전신호는 아무 의미도 없었다. 스파이들은 이중간첩이었다.

파드칼레를 통한 침략에 대비하도록 적군을 속이고 디데이에 노르망디 공격을 기습적으로 단행하는 것, 그것이 목적이었다.

불가능에 가까운 대규모 위장전략이었다. 말 그대로 수천 명이 그 술책을 실행하는 데 동원되었다. 히틀러의 스파이 가운데 누구도 간파하지 못했다면 그것은 기적이었을 것이다.

스파이가 없었을까? 당시 사람들은 자신들이 이른바 제5열*에 둘러싸여 있다고 생각했다. 전쟁 후에는 MI5가 1939년 크리스마스 무렵 무리를 소탕했다는 신화가 생겨나기도 했다. 실상은 MI5가 거의 모두를 체포해 그 수가 미미했던 것으로 보인다.

그러나 필요한 것은 단 한 명……

독일이 이스트 앵글리아 지역의 연출을 그대로 믿었다는 주장이 있다. 술책을 의심하고 진실을 알아내려 필사적으로 노력했다는 주장도 있다.

역사는 거기까지다. 이제부터는 허구다.

그러나 사람들은 필시 다음과 같은 일이 있었을 거라고 생각한다.

1977년 6월, 서리 주 캠벌리

---

* 적국에서 모략활동을 벌이는 내응조직.

독일군은 완전히 속았다.
히틀러만이 올바로 예측하며 직감을 쉽사리 거두지 못했다……
—A. J. P. 테일러, 『영국사 1914~1945』

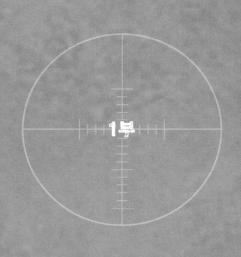

1

사십오 년 만에 가장 추운 겨울이었다. 영국의 시골은 눈 속에 갇혀 외부와 단절되었고 템스강이 얼어붙었다. 1월 언젠가는 글래스고-런던 간 기차가 유스턴 역에 24시간이나 연착하기도 했다. 눈이 내린데다 등화관제까지 시행되고 있어 자동차 운행이 위험해졌다. 교통사고가 두 배로 증가했고, 오스틴 세븐*을 타고 피커딜리 일대의 밤거리를 달리는 것이 탱크를 몰아 지크프리트선**을 건너는 것보다 위험하다는 우스갯소리가 퍼졌다.

그러고 나서 봄이 오자, 눈부시게 아름다웠다. 맑고 푸른 하늘에는 방공기구가 장대하게 떠다녔고, 휴가 나온 군인들은 런던 거리에서 민소매 드레스 차림의 아가씨들을 희롱했다.

도시는 그다지 전쟁중인 나라의 수도로 보이지 않았다. 물론 전쟁의

---

* 서민들이 널리 타던 포드의 소형차.
** 프랑스의 마지노선에 대응해 독일이 구축한 본토 방어선.

징후는 있었다. 헨리 페이버는 워털루 역에서 하이게이트를 향해 자전
거를 타고 가며 그 징후들에 주목했다. 주요 공공건물 앞에 쌓아올린
모래포대, 교외의 정원에 마련된 방공호, 대피와 공습경보에 대한 선전
포스터. 페이버는 그런 것들을 주시했다—평범한 철도 직원 이상으로
훨씬 주의깊게. 아이들이 공원에에 나와 노는 걸 보면 대피 조치는 실
패였다. 연료 배급제에도 불구하고 많은 자동차가 도로에 나와 있었다.
자동차 제조사들은 신형 모델의 출시 소식을 알렸다. 불과 몇 달 전만
해도 주간 근무자들조차 변변한 일감이 없던 공장에 야간조까지 투입
되는 상황이 무슨 의미인지 그는 알았다. 무엇보다 영국 철도망을 따라
이동중인 군대의 움직임을 주시하고 있었다. 모든 문서가 그의 사무실
을 거쳐갔다. 그런 문서 업무를 하다보면 온갖 것을 알 수 있었다. 오늘
만 해도 한 묶음의 서류에 고무도장을 찍은 그는 새로운 원정군이 소집
되고 있다고 믿기에 이르렀다. 약 십만 명의 보충 병력이 핀란드로 향
할 것이라고 상당히 확신했다.

조짐은 있었다. 있긴 했다. 그러나 거기에는 하나같이 농담 같은 구
석이 있었다. 라디오 프로그램에서는 전시 규제의 관료적 형식주의를
비꼬았고, 공습 대피소에서는 합창 소리가 들려왔으며, 멋스럽게 치장
한 여자들은 유명 디자이너가 도안한 상자에 방독면을 넣어다녔다. 다
들 보어전쟁*을 입에 올렸다. 상황은 한 편의 영화처럼 실제보다 과장된
동시에 시시했다. 모든 공습경보는 예외 없이 오보였다.

페이버는 남다른 관점을 갖고 있었다—하긴 남다른 부류의 사람이
니까.

아치웨이 로드로 접어들자 그는 비탈길을 오르기 위해 앞으로 몸을

---

* 1899년 영국이 트란스발 공화국과 오렌지 자유국을 침략해 식민지로 병합한 전쟁.

조금 숙였다. 긴 다리가 철도 엔진의 피스톤처럼 쉴새없이 움직였다. 그는 나이에 비해 꽤 날렵했다. 실제로는 서른아홉 살이지만 사람들에게는 달리 말했다. 안전을 기하는 차원에서 그는 대부분의 사실을 거짓으로 말했다.

하이게이트로 이어지는 언덕을 오르면서 땀이 흐르기 시작했다. 그가 사는 건물은 런던에서 가장 높은 지대에 위치했고 그것이 그곳을 선택한 이유였다. 다닥다닥 붙어 늘어선 여섯 집 가운데 맨 끄트머리에 있는 빅토리아풍 벽돌집. 집들은 지을 당시 거주자였던 사람들의 마음처럼 높고 좁고 어두웠다. 모두 3층 건물로 하인용 출입문이 난 지하층이 딸려 있었다―19세기 영국 중산층은 하인이 없어도 하인용 출입문은 고집했지. 페이버는 영국인에 대해 냉소적이었다.

6호 집은 원래 해럴드 가든 씨의 소유였는데, 그가 운영한 조그만 회사 '가든스 티 앤드 커피'가 대공황 때 파산했다. 채무불이행은 죽을죄라는 신조로 살았던 가든 씨는 죽음 말고 선택의 여지가 없었다. 그 집은 그가 아내에게 물려준 유일한 재산이었고, 상황이 그리되자 그녀는 호구책으로 하숙인을 들일 수밖에 없었다. 아는 사람들의 시선을 의식해 짐짓 약간의 수치심을 내비치긴 했어도, 하숙집 주인이라는 처지에 큰 불만은 없었다. 페이버의 방은 지붕창이 난 꼭대기층이었다. 그는 월요일부터 금요일까지 그 방에 묵었고, 주말은 이리스에 있는 어머니 집에서 보낸다고 가든 부인에게 말해두었다. 사실은 블랙히스에 또다른 하숙집을 얻어두었다. 그쪽 주인 여자는 그를 베이커 씨로 불렀으며, 그가 문구류 제조회사의 외판원이어서 주중에는 이곳저곳 돌아다닌다고 알고 있었다.

자전거 페달을 밟아 정원 길로 접어든 그는 탐탁지 않은 듯 이맛살을 찌푸린 높은 응접실 창문들 아래 멈춰 섰다. 헛간에 자전거를 들이고 잔

디깎이에 잇대어 자물쇠로 잠가놓았다―탈것을 방치하는 것은 불법이었다. 헛간 여기저기 널린 상자 안에서 씨감자가 싹을 틔우고 있었다. 가든 부인은 전시 동원에 협력하기 위해 화단을 채소밭으로 바꾸었다.

페이버는 집안으로 들어가 홀 스탠드에 모자를 걸고 손을 씻은 다음 차를 마시러 갔다.

다른 하숙인 세 명은 이미 식사중이었다. 육군에 들어갈 기회를 엿보는 요크셔 출신의 여드름투성이 소년, 옅은 갈색 머리가 벗어져가는 과자 외판원, 그리고 페이버가 타락한 인간이라고 확신하는 퇴역 해군 장교. 페이버는 그들에게 고갯짓으로 인사하고 자리에 앉았다.

외판원이 농담을 하던 참이었다. "그러니까 비행 중대장이 말했어요. '일찍 돌아왔군!' 그랬더니 조종사가 돌아보며 말했죠. '네. 선전물을 묶음째 떨어뜨려버렸습니다. 잘하지 않았습니까?' 그러자 중대장이 이렇게 말한 겁니다. '이런! 누가 다치면 어쩌려고 그랬나!'"

해군 장교는 낄낄댔고 페이버는 미소지었다. 가든 부인이 찻주전자를 들고 왔다. "페이버 씨가 왔네요. 우리끼리 먼저 시작했는데―언짢게 생각지 마요."

페이버는 통밀빵 한 조각에 마가린을 얇게 펴 발랐다. 잠시나마 기름진 소시지가 그리웠다. 그가 가든 부인에게 말했다. "씨감자 심을 준비가 됐더군요."

페이버는 서둘러 차를 마셨다. 다른 사람들은 체임벌린을 끌어내리고 처칠로 바꿔야 하느니 마느니 논쟁을 벌였다. 가든 부인은 내내 의견을 내놓으면서도 매번 페이버를 보며 반응을 살폈다. 그녀는 단정치 못했고, 불그레한 얼굴에 약간 뚱뚱했다. 페이버 또래로 보이지만 서른 살처럼 입고 다녀서 짐작건대 재혼할 남자를 찾고 있었다. 그는 한사코 토론에 끼려 들지 않았다.

가든 부인이 라디오를 켰다. 잠시 지지직거리더니 아나운서의 목소리가 흘러나왔다. "여기는 BBC 홈서비스입니다. 〈또 그 남자〉* 시간이 돌아왔습니다!"

페이버도 들어본 적 있는 프로그램이었다. 퓐프라는 독일 스파이가 꾸준히 등장했다. 그는 먼저 일어나겠다고 말한 뒤 방으로 올라갔다.

〈또 그 남자〉가 끝나고 가든 부인은 홀로 남겨졌다. 해군 장교는 외판원과 함께 술집으로 갔다. 요크셔에서 온 소년은 신앙심이 깊어 기도 모임에 나갔다. 그녀는 진이 담긴 작은 잔을 들고 응접실에 앉아 등화관제용 커튼을 보며 페이버 씨를 생각했다. 그녀는 그가 자기 방에만 틀어박혀 있지 않았으면 했다. 그녀는 말벗이 필요했고, 그는 그녀에게 필요한 부류의 말벗이었다.

그런 생각이 죄책감을 불러일으켰다. 죄책감을 누그러뜨리려고 그녀는 죽은 남편을 생각했다. 추억은 익숙하지만 흐릿했다. 가장자리 구멍들이 닳고 사운드트랙은 불명료하게 뭉개진 오래된 영화필름처럼. 그러니 그가 함께 이 방에 있던 장면을 기억해내기는 쉬웠지만 그의 얼굴이나 입고 있었을 옷, 또는 그날의 전쟁 소식을 두고 내뱉었을 말을 머릿속에 떠올리기는 어려웠다. 그는 작고 말쑥한 남자로 운이 좋으면 사업이 잘 풀렸고 운이 없으면 그렇지 못했으며, 사람들 앞에서는 감정을 드러내지 않았지만 침대에서는 한없이 다정한 사람이었다. 그녀는 그런 남편을 무척 사랑했다. 설사 이 전쟁이 잘 마무리된다 해도 많은 여자가 그녀와 같은 처지가 될 터였다. 그녀는 술을 한 잔 더 따랐다.

---

* BBC 라디오의 코미디 프로그램. 1936년 〈데일리 익스프레스〉에서 히틀러를 가리키며 붙인 헤드라인 "It's That Man Again"에서 제목을 가져왔다.

페이버 씨는 과묵한 남자였다—그것이 곤란한 점이었다. 그는 악행
이라곤 모르는 사람처럼 보였다. 담배를 피우지 않았고, 술냄새를 풍긴
적도 없고, 매일 저녁 자기 방에만 머무르며 라디오로 클래식을 들었
다. 그는 신문을 많이 읽었고 산책을 오래 했다. 직업은 변변치 않지만,
그녀는 그가 굉장히 똑똑한 사람이리라 짐작했다. 식사할 때 나누는 대
화 내용을 들어봐도 그는 늘 다른 사람들보다 생각이 깊었다. 노력하면
틀림없이 더 나은 직업을 얻을 수 있을 터였다. 마땅히 누릴 만한데도
그는 스스로에게 기회를 주지 않는 것 같았다.

외모도 마찬가지였다. 그는 몸태가 좋았다. 키가 크고, 목과 어깨 주
변이 두둑하면서도 전혀 뚱뚱하지 않고, 다리도 쭉 뻗었다. 높은 이마,
긴 하관, 새파란 눈동자를 지닌 얼굴은 강인한 인상을 풍겼다. 영화배
우처럼 예쁘장하지는 않아도 여자들이 좋아하는 얼굴이었다. 단, 입만
빼고—크기가 작고 입술은 얇아서 그녀는 그가 잔인하게 구는 모습이
상상되었다. 남편은 학대라곤 모르는 사람이었다.

그런데도 언뜻 보기에 페이버 씨는 여자들의 시선이 재차 가는 남자
는 아니었다. 낡고 해진 양복바지는 다려 입는 법이 없었고—그녀로서
는 기꺼이 다려줄 용의가 있었지만 부탁받은 적은 한 번도 없었다—항
상 추레한 레인코트에 부두 노동자들처럼 납작한 모자를 쓰고 다녔다.
콧수염은 기르지 않고 머리카락은 이 주마다 짧게 다듬었다. 마치 별
볼일 없는 사람으로 보이고 싶어하는 것 같았다.

그에게는 여자가 필요했다. 그 점은 의심의 여지가 없었다. 혹여 그
가 여성스럽다고들 하는 부류가 아닐까 싶었지만 그런 생각은 이내 물
리쳤다. 그에게는 말쑥하게 가꿔주고 야망을 불어넣을 아내가 필요했
다. 그녀에게는 곁에 있어주고—뭐랄까—사랑의 갈망을 채워줄 남자
가 필요했다.

그러나 그쪽에서는 아무 행동도 취하지 않았다. 가끔 그녀는 짜증이 치밀어 비명이라도 지르고 싶은 심정이었다. 그녀는 자신이 매력적이라고 확신했다. 진을 한 잔 더 따르며 거울을 들여다보았다. 얼굴 생김도 괜찮고 머리카락도 굽슬굽슬하니 풍성하고 남자가 잡을 만한 데도 있는데…… 그런 생각을 하며 킥킥거렸다. 취기가 오르는 게 분명했다.

그녀는 술잔을 입에 대며 자신이 먼저 행동에 나서야 하나 생각했다. 페이버 씨는 소심한—그것도 병적으로—사람이 틀림없었다. 성욕이 없지는 않았다—잠옷 차림으로 마주친 적이 두 번 있었는데 그의 눈빛에서 느낄 수 있었다. 그녀가 과감하게 나가면 그 소심함도 극복될지 모른다. 그녀 입장에서는 잃을 게 없었다. 어떤 느낌일지 궁금해 최악의 경우를 상상해보았다. 그가 거절했다고 치자. 뭐, 난처하긴 할 것이다—치욕스러울 수도 있다. 자존심이 상할 것이다. 그러나 그런 일이 있었는지 달리 누가 알겠는가. 그래봐야 그가 떠나면 그만이다.

거절당할 생각을 하다보니 아예 흥미가 떨어졌다. 그녀는 자리에서 천천히 일어나며 생각했다. 난 대담한 유형은 못 돼. 잘 시간이었다. 침대에 들어 진을 한 잔 더 마시면 잠이 잘 올 것이다. 그녀는 술병을 들고 위층으로 향했다.

바로 위층이 페이버 씨의 방인지라 그녀가 옷을 벗는 동안 그의 라디오에서 흘러나오는 바이올린 선율이 들렸다. 그녀는 새로 산 잠옷—목둘레에 자수를 놓은 분홍색 옷으로, 아직 아무도 본 사람이 없었다!—을 입고 마지막 잔을 따랐다. 그녀는 옷을 벗은 페이버 씨의 모습이 궁금했다. 배는 납작하고 젖꼭지 주변에는 털이 나 있겠지. 호리호리하니 갈비뼈가 드러날지도 몰라. 엉덩이는 작을 거야. 그녀는 다시 킥킥 웃다 생각했다. 내가 망측스럽게 왜 이러지?

그녀는 잔을 들고 침대로 가서 책을 집어들었지만 활자에 집중하기가 여간 힘들지 않았다. 게다가 간접 로맨스라면 지긋지긋했다. 위험한 정사 이야기도 남편과 완벽하게 안전한 애정생활을 즐길 때나 흥미진진하지, 여자란 바버라 카틀랜드*로 만족할 수 없는 법이다. 그녀는 진을 마시며 페이버 씨가 라디오를 꺼줬으면 하고 바랐다. 마치 티 댄스** 자리에서 잠을 청하는 기분이었다!

물론 직접 가서 꺼달라고 말하지 못할 이유가 없었다. 그녀는 침대 밑의 시계를 봤다. 열시가 넘었다. 잠옷과 어울리는 가운을 걸치고 머리를 살짝 빗어 정돈한 다음 슬리퍼—굉장히 앙증맞고 장미 문양이 있는—를 신고 위층 층계참까지 단숨에 올라가서 그냥, 뭐, 그 사람 방문을 두드리기만 하면 된다. 그가 문을 열 테고, 어쩌면 바지와 내의 차림으로, 그러고는 욕실로 향하는 잠옷 바람의 그녀와 마주쳤을 때 바라보던 바로 그 눈길로 그녀를 바라보리라……

"잘한다." 그녀는 크게 혼잣말을 했다. "아주 올라가고 싶어서 구실 찾는 것 좀 봐."

그런데 문득 구실이 왜 필요하냐는 생각이 들었다. 그녀는 성인이고, 이곳은 그녀의 집이며, 마음에 드는 남자를 만나지 못한 지 십 년이 지났고, 이것저것 다 떠나서 강하고 단단하고 털이 북슬북슬한 누군가의 몸이 자기 위에 올라와 있는 느낌을 만끽하고 싶었다. 그녀의 가슴을 움켜쥐고 귓가에 거친 숨을 내쉬며 넓고 평평한 손으로 허벅지를 벌리는 그 느낌을. 왜냐면 당장 내일이라도 머리 위로 독일의 독가스탄이 떨어질지 모르고 그러면 모두 목이 막혀 숨을 헐떡이며 독가스에 중독되어 죽을 텐데, 그러면 그녀는 자신에게 주어진 마지막 기회를 놓치는

---

* '로맨스의 여왕'이라 불린 영국 작가.
** 오후에 모여 차를 마시고 춤을 추는 사교 행사.

셈이기 때문이었다.

그래서 그녀는 잔을 비우고 침대에서 나와 가운을 걸치고 머리를 살짝 빗어 정돈했다. 혹여 방문이 잠겨 있고 라디오 소리 때문에 그가 노크를 못 들을 경우에 대비해 열쇠 꾸러미도 챙겨들었다.

층계참에는 아무도 없었다. 그녀는 어둠 속에서 계단을 찾았다. 삐걱거리는 단은 넘어가려는데 들뜬 카펫에 발이 걸리는 바람에 힘주어 밟게 되었다. 그러나 아무도 그 소리를 못 들은 듯했고, 그녀는 계속 계단을 올라가 꼭대기층 방문을 똑똑 두드렸다. 한번 슬쩍 문손잡이를 돌려보았다. 잠겨 있었다.

라디오 소리가 줄어들더니 페이버 씨가 외쳤다. "네?"

그는 정확한 영어를 구사했다. 코크니*의 억양도 외국인의 억양도 아니었다─사실 무엇과도 같지 않았고 그저 듣기 좋은 중성적인 발음이었다.

그녀가 말했다. "잠깐 얘기 좀 나눌 수 있을까요?"

그는 머뭇거리는가 싶더니 말했다. "옷을 제대로 안 입었습니다."

"나도 그런걸요." 그녀는 킥킥거리고 여벌의 열쇠로 방문을 열었다.

그는 스크루드라이버 같은 것을 손에 들고 라디오 앞에 서 있었다. 바지는 입었고 내의는 입지 않았다. 창백한 낯빛에 잔뜩 겁에 질린 표정이었다.

그녀는 안으로 들어가 등뒤로 방문을 닫았지만 막상 무슨 말을 해야 좋을지 몰랐다. 불현듯 어느 미국 영화에 나왔던 대사가 떠올랐다. "외로운 여인에게 술 한잔 사주겠어요?" 바보 같은 수작이었다. 그것도 대단히. 그녀는 그가 방에서 술을 마시지 않는다는 사실을 알았고 자신도

---

* 런던의 서민과 젊은 층이 주로 쓰는 말투.

딱히 외출할 복장은 아니었으니까. 그러나 요사스러운 말이었다.

바라던 효과가 있었던 것일까. 말없이 그가 천천히 다가왔다. 그의 젖꼭지 주변에는 정말로 털이 나 있었다. 그녀가 한 발짝 앞으로 나아가자 그의 팔이 그녀를 휘감았고, 그녀가 눈을 감고 얼굴을 치켜들자 그가 키스했다. 그의 품안에서 그녀는 몸을 살짝 움직였다. 그러자 등으로 끔찍하고 지독하고 견디기 힘든 날카로운 고통이 전해졌고, 그녀는 비명을 지르려고 입을 벌렸다.

그는 그녀가 계단에서 발을 헛디디는 소리를 들었다. 그녀가 일 분만 더 기다렸더라면 그는 무선송신기를 케이스에 집어넣고 암호 책도 서랍 안에 도로 넣었을 것이다. 그리고 그녀가 죽을 필요도 없었을 것이다. 그러나 미처 증거를 감추기도 전에 자물쇠에 열쇠 꽂히는 소리가 들렸고, 그녀가 문을 열었을 때는 그의 손에 스틸레토*가 들려 있었다.

품안에서 그녀가 몸을 살짝 움직이는 바람에 단번에 심장을 찌르지 못했고, 그래서 비명이 새어나오지 않도록 그녀의 목구멍에 손가락을 쑤셔넣어야 했다. 다시 칼을 찔렀지만 그녀가 또다시 몸을 움직이는 바람에 날이 갈비뼈에 부딪혔고 살을 얕게 베는 데 그쳤다. 피가 뿜어져 나왔고 그는 이번 살인의 뒤처리가 깔끔하긴 글렀다는 걸 알았다. 첫 공격이 빗나가면 항상 그렇다.

그녀의 몸이 너무 꿈틀대고 있어서 이제 칼을 한 번 찔러넣어 죽이기는 어려워졌다. 손가락을 그녀의 입안에 그대로 넣은 채 엄지손가락으로 턱을 움켜잡아 그녀를 등뒤로 밀어붙였다. 나무문에 머리가 부딪혀 쿵 소리가 크게 나자 라디오 음량을 괜히 줄였다는 후회가 들었지만,

---

* 단도의 일종으로, 바늘처럼 날이 좁고 뾰족하다.

그라고 이런 일이 벌어질 줄 알았겠나?

　그는 그녀의 숨을 끊기 전 주저했다. 침대에서 죽는 편이 훨씬 낫기 때문이지만—머릿속에서 이미 가닥이 잡혀가고 있는 은폐공작을 위해—그렇게 멀리까지 조용히 옮길 자신이 없었다. 그는 그녀의 턱을 틀어잡고 움직이지 않도록 머리를 문에 딱 밀어붙여놓고는 넓은 포물선을 그리며 목에 스틸레토를 그었다. 살점 대부분이 거칠게 찢겼다. 스틸레토는 베는 용도의 칼이 아니고 목은 페이버가 선호하는 공격점이 아니기 때문이었다.

　그 직후 끔찍하게 분출되는 피를 피하려고 펄쩍 물러났다가 다시 앞으로 움직여 그녀의 몸이 바닥으로 허물어지기 전에 붙잡았다. 목 쪽으로는 애써 눈길을 주지 않으며 그녀를 침대로 끌고 가 뉘었다.

　전에도 사람을 죽인 적이 있는 그는 이어질 반응을 예상할 수 있었다—그것은 안전하다고 느낀 순간 찾아왔다. 그는 방 한구석 세면대로 가서 기다렸다. 면도용 작은 거울에 그의 얼굴이 비쳤다. 낯빛은 창백했고 그의 눈이 응시하고 있었다. 그는 자신을 바라보며 생각했다. 살인자. 그러고는 속에 있는 것을 게워냈다.

　그것이 지나가자 기분이 나아졌다. 이제 작업을 할 수 있었다. 뭘 해야 할지는 알고 있었다. 심지어 그녀를 죽이는 동안에도 세부사항이 떠올랐다.

　그는 세수를 하고 이를 닦고 세면대를 정리했다. 그런 다음 라디오 옆에 놓인 탁자에 앉았다. 노트를 보며 어디까지 옮겼는지 확인하고는 전건을 두드리기 시작했다. 핀란드로 향할 병력 소집에 관한 긴 전송문이었는데, 한창 보내다가 중간쯤에서 끊겼다. 내용은 암호로 되어 있었다. 전송이 끝나자 그는 "빌리에게 안부 전함"이라는 표현으로 마무리했다.

송신기는 특별히 고안된 슈트케이스에 깔끔하게 들어갔다. 페이버는 나머지 소지품을 두번째 가방에 챙겨넣었다. 바지를 벗어 젖은 수건으로 핏자국을 지운 다음 몸 구석구석을 씻었다.

그리고 마침내 시체를 보았다.

그는 이제 그녀에 대해 냉정해질 수 있었다. 바야흐로 전시였다. 그들은 적이었다. 죽이지 않았다면 되레 그녀가 그를 죽음으로 몰아넣었을 것이다. 그녀는 위협적인 존재였고, 지금 그가 느끼는 감정은 위협이 제거되었다는 안도감뿐이었다. 그녀는 그를 놀래지 말았어야 했다.

그럼에도 남은 마지막 과제는 전혀 내키지 않았다. 그는 그녀의 가운을 풀어헤치고 잠옷 자락을 들어 허리 부분까지 걷어올렸다. 그녀는 속바지를 입고 있었다. 그것을 찢어버리자 치골의 음모가 드러났다. 가련한 여자, 그녀는 다만 그를 유혹하려 했을 뿐이다. 그러나 그로서는 그녀가 방에 들어온 이상 송신기를 못 보게 하기가 불가능했고, 가뜩이나 영국의 선전 때문에 이들은 스파이에 촉각을 곤두세웠다—우습게도 그랬다. 만약 신문에서 써대는 대로 아프베어*의 첩보원이 많이 활동하고 있다면 영국은 진즉에 전쟁에서 패했을 것이다.

그는 뒤로 물러나 한쪽으로 고개를 기울이고 그녀를 보았다. 뭔가 잘못되었다. 그는 색광처럼 생각해보려 했다. 만약 내가 우나 가든 같은 여자를 향한 욕정에 사로잡혔다면, 죽여서 이제 그녀를 마음대로 할 수 있다면, 나는 무엇을 할까?

당연히 그런 종류의 미치광이라면 여자의 가슴을 보고 싶어할 것이다. 페이버는 시신 쪽으로 몸을 기울여 잠옷의 목둘레선을 잡고 허리까지 찢었다. 그녀의 커다란 가슴이 옆으로 늘어졌다.

---

* 2차세계대전 당시 독일의 군사정보부.

경찰의는 이내 그녀가 강간당하지 않았다는 사실을 밝혀낼 테지만, 페이버는 그게 별다른 의미가 있으리라 생각하지 않았다. 하이델베르크 대학에서 범죄학 강의를 들은 그는 많은 성폭행이 미수에 그친다는 것을 알고 있었다. 게다가 아무리 조국을 위한 일이라 해도 눈을 속이겠다고 그런 짓까지 할 수는 없었다. 그는 나치 친위대 소속이 아니었다. 그들 중 몇몇은 시체를 간음하라 한들 줄을 설 테지만…… 그는 머릿속에서 그 생각을 물리쳤다.

그는 또다시 손을 씻고 옷을 입었다. 자정이 다 되어 있었다. 한 시간 정도 기다렸다가 떠날 계획이었다. 그편이 더 안전할 것이다.

그는 자리에 앉아 자신이 어디서부터 잘못했는지 더듬어봤다.

그가 과오를 범했다는 데는 의심의 여지가 없었다. 위장술이 완벽했다면 그는 전적으로 안전했을 것이다. 전적으로 안전했다면 누구도 그의 비밀을 알아내지 못했을 것이다. 그런데 가든 부인에게 비밀을 들켰다―아니, 그녀가 몇 초만 더 살아 있었다면 그렇게 되었을 것이다―그러므로 그는 전적으로 안전하지 않았고, 그러므로 그의 위장술은 완벽하지 않았으며, 그러므로 그는 과오를 범했던 것이다.

문빗장을 걸어뒀어야 했다. 잠옷 차림의 집주인 여자가 여벌의 열쇠로 문을 열고 살그머니 들어오게 놔두느니 차라리 병적으로 소심한 사람이라는 인상을 주는 편이 나았다.

표면적인 실수는 그랬다. 근본적인 결함은 그가 독신으로 남기에 아주 괜찮은 남자라는 점이었다. 이런 생각에 우쭐해지진 않았다. 짜증이 날 뿐이었다. 그는 자신이 유쾌하고 매력적인 남자이며 그렇기 때문에 독신으로 남을 분명한 이유가 없다는 것을 알고 있었다. 그는 이 세상 가든 부인들의 접근을 막으면서 자신의 상황을 설명해줄 위장술을 생각해내는 데 집중했다.

실제 성격에서 단초를 찾아낼 수 있어야 했다. 나는 정말 왜 독신인가? 불편한 마음이 들었다—그는 거울 속 자신을 들여다보기를 좋아하지 않았다. 답은 간단했다. 그가 독신인 이유는 직업 때문이었다. 좀더 깊은 이유가 있다 해도 그는 알고 싶지 않았다.

오늘밤은 노숙을 해야 할 것이다. 하이게이트 숲이 적당하리라. 날이 밝으면 슈트케이스를 기차역 수하물 보관소로 가져가고, 저녁에는 블랙히스에 있는 방으로 갈 것이다.

그는 두번째 신분으로 옮겨갈 작정이었다. 경찰에 붙잡히리란 두려움은 거의 없었다. 주말마다 블랙히스의 방을 이용하는 출장 외판원은 집주인 여자를 죽인 철도 직원과는 상당히 거리가 있었다. 블랙히스에서 그는 호방하고 상스럽고 화려했다. 야단스러운 넥타이를 맸고, 술을 잘 샀으며, 빗질도 달리 했다. 경찰은 욕정이 타오르기 전까지는 여자들에게 싫은 소리 하나 못하는 추레하고 하찮은 변태의 인상착의를 돌릴 것이고, 거의 어느 때고 욕정이 타오르는 호색한으로 굳이 여자들이 가슴을 내보이게 만들려고 죽일 필요가 없는 줄무늬 양복 차림의 잘생긴 외판원에게는 누구도 두 번 눈길을 주지 않을 것이다.

그리고 또다른 신분을 마련해야 할 것이다—그는 언제나 적어도 두 개의 신분을 유지했다. 새 직업과 새로운 서류—여권, 신분증, 배급통장, 출생증명서—가 필요했다. 그 모든 것이 너무 위험했다. 망할 가든 부인. 평소처럼 술에 취해 잠들었으면 좋았잖아.

한시였다. 페이버는 마지막으로 방을 훑어보았다. 단서를 남기는 것은 신경쓰지 않았다—그의 지문이 그야말로 집안 곳곳에 남아 있었고, 그게 아니라도 누구든 살인자의 정체를 떠올릴 수 있을 것이다. 이 년 동안 살았던 집을 떠나는 것에서도 아무런 감상이 느껴지지 않았다. 그곳을 집이라 여긴 적은 한 번도 없었다. 어느 곳도 집이라 여겨본 적 없었다.

언제나 이곳은 문빗장을 걸어두어야 한다는 교훈을 얻은 곳으로 남을 것이다.

그는 불을 끄고 가방들을 들고 계단을 내려가 문밖 밤의 어둠 속으로 사라져갔다.

2

헨리 2세는 놀라운 왕이었다. '초단기 방문flying visit'이라는 말이 생기지도 않은 시대에 영국과 프랑스 사이를 어찌나 빠르게 오갔는지 마력의 소유자라는 풍문이 나돌 정도였다. 당연하게도, 그는 소문을 잠재우려는 노력 따위 일절 하지 않았다. 1173년—6월 혹은 9월로, 선호하는 2차 자료에 따라 다르다—에도 프랑스에서 돌아오자마자 다시 프랑스로 떠났는데 순식간에 벌어진 일이라 동시대 작가 누구도 알아채지 못했다. 훗날 역사가들이 파이프 롤*에서 그의 지출 기록을 발견했다. 당시 그의 왕국은 북단과 남단—스코틀랜드 경계지역과 프랑스 남부—에서 아들들의 공격을 받고 있었다. 그러나 그 방문의 목적은 정확히 무엇이었을까? 누구를 만났던 것일까? 그의 마술 같은 속도를 둘러싼 신화가 군부대 하나만한 가치가 있던 때, 왜 그것은 비밀에 부쳐진 것일까? 그는 무엇을 달성했을까?

---

* 12세기부터 19세기까지 재무부가 작성한 회계감사 기록.

히틀러의 군대가 큰 낫처럼 프랑스의 곡창지대를 휩쓸며 지나가고 피비린내 나는 혼란 속에서 영국인들이 됭케르크 병목지역 밖으로 쏟아져나오던 1940년 여름. 이것이 바로 퍼시벌 고들리먼을 괴롭히던 문제였다.

고들리먼 교수는 생존 연구자 가운데 중세에 가장 정통한 사람이었다. 흑사병에 대한 그의 저서는 중세 연구의 모든 전통을 뒤집어엎었다. 베스트셀러가 되었으며 펭귄판으로도 출간되었다. 그것을 뒤로한 채 그는 조금 더 이전, 그래서 더욱 다루기 힘든 시대로 눈을 돌렸다.

런던의 화창한 6월 어느 날 열두시 삼십분, 비서는 채색된 문서 위로 코를 박다시피 등을 구부려 힘들게 중세 라틴어를 번역하고 그보다 더 알아볼 수 없는 글씨로 메모를 하고 있는 고들리먼을 찾아냈다. 고든 광장 정원에서 점심을 먹을 계획이었던 비서는 죽음의 냄새가 풍기는 이 문서실을 좋아하지 않았다. 들어오려면 여러 벌의 열쇠가 필요한데다 꼭 무덤 같았다.

고들리먼은 서적대 앞에 새처럼 한 다리로 서 있었다. 위쪽에 매달린 조명을 받아 얼굴이 음산하게 빛났다—그 책을 쓴 수도승의 혼령이 자신의 소중한 연대기를 지키기 위해 추위를 견디며 불침번을 서는 것처럼. 비서는 헛기침을 하고 그가 자신을 알아차리기를 기다렸다. 그녀는 자그마한 오십대 남자를 보았다. 새우등에 시력이 나쁜 그는 트위드 양복 차림이었다. 일단 중세 밖으로 끌려나오기만 하면 그가 흠잡을 데 없이 분별 있는 사람이 된다는 것을 그녀는 잘 알았다. 그녀는 다시 헛기침을 하고 말했다. "고들리먼 교수님?"

그가 고개를 들었고, 그녀를 보고 미소짓자 더이상 혼령처럼 보이지 않았다. 외려 누군가의 괴짜 아버지 같았다. "아!" 그는 깜짝 놀란 듯 말했다. 마치 사하라사막 한가운데서 이웃이라도 만난 것처럼.

"사보이 호텔에서 테리 대령님과 점심 약속이 있다고 시간 되면 알려 달라고 하셨어요."

"아, 그랬지." 그는 조끼 주머니에서 시계를 꺼내 유심히 봤다. "걸어 가려면 지금 출발하는 게 좋겠지?"

그녀는 고개를 끄덕였다. "방독면을 가져왔어요."

"친절하기도 하지!" 그는 다시 미소지었고, 그러자 굉장히 괜찮아 보였다. 그는 비서에게서 방독면을 받아들고 말했다. "코트를 입어야 할까?"

"아침에도 입지 않으셨어요. 날씨가 무척 따뜻해요. 나가신 후에 제가 문을 잠글까요?"

"고맙군, 그렇게 해줘." 그는 재킷 주머니에 노트를 쑤셔넣고 밖으로 나갔다.

비서는 주위를 둘러보고 몸을 부르르 떨더니 그를 뒤따라 밖으로 나왔다.

앤드루 테리 대령은 얼굴이 붉은 스코틀랜드인이었는데, 평생에 걸친 지독한 흡연으로 거지처럼 깡말랐고, 성긴 어두운 금발에는 머릿기름을 잔뜩 발랐다. 고들리먼은 사보이 그릴의 구석진 테이블에 사복 차림으로 앉아 있는 그를 발견했다. 재떨이에 꽁초 세 개가 있었다. 그가 자리에서 일어나 악수를 건넸다.

고들리먼이 말했다. "안녕하십니까, 앤드루 삼촌." 테리는 어머니와 나이 차가 많이 나는 동생이었다.

"어떻게 지냈나, 퍼시?"

"플랜태저넷 왕가*에 대한 책을 쓰고 있습니다." 고들리먼은 자리에 앉았다.

"원고가 아직 런던에 있다고? 기가 막힐 노릇이군."

"왜 그런 말을?"

테리는 다시 담뱃불을 붙였다. "폭격에 대비해 시골지역으로 옮기도록 해."

"그래야 할까요?"

"내셔널갤러리 소장품 중 반은 벌써 웨일스 위쪽 어디에 어마어마한 구덩이를 파고 묻어뒀어. 젊은 케네스 클라크**가 너보다 재빨리 움직인 거지. 이왕이면 몸을 피하는 것도 분별 있는 행동이겠지. 남아 있는 학생도 많지 않을 텐데."

"그건 그렇죠." 고들리먼이 웨이터에게서 메뉴판을 받아들며 말했다. "술 생각은 없습니다."

테리는 메뉴판을 보지 않았다. "진지하게 들어, 퍼시. 왜 아직 남아 있는 건가?"

고들리먼의 눈이 영사기의 초점을 맞춘 스크린처럼 또렷해지는 듯했다. 그곳에 들어온 이래 처음으로 생각이란 것을 해야 하는 듯이. "아이들이 피신하는 것은 괜찮습니다. 버트런드 러셀 같은 국가적 인사들도 그렇고요. 하지만 저 같은 사람은— 뭐랄까, 남들에게 싸움을 맡기고 도망치는 것 같다고나 할까? 엄격히 말해 논리적인 주장이 아니라는 건 압니다. 하지만 이건 논리가 아니라 감정의 문제니까요."

테리는 예상이 맞아떨어졌다는 미소를 지었다. 그러나 더이상 그 문제를 언급하지 않고 메뉴판으로 눈길을 돌렸다. 잠시 후 그가 말했다. "이런, 울턴 경 파이***가 뭐지?"

---

* 헨리 2세는 플랜태저넷 왕가의 첫번째 왕이다.
** 영국의 미술사학자로, 당시 내셔널갤러리의 관장이었다.
*** 당시 식량부 장관 로드 울턴의 이름을 딴 파이.

고들리먼이 빙그레 웃었다. "그래봐야 감자와 채소겠죠."

두 사람이 주문을 마치자 테리가 말했다. "신임 수상을 어떻게 생각하나?"

"멍청이죠. 하지만 천치인 히틀러도 잘하고 있으니까요. 삼촌은 어떻게 보는데요?"

"우리야 윈스턴하고 같이 갈 수 있어. 적어도 싸움을 피하지는 않으니까."

고들리먼이 눈썹을 추켜세웠다. "'우리'라니, 게임에 복귀한 겁니까?"

"완전히 손뗀 적은 없지."

"하지만 지난번 말하기론―"

"퍼시, 육군의 어느 부서는 직원들이 죄다 자기는 거기 소속이 아니라고 부인한다는 사실을 몰라?"

"그렇군요. 내가 어리석었어요. 난 지금까지……"

첫번째 음식이 나왔고, 그들은 보르도산 화이트와인 한 병을 땄다. 고들리먼은 다진 연어 요리를 먹으며 생각에 잠긴 표정을 짓고 있었다.

테리가 말을 건넸다. "지난 전쟁을 생각하고 있나?"

고들리먼이 고개를 끄덕였다. "젊을 때였습니다. 끔찍한 시절이었고." 그러나 그리워하는 투에 가까웠다.

"이번 전쟁은 양상이 전혀 달라. 내 요원들은 네가 했던 것처럼 적진 깊숙이 침투해서 간이 천막 수를 세거나 하지 않아. 뭐, 그런 일도 하긴 하지. 하지만 그다지 중요치 않게 되었어. 근래 우리는 무전을 듣는 데 주력하니까."

"암호일 텐데요?"

테리는 어깨를 으쓱했다. "암호야 풀 수 있는 거니까. 솔직히 요즘 들어선 필요한 정보를 모두 알아낼 수 있지."

고들리먼은 주변을 살폈지만, 대화 내용이 들릴 거리 안에는 아무도 없어서 테리에게 함부로 입을 놀렸다간 목숨이 위험하다는 말은 할 필요가 없었다.

테리가 말을 이었다. "사실 내 임무는 저들이 알고자 하는 우리측 정보를 얻지 못하게 막는 거야."

두 사람은 이어 나온 닭고기 파이를 먹었다. 메뉴에 쇠고기 요리는 없었다. 고들리먼은 침묵했지만 테리는 말을 계속했다.

"카나리스는 웃기는 친구야. 아프베어의 수장 빌헬름 카나리스 제독 말이야. 이번 전쟁이 터지기 전에 그를 만났지. 영국을 좋아해. 내 짐작으로 그는 히틀러를 그다지 좋아하지 않아. 어쨌거나 우리가 알기로 그에게 우리를 상대로 주요 첩보작전을 세우라는 명령이 떨어졌어. 침공에 대비해서 말이야—큰 성과는 못 내고 있지. 전쟁이 발발한 다음날 영국에서 활동중이던 그쪽 최고의 요원을 우리가 체포했거든. 지금 원즈워스 감옥에 있어. 카나리스의 스파이는 쓸모없는 인간들이야. 하숙집 주인 노파, 열혈 파시스트, 잡범—"

고들리먼이 말했다. "그런데 잠깐만, 삼촌. 말을 너무 많이 하고 있어요." 그는 화가 나고 이해도 안 된다는 표정으로 몸을 살짝 떨었다. "모두 기밀일 텐데. 알고 싶지 않습니다!"

테리는 태연했다. "뭐 더 먹을 텐가? 난 초콜릿 아이스크림 생각 있는데."

고들리먼은 자리에서 일어났다. "아뇨. 죄송하지만 다시 가서 일해야겠습니다."

테리는 차가운 눈빛으로 그를 올려다보았다. "플랜태저넷 왕가에 대한 재평가는 세상이 기다려줄 거야, 퍼시. 지금은 전쟁중이고. 난 네가 나를 위해 일해줬으면 해."

고들리먼은 한동안 그를 내려다보았다. "대체 나더러 무슨 일을 하라는 겁니까?"

테리는 늑대 같은 미소를 지었다. "스파이를 잡아."

다시 대학으로 걸어가면서 고들리먼은 화창한 날씨에도 불구하고 기분이 침울했다. 그는 테리 대령의 제안을 받아들이게 될 것이다. 의심의 여지가 없었다. 조국이 전쟁을 치르고 있었고, 정당한 전쟁이었다. 그는 전장에서 싸우기에 너무 늙었는지 몰라도 도움을 보태기에는 아직 충분히 젊었다.

그러나 일을 떠나야 한다는 생각―게다가 몇 년이 될지―이 그를 침울하게 했다. 그는 역사를 사랑했고, 십 년 전 아내가 죽은 후로 중세 영국에 완전히 몰두해 있었다. 미스터리를 파헤치고, 희미한 단서를 발견하고, 모순을 해결하고, 거짓과 프로파간다와 신화의 베일을 벗기는 작업이 좋았다. 지금 쓰고 있는 책은 그 주제와 관련해 지난 백 년을 통틀어 최고의 저서가 될 것이고, 앞으로 백 년이 지나도 필적할 만한 작품이 없을 터였다. 너무나 오랫동안 삶을 지배해서 포기한다는 생각 자체가 거의 비현실적으로 여겨졌다. 그것은 마치 자신이 고아이고 지금껏 어머니 아버지라고 불러온 사람들과 아무 관계가 없다는 사실을 알게 된 것만큼이나 받아들이기 힘든 문제였다.

요란한 공습경보가 생각을 방해했다. 그는 경보를 무시해버릴까 했다―아주 많은 사람이 그러고 있었고 대학까지는 고작 십 분 거리였다. 그러나 사실 연구실로 돌아갈 이유가 없었다―오늘은 더 일하기 글렀다는 걸 알고 있었다. 그는 서둘러 지하철역으로 가서 북적거리는 계단을 내려가 우울한 플랫폼으로 향하는 우글우글한 런던 사람들 틈에 끼었다. 벽 가까이 서서 보브릴* 광고 포스터를 응시하며 생각했다. 단지 연구를 중단하고 떠나야 한다는 사실 때문만은 아니야.

그 게임 속으로 돌아가야 한다는 점 역시 그를 침울하게 했다. 거기에는 그가 좋아하는 요소도 있었다. 사소한 것의 중요성, 영리함 자체의 가치, 세심함, 추측. 그러나 협박, 속임수, 필사적인 노력, 언제나 적의 등을 찌르는 방식은 마음에 들지 않았다.

플랫폼은 점점 늘어나는 인파로 북적이고 있었다. 그나마 여유 공간이 있을 때 자리에 앉은 고들리먼은 어느덧 버스 운전사 제복을 입은 남자에게 기대 있었다. 남자가 미소지으며 말했다. "오, 내가 지금 영국에 있기를, 여름이 이곳에 찾아왔으니. 누가 한 말인지 압니까?"

"'4월이 그곳에 찾아왔으니'가 맞습니다." 고들리먼이 남자의 인용을 정정해주었다. "시인 브라우닝이지요."

"난 아돌프 히틀러라고 들었는데." 운전사가 말했다. 옆에 있던 여자가 낄낄거리자 그의 관심은 그녀에게로 옮겨갔다. "피난 간 사람이 농부의 아내에게 뭐라고 했는지는 들었어요?"

고들리먼은 그쪽에 신경을 끄고 영국을 그리워했던 어느 4월을 떠올렸다. 그는 플라타너스의 높은 가지에 웅크리고 앉아 독일군 전선 뒤쪽 어느 프랑스 계곡에 자욱한 차가운 안개 속을 들여다보고 있었다. 보이는 것이라곤 희미하고 어두운 형체들뿐, 망원경으로 들여다본들 차이는 없었다. 나무에서 미끄러져내려가 2킬로미터 정도 걸어가보려던 차에 어디선가 불쑥 나타난 독일군이 나무둥치에 둘러앉아 담배를 피웠다. 잠시 후 그들은 카드를 꺼내 치기 시작했고, 젊은 퍼시벌 고들리먼은 그들이 자리를 이탈할 방법을 찾아내 낮시간을 보내러 여기 왔다는 것을 깨달았다. 나무 위에 꼼짝 않고 있다보니 결국 몸이 떨리기 시작

* 쇠고기의 향미를 내는 양념.

해 근육 경련이 일고 방광이 터질 듯했다. 그래서 그는 리볼버를 꺼내 그 세 명을 쐈다. 한 사람씩 차례차례. 총알은 머리를 바싹 깎은 정수리를 관통했다. 웃고 욕하고 판돈을 걸던 세 사람은 그렇게 뚝, 존재하기를 멈추었다. 그가 사람을 죽인 것은 그때가 처음이었고, 머릿속에 떠올릴 수 있는 생각이라곤 이것뿐이었다. 오줌을 눠야 하니까.

고들리먼은 차가운 콘크리트 플랫폼에서 움직이며 그 기억을 떨쳐버렸다. 터널에서 더운 바람이 일며 열차가 들어왔다. 열차에서 내린 승객들이 빈틈을 찾아 자리잡고 기다렸다. 고들리먼은 사람들의 목소리에 귀기울였다.

"라디오에서 처칠이 하는 연설 들었나? 우린 듀크 오브 웰링턴 술집에서 들었지. 잭 손턴은 울더군. 바보 같은 늙은이······"

"메뉴에서 쇠고기 스테이크를 본 지 하도 오래되어서인지 그 대단한 맛도 잊어버렸다니까······ 와인위원회가 전쟁이 임박했다는 걸 알고 열두 병들이 이만 개를 사두었어, 천만다행이지······"

"맞아요, 조용한 결혼식이었어요. 하지만 내일 무슨 일이 벌어질지도 모르는 지금 기다릴 이유가 없잖아요?"

"아니, 피터는 됭케르크에서 돌아오지 못했어······"

버스 운전사가 그에게 담배 한 개비를 권했다. 고들리먼은 사양하고 파이프를 꺼냈다. 누군가 노래를 부르기 시작했다.

한 등화관제 대원이 지나가며 고함치네,
"어머니, 블라인드를 내려요—
뭐가 보이는지 보시라고요." 그러자 우리는
소리쳤지, "신경 꺼요." 오!
무릎을 올려요 마더 브라운······

노래는 군중 사이로 퍼져나가 어느새 모두가 부르고 있었다. 고들리먼도 합류했다. 그는 이들이 전쟁에 지고 있는 나라의 국민으로서, 밤에 묘지를 지나며 휘파람을 불듯이 두려움을 감추기 위해 노래하고 있다는 것을 알았다. 런던과 런던 사람들을 향해 갑작스레 솟아난 자기애정이 집단히스테리와 유사한 덧없는 감상이라는 것 또한. "이것이, 이것이 바로 전쟁이야. 이것이 있어 싸울 가치가 있지"라고 말하는 자기 안의 목소리도 믿지 않았다. 다 알지만 상관없었다. 수년 만에 처음으로 동지애가 선사하는 벅찬 전율을 느꼈고, 그것이 좋았다.

해제경보가 울리자 사람들은 계단을 올라가 거리로 나갔다. 고들리먼은 공중전화부스를 찾아 테리 대령에게 전화를 걸었다. 그리고 얼마나 빨리 임무에 착수할 수 있을지 물었다.

3

페이버…… 고들리먼…… 언젠가 완성될 삼각형의 두 꼭짓점. 나머
지 한 점은 그 순간 작은 시골 교회에서 치러지고 있던 예식의 주인공
데이비드와 루시였다. 오래된 교회는 매우 아름다웠다. 들꽃이 자라난
묘지 주위로는 돌담이 둘러져 있었다. 이 교회—어쨌든 그 일부—는
약 천 년 전 영국이 마지막 침략을 당했을 때부터 그 자리에 있었다. 두
께가 몇십 센티미터에 이르고 빛이 드는 곳이라곤 조그만 창문 두 개뿐
인 신도석 북쪽 벽은 그 마지막 침략을 기억하고 있으리라. 이 건물은
교회가 정신의 안식처뿐 아니라 육체의 피난처가 되어주고, 상단이 둥
근 작은 창으로 주님의 햇살을 들이기보다는 화살을 쏘아 날리기에 더
좋았던 시절에 지어졌다. 실제로 향토의용대*는 혹시라도 유럽 대륙의
흉포한 인간들이 영불해협을 건너올 경우 이 교회를 방어요새로 활용
할 구체적인 계획을 세우기도 했다.

---

* 2차세계대전 당시 편성된 민간방위조직으로, 이후 국토방위대로 이름이 바뀌었다.

그러나 1940년 8월, 타일이 깔린 성가대석에서 군화 소리는 들려오지 않았다. 아직까지는 아니었다. 크롬웰의 구체제 타파와 헨리 8세의 탐욕을 견뎌낸 스테인드글라스 창문으로 햇살이 환하게 비쳐들었고, 아직 나무좀이나 건조부패에 잠식당하지 않은 오르간의 선율이 천장에 울려퍼지고 있었다.

아름다운 결혼식이었다. 루시는 물론 하얀색 드레스를 입었고, 다섯 자매가 살구색 드레스를 입고 신부 들러리를 섰다. 데이비드는 영국 공군 중위의 공식 예복 차림이었는데, 처음 입어 주름 하나 없이 빳빳한 새 옷이었다. 그들은 찬송 선율인 크리먼드에 맞춰 시편 23편 〈주님은 나의 목자시니〉를 불렀다.

루시의 아버지는 딸들 중 가장 아름다운 맏이가 제복을 입은 멋진 남자와 결혼식을 올리는 날이니만큼 뿌듯한 표정을 짓고 있었다. 그는 농부였지만 트랙터에서 내려온 지는 꽤 오래되었다. 경작지는 남에게 소작을 주고 나머지 땅에서 경주마를 길렀다. 물론 올겨울에는 목초지를 쟁기로 갈아엎어 감자를 심어야겠지만. 농부라기보다 젠트리 계급에 훨씬 더 가깝다 해도 그는 농사일을 하는 사람처럼 피부가 그을고 가슴팍이 두툼하며 손이 크고 뭉툭했다. 신부측 자리에 앉은 남자 대부분이 그런 모습이었다. 햇볕에 그을어 붉어진 얼굴에 가슴이 떡 벌어진 그들은 연미복보다 트위드 양복과 튼튼한 신발을 선호했다.

신부 들러리들의 외모에도 그런 구석이 있었다. 시골 아가씨들이었으니까. 그러나 신부는 어머니를 닮았다. 짙디짙은 붉은색 머리카락은 길고 풍성하고 반짝반짝 윤이 났으며, 미간이 넓은 두 눈은 호박색이고 얼굴은 달걀형이었다. 그녀가 맑은 눈으로 목사를 똑바로 보며 단호하고 또렷한 목소리로 "네"라고 대답했을 때, 교구 목사는 깜짝 놀라며 생각했다. '오, 이 여자는 진심이구나!' 결혼식이 치러지는 와중에 교구 목사가 떠올릴 만한 생각은 아니었다.

맞은편 신도석에 앉은 가족 역시 그들 나름의 외모적 특징이 있었다. 데이비드의 아버지는 변호사였다—늘 찌푸린 얼굴은 직업적 가장일 뿐 본래 명랑한 성격이었다. (1차세계대전 당시 육군 소령이었던 그는 공군이나 공중전을 둘러싼 이 모든 법석은 곧 지나갈 한때의 분위기라고 생각했다.) 그러나 그를 닮은 사람은 아무도 없었다. 죽을 때까지—아, 머지않은 일이면 곤란하련만—아내를 사랑하겠노라 서약하는 제단 위의 아들 역시 마찬가지였다. 그쪽 사람들은 죄다 데이비드의 어머니, 거의 검은 머리칼에 피부는 가무스름하고 팔다리가 길고 호리호리한 모습으로 남편 옆에 앉은 그녀를 닮았다.

데이비드는 모여 있는 사람들 가운데 가장 키가 컸다. 작년에는 케임브리지 대학에서 높이뛰기 기록을 깨기도 했다. 생김새는 남자치고 너무 고왔다. 숱이 많은 수염—그는 하루에 두 번 면도를 했다—의 지울 수 없는 거뭇한 흔적만 아니라면 여자의 얼굴이라 해도 좋을 정도였다. 속눈썹이 길고 똑똑해 보였고, 실제로도 똑똑하고 예민한 사람이었다.

모든 것이 평화로웠다. 영국에서 맞을 수 있는 최고의 여름날, 영국 사회의 중추라 할 만한 견고하고 유복한 가정의 자식들이 행복하고 아름다운 한 쌍이 되어 시골 교회에서 결혼식을 올리고 있었다.

목사가 그들이 부부가 되었음을 선언하자, 양가 어머니는 눈물을 삼켰고 양가 아버지는 눈물을 흘렸다.

신부에게 키스하는 것은 야만적인 풍습이라고 루시는 생각했지만, 샴페인이 흥건히 묻은 중년의 입술이 또다시 그녀의 뺨을 문댔다. 아마도 암흑시대의 한층 더 야만적인 관습에서 유래한 풍습일 것이다. 부족의 모든 남자가—뭐 어쨌거나, 이제 제대로 문명화가 되었으니 그만두어야 했다.

그녀는 결혼식의 이 부분이 마음에 들지 않으리라는 것을 알고 있었다. 샴페인은 좋아했지만 차가운 토스트 조각 위에 올린 캐비아나 닭다리는 썩 구미가 당기지 않았고, 축하연설과 사진촬영과 신혼여행 관련 농담은 글쎄…… 하지만 이만하기 다행이지, 전시가 아니었다면 아버지는 아마 앨버트 홀을 빌렸을 것이다.

지금까지 아홉 사람이 "사는 동안 걱정거리가 생긴다면 모두 사소한 것이길 바란다"고 했고, 한 명이 "정원 주위에 울타리가 하나 이상 쳐져 있는 걸 보고 싶다"고 더 창의적이랄 것도 없는 소리를 했다. 루시는 셀 수 없이 많은 손과 악수를 나누고 "괜찮다면 오늘밤 데이비드의 잠옷을 대신 입어주겠다"는 말은 못 들은 척했다. 데이비드는 연설에서 루시의 부모에게 따님을 주어 감사하다고 했고, 루시의 아버지는 자신은 딸을 잃는 것이 아니라 아들을 얻는 것이라고 말했다. 모든 것이 끔찍한 헛짓이었지만 부모를 위해 어쩔 도리가 없었다.

먼 친척이 바 쪽에서 비틀거리며 다가오자 루시는 몸서리를 애써 참았다. 그녀는 그를 남편에게 소개했다. "데이비드, 노먼 삼촌이야."

노먼은 데이비드의 앙상한 손을 잡고 세게 흔들었다. "임관은 언제인가?"

"내일입니다."

"뭐라고, 신혼여행은 안 가나?"

"24시간밖에 얻지 못했습니다."

"이제 막 훈련을 끝낸 것으로 아는데."

"맞습니다. 하지만 전부터 조종은 할 수 있었습니다. 케임브리지에서 배웠으니까요. 게다가 지금 나라 사정이 조종사를 여유 있게 투입할 형편이 못 됩니다. 저도 내일 곧바로 비행을 하지 않을까 예상하고 있습니다.”

루시가 조용히 말했다. “데이비드, 그만해.” 그러나 노먼은 대화를 끝내지 않았다.

“뭘 몰 거지?” 노먼이 소년처럼 흥분하며 물었다.

“스핏파이어죠. 어제 봤는데 사랑스러운 연이었습니다.” 데이비드는 벌써 영국 공군 속어—연, 운송 상자,* 음료**와 두시 방향의 강도***—에 빠져 있었다. “포가 여덟 문이고 시속 650킬로미터에 회전반경이 아주 짧습니다.”

“멋지군, 멋져. 자네들 덕분에 분명 독일 공군의 코가 납작해지고 있겠지?”

“어제만 해도 우리 편 열한 대에 놈들은 예순 대가 떨어졌는걸요.” 데이비드는 마치 자신이 비행기를 격추한 듯 자랑스레 말했다. “그제는 놈들이 요크셔로 덤벼왔는데 혼쭐을 내서 노르웨이로 쫓아버렸습니다. 우리 편은 연 한 대 잃지 않았고요!”

노먼은 술기운이 얼큰하게 올라 데이비드의 어깨를 붙잡았다. 그리고 거드름을 피우며 처칠을 인용했다. “이렇게 많은 사람이 이렇게 적은 수의 사람에게 큰 빚을 졌던 적은 없지.**** 요전날 처칠이 그러더군.”

데이비드는 너무 웃지 않으려고 애쓰며 말했다. “군인들 술값 얘기였을 겁니다.”

루시는 전쟁이 초래하는 유혈과 파괴를 사소한 것으로 치부하는 그

---

* 비행기.
** 대양, 강 혹은 호수.
*** 적기.
**** 영국 본토 항공전이 한창이던 1940년 8월 전투기 조종사들을 치하하는 하원 연설에서 나온 말.

들의 태도가 싫었다. 그녀가 말했다. "데이비드, 이제 가서 옷 갈아입어야 해."

그들은 따로따로 차를 타고 루시의 집으로 갔다. 웨딩드레스 벗는 것을 도와주며 루시의 어머니가 말했다. "애야, 오늘밤 일을 네가 어떻게 생각하는지 모르겠다만, 알아두어야 할 것이 있는데—"

"어머니, 지금은 1940년이거든요!"

어머니는 살짝 얼굴을 붉히며 부드러운 목소리로 말했다. "그래, 알았다. 하지만 혹여 나중에라도 나누고 싶은 얘기가 생기거든……"

문득 어머니가 대단히 힘들게 말을 꺼냈으리라는 생각이 들었다. 루시는 통명스럽게 대답한 것이 후회되었다. 그녀는 어머니 손을 잡으며 말했다. "네, 그럴게요. 고마워요."

"그래, 그럼 네게 맡겨두마. 무슨 일 있으면 전화하렴." 그녀는 루시의 뺨에 키스하고 밖으로 나갔다.

루시는 슬립 차림으로 화장대 앞에 앉아 머리를 빗기 시작했다. 그녀는 오늘밤 있을 일을 정확히 알고 있었다. 기억이 떠오르자, 쾌락의 전율이 희미하게 전해져왔다.

때는 6월이었고, 글래드 래그 무도회에서 두 사람이 만난 지 일 년 후였다. 이즈음 둘은 매주 만났는데, 데이비드는 부활절 방학의 일부를 루시네 가족과 보내기도 했다. 루시의 부모는 그를 받아들였다—그는 잘생기고 똑똑하고 신사다웠으며, 그들과 똑같은 계급의 집안 출신이었다. 아버지는 그에게 다소 독선적인 기미가 있다고 생각했지만, 어머니는 그건 지주계급이 대학생들을 두고 육백 년 내내 해온 소리라고 했다. 그리고 그녀는 데이비드가 아내에게 친절할 거라 생각했다. 장기적으로 보면 그것이야말로 가장 중요했다. 그리하여 6월에 루시는 주말을 보내러 데이비드의 집으로 가게 되었다.

그곳은 18세기 농가를 빅토리아풍으로 모방한 집으로, 아홉 개의 침실과 전망 좋은 테라스를 갖춘 정사각형 건물이었다. 정원을 가꾼 사람들은 나무가 무성히 자란 모습을 보지 못하고 눈감으리라는 사실을 알면서도 나무를 심었을 듯했고, 그 점이 루시는 인상 깊었다. 무척 평온한 분위기 속에 둘은 오후 햇살을 받으며 테라스에 앉아 맥주를 마셨다. 데이비드가 비행 동아리 친구 네 명과 함께 공군 장교 훈련을 받게 되었다는 말을 꺼낸 것은 그때였다. 그는 전투기 조종사가 되고 싶어했다.

"난 비행을 잘할 수 있어." 그가 말했다. "그리고 전쟁이 본격화되면 사람이 필요할 거야. 듣기로 이번 전쟁의 승패는 공중전에 달렸대."

"무섭지 않아?" 그녀가 조용히 물었다.

"전혀." 그러더니 그녀를 보고 다시 말했다. "사실, 무서워."

그녀는 그가 매우 용감하다고 생각하며 손을 잡아주었다.

잠시 후 그들은 수영복을 입고 호수로 내려갔다. 물은 깨끗하고 차가웠지만 햇빛이 아직 뜨거웠고 바람은 따스했다. 그들은 즐겁게 물살을 갈랐다.

"수영 잘해?" 그가 그녀에게 물었다.

"당신보다는 낫지!"

"좋아. 그럼 저 섬까지 경주하자."

그녀는 손차양을 하고 해를 올려다보았다. 그리고 잠시 그 자세로 서 있었다. 젖은 수영복 차림으로 어깨를 펴고 팔을 들어올린 자기 모습이 얼마나 유혹적인지 모르는 척. 덤불과 나무가 자란 조그만 섬은 300미터가량 떨어진 호수의 한가운데 있었다.

그녀는 손을 내리며 외쳤다. "시작!" 그리고 크롤로 빠르게 헤엄쳐나갔다.

당연히 팔다리가 엄청나게 긴 데이비드의 승리였다. 루시는 섬까지

50미터 남짓 남겨놓고 힘이 빠지기 시작했다. 평영으로 영법을 바꿨지만 그마저 힘이 부쳐서 배영 자세로 돌아누워 물위에 떠 있어야 했다. 섬둑에 앉아 바다코끼리처럼 헉헉대고 있던 데이비드가 다시 물속으로 미끄러지더니 그녀를 향해 헤엄쳐왔다. 그는 그녀의 뒤쪽으로 접근해 겨드랑이 아래로 몸을 껴안는 정확한 인명구조 자세로 그녀를 물가로 천천히 끌고 갔다. 그의 양손이 가슴 바로 아래 있었다.

"이거 나쁘지 않은데?" 그의 말에 그녀는 숨쉬기 어려운 와중에도 키득키득 웃었다.

잠시 후 그가 말했다. "아무래도 알려줘야 할 것 같네."

"뭘?" 그녀가 숨을 거칠게 내쉬며 말했다.

"호수 깊이는 1미터 20센티밖에 안 돼."

"뭐야!" 그녀는 식식거리고 웃으면서 버둥버둥 그의 팔을 풀고 나와 호수 바닥에 발을 딛고 섰다.

그는 손을 잡고 그녀를 물 밖으로 데리고 나와 나무 사이로 들어갔다. 그리고 산사나무 아래 뒤집힌 채 썩어가는 나무배 한 척을 가리켰다. "어렸을 때 저걸 타고 여기로 노를 저어오곤 했어. 아버지 파이프 한 개, 성냥갑 하나, 종이 쪼가리에 싼 세인트 브루노 한 자밤을 가지고. 여기서 그걸 피웠지."

그곳은 덤불에 완전히 둘러싸인 공터였다. 발아래 풀잎은 깨끗하고 폭신했다. 루시는 바닥에 털썩 주저앉았다.

"돌아갈 때는 천천히 헤엄치자." 데이비드가 말했다.

"돌아갈 때 얘기는 아직 하지 말자." 루시가 대답했다.

그는 그녀의 곁에 앉아 키스했다. 그리고 부드럽게 뒤로 밀어 그녀를 바닥에 뉘었다. 그가 엉덩이를 어루만지고 목에 입을 맞추자 떨리던 그녀의 몸이 이내 잠잠해졌다. 긴장 어린 그의 손이 다리 사이 부드러운 둔덕에 살며시 놓이자 그녀는 그 손길을 한껏 느끼려고 허리를 들어 올렸다. 그러고는 그의 얼굴을 끌어당겨 입술을 열고 축축한 키스를 했다. 그의 손이 어깨로 옮겨가 그녀의 수영복 끈을 아래로 끌어내렸다. 그녀가 말했다. "안 돼."

그가 그녀의 가슴 사이에 얼굴을 묻고 말했다. "루시, 제발."

"안 돼."

그는 그녀를 보며 말했다. "내게 주어진 마지막 기회일지도 몰라."

그녀는 그의 몸 아래서 빠져나와 일어섰다. 그런 다음 전쟁 때문에, 그의 상기된 젊은 얼굴에 드러난 애원의 표정 때문에, 좀처럼 사그라지지 않는 자기 안의 정열 때문에 단번에 수영복을 벗어내렸다. 수영모를 벗어버리자 짙붉은 머리카락이 어깨 위로 흘러내렸다. 그녀는 그의 앞에 무릎을 꿇고 앉아 양손으로 그의 얼굴을 감싸안고 가슴으로 그의 입술을 이끌었다.

그녀는 고통 없이, 열렬하게 순결을 잃었다. 약간 너무 빨리 끝나긴 했지만.

알알한 죄의식은 오히려 그때의 기억을 한층 즐겁게 해주었다. 철저히 계획된 유혹이었다 해도 그때 그녀는 간절하지는 않을지언정 자발적인 희생자였다. 특히 끝에 가서는.

그녀는 신혼여행용 옷차림을 갖추기 시작했다. 그날 오후 섬에서 그녀는 그를 두 번 놀랬다. 한번은 그가 그녀의 가슴에 키스하도록 이끌었을 때였고, 또 한번은 자기 손으로 그를 몸안에 들였을 때였다. 그런 일들은 분명 그가 읽은 책에서는 일어나지 않았으리라. 친구들 대부분이 그러했듯이 루시는 D. H. 로런스의 책에서 성 지식을 배웠다. 그녀는 그가 말하는 체위에 대해서는 수긍했지만 음향효과는 불신했다—

그의 주인공들이 서로에게 해주는 행위가 좋아 보여도 그 정도로 대단하지는 않은 듯했다. 그녀는 자신의 성감이 깨어날 때 트럼펫 소리가 들린다거나 천둥이 친다거나 심벌즈가 쨍 울릴 거라 기대하지 않았다.

데이비드는 그녀보다 좀더 무지했지만 부드러웠고, 그녀가 기뻐하는 데서 기쁨을 느꼈으며, 그녀는 그 점이야말로 중요하다고 확신했다.

그들은 첫 관계 이후 딱 한 번 더 관계를 가졌다. 정확히 결혼식 일주일 전 사랑을 나누었는데, 그 일이 그들의 첫번째 언쟁을 불러왔다.

이번에는 루시 부모의 집에서였고, 아침에 식구 모두 외출한 상황이었다. 데이비드가 가운 차림으로 그녀의 방에 와 침대에 들었다. 로런스가 말한 트럼펫과 심벌즈에 대한 생각이 거의 바뀌려는 참이었다. 그런데 데이비드가 관계 후 즉시 침대 밖으로 나가버렸다.

"가지 마." 그녀가 말했다.

"누가 들어올지도 모르잖아."

"상관없어. 내 옆으로 와." 그녀는 따스하고 노곤하고 편안했으며, 그가 곁에 있어주길 원했다.

그는 가운을 도로 입었다. "난 신경쓰여."

"오 분 전까지는 안 그랬잖아." 그녀가 그를 향해 손을 뻗었다. "옆에 누워. 당신 몸을 알고 싶어."

직설적인 그녀가 당황스러웠는지 그는 돌아서버렸다.

그녀는 침대를 박차고 나왔다. 사랑스러운 가슴이 출렁거렸다. "당신 때문에 싸구려가 된 기분이야!" 그녀는 침대 모서리에 앉아 울음을 터뜨렸다.

데이비드가 그녀를 감싸안으며 말했다. "미안, 미안, 미안. 나도 당신이 처음이라 뭘 어떻게 해야 할지 몰라. 그리고 좀 혼란스러워…… 내 말은 그러니까, 아무도 당신에게 이런 일에 대해 말해주지 않았지, 그렇지?"

그녀는 코를 훌쩍이며 긍정의 뜻으로 고개를 끄덕였다. 그리고 문득 그가 불안해하는 진짜 이유는 이제 팔 일만 지나면 엉성한 비행기를 타고 나가 구름 위에서 목숨 걸고 싸워야 한다는 것을 알기 때문이라는 생각이 머릿속에 스쳤다. 그래서 그녀는 그를 용서했고, 그는 그녀의 눈물을 닦아주었고, 그들은 다시 침대로 들어갔다. 이후 그는 더없이 달콤했다……

채비를 마친 그녀는 전신 거울에 자기 모습을 비춰보았다. 재킷은 딱 떨어지는 어깨에 견장 장식까지 달려 군복 같은 구석이 없지 않았지만, 안쪽 블라우스가 여성스러워 균형이 맞았다. 소시지 모양으로 가닥가닥 말아 늘어뜨린 머리에는 세련된 필박스 해트*를 썼다. 요란한 복장으로 신혼여행을 떠나는 것은 옳지 않을 터였다. 올해는 그랬다. 그렇지만 유행처럼 번지고 있는, 활동성 있게 실용적이면서도 매력적인 스타일을 완성한 기분이었다.

데이비드는 현관에서 그녀를 기다리고 있었다. 그가 그녀에게 키스하고 말했다. "정말 아름답네요, 로즈 부인."

그들은 모두에게 작별인사를 하러 피로연장으로 되돌아갔다. 두 사람은 런던에 있는 클래리지스 호텔에서 첫날밤을 보낸 후, 데이비드는 운전해 비긴 힐**로 가고 루시는 집으로 돌아온다는 계획을 세워놓았다. 그녀는 부모와 함께 살 예정이었고, 데이비드가 휴가를 나올 때는 별장에서 지내면 되었다.

삼십 분간 또 한차례 악수와 키스를 나눈 후 둘은 밖으로 나와 차에

---

* 챙이 없는 둥근 여성용 모자.

** 2차세계대전 당시 영국 공군의 비행기지.

올랐다. 데이비드의 사촌 몇몇이 벌써 나와 MG에서 나온 오픈 스포츠카 옆에 서 있었다. 범퍼에 얽은 줄에는 깡통들과 낡은 부츠 한 짝이 매달려 있고, 발판에는 색종이 조각이 흩어져 있으며, 도장면에는 '우리 결혼했어요'라는 문구가 새빨간 립스틱으로 휘갈겨 있었다.

그들은 미소짓고 손들며 차를 몰고 떠났다. 뒤에 남은 하객들이 길을 메우고 있었다. 2킬로미터 남짓 달린 그들은 차를 멈추고 장식을 정리했다.

다시 길을 떠난 것은 황혼 무렵이었다. 전조등에 등화관제용 덮개가 씌워져 있었지만, 데이비드는 개의치 않고 차를 몰았다. 루시는 행복감에 잠겨 있었다.

그가 말했다. "거기 글러브박스에 샴페인 한 병 있어."

루시는 글러브박스를 열고 샴페인 한 병과 화장지로 조심스럽게 싼 유리잔 두 개를 꺼냈다. 아직 꽤 차가웠다. 코르크가 크게 뻥 소리를 내며 밤하늘로 날아올랐다. 루시가 샴페인을 따르는 사이 데이비드는 담뱃불을 붙였다.

"저녁에 늦겠어." 그가 말했다.

"무슨 상관이야?" 그녀는 그에게 샴페인잔을 내밀었다.

그녀는 너무 피곤해 술을 마실 수 없었다. 정말 너무 피곤했다. 졸음이 몰려왔다. 차는 무서운 속도로 달리고 있는 것 같았다. 그녀는 데이비드가 샴페인 한 병을 거의 다 비우도록 내버려두었다. 그는 휘파람으로 〈세인트 루이스 블루스〉를 불기 시작했다.

등화관제중인 영국의 도로를 달리는 것은 기묘한 경험이었다. 사람들은 전쟁 전에는 존재조차 깨닫지 못했던 불빛을 그리워했다. 오두막 현관과 농가 창문의 불빛, 대성당 첨탑과 여인숙 간판의 불빛, 그리고 무엇보다 먼 하늘의 어둠 속에서 나지막이 반짝이는 인근 마을의 불빛. 하긴 빛이 있어도 눈길을 줄 표지판이 없었다. 언제 침투해올지 모를 독일 낙하산부대를 교란할 목적으로 싹 없애버린 터였다. (바로 며칠 전 중부 지방에서 농부들이 낙하산과 무전기와 지도 등을 발견했는데, 물건들에서 이어지는 발자국이 없는 것으로 보아 부대원들은 착륙하지 않았고 모든 것이 나치의 민심교란작전이었다는 결론으로 마무리되었다.) 여하튼 데이비드는 런던으로 가는 길을 알았다.

그들은 길게 이어지는 언덕길을 올랐다. 작은 스포츠카는 날쌔게 달렸다. 루시는 반쯤 감은 눈으로 전방의 어둠을 응시했다. 내리막길은 구불구불하고 가팔랐다. 루시의 귀에 멀리서 다가오는 트럭의 굉음이 들려왔다.

데이비드가 굽이를 급하게 돌 때마다 차바퀴에서 끼익 끌리는 소리가 났다. "너무 빨리 달리는 것 같아." 루시가 부드럽게 말했다.

왼쪽으로 커브를 돌면서 차체 뒷부분이 미끄러졌다. 데이비드는 기어를 낮추었다. 다시 미끄러질까봐 브레이크 밟기가 불안했다. 덮개에서 새어나온 전조등 불빛에 길 양편의 산울타리가 희미하게 보였다. 길은 우측으로 가파르게 꺾였고 차체 뒷부분이 또다시 미끄러졌다. 커브길이 영원히 끝나지 않을 것만 같았다. 급기야 차가 옆으로 미끄러져 180도 돌아가더니 같은 방향으로 회전을 계속했다.

"데이비드!" 루시가 비명을 질렀다.

불쑥 달이 나왔고 그들은 트럭을 보았다. 돼지코처럼 생긴 배기 굴뚝에서 은색으로 빛나는 짙은 연기를 내뿜으며 달팽이처럼 느릿느릿 힘겹게 언덕을 올라오고 있었다. 루시는 운전사의 얼굴을 언뜻 보았다. 콧수염과 쓰고 있는 납작모자까지. 브레이크를 밟아 트럭을 세우는 그의 입은 벌어져 있었다.

차는 이제 다시 앞쪽으로 나아가고 있었다. 데이비드가 차를 제어할 수 있다 해도 트럭이 간신히 지나갈 만한 틈밖에 없었다. 그는 운전대를 움켜쥐며 액셀에 발을 대고 말았다. 그것이 실수였다.

그들이 탄 차와 트럭은 정면으로 충돌했다.

4

외국인들에게 스파이가 있다면, 영국에는 군사정보부Military Intelligence가 있다. '군사정보부'는 충분히 완곡한 표현이 아닌 모양인지 MI라고 줄여 부른다. 1940년, MI는 육군성의 일부였다. 당시 잡초처럼 규모가 빠르게 확장되었고—놀랄 일도 아니다—각각의 분과는 숫자로 구분했다. MI9은 포로수용소를 탈출해 유럽 대륙의 점령지를 거쳐 중립국으로 들어가는 경로를 뚫었고, MI8는 적의 무선통신을 감시해 여섯 개 연대 이상의 몫을 해냈으며, MI6는 프랑스로 요원을 파견했다.

1940년 가을 퍼시벌 고들리먼 교수가 합류한 조직은 MI5였다. 이스트엔드 전역을 휩쓴 불난리를 수습하며 간밤을 보낸 어느 추운 9월 아침 그는 화이트홀 거리에 위치한 육군성에 모습을 드러냈다. 영국 대공습이 절정이었고, 그는 보조 소방관이었다.

군사정보부 운영은 평화시, 즉 고들리먼이 생각하기에 아무리 첩보활동을 해봐야 별 차이가 없는 시기에는 군인들이 맡았다. 그러나 지금은 알고 보니 다들 아마추어였고 소속 인원 과반수와 일면식이 있어 신이 났다. MI5에 들어간 첫날 그는 같은 클럽 소속인 법정변호사, 대학 동기인 미술사학자, 같은 대학에서 일하는 문서보관학자, 그리고 좋아하는 탐정소설 작가를 만났다.

그는 오전 열시 테리 대령의 사무실로 안내되었다. 테리는 몇 시간째 그곳에 있었는지 빈 담뱃갑 두 개가 쓰레기통에 버려져 있었다.

고들리먼이 말했다. "이제 경칭을 써야 하는 겁니까?"

"그럴 거 없어. 앤드루 삼촌이면 되지 뭘. 앉아."

그렇지만 테리의 태도에는 사보이 호텔에서 점심을 먹을 때와 달리 사무적인 구석이 있었다. 그는 웃지 않았고, 책상 위에 잔뜩 놓인 아직 읽지 않은 전송문에 온통 관심이 쏠려 있음을 고들리먼은 알아차렸다.

테리가 자기 시계를 보며 말했다. "간단히 상황을 설명할게. 지난번 점심 먹으면서 시작한 강의를 마저 끝내야지."

고들리먼은 미소지었다. "이번에는 거만하게 자리에서 일어나지 않겠습니다."

테리는 다시 담뱃불을 붙였다.

영국에 들어온 카나리스의 스파이는 죄다 쓸모없었다(테리는 그들의 대화가 석 달이 아니라 오 분 전에 중단된 듯 다시 이어갔다). 도러시 오그레이디가 대표적으로, 와이트섬에서 군사 전화선을 끊다가 붙잡혔다. 그녀는 장난감 가게에서 팔 법한 비밀 잉크로 편지를 써서 포르투갈에 보내고 있었다.

9월에 스파이들의 새로운 흐름이 시작되었다. 그들의 임무는 침공에 대비한 영국 정찰, 즉 상륙에 적합한 해안, 분대 수송용 글라이더가 이동 가능한 들판과 도로, 대전차장애물과 바리케이드, 철조망 방벽 등에 관한 정보 수집이다.

엉성하게 선발되고 급하게 소집된 그들은 적절한 수준의 훈련은커녕 제대로 된 장비도 갖추지 못한 듯 보인다. 대표적으로 9월 2일과 3일 사이 야심한 틈을 타 넘어온 네 명—마이어, 키봄, 폰스, 발트베르크— 의 사정이 그러했다. 키봄과 폰스는 새벽녘 하이드 근처에 상륙했지만 서머싯 경보병대 소속 톨러베이 일병에게 체포되었다. 그들은 모래언 덕에서 지저분하고 큼지막한 부어스트* 한 줄을 잘게 자르고 있었다.

발트베르크는 어찌어찌 함부르크에 신호를 보내기는 했다.

안전하게 도착. 문서 파괴 완료. 해안에서 200미터 지점 영국 순찰대. 50미 터 거리에 갈색 그물과 침목이 있는 해변. 광산 없음. 군인 극소수. 짓다 만 요새. 신작로. 발트베르크.

분명 그는 자신의 위치조차 파악하지 못했던 것이다. 심지어 자신에 게 암호명이 있다는 것도 몰랐다. 그가 영국 주류 판매법에 대해 일말 의 지식도 없었다는 사실은 그의 보고의 가치를 말해준다—그는 아침 아홉시 술집에 가서 사과주 1쿼트를 주문했다.

(고들리먼이 이 대목에서 웃음을 터뜨리자 테리가 말했다. "기다려, 더 재미있는 게 있으니까.")

가게 주인은 발트베르크에게 열시에 다시 오라며, 기다리는 동안 마 을 교회라도 구경하는 게 어떠냐고 제안했다. 놀랍게도 발트베르크는 열시 정각에 다시 왔고, 그 결과 자전거를 타고 온 경찰 두 명에게 체포 당했다.

("〈또 그 남자〉 대본 같군요." 고들리먼이 말했다.)

마이어는 몇 시간 지나 발견되었다. 그후 몇 주에 걸쳐 열한 명의 첩 보원이 발각되었는데, 대부분이 영국 땅을 밟은 지 몇 시간 되지 않아

---

* 독일어로 소시지.

서였다. 그리고 거의 모두가 교수대로 향할 운명이었다.

("거의 모두요?" 고들리먼이 묻자 테리가 말했다. "그래. 두 명은 B-1(a) 부서로 넘겨졌거든. 그 얘기는 잠시 후에 하기로 하고.")

아일랜드에 상륙한 자도 있었다. 한 명은 에른스트 베버드롤이라는, '세계에서 가장 강한 남자'라는 이름을 걸고 아일랜드의 보드빌 극장을 돌며 공연하던 유명 곡예사로 그곳에 사생아를 둘 두었다. 그는 아일랜드 경찰에게 체포되어 벌금 300파운드를 내고 B-1(a)로 넘겨졌다.

또 한 명인 헤르만 괴츠는 낙하산을 타고 아일랜드에 착륙한다는 것이 그만 실수로 얼스터에 떨어지고 말았다. IRA에게 소지품을 모조리 강탈당한 후 모피 속옷 차림으로 보인 강을 헤엄치다 결국 알약을 삼켜 자살했다. 그는 '드레스덴제'라고 찍힌 손전등을 소지하고 있었다.

("이런 어중이떠중이를 찾아내는 게 뭐 그리 어렵다고 우리가 너 같은 뛰어난 두뇌들을 불러들일까? 두 가지 이유가 있어. 첫째, 찾아내지 못한 자들의 숫자가 얼마나 되는지 알 길이 없다는 것. 둘째, 관건은 교수형에 처하지 않은 자들을 이용해 우리가 무엇을 하느냐는 것. 바로 이 지점에서 B-1(a)가 등장하는데, 설명을 위해 1936년으로 거슬러가야겠군." 테리가 말했다.)

앨프리드 조지 오언스는 전기기술자로 그의 회사가 정부와 몇 건의 계약을 맺은 바 있었다. 1930년대 몇 차례 독일을 방문했던 그는 그곳에서 수집한 단편적인 기술정보들을 해군성에 자발적으로 넘겨주었다. 결국 해군정보부가 그를 MI6로 보냈고, 그곳에서 그는 첩보교육을 받기 시작했다. 대략 비슷한 시기에 아프베어도 그를 고용했다는 사실을 MI6가 간파한 것은 익히 알려진 독일의 위장주소로 그가 보낸 편지를 가로채면서였다. 그는 충성심이라곤 전혀 없는 자로, 오로지 스파이가 되고 싶었던 것이다. 영국측에서는 그를 '눈snow'이라 불렀고 독일측에서는 '조니'라 불렀다.

1939년 1월, 눈은 무선송신기 사용 지침서와 빅토리아 역 수하물 보관소 표가 동봉된 편지를 한 통 받았다.

전쟁이 일어난 다음날 그는 체포되었고, 그와 그의 송신기—수하물 보관소에서 표를 제시하고 찾은 슈트케이스에 담긴 그대로—는 원즈워스 감옥에 갇혔다. 그는 함부르크와 교신을 계속 이어나가는 중이지만, 일체의 전송문은 MI5의 B-1(a)에 의해 작성되고 있었다.

아프베어는 그를 영국에 있는 또다른 독일 첩보원 두 명과 접선시켰고, 그 둘은 즉각 체포되었다. 그에게 암호와 상세한 무전 절차를 보내기도 했는데 대단히 유용한 정보였다.

눈의 뒤를 이어 찰리, 무지개, 여름, 비스킷이 줄줄이 적의 스파이 소대가 되었다. 그들은 카나리스와 정기적으로 연락을 취했고 그의 신임을 받았으나, 모두 영국 방첩조직의 완벽한 통제하에 있었다.

그즈음 MI5는 어렴풋하게나마 어마어마하고 조마조마한 가능성을 깨달아가고 있었다. 우리는 영국 내 독일 첩보조직 전체를 통제하고 조종할 수 있다.

"교수형에 처하는 대신 이중간첩으로 만들면 두 가지 결정적인 이점이 있지." 테리가 얘기를 마무리지으며 말했다. "우선 적은 자기들 스파이가 여전히 활동중인 줄 알기 때문에 우리가 못 잡을 수도 있는 다른 요원으로 대체할 생각을 하지 않지. 둘째, 스파이가 관리자에게 전달하는 정보라는 것이 결국 우리에게서 나가는 것이라 적을 속이고 그들의 전략을 오도할 수 있어."

"그렇게 간단한 일은 아닐 텐데요." 고들리먼이 말했다.

"물론 그렇지." 테리는 담배와 파이프 연기를 내보내기 위해 창문을 열었다. "성공하려면 조직의 체계가 완벽에 가까워야 해. 이곳에 진짜 요원이 상당수 있을 경우 그들의 정보가 이중간첩의 정보와 모순되고, 그렇게 되면 아프베어는 낌새를 챌 테니까."

"흥미진진한데요." 고들리먼이 말했다. 파이프 불은 꺼져 있었다.

테리는 그날 아침 처음으로 미소지었다. "이곳 사람들은 여기 일이 고되다고 얘기할 거야. 근무시간도 길고 긴장감도 높고 짜증도 많이 난다고 말이야. 하지만 네 말이 옳아, 분명 흥미진진한 일이기도 해." 그는 자기 시계를 봤다. "이제 명철한 젊은 요원 하나를 소개해줄 시간이군. 그 친구 사무실로 가지."

그들은 사무실을 나와 계단 몇 개를 오른 다음 복도를 굽이굽이 따라갔다. "이름은 프레더릭 블로그스.* 이름 갖고 농담하면 화를 내." 테리는 말을 이었다. "런던 경찰청에서 뽑아왔지. 특수부 경위였어. 팔다리가 필요하면 그 친구를 이용해. 계급이야 물론 네가 위지만, 그 점을 지나치게 강조하지는 않겠어. 여기서는, 우리는 그러지 않거든. 굳이 이런 말을 해줄 필요도 없을 것 같지만."

그들은 작고 텅 빈 사무실로 들어갔다. 창도 없는 벽이 떡하니 보였다. 카펫은 깔려 있지 않았다. 아리따운 아가씨 사진 한 장이 벽에 붙어 있고, 모자걸이에 수갑 하나가 걸려 있었다.

테리가 말했다. "이쪽은 프레더릭 블로그스, 여기는 퍼시벌 고들리먼. 나는 이만 가보겠네."

책상에 앉은 남자는 금발에 체격이 다부졌고 키가 작았다. 키가 저래서 간신히 경찰에 들어갔겠군, 고들리먼은 생각했다. 넥타이가 야단스러웠지만 유쾌하고 꾸밈없는 얼굴에 환한 미소가 매력적이었다. 악수

---

* 영국에서 아무개를 가리킬 때 쓰는 이름.

하는 손에서 힘이 느껴졌다.

"그건 그렇고, 교수님. 점심 먹으러 막 집에 다녀오려던 참이었거든요." 그가 말했다. "같이 가겠습니까? 아내가 소시지와 감자튀김을 맛있게 준비하고 있는데." 코크니 억양이 강했다.

선호하는 메뉴는 아니었지만 고들리면은 같이 가기로 했다. 그들은 트래펄가광장으로 걸어가 혹스턴행 버스를 탔다. 블로그스가 말했다. "아내는 멋진 여자예요. 그런데 요리를 전혀 못해요. 그래서 매일 소시지와 감자튀김만 먹어요."

런던 동부에서는 간밤의 공습 때문에 아직도 연기가 피어오르고 있었다. 두 사람은 소방관과 자원봉사자 무리를 스쳐지났다. 그들은 허물어진 건물의 잔해를 걷어내고 꺼져가는 불에 호스로 물을 뿌리고 거리에 흩어진 파편을 정리하고 있었다. 반쯤 무너진 집에서 소중한 라디오를 들고 나오는 노인의 모습이 보였다.

고들리면이 먼저 말을 꺼냈다. "이제 우리 둘이 같이 스파이를 잡게 됐군."

"한번 해보자고요."

블로그스의 집은 판에 박은 듯한 주택이 늘어선 거리에 있었는데, 침실은 세 개고 한쪽 벽을 이웃과 공유하는 연립주택이었다. 집 앞의 조그만 정원은 모두 채소를 기르는 데 이용되고 있었다. 블로그스의 아내는 사무실 벽에 붙은 사진의 주인공이었다. 피곤한 기색이었다. "아내는 공습 때 앰뷸런스를 운전해요. 그렇지, 여보?" 블로그스는 아내를 자랑스러워했다. 그녀의 이름은 크리스틴이었다.

그녀가 말했다. "매일 아침 돌아올 때마다 우리집이 아직 제자리에 있을까 생각하죠."

"이것 좀 보세요, 제가 아니라 집 걱정을 한다니까요." 블로그스가 말했다.

고들리먼은 벽난로 위에 놓인 상자 안 메달을 집어올렸다. "이건 뭐지?"

크리스틴이 대답했다. "저이가 우체국 강도를 총으로 쐈거든요."

"대단한 부부군요." 고들리먼이 말했다.

"결혼은 하셨어요?" 블로그스가 물었다.

"아내가 먼저 갔어."

"안됐네요."

"1930년 폐결핵으로 죽었지. 아이는 없고."

"저희도 아직입니다." 블로그스가 말했다. "세상이 어수선하니."

크리스틴이 말했다. "여보, 그런 얘기는 관심 없으실 거야." 그러고는 부엌으로 갔다.

그들은 식사를 하기 위해 부엌 한가운데 있는 정사각형 식탁에 둘러앉았다. 고들리먼은 이 부부와 가정적인 광경에 마음이 움직여 어느새 엘리너 생각을 하게 되었다. 수년간 감상에 빠지지 않았던 그로서는 흔치 않은 일이었다. 신경이 다시 살아나고 있는지도 몰랐다. 전쟁은 흥미로운 일을 많이 일으키니까.

크리스틴의 요리는 정말이지 끔찍했다. 소시지는 새까맣게 탔다. 블로그스는 음식에 토마토케첩을 잔뜩 뿌렸고 고들리먼도 기꺼이 전례를 따랐다.

점심을 먹은 뒤 그들은 화이트홀로 돌아왔다. 블로그스는 아직 영국에서 활동중인 것으로 여겨지는 미확인 간첩 파일을 고들리먼에게 보여주었다.

정보의 출처는 세 군데였다. 첫번째는 내무부의 이민 기록. 출입국 관리는 군사정보부의 오랜 관리 부문으로, 이 나라에 들어왔으되 나간 기록이 없고 그렇다고 사망이나 귀화 등 납득되는 이유도 없는 외국인의 목록—지난 전쟁까지 거슬러올라가는—이 있었다. 전쟁이 일어나자 그들은 모두 법정에 섰고 세 그룹으로 분류되었다. 처음에는 A급만 억류되었다. 그러나 영국 함대의 유언비어 사태 후 1940년 7월 무렵에는 B급과 C급도 이동 권리를 박탈당했다. 위치 파악이 되지 않는 이민자도 소수 있었는데, 그 일부가 스파이라는 가정은 타당해 보였다.

그들에 관한 서류가 블로그스의 파일에 들어 있었다.

두번째 출처는 무선송신이었다. MI8의 C 부서는 밤마다 전파를 추적해 자신들의 신호인지 확신이 서지 않는 것을 전부 기록했고, 그것을 정부 암호해독 학교에 전달했다. 최근 런던의 버클리 스트리트에서 블레츨리 파크의 저택으로 옮긴 이 집단은 학교가 아니라 체스 챔피언, 음악가, 수학자, 십자말풀이광의 집합체로 인간이 발명할 수 있는 암호라면 반드시 해독도 할 수 있다는 믿음에 헌신했다. 영국제도에서 송신되고 있으나 아군의 전파로 설명할 수 없는 신호는 스파이의 메시지로 간주되었다.

그 전송문을 해독한 것들이 블로그스의 파일에 들어 있었다.

마지막 출처는 이중간첩이었다. 그러나 그들은 실제로 가치가 있다기보다는 희망사항에 가까웠다. 아프베어는 이중간첩들에게 전송하는 메시지를 통해 몇몇 신참 요원에 대해 경계시키며 고정간첩 한 명을 드러냈다—본머스에 사는 마틸다 크라프트라는 여자로, 우편으로 눈에게 돈을 보낸 뒤 홀러웨이 감옥에 투옥되었다. 그러나 이중간첩들도 정보기관으로서는 가장 중요한, 조용히 효과적으로 활동하는 전문 스파이의 신원이나 소재는 밝혀내지 못했다. 그런 존재가 있으리라는 것은 누구도 의심하지 않았다. 단서는 있었다. 예를 들어 누군가가 독일에서 눈의 송신기를 들여왔고 빅토리아 역에 있는 수하물 보관소에 맡겨 찾아가도록 했다. 그러나 아프베어도 전문 스파이들도 대단히 조심하고 있어서 이중간첩에게 정체가 드러나지 않았다.

그러나 단서들이 블로그스의 파일에 들어 있었다.

다른 출처 역시 개발하고 있었다. 전문가들이 삼각측량법(무선송신기의 방향을 잡아내는)의 향상을 위해 노력중이었고, MI6는 히틀러 군대의 해일로 가라앉아버린 유럽 내 첩보망 재정비에 힘쓰고 있었다.

블로그스의 파일에 들어 있는 정보는 한 줌이었다.

"화가 날 때도 많아요." 그가 고들리먼에게 말했다. "이걸 보시죠."

그는 도청한 내용이 담긴 서류 한 장을 파일에서 꺼냈다. 핀란드로 파견군을 보내려는 영국측 계획이 포함되어 있었다. "올해 초 입수했는데 정보의 내용이 흠잡을 데가 없어요. 이자의 위치를 파악하던 중 명백한 이유 없이 타전이 끊겼다더군요. 아마도 누가 방해했나봐요. 몇 분 후 무전이 재개됐는데, 우리 쪽에서 전원을 연결하기도 전에 다시 사라져버렸어요."

고들리먼이 말했다. "이건 뭐지? '빌리에게 안부 전함.'"

"바로 그게 중요한 점이에요." 블로그스가 말했다. 그는 점점 흥분하고 있었다. "여기 또다른 전송문 일부가 있어요, 아주 최근 거죠. 보세요. '빌리에게 안부 전함.' 이번에는 답을 받았어요. 수신인은 '디 나델Die Nadel.'"

"바늘이라."

"프로예요. 이자가 보낸 걸 보세요. 간결하게 핵심만 전하면서도 상세하고, 애매한 구석은 전혀 없어요."

고들리먼은 일부뿐인 두번째 전송문을 찬찬히 훑어보았다. "폭격 결과에 대한 내용 같군."

"이스트엔드를 돌아본 게 분명해요. 프로예요, 프로."

"이자에 대해 우리가 아는 게 또 뭐가 있지?"

젊은 혈기에 차 있던 블로그스의 안색이 금세 어두워졌다. "안타깝게도 그게 다입니다."

"암호명은 바늘이고, 전송문의 마무리는 '빌리에게 안부 전함', 정보력이 좋다. 그게 다란 말인가?"

"안타깝게도 그렇습니다."

고들리먼은 책상 모서리에 걸터앉아 창밖을 내다보았다. 맞은편 건물 벽, 화려하게 장식된 창틀 아래로 흰털발제비의 둥지가 보였다. "그것만으로 우리가 그자를 잡을 수 있는 확률은 얼마나 될까?"

블로그스가 어깨를 으쓱했다. "제로 아니겠어요?"

5

이런 곳을 표현하기 위해 '음산하다'라는 단어가 생겨났을 것이다.

북해의 그 섬은 음침하게 솟아오른 J 모양의 바윗덩어리다. 지도에서 보면 반으로 부러진 지팡이 위쪽 같은 형태인데, 적도와 거의 평행을 이루면서도 북쪽을 향해 기다랗게 뻗어 있다. 구부러진 손잡이 쪽은 애 버딘*을 향하고, 들쭉날쭉 부러진 끄트머리는 위협하듯 멀리 덴마크를 가리키고 있다. 섬의 길이는 16킬로미터쯤이다.

해안가 주변에는 차가운 바다 위로 절벽이 솟아 있을 뿐, 해변을 갖 춰놓는 정중함이라고는 찾아볼 수 없다. 이런 무례에 화가 난 파도가 바위섬에 몸을 부딪혀보지만 헛된 포효일 뿐이다. 일만 년 동안 울화를 터뜨려본들 섬은 아무런 동요 없이 무시한다.

J 안쪽의 바다는 그보다 고요하다. 좀더 상냥하게 환영인사를 건넨다. 물결이 드나들며 그 안으로 모래와 해초와 유목流木과 자갈과 조개껍데

---

* 스코틀랜드 북해 연안의 항구도시.

기를 던져넣어 지금은 절벽 발치와 물가 사이에 해변 분위기가 풍기는 마른땅 비슷한 것이 초승달 모양으로 생겨났다.

해마다 여름이면, 절벽 꼭대기에 자라난 초목이 해변으로 한 줌의 씨앗을 떨어뜨린다. 부자가 거지들에게 동전을 던지듯이. 겨울이 따뜻하고 봄이 일찍 찾아오면 몇 알은 연약한 뿌리를 내리기도 한다. 그러나 스스로 꽃을 피우고 씨를 퍼뜨릴 만큼 튼튼해진 적은 없다. 그리하여 해변은 해마다 구걸에 의지해 존재를 이어간다.

육지, 그러니까 땅이라 부를 만한 곳은 바다의 손길을 막아주는 절벽 덕분에 초록의 것들이 자라 증식한다. 초목이라야 앙상한 양 몇 마리를 먹여살릴 억센 풀이 대부분이지만, 섬의 기반암에서 표층토가 날아가지 않도록 단단히 붙들어준다. 죄다 가시넝쿨이지만 덤불도 얼마간 있어 토끼들의 보금자리가 되어준다. 동쪽 끝, 바람이 가려지는 쪽 언덕 기슭에는 용감한 침엽수들이 서 있다.

좀더 높은 지대는 히스가 지배한다. 몇 년에 한 번씩 그 사람—그렇다, 이곳에는 사람이 살고 있다—이 불을 놓는다. 그러면 풀이 자라고 양들도 이곳에서 풀을 뜯을 수 있다. 그렇지만 이 년쯤 지나면 어디서 생기는지 모르게 또 히스 천지가 되어 그가 다시 불을 놓을 때까지 양들을 몰아낸다.

이곳에 토끼가 있는 이유는 여기서 태어났기 때문이다. 이곳에 양이 있는 이유는 여기로 데려왔기 때문이다. 이곳에 그 사람이 있는 이유는 양들을 돌보기 위해서다. 그러나 이곳에 새들이 있는 이유는 이곳을 좋아하기 때문이다. 이곳에는 수십만 마리의 새가 있다. 다리가 긴 바위할미새는 하늘 높이 솟구쳐오를 때면 삐이삐이 길게 울다가도 하늘에서 나타나 메서슈미트*를 향해 달려드는 스핏파이어처럼 하강할 때는 삐삐삐삐 성마르게 울어댄다. 흰눈썹뜸부기는 눈에 거의 띄지 않지만 녀석

70

들이 그곳에 있다는 것을 그는 안다. 밤이면 녀석들이 우는 소리 때문에 잠을 잘 수 없어서다. 갈가마귀와 까마귀와 세가락갈매기와 셀 수 없는 갈매기떼도 있다. 검독수리 한 쌍은 보일 때마다 총질을 하는데, 놈들이 죽은 것들의 고기뿐만 아니라 살아 있는 새끼 양을 잡아먹는다는 사실을—에든버러에서 온 박물학자와 전문가가 뭐라 하든—알기 때문이다.

수시로 섬을 찾는 방문객은 바람이다. 주로 북동쪽, 피오르와 빙하와 빙산이 있는 끔찍하게 추운 곳에서 오기 때문에 눈과 휘몰아치는 비바람과 차디찬 안개처럼 달갑지 않은 선물을 가져오는 경우가 잦다. 때로 빈손으로 도착해도 울부짖거나 함성을 지르거나 호통치며, 덤불을 잡아뜯고 나무를 구부리고 사나운 대양을 채찍질해 격노의 거품 발작을 일으키기도 한다. 지칠 줄 모른다, 이 바람은. 그리고 그것이 실수다. 간간이 온다면 섬을 깜짝 놀래며 그럴듯한 피해를 입힐 수 있을지도 모른다. 그러나 바람은 거의 언제나 이곳에 있기 때문에 섬은 더불어 사는 법을 익혔다. 식물은 뿌리를 깊이 내리고, 토끼는 덤불 깊숙이 몸을 숨기고, 나무는 태형에 대비해 등줄기를 구부리고 자란다. 새는 비바람이 들이치지 않는 바위틈에 둥지를 틀고, 그 남자의 집은 이 오랜 바람을 아는 기술로 지어져 튼튼하고 야트막하다.

이 집은 커다란 회색 돌과 회색 슬레이트로 지어졌다. 회색은 바다의 색이다. 창문들은 작고 문은 이가 잘 맞고 굴뚝이 하나 있다. 섬 동쪽 끝 언덕 위, 부러진 지팡이의 들쭉날쭉한 끝부분에 자리하고 있다. 언덕 꼭대기에서 비와 바람을 견뎌내고 있는데, 허세 때문이 아니라 그래야 남자가 양들을 지켜볼 수 있기 때문이다.

---

*2차세계대전 당시 독일의 주력 전투기.

16킬로미터쯤 떨어진 곳—섬의 반대편 끄트머리, 해변 분위기가 풍기는 그곳과 가까운—에 비슷한 집이 또 한 채 서 있다. 또다른 남자가 살던 곳인데 지금은 비었다. 그 남자는 자신이 섬보다 많이 안다고 생각했다. 귀리와 감자를 기르고 소도 몇 마리 키울 수 있으리라 생각했다. 그는 바람과 추위와 토양과 전쟁을 치렀다. 그리고 삼 년이 지나자 결국 자신이 틀렸음을 인정했다. 그가 떠나고 나서는 아무도 그 집을 원하지 않았다.

섬은 거친 곳이다. 거친 것만이 이곳에서 살아남을 수 있다. 단단한 바위, 억센 풀, 튼튼한 양, 야생 조류, 견고한 집과 강한 남자.

이런 곳을 표현하기 위해 '음산하다'라는 단어가 생겨났을 것이다.

"그곳은 '폭풍의 섬'이라 부른단다. 너희도 좋아하게 될 거다." 앨프리드 로즈가 말했다.

데이비드와 루시는 고깃배의 뱃머리에 앉아 일렁이는 파도 너머를 보고 있었다. 쾌청한 11월의 어느 날, 쌀쌀한 미풍이 불었지만 하늘은 맑고 공기는 건조했다. 파리한 햇빛이 잔물결 위에서 반짝거렸다.

"1926년에 사들였지." 아버지가 말을 이어갔다. "혁명이 일어나면 노동자계급을 피해 몸을 숨길 곳이 필요할 거라 생각했으니까. 요양하기엔 그만인 곳이다."

루시는 그가 다정한 것이 미심쩍었지만 섬이 아름답다는 점만은 인정해야 했다. 모든 것이 바람에 날리고 있었고 자연 그대로였으며 생기 넘쳤다. 그리고 이 이사는 이치에 맞았다. 결혼을 했으니 부모에게서 떨어져 새로운 생활을 시작해야 했다. 하지만 폭탄이 떨어지는 도시로 간다는 것은 말이 되지 않았다. 더군다나 둘 중 누구의 수중에도 자금이 충분치 않은 상황이었다. 그런 때 데이비드의 아버지가 스코틀랜드 해안에서 좀 떨어진 곳에 섬을 가지고 있다니, 믿어지지 않을 정도로 다행스러운 일이었다.

"양도 키우고 있다. 양털 깎는 사람들이 매해 봄이면 본토에서 건너오는데, 딱 톰 매커비티에게 임금을 줄 만큼만 돈이 되고 있어. 톰은 그곳에 사는 양치기 노인이다."

"몇 살인데요?" 루시가 물었다.

"글쎄다, 한 일흔 살쯤 됐지 싶은데?"

"괴팍하겠네요." 배가 만으로 들어서자 방파제에 두 개의 작은 형체가 보였다. 남자와 개였다.

"괴팍하다고? 이십 년 동안 혼자 살면 누구나 그렇게 되겠지. 말상대라곤 개밖에 없으니까."

루시는 타고 온 작은 배의 선주를 보며 물었다. "얼마나 자주 들르나요?"

"이 주에 한 번 월요일에 옵니다, 부인. 톰이 부탁한 얼마 안 되는 물품과 그보다 더 적은 우편물을 가지고요. 저한테 목록만 주시면 됩니다. 애버딘에서 구할 수 있는 물건이면 구해다드립니다."

그는 엔진을 끄고 톰에게 밧줄을 던졌다. 옆에 있던 개가 흥분했는지 컹컹 짖으며 빙글빙글 맴돌았다. 루시는 뱃전에 한 발을 딛고 방파제로 뛰어내렸다.

톰은 그녀와 악수를 나누었다. 얼굴은 가죽 같았고 뚜껑이 달린 큰 파이프를 물고 있었다. 키는 그녀보다 작지만 몸통이 굵고 말도 안 되게 건강해 보였다.

그녀가 지금껏 본 최고로 털이 북슬북슬한 트위드 재킷에 어딘가 살고 있을 나이든 누이가 짜주었음직한 니트 스웨터를 입고, 체크무늬 모자에 군화를 신고 있었다. 아주 크고 붉은 코에는 푸른 정맥이 보였다.

"뵙게 되어 반갑습니다." 그는 정중하게 인사를 건넸다. 이 주 만에 처음 인간의 얼굴을 마주하는 것이 아니라 마치 그녀가 오늘 자신을 찾아온 아홉번째 방문객이라도 되는 것처럼.

"받아요, 톰." 선주가 말했다. 그는 배 밖으로 판지상자 두 개를 내밀었다. "이번엔 달걀을 못 구했어요. 하지만 데번에서 온 편지가 있어요."

"조카딸이 보냈나보군."

루시는 스웨터가 어디서 났는지 짐작이 갔다.

데이비드는 아직 배 안에 있었다. 선주가 그의 뒤에서 말했다. "준비됐습니까?"

아버지와 톰이 거들기 위해 배 쪽으로 몸을 숙였고, 세 명은 데이비드가 앉은 휠체어를 들어 방파제로 내려놓았다.

"지금 가지 않으면 이 주나 기다려야 다음 버스를 타겠지?" 아버지가 미소지으며 말했다. "너희도 보면 알겠지만, 집은 말끔하게 정돈됐을 거다. 너희 물건도 빠짐없이 갖다놓았고, 톰이 다 안내해줄 테니 따라가도록 해." 그는 루시에게 키스하고 데이비드의 어깨를 두드린 뒤 톰과 악수를 나눴다. "몇 달 쉬고 같이 지내면서 건강을 완벽하게 회복한 다음 돌아오너라. 중요한 전시戰時 과제들이 너희 둘을 기다리고 있으니."

그들이 돌아가지 않으리라는 것을 루시는 알고 있었다. 적어도 전쟁이 끝나기 전까지는. 그러나 아직 아무에게도 그 말을 하지 않았다.

아버지는 배에 다시 올랐다. 배는 급히 방향을 틀어 돌아나갔다. 루시는 곶 근처에서 배의 모습이 보이지 않을 때까지 손을 흔들었다.

톰이 휠체어를 밀었기 때문에 루시는 그의 식료품 상자를 들었다. 방파제가 끝나는 곳과 절벽 꼭대기 사이에 길고 가파르고 좁은 경사로가 마치 다리처럼 해변 위로 높이 솟아 있었다. 루시였다면 그 꼭대기까지 휠체어를 밀고 가느라 진이 빠졌겠지만, 톰은 별달리 힘들이지 않고 나아갔다.

오두막은 완벽했다.

작은 회색 집이었고, 구릉이 바람을 막아주었다. 목재 부분은 모두 페인트칠을 새로 했고 현관 계단 옆에는 들장미 덤불이 자라고 있었다. 굴뚝에서 둥글게 말려 피어오르는 연기를 부드러운 바람이 슥 낚아채갔다. 조그만 창문들은 만灣을 바라다보고 있었다.

루시가 말했다. "마음에 쏙 들어요!"

내부는 청소와 환기와 페인트칠이 되어 있었고, 돌바닥에는 두꺼운 러그가 깔려 있었다. 방은 네 개로 아래층의 현대식 부엌, 석제 벽난로가 딸린 거실, 위층의 침실 두 개였다. 집의 한쪽 끝은 세심하게 개조해 현대식 배관공사가 되어 있었는데, 위층은 욕실, 아래층은 부엌을 증축한 공간이었다.

옷은 옷장에 정돈되어 있었다. 욕실에는 수건이 걸려 있고 부엌에는 식료품이 구비되어 있었다.

톰이 말했다. "헛간으로 가겠습니까? 보여줘야 할 것이 있으니."

그곳은 헛간이라기보다 창고였다. 오두막에 가려 보이지 않았는데, 안으로 들어가니 번쩍거리는 신형 지프차가 서 있었다.

"아드님이 운전할 수 있게 로즈 씨가 특별히 주문해 마련한 겁니다." 톰이 말했다. "기어는 자동이고 스로틀과 브레이크는 손으로 작동하게 되어 있다, 그렇게 말씀하시더군요." 그는 뜻도 모르면서 말을 따라 하는 앵무새 같았다. 자신은 기어가 무엇인지, 브레이크나 스로틀이 무엇인지 아는 바 없다는 듯이.

루시가 말했다. "멋지지 않아, 데이비드?"

"아주 좋네. 그런데 이걸 타고 어딜 가지?"

톰이 말했다. "원하면 언제든 나를 찾아와요. 파이프 담배도 나눠 피우고 조금이나마 위스키도 같이 마시게. 다시 이웃이 생길 날을 고대하고 있었습니다."

"고마운 말씀이에요." 루시가 말했다.

"이게 발전기입니다." 톰이 돌아서서 손가락으로 가리키며 말했다. "나도 똑같은 게 있어요. 이 안에 연료를 넣으면 교류전류를 만들어냅니다."

"이상하군요. 작은 발전기는 대개 직류인데." 데이비드가 말했다.

"아, 차이점은 잘 모릅니다. 다만 이게 더 안전하다더군요."

"사실입니다. 교류발전기 쇼크는 사람을 방 저편으로 날려버리는 정도겠지만 직류는 죽음을 불러올 수도 있으니까요."

그들은 오두막 뒤편으로 갔다. 톰이 말했다. "이제 들어가서 정리를 좀 해야겠지요? 나도 가서 양들을 돌봐야 하니 이만 실례하겠습니다. 아! 말씀드릴 게 한 가지 더 있군요. 비상시에는 무전으로 본토와 연락이 가능합니다."

데이비드가 놀라 물었다. "무선송신기를 가지고 있나요?"

"그렇습니다." 톰이 자랑스레 말했다. "왕립감시대 소속으로 적기를 탐지하고 있습니다."

"적기가 탐지된 적이 있긴 한가요?"

루시는 데이비드의 어조에 밴 빈정거림이 못마땅하다는 기색을 내비쳤지만 톰은 아무런 낌새도 채지 못한 듯했다. 그가 대답했다. "아직은 없었습니다."

"잘된 일이네요."

톰이 가고 나자 루시가 말했다. "그 사람은 자기 의무를 다하고 싶은 것뿐이야."

"많은 사람이 자기 의무를 다하고 싶어하지." 데이비드가 말했다.

그것이 문제라고 루시는 생각했다. 그녀는 그 얘기를 더 이어가지 않고 불구가 된 남편의 휠체어를 밀어 새집으로 들어갔다.

병원 심리학자를 찾아가보라는 권유를 받은 순간 루시는 데이비드가 뇌손상을 입은 것은 아닐까 추측했다. 그건 아니었다. "두부 쪽 이상은 왼쪽 관자놀이의 심한 타박상이 전부입니다." 심리학자는 말했다. "그러나 양다리를 다 잃은 건 크나큰 정신적 외상입니다. 그 상처가 남편분 심리상태에 어떤 영향을 미칠지는 말씀드릴 필요가 없겠죠. 조종사가 무척 되고 싶어했나요?"

루시는 잠시 생각에 잠겼다. "두려워했지만 굉장히 되고 싶어했죠."

"그렇군요. 남편분에게는 부인이 줄 수 있는 최대한의 위로와 격려가 필요합니다. 인내심도요. 예상할 수 있는 한 가지는 그가 한동안 자신의 처지를 억울해하며 신경질적인 태도를 보이리라는 겁니다. 그에게는 사랑과 휴식이 필요합니다."

그러나 섬에서 지내는 처음 몇 달 동안 그는 둘 중 어느 것도 원하지 않는 듯했다. 그는 그녀와 잠자리를 하지 않았다. 어쩌면 부상이 완전히 회복되기를 기다리고 있는지도 몰랐다. 그러나 휴식을 취하지도 않았다. 지프차 뒤쪽에 휠체어를 싣고 열심히 섬을 휘젓고 다니며 양을 치는 일에 전력을 다했다. 위험천만한 절벽을 따라 울타리를 세우고 독수리에게 총질을 하는가 하면 베시가 눈이 멀기 시작하자 톰을 도와 새로운 개를 훈련시켰고, 히스에 불을 놓았다. 봄이 되자 그는 매일 밤 새끼 양 출산을 도우러 나갔다. 하루는 톰의 오두막 근처 크고 오래된 소나무를 베어 넘어뜨리더니 이 주에 걸쳐 껍질을 벗겨내고 감당할 만한 크기로 토막내 장작으로 쓰겠다며 집으로 실어왔다. 그는 손을 쓰는 노동에 흠뻑 빠져 지냈다. 도끼를 휘두르거나 나무망치질을 할 때 몸이 움직이지 않도록 휠체어에 단단히 붙들어 매는 방법도 익혔다. 톰이 그가 할 만한 일을 더는 찾지 못하자, 곤봉 한 쌍을 깎아 만들더니 그것들로 몇 시간이고 운동을 했다. 그의 팔과 등 근육은 보디빌딩 대회 우승자처럼 징그러울 정도로 울룩불룩해졌다.

루시는 불행하지 않았다. 그녀는 혹여 남편이 자신의 불운을 비관하며 하루종일 난롯가에 앉아 있지 않을까 걱정했었다. 일하는 태도가 지나치게 강박적이어서 조금 염려되긴 했지만, 적어도 무위도식하는 것은 아니었다.

그녀는 크리스마스에 아기 얘기를 꺼냈다.

그날 아침 그녀는 그에게 가솔린 톱을, 그는 그녀에게 실크 한 필을 선물했다. 톰이 저녁을 먹으러 건너와 그들은 그가 사냥한 기러기를 요리해 먹었다. 차를 마신 후 데이비드는 양치기 노인을 집으로 태워다주었고, 그가 돌아오자 루시는 브랜디 한 병을 땄다.

그런 다음 그녀가 말했다. "선물이 하나 더 있어. 그런데 5월까지는 풀어볼 수 없어."

그가 웃으며 말했다. "대체 무슨 소리야? 내가 나간 사이 브랜디를 얼마나 마신 거야?"

"나, 임신했어."

그는 웃음기가 싹 가신 얼굴로 그녀를 빤히 보았다. "하느님도 무심하시지, 우리한테 아이가 퍽이나 필요한 걸 어떻게 아시고, 빌어먹을."

"데이비드!"

"도대체…… 언제 그렇게 된 거야?"

"그게 그렇게 짐작하기 어려운 일이야?" 그녀가 말했다. "결혼식 일주일 전이었겠지. 사고중에도 무사했다는 건 기적이야."

"병원에는 가봤어?"

"휴―언제 가봤겠어?"

"그럼 어떻게 확신하는 거야?"

"데이비드, 왜 이래? 어떻게 확신하느냐고? 생리가 끊겼고 젖꼭지가 아프고 아침마다 헛구역질이 나오고 허리둘레가 10센티미터나 늘었으니까. 나를 좀 봐, 그럼 당신도 확신하게 될 거야."

"좋아."

"대체 왜 그래? 신나서 어쩔 줄 몰라해야 하는 거잖아!"

"그래, 신이 나. 아들일지도 몰라. 그럼 내가 산책도 데리고 나가고 축구도 같이 할 수 있겠지. 그애는 자라서 자기 아버지 같은 전쟁 영웅이 되고 싶을 거야, 다리병신 말이야!"

"오, 데이비드, 데이비드." 그녀가 나지막한 목소리로 말하며 휠체어 앞에 무릎을 꿇었다. "데이비드, 그런 식으로 생각하지 마. 그애는 당신을 존경할 거야. 당신은 삶을 또다시 일으켜 세웠으니까. 당신은 휠체어에 앉아서도 두 사람 몫의 일을 할 수 있으니까. 당신은 용기 있고 기운차게 장애를 극복했으니까. 당신은―"

"잘난 체 좀 그만해." 그가 퉁명스럽게 말했다. "성인인 양 구는 신부 같으니까."

그녀가 자리에서 일어났다. "이게 다 내 잘못인 것처럼 굴지 마. 남자들은 조심을 못해?"

"등화관제 때문에 눈에 보이지도 않는 트럭을 어떻게 조심해?"

어리석은 대화였고 둘 다 그것을 알고 있었다. 그래서 루시는 아무 말도 하지 않았다. 크리스마스 분위기는 이제 완전히 시들해졌다. 벽에 걸어놓은 색종이 장식도, 구석 자리 트리도, 버려지길 기다리며 부엌에 남아 있는 기러기 요리도. 그 무엇도 그녀의 삶과 아무 관계 없었다. 이 음산한 섬에서 그녀를 사랑하는 것 같지도 않은 남자와, 그가 원하지 않는 아이를 임신하고서, 대체 뭘 하고 있나 의문이 들기 시작했다. 왜 안 된단 말인가, 안 될 이유가 뭔가, 까짓것…… 그러다 그녀는 갈 곳이 없다는 사실을 깨달았다. 자신의 인생에서 달리 할 일이 없다는 것을, 데이비드 로즈의 부인 말고는 달리 될 것이 없다는 것을.

마침내 데이비드가 말했다. "난 자러 가겠어." 그는 현관까지 휠체어를 밀고 가서 스스로 밖으로 몸을 끌어내어 뒤로 계단을 올라갔다. 그녀는 그가 바닥에 몸을 끌며 지나가는 소리를, 그가 위로 몸을 끌어올리자 침대가 삐걱거리는 소리를, 그가 벗어던진 옷가지가 방구석을 때리는 소리를, 그가 자리에 누워 담요를 잡아당길 때 침대 용수철이 마지막으로 출렁거리는 소리를 들었다.

그러나 울지 않을 작정이었다.

그녀는 브랜디병을 보며 생각했다. 지금 이걸 다 마시고 목욕을 하고 나서 아침에 보면 애가 떨어졌을지도 몰라.

한참 그 생각을 했다. 그러다 결국 데이비드와 섬과 아이가 없는 삶은 더 끔찍할 거라는 결론에 도달했다. 그 삶은 공허할 것이다.

그래서 그녀는 울지 않았고, 브랜디를 마시지 않았고, 섬을 떠나지 않았다. 대신 위층으로 올라가 침대에 들었고, 잠든 남편 옆에 누워 잠을 이루지 못한 채 바람 소리를 들었다. 아무 생각도 하지 않으려고 애썼다. 갈매기들이 울기 시작했고, 비를 머금은 잿빛 새벽이 북해를 물들이며 차갑고 창백한 빛으로 작은 침실을 가득 메웠다. 마침내 그녀는 잠들었다.

봄이 오면서 일종의 평화가 찾아들었다. 아이가 태어날 때까지는 모든 위협이 유보된 기분이었다. 2월의 눈이 녹자 그녀는 부엌문과 창고 사이에 있는 조그마한 땅에다 꽃과 채소를 심었다. 잘 자라리라 믿지는 않았다. 구석구석 대청소를 마쳤고, 데이비드에게는 8월 전 한번 더 대청소를 하고 싶으면 직접 해야 할 거라고 말했다. 어머니에게 편지를 썼고 뜨개질을 많이 했으며 우편으로 기저귀를 주문했다. 주위에서는 집으로 가서 출산하는 게 어떠냐고 했지만, 일단 떠나면 돌아오지 않으리라는 것을 알기에 그러기가 두려웠다. 몸이 너무 무거워 멀리 가지 못할 때까지 그녀는 겨드랑이에 조류 도감 한 권을 끼고 히스 지대를 오래도록 걸어다녔다. 데이비드가 사용하지 않는 찬장에 브랜디병을 보관했고 우울한 기분이 들 때마다 그것을 보며 하마터면 잃을 뻔했던 것을 스스로에게 상기시켰다.

출산 예정일을 삼 주 앞두고 그녀는 애버딘으로 가는 배를 탔다. 데이비드와 톰이 방파제에서 손을 흔들었다. 파도가 너무 심해 그녀와 선주 둘 다 혹여 본토에 도착하기 전에 아이가 나오는 게 아닐까 하는 공포에 사로잡혔다. 그녀는 애버딘에 있는 병원으로 들어갔다. 그리고 사주 후 똑같은 배를 타고 아기를 집으로 데려왔다.

데이비드는 아무것도 몰랐다. 여자들이 양처럼 쉽게 애를 낳는다고 생각하는 것 같았다. 산모가 느끼는 진통과 그 끔찍하고 견디기 힘든 근육 당김과 이후 느껴지는 쓰라림 따위 안중에도 없었다. 산모는 자기네처럼 민첩하거나 유능하거나 전문적이거나 위생적이지 않으니 아기를 건드리면 안 된다고 간호사들이 거들먹거리는 고통도 알려 들지 않았다. 그는 단지 아내가 임신한 몸으로 섬을 나갔다가 하얀 보에 싸인 예쁘고 건강한 남자아이를 데리고 돌아온 모습만 보았고, "우리 이 아이를 조너선이라고 부르자"라고 말했다.

그들은 그 이름에다 데이비드의 아버지 이름을 따 앨프리드를, 루시의 아버지 이름을 따 맬컴을, 양치기 노인의 이름을 따 덧붙였지만 그냥 조라고 부르기로 했다. 조너선 앨프리드 맬컴 토머스 로즈는 차치하고 조너선이라고만 부르기에도 아이는 너무 작았다. 데이비드는 우유

먹이는 법과 트림 시켜주는 법, 기저귀 가는 법을 배웠고 가끔은 무릎 위에 아이를 앉혀놓고 어를 때도 있었지만 싸늘한 거리감이 느껴졌다. 간호사들처럼 자신에게 주어진 문제를 해결하는 태도였다. 그의 마음은 루시의 마음과 같지 않았다. 데이비드보다 톰이 더 아이에게 친근했다. 루시는 아이가 있는 방에서 절대 담배를 피우지 못하게 했는데, 그러자 이 늙은 아이는 뚜껑 달린 커다란 브라이어 파이프를 몇 시간이고 주머니에 넣은 채 어린 조에게 까르륵거리거나, 아이가 그의 발을 차는 모양을 지켜보거나, 아이의 목욕을 도와주었다. 양들을 돌봐야 하지 않느냐고 루시가 지나가는 말로 물으면, 톰은 양들은 먹는 모습을 지켜봐주지 않아도 된다고 대답했다. 조가 조그만 입을 오물거리는 모습을 바라보는 것이 더 좋다며. 그는 어린나무를 구해다 딸랑이를 깎아 만든 다음 그 속에 작고 둥근 조약돌들을 채워넣었다. 조가 그것을 붙잡더니, 어떻게 갖고 노는지 가르쳐주지도 않았는데 마구 흔들어대자 톰은 날아갈 듯이 기뻐했다.

데이비드와 루시는 여전히 성관계를 하지 않았다.

처음에는 그가 부상을 당했고, 그다음에는 그녀가 임신중이었고, 또 그다음에는 산후조리를 하느라 그랬다. 하지만 지금은 딱히 이유가 없었다.

어느 날 밤 그녀가 말했다. "나 이제 정상으로 돌아왔어."

"무슨 소리야?"

"애 낳고 말이야. 이제 내 몸은 정상이야. 회복되었다고."

"아, 그렇군. 잘됐네."

그녀는 그와 함께 잠자리에 들며 자신의 벗은 모습을 그가 볼 수 있도록 신경썼다. 하지만 그는 늘 등을 돌리기 일쑤였다.

침대에 누워 잠들기 전까지 그녀는 몸을 움직여 자신의 손, 허벅지 혹은 가슴이 그에게 닿도록 가볍지만 의도가 분명한 신호를 보냈다. 번번이 반응이 없었다.

그녀는 자신에게 아무런 문제가 없다고 굳게 믿었다. 나는 색을 밝히는 여자가 아니다. 단순히 성관계를 원하는 것이 아니라 데이비드와 사랑을 나누고 싶을 뿐이다. 섬에 일흔 살 이하의 또다른 남자가 있었다 해도 그녀는 자신이 유혹당하지 않았으리라 확신했다. 그녀는 섹스에 굶주린 창부가 아니라 사랑에 목마른 아내였다.

그러던 어느 날 밤 일이 터지고 말았다. 둘은 여느 때처럼 나란히 천장을 보고 누워 잠들지 못한 채 바깥의 바람 소리를 듣고 있었다. 옆방에서는 조의 새근거리는 숨소리가 들려왔다. 루시는 지금이야말로 그것을 하든지, 아니면 하지 않는 이유를 그가 터놓고 말해야 할 때라고 느꼈다. 자신이 밀어붙이지 않으면 그는 언제까지라도 문제를 회피하려 들 것이었다. 그러니 지금 해결에 나서지 않으면 안 되었다.

그녀는 팔로 그의 허벅지 근처를 쓸며 말을 건네려고 입을 벌렸다. 그러다 놀라 비명을 지를 뻔했다. 그는 발기해 있었다. 할 수 있었던 것이다! 그리고 그도 원했던 것이다. 그렇지 않다면 발기할 이유가 없었다. 그녀의 손이 그가 품은 욕망의 증거를 향해 의기양양하게 다가갔다. 그녀는 그에게 몸을 바짝 붙이며 속삭였다. "데이비드―"

그러자 그가 "왜 이래!" 하며 몸에서 그녀의 손을 떼어내고 옆으로 돌아누워버렸다.

그러나 이번만큼은 그녀 역시 얌전히 입다물고 퇴짜를 받아들이진 않을 참이었다. "데이비드, 왜 안 되는데?"

"제발!" 그는 신경질적으로 담요를 걷어내고 바닥을 향해 몸을 굴리더니, 한 손으로 깃털 이불을 움켜쥔 채 문을 향해 몸을 끌고 갔다.

루시는 침대에 일어나 앉아 그를 향해 소리질렀다. "왜 안 된다는 거야?"

조가 울기 시작했다.

데이비드는 줄인 잠옷 바지의 헐렁한 다리 부분을 걷어올려 절단된 부분이 오므라진 허옇고 뭉툭한 살을 가리키며 소리쳤다. "이것 때문에 안 된다는 거야! 이것 때문에!"

그는 아래층으로 기어내려가 소파에서 잠을 잤고, 루시는 조를 달래기 위해 옆방으로 건너갔다.

아이가 다시 잠들기까지 한참 달래야 했다. 어쩌면 그녀 자신이야말로 한없는 위안이 필요했기 때문이리라. 그녀의 뺨에 흐르는 눈물을 맛보는 아이를 보며 그녀는 아이가 그 의미를 눈치챘는지 궁금했다―눈물이란 아이가 처음으로 이해하는 것들 중 하나가 아니던가. 그녀는 아이에게 노래를 불러줄 기운도, 모든 게 잘될 거라고 속삭여줄 여력도 없었다. 그저 아이를 꼭 안고 얼러줄 뿐이었다. 꼭 달라붙어 있는 아이의 따스한 온기에 그녀의 마음을 풀어질 무렵 아이도 품안에서 잠들었다.

그녀는 아이를 침대에 뉘고 그 자리에 서서 물끄러미 바라보았다. 침대로 돌아갈 수는 없었다. 거실에서 데이비드가 곯아떨어져 코 고는 소리가 들려왔다―그가 먹는 약은 약효가 셌다. 그렇지 않으면 오랜 통증 때문에 잠을 이루지 못했다. 루시는 그와 떨어져 있어야 했다. 그의 모습이 보이지 않고 그의 소리가 들리지 않는 곳으로, 혹여 그가 원한다 해도 몇 시간은 그녀를 찾을 수 없는 곳으로. 그녀는 바지와 스웨터와 두툼한 코트를 입고 장화를 신었다. 그리고 살그머니 아래층으로 내려가 밖으로 나섰다.

축축하고 매서우리만치 차가운 안개가 소용돌이치고 있었다. 그 섬 특유의 안개였다. 그녀는 코트 깃을 올리며 집안에 들어가 스카프를 가져올까도 생각했지만, 그러지 않기로 했다. 선득하니 목을 물어뜯는 안개를 받아들이며 흙탕길을 따라 절벅절벅 걸었다. 조금 불편한 날씨 덕분에 마음속 커다란 상처를 잊을 수 있었다.

절벽 꼭대기에 도착한 그녀는 미끄러운 판자에 조심조심 발을 디디며 좁고 가파른 경사로를 내려갔다. 맨 아래 다다른 그녀는 모래 위로 뛰어내려 바닷가로 향했다.

바람과 바다는 끝날 줄 모르는 싸움을 이어가고 있었다. 바람은 위에서 내리치며 파도를 괴롭혔고, 바다는 육지에 부딪혀 쉭쉭 소리를 내며 침을 뱉었다. 둘은 영원히 다투어야 할 운명이었다.

루시는 시끄러운 소리와 험한 날씨가 머릿속을 채우도록 내버려둔 채 단단한 모래사장을 따라 걸었다. 바다가 절벽과 만나는 뾰족한 지점에서 해변이 끝나자 발걸음을 돌렸다. 그렇게 밤새도록 해변을 거닐었다. 동틀 녘이 다가오자 불현듯 뜻밖의 생각이 떠올랐다. 그것이 그가 강해지는 방법이구나.

꽉 쥔 주먹 안에 의미가 숨겨진 듯, 그 깨달음만으로는 별 도움이 되지 않았다. 하지만 골똘히 생각하자 주먹이 벌어지더니 손바닥에 감싸여 있던 작은 지혜의 진주 같은 것이 엿보였다—데이비드가 나에게 차갑게 대하는 것은 그가 나무를 베어 넘기는 것, 옷을 벗는 것, 지프차를 모는 것, 곤봉을 던지는 것, 그리고 북해의 춥고 고통스러운 섬에서 살아가는 것과 매한가지 아닐까.

그가 뭐라고 했더라? "자기 아버지 같은 전쟁 영웅…… 다리병신……" 그에게는, 말로 옮기면 진부하지만, 증명해야 할 무언가가 있는 것이다. 전투기 조종사로서 해낼 수도 있었지만 이제는 나무와 울타리와 곤봉과 휠체어로 해내야 하는 것. 사람들은 그가 테스트를 받도록 허락하지 않겠지만, 그는 이렇게 말할 수 있게 되기를 원했다. "어쨌든 나는 통과할 수 있었을 거야. 내가 얼마나 고통을 견뎌내는지 보라고."

잔인하고 지독하게 부당한 일이었다. 용기 있는 사람이었고 부상을 견뎌냈는데도, 그는 아무런 자긍심을 느끼지 못했다. 만약 그의 다리를 앗아간 것이 메서슈미트라면 휠체어는 용기의 배지, 영광의 메달이 되었으리라. 그러나 이제, 한평생, 그는 이렇게 말할 수밖에 없는 것이다. "전쟁 때였지. 하지만 아니, 나는 전투라곤 구경한 적도 없어. 차 사고였거든. 훈련을 마치고 다음날 전투에 나갈 예정이었는데, 내 연도 봤는데, 아주 아름다웠는데, 그런데……"

그랬다. 이것이 그가 강해지는 방법이었다. 그리고 어쩌면 그녀 역시 강해질 수 있었다. 자기 삶의 파편들을 이어붙일 방법을 찾을 수 있을지도 몰랐다. 데이비드는 한때 선량하고 친절하고 다정한 사람이었다. 그러니 그녀는 이제, 완벽한 남자였던 예전 모습을 되찾기 위해 그가 싸움을 이어나가는 동안 인내심을 가지고 기다리는 법을 배워야 할 터였다. 그녀에게도 새로운 희망, 인생을 걸 다른 것들이 생기기라. 다른 여자들은 사별도, 공습에 집이 사라지고 포로수용소에 남편이 수감된 상황도 이겨내고 있지 않은가.

그녀는 조약돌 하나를 집어들어 팔을 뒤로 젖혔다가 바다를 향해 힘껏 내던졌다. 조약돌이 떨어지는 모습을 보지도 그 소리를 듣지도 못했다. 어쩌면 공상과학소설에 나오는 위성처럼 지구 둘레를 돌며 영원히 나아가고 있는지도 몰랐다.

루시는 외쳤다. "나도 강해질 수 있다고, 젠장!" 그러고는 돌아서서 오두막을 향해 경사로를 오르기 시작했다. 이제 곧 조에게 젖을 먹일 시간이었다.

6

그곳은 평범한 저택처럼 보였다. 그리고 어느 정도는 사실이었다—함부르크 북쪽 외곽, 녹음이 우거진 소도시 볼도르프의 사유지에 위치한 저택. 겉보기에는 광산 소유자나 성공한 수입업자, 아니면 어느 기업가의 집일 수 있었다. 그러나 사실은 아프베어의 소유였다.

저택의 운명은 날씨에 빚지고 있었다—그곳은 문제가 아닌데, 남동쪽으로 320킬로미터 지점에 위치한 베를린은 기상 조건이 영국과의 무선통신에 적합하지 않았다.

그곳은 지상층만 저택이었고, 지하에는 대형 콘크리트 방공호 두 개와 수백만 라이히스마르크 상당의 무전시설이 갖춰져 있었다. 전자장치의 설비를 담당한 베르너 트라우트만 소령은 맡은 일을 아주 잘해냈다. 방공호마다 방음장치가 완비된 깔끔하고 조그만 무전부스가 스무 개씩 있었고, 무전기를 두드리는 방식으로 스파이를 식별해내는 무전기사들이 배치되어 있었다—그들에게는 편지봉투에 적힌 모친의 필체를 알아보는 것만큼이나 쉬운 일이었다.

수신장비는 품질을 우선적으로 고려해 설치되었다. 메시지를 전송하는 송신기가 출력보다는 이동성을 감안해 설계되었기 때문이다. 송신기 대부분은 '클라모텐'이라는 작은 슈트케이스 형태로, 텔레풍켄사에서 아프베어의 수장 빌헬름 카나리스 제독을 위해 개발했다.

이날 밤 통신로는 비교적 조용한 편이었다. 그래서 바늘이 무전을 보내왔을 때 모두가 그 사실을 알았다. 전송문은 나이든 선임기사 중 하나가 받았다. 그는 수신확인 무전을 치고 암호를 풀어 쓴 다음, 재빨리 종잇장을 찢어 들고 전화기로 갔다. 그리고 함부르크 조핀 가의 아프베어 본부에 직통전화를 걸어 내용을 전달했다.

그가 옆 부스의 신참에게 담배를 내밀었고, 둘은 잠시 벽에 기대서서 담배를 피웠다.

신참이 물었다. "무슨 일 있습니까?"

선임이 어깨를 으쓱하며 말했다. "그가 무전을 보내올 때면 언제나 무슨 일이 있지. 하지만 이번엔 별 내용 아니었어. 루프트바페*가 또다시 세인트폴성당 공격에 실패했다는군."

"회신은 안 해줘도 됩니까?"

"회신을 기다리진 않을 거야. 간섭받기 싫어하는 녀석이거든, 늘 그랬지. 내가 무전교육을 시켰는데, 일단 교육이 끝나니까 자기가 나보다 더 잘 안다고 생각하더군."

"바늘을 만난 적이 있다고요? 어떤 사람입니까?"

"웃기기가 죽은 물고기 같지. 그렇지만 우리가 보유한 최고의 첩보원이야. 전무후무할 거라고 말하는 사람도 있어. 소련 비밀경찰에서 오 년간 활동하다 스탈린의 최측근 중 하나를 끝장냈다는 소문도 있

---

*독일 공군.

고…… 사실 여부야 알 수 없지만 그러고도 남을 녀석이긴 해. 진짜 프로니까. 그건 총통도 알지."

"히틀러 총통도 그 사람을 안단 말입니까?"

선임은 고개를 끄덕였다. "한때는 바늘의 통신 내용을 전부 보고 싶어했을 정도니까. 지금도 그런지는 모르지만. 그렇다 해도 바늘에게는 아무 차이 없을 거야. 그에게 영향을 미칠 수 있는 건 아무것도 없으니까. 그거 아나? 그는 모든 사람을 똑같은 관점으로 본다네. 상대가 잘못된 수를 둘 경우 어떻게 죽일지 궁리하는 것 같다고 할까?"

"그 사람 훈련을 제가 시키지 않았어도 돼서 다행입니다."

"그는 빨리 배웠어. 그건 내가 장담할 수 있네. 하루 24시간을 꼬박 매달렸으니까. 하지만 완벽하게 습득하고 나니 내게는 인사도 하지 않더군. 이날 이때까지 카나리스 제독에게 예를 갖춰야 한다는 사실도 기억 못하는 친구야. 전송문의 마무리가 항상 '빌리*에게 안부 전함'이지. 계급을 고작 그 정도로 생각한다니까."

그들은 담배를 다 피우자 바닥에 떨어뜨려 발로 비벼 껐다. 선임은 꽁초들을 주워 주머니 안에 넣었다. 원칙상 방공호는 흡연 금지 구역이었다. 무전기는 계속 잠잠했다.

"그래. 그 친구는 자기 암호명을 사용하지 않아." 선임이 말을 이었다. "브라운**이 지어줬는데 전혀 마음에 들어하지 않았어. 브라운이라는 사람도 마음에 들어하지 않았고. 기억하나? 아니, 자네가 들어오기 전 일이군. 브라운이 그에게 켄트 주 판버러에 있는 비행장으로 가라고 지시했다네. 그랬더니 '켄트 주 판버러에는 비행장 없음. 햄프셔 주 판

---

* 빌헬름의 약칭.
** 나치 치하에서 V2 로켓을 개발한 과학자 베르너 폰 브라운.

버러에 하나 있지. 루프트바페가 당신보다 지리에 밝은 걸 다행으로 생각하길, 머저리'라는 회신이 왔어."

"충분히 이해됩니다. 이쪽에서 자칫 실수하는 순간 저들의 목숨이 위태로워지지 않습니까."

선임은 이맛살을 찌푸렸다. 그는 그 내용을 전달한 장본인이었고, 자신의 청중이 독자적인 견해를 스스럼없이 내놓는 것이 마뜩잖았다. 그렇지만 마지못해 말했다. "그럴지도."

"그런데 그 사람은 왜 그 암호명을 좋아하지 않는 겁니까?"

"의미가 담겨 있다는 거야. 의미 있는 암호명은 정체를 누설한다면서. 브라운은 들은 척도 안 했지만."

"의미라고요? 바늘에요? 바늘에 대체 무슨 의미가 있는데요?"

바로 그때 선임의 무전기가 찌르르 울렸다. 그가 즉시 자리로 복귀했기 때문에 대답은 들을 수 없었다.

2부

7

그 메시지는 페이버의 정신을 사납게 했다. 이제껏 피해온 사안들에 정면으로 부딪힐 것을 강요하는 내용이었기 때문이다.

함부르크는 그에게 그 메시지가 확실히 전달되도록 만전을 기했다. 그가 호출신호를 보내자 평소와 달리 그들은 "알았다―진행하라" 대신 "제1접선 실행"이라는 신호를 보내왔다.

그는 명령접수를 확인하고 보고전송을 마친 뒤, 무선송신기를 슈트케이스에 챙겨넣었다. 그런 다음 자전거를 타고 이리스 습지―그는 조류 관찰자로 신분을 위장하고 있었다―에서 나와 블랙히스로 이어지는 길에 접어들었다. 비좁은 두 칸짜리 방으로 자전거를 타고 돌아가며 그는 명령에 따라야 할지 고민에 빠졌다.

따르지 말아야 할 이유는 두 가지로, 하나는 직업적인 것이었고 또하나는 개인적인 것이었다.

직업적인 이유를 말하자면, '제1접선'은 지난 1937년 카나리스가 고안한 오래된 암호였다. 이 명령이 떨어지면 그는 레스터 광장과 피커딜리서커스 사이에 위치한 어느 가게 출입구 앞에서 또다른 첩보원을 만나야 했다. 두 요원은 서로를 알아보는 표지로 성경책을 들고 있어야 했다. 주고받을 말은 다음과 같았다.

"오늘 읽을 장은 무엇입니까?"

"열왕기 상편 13장입니다."

그러고 나서 뒤쫓는 사람이 없다는 확신이 들면 둘 다 그 장이 "굉장히 고무적이다"라는 데 동의할 것이고, 여의치 않을 시에는 한쪽에서 "제가 아직 읽지 못해 유감입니다"라고 말하기로 되어 있었다.

그 가게의 문이 아직 그대로 있는지도 모를 일이지만, 페이버가 마음에 걸리는 것은 따로 있었다. 카나리스는 1940년 영불해협을 건너 MI5의 품에 안착해버린 어수룩한 아마추어들 대부분에게 그 암호를 주었을 가능성이 높았다. 교수형이 공표되었기 때문에—제5열에 대한 조치를 알려 대중을 안심시키기 위해—페이버는 그들이 체포당했다는 사실을 알고 있었다. 그들은 죽기 전 모든 비밀을 누설했을 테고, 그렇다면 영국군은 이제 그 접선암호를 알고 있을 것이 분명했다. 만약 그들이 함부르크발 메시지를 도청했다면, 그 가게의 문 앞에는 지금쯤 성경책을 들고 독일식 억양으로 "굉장히 고무적이다"라는 말을 연습하는, 표준 영어를 구사하는 젊은 영국인이 득실거릴 터였다.

아프베어는 침공이 임박해 보였던 흥분의 시기를 거치면서 전문성을 말끔히 잃어버렸다. 이후 페이버는 함부르크를 신뢰하지 않았다. 거주지를 알리지 않았고, 영국에 있는 다른 첩보원과의 접촉을 거부했으며, 다른 이의 신호를 침범하건 말건 송신주파수를 수시로 변경했다.

상부의 명령에 언제나 따랐다면 그는 오래 살아남지 못했을 것이다.

울위치에서 페이버는 일단의 자전거 부대를 마주쳤다. 대부분 여자들로, 주간 근무를 마치고 밖으로 쏟아져나오는 군수품 공장 노동자였다. 피곤한 얼굴에 가득한 밝은 기색을 보니 페이버는 명령에 따르지 말아야 할 개인적인 이유가 떠올랐다. 그는 자기편이 전쟁에서 지고 있다고 판단했다.

그들이 이기고 있지 않다는 것은 확연했다. 러시아와 미국이 참전했고, 아프리카는 빼앗겼고, 이탈리아는 무너졌다. 연합군은 분명 올해, 1944년 프랑스로 진격할 것이다.

페이버는 헛되이 목숨을 걸고 싶지 않았다.

그는 집에 도착해 자전거를 제자리에 넣었다. 그리고 세수를 하고 있자니 타당한 이유라곤 전혀 없이, 자기가 약속장소에 나가길 원한다는 느낌이 분명해졌다.

승산 없는 어리석은 모험이지만 그곳에 가고 싶어 몸이 근질근질했다. 단순한 이유를 대자면, 그는 말할 수 없이 지루했다. 정례적인 송신, 조류 관찰, 자전거, 하숙집의 차 tea. 사 년째 활동 비슷한 것도 경험하지 못했다. 도대체 아무런 위험에도 처하지 않은 듯했고, 그것이 그를 조마조마하게 했다. 보이지 않는 위협을 상상하게 되기 때문이었다. 그는 가끔 위협의 정체를 파악하고 그것을 없애기 위해 행동을 취할 때가 더없이 행복했다.

그래, 접선을 하는 거야. 그러나 그들이 예상한 방식으로는 아니다.

런던 웨스트엔드는 전쟁중인데도 여전히 인파가 넘쳐났다. 페이버는 베를린의 상황도 이와 같을지 궁금했다. 그는 피커딜리에 있는 해처드 서점에서 성경책을 한 권 구입한 뒤, 보이지 않게 코트 안주머니에 찔러넣었다. 간간이 가랑비가 내려 습하고 포근한 날이라 페이버는 우산을 들고 있었다.

예정된 접선시각은 오전 아홉시와 열시 사이 혹은 오후 다섯시와 여섯시 사이였고, 상대가 모습을 드러낼 때까지 이쪽에서 매일 접선장소에 나가는 방식이었다. 내리 닷새 동안 접촉해오는 사람이 없다면 그다음에는 이 주에 걸쳐 격일로 접선장소를 드나들고, 그래도 성과가 없으면 그것으로 끝이었다.

아홉시 십분 페이버는 레스터 광장에 도착했다. 상대는 그곳 담뱃가게의 출입구 앞에 서 있었다. 검은색으로 장정한 성경책을 겨드랑이에 끼고 비를 피하는 척하면서. 페이버는 곁눈질로 그를 흘끔거리며 고개를 숙인 채 곁을 스쳐지났다. 남자는 어린 편으로 금발의 콧수염을 기르고 잘 먹는지 몸이 튼실했다. 검은색 더블브레스트 레인코트를 입고 〈데일리 익스프레스〉를 읽으며 껌을 씹고 있었다. 낯선 이였다.

거리 맞은편을 두번째로 걸어가며 페이버는 미행자를 발견했다. 사무실 건물의 로비 바로 안쪽이었다. 영국 사복경찰들이 사랑해 마지않는 트렌치코트와 트릴비* 차림의 작고 다부진 남자 하나가 유리문 너머로 길 건너편 가게 앞에 선 이를 지켜보고 있었다.

가능성은 두 가지였다. 접선상대가 미행 사실을 모른다면, 페이버가 그를 약속장소에서 벗어나게 해 미행자를 따돌리면 그만이었다. 그러나 다른 경우, 상대요원이 적에게 붙잡혔고 출입구 앞에 있는 남자는 가짜라면 가짜에게든 미행자에게든 페이버의 얼굴을 노출해선 안 되었다.

페이버는 최악의 경우를 가정하고 해결책을 모색했다.

광장에 전화부스가 있었다. 페이버는 안으로 들어가 그곳 전화번호를 외웠다. 그런 다음 성경책에서 열왕기 상편 13장을 찾아 해당 쪽을 찢어내고 가장자리에 휘갈겨썼다. "광장에 있는 전화부스로 가시오."

그는 내셔널갤러리 뒷거리를 돌아다니다 조그만 소년 하나를 발견했

---

* 챙이 좁은 펠트 소재의 중절모.

다. 여남은 살 되어 보이는 아이는 어느 문간에 앉아 물웅덩이에 돌을 던지고 있었다.

페이버가 말했다. "광장에 있는 담뱃가게 아니?"

"그럴걸요."

"껌 좋아해?"

"그럴걸요."

페이버는 아이에게 성경책에서 찢어낸 쪽을 건네며 말했다. "담뱃가게 문 앞에 어떤 남자가 서 있단다. 이걸 갖다주면 그 사람이 너한테 껌을 줄 거야."

"좋아요." 소년은 자리에서 일어났다. "그 사람, 미국놈이에요?"

"그럴걸." 페이버가 말했다.

소년은 뛰어갔다. 페이버는 그 뒤를 따라갔다. 소년이 요원에게 다가가자 페이버는 맞은편 건물 출입구로 숨어들었다. 미행자는 여전히 그곳에서 유리문 밖을 주시하고 있었다. 페이버는 유리문 바깥쪽을 막아선 채 미행자가 길 건너편을 보지 못하도록 우산을 꺼내들어 시야를 가렸다. 그리고 우산과 실랑이하는 척했다. 요원이 소년에게 뭔가 건네고 자리를 뜨자 그는 우산과의 광대놀이를 끝내고 요원이 사라진 반대 방향으로 걸어갔다. 어깨 너머로 보니 미행자가 거리로 나와 사라진 요원을 찾아 주위를 두리번거리고 있었다.

페이버는 가장 가까운 전화부스에 들어가 광장 쪽 부스의 전화번호를 돌렸다. 연결되기까지 몇 분이 걸렸다. 마침내 저음의 목소리가 들려왔다. "여보세요?"

"오늘 읽을 장은 무엇입니까?" 페이버가 말했다.

"열왕기 상편 13장입니다."

"굉장히 고무적이지요."

"맞습니다. 그렇지요."

이 멍청한 인간은 상황 파악을 전혀 못하고 있군, 페이버는 생각했다. 큰 소리로 그가 말했다. "자, 말씀하시죠."

"나는 당신을 만나야 합니다."

"그건 불가능합니다."

"그렇지만 반드시 만나야 합니다!" 페이버가 듣기에 그 목소리에는 절박함이 배어 있었다. "최고 상부의 전갈입니다. 무슨 말인지 이해합니까?"

페이버는 동요하는 척했다. "그렇다면 좋습니다. 일주일 후, 유스턴역 아치 아래서 오전 아홉시에 만납시다."

"더 빨리는 안 되겠습니까?"

페이버는 수화기를 내려놓고 밖으로 나왔다. 빠른 걸음으로 모퉁이 두 개를 돌아 광장의 전화부스가 보이는 지점까지 갔다. 접선요원이 피커딜리 방향으로 걸어가고 있었다. 미행자의 흔적은 없었다. 페이버는 요원을 뒤따라갔다.

남자는 피커딜리서커스 지하철역으로 들어갔고 스톡웰까지 가는 표를 끊었다. 즉시 페이버는 그곳으로 가는 좀더 빠른 경로를 떠올렸다. 역 밖으로 나와 걸음을 재촉해 레스터 광장에 도착했고 노던 라인 지하철에 올랐다. 요원은 워털루에서 갈아타야 할 테지만 페이버의 전철은 직행이었다. 그러니 페이버가 스톡웰에 먼저 닿을 테고, 운이 나빠도 같은 열차로 도착할 것이다.

실제로 페이버는 요원이 나타날 때까지 스톡웰 역 밖에서 이십오 분 동안 기다려야 했다. 페이버는 다시 그를 뒤따라갔다. 그는 어느 카페 안으로 들어갔다.

인근에는 얼마간이 되었건 의심받지 않고 그럴듯하게 서 있을 만한 곳이 한 군데도 없었다. 들여다볼 쇼윈도도 없었고, 앉아 있을 벤치도 없었고, 걸어다닐 공원도 없었고, 버스 정류장도 택시 승차장도 공공건물도 전혀 없었다. 페이버는 어딘가 목적지가 있는 사람처럼 보이도록 내내 신경쓰면서 카페에서 보이지 않는 지점까지 걸어갔다가 다시 반대편에서 되돌아오는 식으로 거리를 오르내려야 했다. 그동안 요원은 따뜻하고 김이 서린 카페에 앉아 차를 마시고 갓 구운 토스트를 먹었다.

삼십 분 후 그가 카페에서 나왔다. 페이버는 그를 미행해 주택가 골목으로 들어섰다. 요원은 자신의 목적지를 알고 있지만 서두르지 않았다. 남은 시간 할 일이라곤 없는 사람이 집으로 향하는 발걸음이었다. 단 한 번도 뒤돌아보지 않았다. 아마추어 같으니, 페이버는 생각했다.

마침내 그는 어느 집으로 들어갔다. 스파이나 바람난 남편이 흔히 이용하는 낡고 특색 없고 눈에 띄지 않는 하숙집 중 한곳이었다. 지붕에 창이 나 있었다. 요원의 방이리라. 무전수신에는 높은 곳이 유리했다.

페이버는 그 집을 지나쳐 걸으며 거리 맞은편을 유심히 훑었다. 그리고 바로 거기, 2층 창문 뒤쪽에서 움직임이 포착되었다. 힐끗 보이는 재킷과 넥타이. 감시의 얼굴은 황급히 모습을 거두었다. 적수 역시 이곳에 있었던 것이다. 그 요원은 어제도 접선장소에 나갔고 MI5에 의해 거주지까지 미행당한 게 틀림없었다. 물론, 그 자신이 바로 MI5 요원이 아니라면.

페이버는 모퉁이를 돌아 지나온 곳과 나란한 거리를 걸어내려가며 집들의 수를 세었다. 요원이 들어간 곳 거의 바로 뒤에 폭격으로 허물어진 연립주택 두 채의 잔해가 앙상하게 남아 있었다. 좋아.

역으로 돌아가는 그의 발걸음은 생기가 넘쳤고, 심장은 더 빨리 뛰었고, 주위를 살피는 눈은 호기심으로 반짝반짝 빛나고 있었다. 좋아, 게임은 시작되었어.

그날 밤 그는 검은색으로 차려입었다. 모직 모자, 터틀넥 스웨터, 짧은 가죽 항공재킷, 양말 안에 끝단을 넣어 입은 바지, 고무창을 댄 신발, 모두 검정 일색이었다. 그는 사람들 눈에 거의 띄지 않을 것이다. 런던 역시 등화관제가 시행되고 있었으므로.

그는 희미한 불빛에 의지해 큰길은 피해가며 조용한 거리를 자전거로 달렸다. 자정이 지난 시각이라 지나다니는 사람은 한 명도 없었다. 그는 목적지에서 400미터 떨어진 술집 마당 울타리에 자전거를 기대 자물쇠를 채워놓았다.

그가 향한 곳은 접선요원의 집이 아니라 이웃한 거리의 폭격당한 건물이었다. 조심스럽게 길을 골라 앞마당의 돌무더기를 지난 그는 뻥 뚫린 현관으로 들어갔다. 그리고 건물을 통과해 뒤편으로 갔다. 칠흑처럼 어두운 밤이었다. 낮게 드리운 두꺼운 구름이 달과 별을 가리고 있었다. 페이버는 손을 뻗어 앞쪽을 더듬으며 천천히 걸어야 했다.

정원 가장자리에 이르자 울타리를 뛰어넘어 나란히 붙은 정원 두 개를 가로질렀다. 어느 집에선가 잠시 개 짖는 소리가 들려왔다.

하숙집 정원은 방치된 상태였다. 페이버는 블랙베리 덤불 속으로 걸어들어가 휘청거렸다. 가시가 얼굴을 찔렀다. 그는 세탁물이 걸린 빨랫줄 아래로 몸을 숨겼다. 그것이 보일 정도는 빛이 있었다.

부엌 창문이 보이자 그는 주머니에서 끄트머리가 오목한 조그만 날붙이를 꺼냈다. 바른 지 오래된 퍼티는 들떠서 이미 곳곳이 떨어져나가고 없었다. 이십 분간의 조용한 작업 끝에 그는 창틀에서 판유리를 떼어내 풀밭에 살며시 내려놓았다. 빈 구멍으로 손전등을 비춰 앞쪽에 소리가 날 만한 장애물이 있는지 확인한 후, 걸쇠를 풀고 창문을 들어올린 다음 안으로 들어갔다.

어두운 집에서는 생선 조림과 소독약 냄새가 났다. 페이버는 거실에 들어가기 전 여차하면 신속히 탈출하기 위한 대비책으로 뒷문을 열어두었다. 그리고 펜라이트를 재빨리 켰다 껐다. 단 한 순간의 빛으로 그는 타일이 깔린 현관과 부딪히면 안 되는 콩팥 모양의 탁자, 고리에 주르륵 걸린 코트, 오른쪽으로 보이는 카펫 깔린 계단을 파악했다.

그는 조용히 계단을 올랐다.

두번째 계단으로 이어지는 층계참을 반쯤 지났을 때 문 밑으로 빛이 보였다. 곧이어 천식 기침 소리와 변기 물 내리는 소리가 들렸다. 페이버는 두 걸음 만에 문가로 가서 벽에 기대 숨을 죽였다.

문이 열리자 층계참으로 빛이 쏟아졌다. 페이버는 옷소매 밖으로 스틸레토를 꺼내 쥐었다. 노인이 욕실 밖으로 나오더니 불을 켜둔 채 층계참을 가로질렀다. 그러더니 자기 침실 문간에 이르러 툴툴거리며 왔던 쪽으로 발길을 돌렸다.

나를 볼 것이다, 페이버는 생각했다. 그는 칼을 쥔 손에 힘을 주었다. 노인의 반쯤 뜬 눈은 바닥을 향해 있었다. 노인이 전등 전선을 찾아 고개를 들었을 때 페이버는 자칫 그를 죽일 뻔했다. 그러나 스위치를 찾아 더듬거리는 모양새를 보니 노인은 너무 졸려 비몽사몽간이었다.

불이 꺼지고 노인이 발을 끌며 침실로 돌아가자 페이버는 비로소 숨을 내쉬었다.

두번째 계단 꼭대기에는 문이 하나뿐이었다. 페이버가 살며시 손잡이를 돌려보았지만 문은 잠겨 있었다.

그는 재킷 주머니에서 또다른 도구를 꺼냈다. 변기 물탱크가 채워지는 소리에 자물쇠 따는 소리가 묻혔다. 그는 문을 열고 귀기울였다.

방에서는 깊고 고른 숨소리가 들려오고 있었다. 그는 안으로 들어갔다. 숨소리가 나는 곳은 방의 저편 모퉁이였다. 아무것도 보이지 않았다. 한 걸음 내디딜 때마다 앞쪽의 공기를 느끼며 그는 아주 천천히 깜깜한 방을 가로질렀다. 그리고 침대 옆에 다다랐다.

왼손에 손전등을 들었고, 스틸레토는 소매 안에 있어 오른손은 자유로웠다. 그는 손전등을 켜고 잠든 남자의 목을 조를 듯이 눌러 잡았다.

요원은 눈을 번쩍 떴지만 아무 소리도 낼 수 없었다. 페이버는 침대 위로 올라가 그를 깔고 앉았다. 그리고 "열왕기 상편 13장"이라 속삭인 뒤, 죄고 있던 목을 풀어주었다.

요원은 페이버의 얼굴을 확인하기 위해 손전등 쪽에 시선을 둔 채, 페이버의 손이 짓누르고 있던 목을 비볐다.

"움직이지 마!" 페이버는 요원의 눈을 향해 불빛을 비추며 오른손으로 스틸레토를 꺼냈다.

"일어나게 해주면 안 됩니까?"

"침대에 누워 있는 게 나아. 더이상의 손해를 입히지 않도록."

"손해? 더이상의 손해라니요?"

"레스터 광장에서 당신을 지켜봤어. 내가 따라붙었는데도 내버려두더군. 그들도 이 집을 감시중이고. 이래도 당신을 신뢰하란 말인가?"

"맙소사, 죄송합니다."

"그들이 당신을 보낸 이유가 뭐야?"

"직접 전달해야 하는 메시지가 있기 때문입니다. 상부에서 내려온 명령입니다. 최고 상부에 있는ㅡ" 요원은 말을 멈추었다.

"자, 그럼 말을 해봐. 명령이 뭔가?"

"그게…… 우선 당신이 그 사람인지 확인해야 합니다."

"어떻게 확인하겠단 소리야?"

"당신 얼굴을 봐야 합니다."

페이버는 주저하다가 자신을 향해 손전등을 짧게 비추었다. "됐나?"

"바늘."

"당신은?"

"프리드리히 칼도어 소령입니다."

"나야말로 당신에게 경칭을 써야겠군."

"아, 아닙니다. 자리에 없었던 동안 두 차례 승진하셨습니다. 지금은 중령이십니다."

"함부르크에선 할 일이 그렇게 없나?"

"기쁘지 않습니까?"

"돌아가서 브라운 소령에게 화장실 청소를 시키면 기쁘겠군."

"이제 일어나도 되겠습니까?"

"아니. 진짜 칼도어 소령은 원즈워스 감옥에 갇혀 있고, 자네는 건너편 집에서 감시중인 친구들에게 신호를 보내려는 가짜일 수도 있으니까…… 자, 최고 상부에서 내렸다는 명령이나 들어볼까?"

"그게 그러니까, 아군은 올해 연합군의 프랑스 침공을 확신하고 있습니다."

"대단하군, 대단해. 계속해."

"상부에서 믿기로 패튼 장군이 영국 이스트 앵글리아에 미1집단군을 집결시키고 있습니다. 침공 병력이라면 파드칼레를 통해 공격한다는 얘기가 됩니다."

"그럴 테지. 하지만 난 아직 패튼의 군대에 대해 어떤 징후도 보지 못했어."

"베를린 고위층에서도 의문을 품고 있습니다. 총통 각하의 점성술사 말로는—"

"뭐?"

"네, 총통께서는 점성술사를 두고 있습니다. 그가 노르망디를 방어하라고 조언했답니다."

"맙소사, 베를린 사정이 그렇게 엉망이란 말인가?"

"총통께서는 세속적인 조언도 두루 듣고 있습니다. 개인적인 생각으로는, 그분 판단에 장군들이 틀렸지만 딱히 반박할 수 없을 때 점성술사 핑계를 대는 것 같습니다."

페이버는 한숨을 쉬었다. 이런 소식을 듣게 될까봐 불안했었다. "계속해."

"중령님께 맡겨진 임무는 미1집단군의 세력을 파악하라는 것입니다. 병력, 대포의 숫자, 공군 지원 규모—"

"그런 설명은 필요 없어."

"압니다." 소령은 말을 멈췄다. "그러나 저는 임무의 중요성을 강조하라는 지시를 받았습니다."

"지시를 이행했으니 염려 말도록. 그건 그렇고, 베를린 상황이 그렇게 안 좋은가?"

요원은 머뭇거렸다. "아닙니다, 중령님. 사기는 충천했고, 군수품 생산도 매달 증가하고 있고, 대중은 영국 공군 폭격기를 향해 침을 뱉고—"

"그만, 그런 프로파간다는 나도 다 듣고 있으니까."

소령은 침묵했다.

페이버가 말했다. "내게 아직 할말이 있나? 공식적으로."

"네. 임무를 수행하는 동안 만약의 경우를 위해 특별 도주로를 마련해두었습니다."

"이번 일을 정말 중요하게 여기고 있군."

"북해의 유보트와 접선하십시오. 애버딘이라는 소도시에서 정동방으로 16킬로미터 지점입니다. 평상시 무선주파수로 호출하면 수면 위로 떠오를 것입니다. 저를 통해 명령이 전달됐음을 중령님이나 제가 함부르크에 보고하는 순간 루트가 열립니다. 유보트는 매주 금요일과 월요일 오후 여섯시부터 새벽 여섯시까지 대기할 것입니다."

"애버딘은 넓어. 정확한 좌표를 알고 있나?"

"네." 소령이 숫자를 부르자 페이버는 그것을 외웠다.

"그게 다인가?"

"네."

"길 건너편 MI5 신사들은 어떻게 할 생각인가?"

소령은 어깨를 으쓱하며 말했다. "따돌려야겠지요."

그럴 수 있을까, 페이버는 생각했다. "나를 만난 후에는 어떻게 하라는 명령을 받았지? 자네도 도주로가 있나?"

"아니요. 저는 웨이머스라는 소도시로 이동해 배를 훔쳐 타고 프랑스로 귀환할 예정입니다."

계획이랄 것도 없는 계획이었다. 그러니까 카나리스는 상황이 어떻게 마무리될지 너무나 잘 알았던 거야, 페이버는 생각했다.

"영국군에게 잡혀 고문당하면?"

"자살용 알약이 있습니다."

"그걸 사용할 건가?"

"물론입니다."

페이버는 그를 바라보며 말했다. "자네라면 그럴 수도 있을 것 같군." 그는 왼손을 소령의 가슴에 얹고 침대에서 내려올 것처럼 몸무게를 실었다. 그것으로 흉곽이 끝나고 부드러운 복부가 시작되는 지점을 정확히 감지할 수 있었다. 그는 늑골 바로 밑으로 스틸레토를 찔러넣은 후 심장을 향해 쑤셔 올렸다.

순간 소령의 눈이 휘둥그레졌다. 헉하는 숨소리는 목구멍 밖으로 새어나오지 못했다. 그의 몸에 경련이 일었다. 페이버는 스틸레토를 좀더 밀어넣었다. 마침내 눈이 감기고 몸이 늘어졌다.

"자네는 내 얼굴을 봤어."

8

"놓친 것 같군." 퍼시벌 고들리먼이 말했다. 프레더릭 블로그스는 동의하며 고개를 끄덕였다. "제 불찰입니다."

지쳐 보이는군, 고들리먼은 생각했다. 그가 지친 기색을 보인 지 일년이 다 되어가고 있었다. 혹스턴에 있는 그의 집이 폭격당하고 돌무더기 아래서 아내의 짓눌린 사체를 끌어낸 날 밤부터였다.

"잘잘못을 따지려는 게 아니야." 고들리먼이 말했다. "자네 시야에서 '금발'이 사라진 그 몇 초 사이 레스터 광장에서 무슨 일이 있었던 거야."

"접선이 성사됐다고 보십니까?"

"아마도."

"스톡웰에서 다시 따라잡았을 때는 하루를 공친 사람 같았습니다."

"그랬다면 어제와 오늘 다시 접선을 시도했겠지." 고들리먼은 책상 위에 놓인 성냥개비로 이런저런 모양을 만들고 있었다. 생각에 잠길 때 나오는 특유의 습관이었다. "그 집에선 아직도 움직임이 없나?"

"네. 벌써 48시간째 집밖으로 나오지 않고 있습니다." 블로그스가 말했다. "모두 제 불찰입니다."

"그런 소리 자꾸 하지 말게, 친구." 고들리먼이 말했다. "다른 녀석을 잡게 해줄 테니 도망가도록 놔주자는 결정을 내린 건 나야. 나는 아직도 그것이 옳은 선택이었다고 생각하네."

블로그스는 멍한 표정으로 레인코트 주머니에 손을 찌른 채 꼼짝 않고 앉아 있었다. "만약 접선이 성사됐다면, 서둘러 금발을 체포해 그의 임무가 무엇이었는지 알아내야 합니다."

"그러면 녀석이 보다 중요한 인물과 접선하는 데 따라붙을 기회를 잃게 돼."

"결정에 따르겠습니다."

고들리먼은 성냥개비로 교회를 만들고 잠시 바라보더니, 주머니에서 반 페니짜리 동전을 꺼내 획 튕겼다. "뒷면이군." 그가 말했다. "24시간만 더 기다려보세."

집주인은 IRA를 지지하는 중년 남자였는데, 아일랜드의 클레어 카운티 리스둔바너 출신으로 독일군이 전쟁에 이겨 영국의 압제로부터 에메랄드 섬*을 영원히 해방시켜주었으면 하는 비밀스러운 소망을 품고 있었다. 그는 관절염 때문에 절룩거리는 다리를 이끌고 낡은 집을 돌며 매주 한 번씩 받는 집세를 걷는 중이었다. 머릿속으로는 시장가치에 걸맞게 세를 올릴 수만 있다면 재산이 얼마나 생길까 생각하고 있었다. 그는 부자가 아니었다. 이곳과 자기가 사는 작은 집, 딱 두 채를 소유했을 뿐이다. 그는 늘 기분이 좋지 않았다.

2층으로 올라가 그는 노인의 방문을 두드렸다. 이 세입자는 그를 볼

---

* 아일랜드의 별칭.

때마다 반가워했다. 누구라도 반가운 모양이었다. 노인이 말했다. "안녕하시오, 라일리 씨. 차 한잔 하겠소?"

"오늘은 시간이 없습니다."

"아, 그렇군." 노인이 돈을 내밀었다. "부엌 창문은 보셨나?"

"아뇨. 가보지 않았습니다만."

"아, 그렇군. 판유리 하나가 떨어져나갔다오. 등화관제용 커튼으로 대충 가려두긴 했지만, 찬바람이 들어와서."

"누가 박살낸 겁니까?" 집주인이 물었다.

"희한하게도 깨지지는 않고 풀밭 위에 고대로 놓여 있다오. 퍼티가 오래돼 떨어진 것 같기도 하고. 퍼티만 구해다놓으면 내가 고쳐보리다."

바보 같은 늙은이, 집주인은 생각했다. 그가 큰 소리로 말했다. "도둑이 들었을지도 모른다는 생각은 못하셨군요?"

노인은 놀란 표정이었다. "그런 생각은 전혀 못했는데."

"귀중품을 잃었다는 사람은 없나요?"

"아무도 그런 말은 하지 않았어."

집주인은 방문으로 향했다. "알겠습니다. 이따 내려가서 살펴보지요."

노인이 그를 따라 밖으로 나오며 말했다. "위층 사람은 없을 거요. 이틀 동안 아무 소리도 안 들렸으니까."

집주인은 쿵쿵거리며 냄새를 맡고 있었다. "이 친구, 자기 방에서 요리를 합니까?"

"난들 아나."

둘은 계단을 올라갔다. 노인이 말했다. "있을 때도 아주 조용한 친구라오."

"뭘 해먹는지 모르겠지만 다시는 못하게 해야겠습니다. 냄새가 지독하군요."

집주인이 방문을 두드렸다. 아무 대답이 없었다. 그는 문을 열고 안으로 들어갔다. 노인이 뒤를 따랐다.

"이런, 이런, 이런." 나이든 경사가 혈기 왕성한 목소리로 말했다. "댁에서 사람이 죽었군요." 그는 문가에 서서 방을 살피고 있었다. "손 댄 것이 있습니까, 패디?*"

"아뇨." 집주인이 대답했다. "그리고 내 이름은 라일리입니다."

경사는 그 말을 무시했다. "죽은 지 오래되지는 않았군요. 나는 더 지독한 냄새도 맡아본 경험이 있지요." 그는 낡은 서랍장과 낮은 탁자에 놓인 슈트케이스, 빛바랜 사각 카펫, 지붕창에 드리워진 더러운 커튼, 모퉁이에 놓인 흐트러진 침대를 쓱 훑었다. 몸싸움의 흔적은 찾아볼 수 없었다.

그는 침대로 다가갔다. 젊은 남자의 얼굴은 평화로웠고, 손은 가슴 위에 살포시 포개져 있었다. "심장마비라고 보기엔 너무 젊고." 자살을 암시하는 빈 수면제병도 없었다. 그는 서랍장에 놓인 가죽지갑을 집어 내용물을 살폈다. 신분증과 배급통장, 두툼한 돈다발이 들어 있었다. "도둑이 든 것도 아니군."

"이 방에 든 지 고작 일주일쯤 됐습니다." 집주인이 말했다. "나는 이 사람에 대해 아는 바가 전혀 없습니다. 공장에서 일하러 북웨일스에서 왔다는 것밖에 모릅니다."

"그렇군요." 경사가 말했다. "워낙 건장해 보이니 군인으로 생각해도 무리가 없지 싶은데." 그는 탁자에 놓인 슈트케이스를 열었다. "빌어먹을! 이게 대체 뭐지?"

---

*아일랜드인을 낮잡아 이르는 말.

집주인과 노인은 슬금슬금 발을 움직여 이미 방안에 들어와 있었다. 집주인이 말했다. "무전기군요." 그와 동시에 노인이 말했다. "이 친구, 피를 흘리고 있는데."

"시체에 손대지 말라니까요!" 경사가 소리쳤다.

노인은 들은 척도 하지 않았다. "배를 칼에 찔렸군."

경사가 사체의 가슴에서 조심조심 한 손을 들어올리자 피가 조금 흐르다가 말라붙은 자국이 드러났다. "지금 흘리는 게 아니라 흘리고 있었군요." 그가 말했다. "전화기가 있는 가장 가까운 곳이 어디죠?"

"길 아래로 다섯 집 건너에 있습니다." 집주인이 그에게 말했다.

"방문을 잠그고 내가 돌아올 때까지 들어오면 안 됩니다."

경사는 집을 나와 전화기가 있다는 이웃의 문을 두드렸다. 여자가 나왔다. "안녕하십니까, 부인. 전화 좀 사용해도 되겠습니까?"

"들어오세요." 그녀는 전화기가 놓여 있는 거실로 그를 안내했다. "무슨 일이에요? 흥미진진한 일이라도 생겼어요?"

"길 위쪽 하숙집에 살던 사람 하나가 죽었습니다." 그가 다이얼을 돌리며 말했다.

"살해됐나요?" 여자가 눈을 동그랗게 뜨고 물었다.

"그거야 전문가들에게 맡겨야겠죠. 여보세요? 존스 경정 부탁합니다. 캔터 경사요." 그사이 그가 여자에게 말했다. "상관에게 보고해야 하니 잠시 부엌으로 자리를 피해주시겠습니까?"

여자는 실망스러운 표정을 지으며 부엌으로 들어갔다.

"여보세요, 경정님. 사망자는 칼에 당했고 슈트케이스 무전기가 있습니다."

"위치가 어디라고 했지?"

캔터 경사가 그에게 주소를 말했다.

"맞아. 그들이 감시하던 집이군. 이건 MI5 소관이네, 경사. 42번지로 가서 그곳 감시팀에게 자네가 발견한 내용을 보고하도록. 난 그쪽 상관에게 연락하겠네. 서둘러."

캔터는 여자에게 감사인사를 하고 길을 건넜다. 아주 흥분되었다. 런던 경찰로 근무한 서른한 해 동안 겨우 두번째로 맞닥뜨린 살인이었다. 게다가 스파이가 연루된 사건이라니! 잘하면 경위로 승진할 수도 있다.

그는 42번지의 문을 두드렸다. 문이 열리고 두 남자가 모습을 드러냈다.

캔터 경사가 말했다. "MI5 소속 비밀요원들이신가?"

블로그스는 런던 경찰청 특수부 소속인 해리스 경위와 동시에 도착했다. 런던 경찰청 시절부터 알던 사이였다. 캔터가 그들에게 사체를 보여주었다.

그들은 잠시 조용히 서서 금발의 콧수염을 기른 젊은이의 평화로운 얼굴을 바라보았다.

해리스가 말했다. "누구야?"

"암호명 '금발.'" 블로그스가 말했다. "이 주 전 낙하산을 타고 잠입한 것으로 추정됩니다. 이자에게 다른 첩보원과의 접선을 지시하는 무전 내용을 입수했어요. 암호를 알고 있어서 현장을 지켜볼 수 있었죠. 금발을 미행해 훨씬 거물인 고정간첩을 잡을 수 있으리라 기대했거든요."

"여기서 무슨 일이 있었던 거야?"

"그걸 알면 얼마나 좋겠습니까?"

해리스는 첩보원의 가슴에 난 상처를 살폈다. "스틸레토인가?"

"그런 것 같습니다. 아주 깔끔해요. 늑골 아래로 들어가 심장으로 곧장 쑤셔 올렸어요. 순식간에. 잠입 방법을 확인하시겠습니까?"

그들은 아래층 계단으로 내려갔다. 창틀과 잔디 위에 놓여 있는 멀쩡한 판유리를 확인했다.

캔터가 말했다. "게다가, 침실 문까지 따고 들어갔습니다."

그들은 부엌 식탁에 앉았고 캔터가 차를 준비했다. 블로그스가 말했다. "레스터 광장에서 감시하다가 놓쳤는데, 그날 밤 일이 벌어졌어요. 제가 다 망쳤습니다."

해리스가 말했다. "너무 자책할 필요 없어."

그들은 잠시 침묵 속에서 차를 마셨다. 해리스가 말했다. "그건 그렇고, 어떻게 지내? 경찰청에는 들르지도 않고."

"바빠요."

"크리스틴은 잘 지내나?"

"폭격 때 죽었습니다."

해리스의 눈이 휘둥그레졌다. "어떻게 그런 일이."

"경위님은 어떻습니까?"

"북아프리카에서 동생을 잃었어. 조니를 만난 적 있던가?"

"아뇨."

"난봉꾼이었지. 술은 또 어떻고? 그렇게 마시는 인간은 본 적 없을걸. 술에 돈을 얼마나 써댔는지, 결혼할 여력도 안 됐다니까. 사정이 그랬으니 오히려 잘됐는지도 몰라."

"다들 누군가를 잃고 있군요."

"혼자 있으면 일요일에 우리집으로 저녁 먹으러 오는 건 어때?"

"고맙습니다. 근데 요새는 일요일에도 근무를 해서요."

해리스는 고개를 끄덕였다. "그래, 내킬 때 언제라도 들러."

순경 하나가 문으로 머리를 들이밀더니 해리스에게 말했다. "증거물을 수거해도 되겠습니까?"

해리스가 블로그스를 보았다.

"전 다 끝냈습니다." 블로그스가 말했다.

"좋아. 시작하도록." 해리스가 순경에게 말했다.

블로그스가 말했다. "제가 그를 놓쳤을 때 접선을 했고 고정간첩을 이리로 불러들인 거라고 가정해보자고요. 놈은 덫을 의심했을 겁니다. 창문으로 들어와 방문을 따고 들어간 걸 보면."

"엄청나게 의심이 많은 놈이야."

"그게 우리가 놈을 잡지 못하는 이유겠지요. 어쨌든, 놈은 방으로 들어가 금발을 깨웠어요. 그런 다음 덫이 아니라는 것을 확인했겠죠?"

"그랬겠지."

"그럼 왜 금발을 죽였을까요?"

"다퉜을지도 몰라."

"몸싸움한 흔적은 없습니다."

해리스는 이맛살을 찌푸리며 빈 찻잔을 들여다보았다. "금발이 감시당하고 있다는 사실을 안 거야. 체포되면 그자가 비밀을 자백할까봐 두려웠던 거지."

블로그스가 말했다. "무자비한 놈입니다."

"그것 역시 우리가 놈을 잡지 못하는 이유겠지."

"어서 들어와 앉게. 방금 MI6로부터 전화를 받았는데, 카나리스가 해고됐다는군."

블로그스가 안으로 들어와 앉으며 말했다. "좋은 소식인가요? 나쁜 소식인가요?"

"아주 나쁜 소식이지." 고들리먼이 말했다. "절대 그리되어선 안 되는 시기니까."

"이유를 들을 수 있을까요?"

고들리먼이 그를 골똘히 보더니 이윽고 말했다. "그래, 자네도 알아야겠지. 현재 우리 쪽에 붙은 이중간첩 마흔 명이 프랑스 침공에 관한 거짓 정보를 함부르크에 흘리고 있네."

블로그스는 휘파람을 불었다. "그 정도 규모인 줄은 몰랐는걸요? 그들은 우리가 셰르부르크로 들어간다고 말할 테지만 실제로는 칼레겠죠, 아니면 그 반대거나."

"비슷해. 내가 자세한 사항까지 알 필요는 없지. 듣지도 못했지만. 어쨌든 전체적인 상황이 아주 위험해진 거야. 우리는 카나리스를 잘 알거든. 그를 속여넘겨왔고, 앞으로도 계속 속일 수 있었을 텐데. 신임은 아무래도 전임자의 첩보원들을 불신할 가능성이 있어. 게다가 우리 쪽에서 이탈자가 생겼지. 여기서 아프베어 쪽 사람들을 속이기로 되어 있던 자들이 도리어 아프베어에게 배신을 당했거든. 독일군이 우리 이중첩자들을 의심하기 시작한 또다른 이유이기도 하지.

그렇게 되면 비밀이 유출될 가능성이 있어. 말 그대로 수천 명이 이제 이중첩보 시스템에 대해 알고 있으니까. 이중간첩은 아이슬란드에도 있고, 캐나다에도 있고, 실론 섬에도 있지. 중동에도 우리 이중간첩을 뒀고.

그리고 작년에는 에리히 카를이라는 독일인을 본국으로 송환하는 치명적인 실수를 저질렀지. 나중에 안 사실이지만, 그는 아프베어의 요원—순수한 그쪽 첩보원—이었어. 맨 섬*에 억류되어 있을 때 아마 우리가 이용하는 이중간첩인 머트와 제프에 대해 알게 되었을 거야. 그리고 어쩌면 세번째 인물인 테이트까지도.

---

* 잉글랜드와 북아일랜드 사이에 위치한 섬으로, 포로수용소가 있었다.

상황이 이렇다보니 우리는 지금 살얼음판 위를 걷고 있어. 만약 영국 내에 있는 순수 아프베어 첩보원이 한 명이라도 '불굴의 의지'—기밀 전략의 암호명이네—에 대해 알게 된다면, 우리 전체 전술이 위험에 처해. 까놓고 말해, 망할 전쟁에서 패할 수도 있다는 뜻이야."

블로그스는 애써 미소를 참았다. 고들리먼 교수가 그런 말들의 뜻을 모르던 때도 있었다.

교수는 말을 이어나갔다. "이중첩보위원회에서 내게 분명한 뜻을 전달해왔어. 영국 내에 순수 아프베어 요원이 한 명도 없길 바란다고 말이야."

"지난주였다면 그리 확신할 수 있었겠죠."

"지금은 최소 한 명이 있다는 것을 알지."

"그리고 그 녀석이 우리 손가락 사이로 빠져나가게 내버려두었죠."

"그러니 이제 다시 찾아야지."

"글쎄요." 블로그스가 우울하게 말했다. "우리는 녀석이 이 나라 어느 구석에서 활동하고 있는지, 어떻게 생겼는지조차 몰라요. 교활한 놈이라 송신하는 동안에도 삼각측량에 잡히지 않고요. 그게 아니면 벌써 오래전에 붙잡았겠죠. 암호명도 모르죠. 그런데 어디서부터 시작한단 말이죠?"

"미해결 범죄." 고들리먼이 말했다. "생각해봐. 스파이는 불법행위를 저지르게 돼 있어. 서류를 위조하고, 연료와 탄약을 훔치고, 검문소에서 도망치고, 제한구역에 들어가고, 사진을 찍고, 발각되면 목격자를 살해하지. 만약 그 녀석이 일정 기간 활동해왔다면 경찰에 이런 종류의 사건이 남아 있을 거야. 전쟁 후 발생한 미해결 사건 파일을 들추면 실마리를 발견할 수 있을 걸세."

"전쟁 후 발생한 사건은 거의 다 미해결이라는 거 모르세요?" 블로그스가 어이없다는 표정으로 말했다. "미해결 사건 파일이라면 앨버트 홀을 채우고도 남을 겁니다!"

고들리먼은 어깨를 으쓱했다. "그렇다면 런던에서 발생한 사건으로 범위를 좁혀보자고. 살인에서 시작하면 되겠군."

그들은 조사 첫날 찾던 것을 발견했다. 우연히 고들리먼의 눈에 띄었는데, 처음에는 그도 사건의 중요성을 깨닫지 못했다.

그것은 1940년 하이게이트에서 발생한 우나 가든 부인 살인사건 파일이었다. 그녀는 발견 당시 목이 베여 있었고, 강간은 아니지만 성추행 흔적이 있었다. 하숙인의 침실에서 발견되었는데, 혈중 알코올농도가 상당했다. 꽤 분명한 그림이 그려졌다. 밀회를 즐기던 중 남자는 여자가 마음의 준비를 하고 있던 것보다 더 깊은 관계를 원했고, 그래서 다퉜고, 남자가 여자를 죽였고, 살인이 그의 성욕을 완화했다. 그러나 경찰은 그 하숙인 남자를 찾지 못했다.

고들리먼은 그 파일을 가볍게 보고 넘기려 했다─스파이는 성폭행에는 연루되지 않으니까. 하지만 그는 기록에 관한 한 여간 꼼꼼한 사람이 아닌지라 서류 속 단어 하나하나를 다 읽어내려갔고, 마침내 불행한 우나 가든 부인은 목에 치명상을 입었을 뿐 아니라 등에도 스틸레토에 찔린 상처가 있었다는 내용을 발견했다.

고들리먼과 블로그스는 옛 런던 경찰청의 문서실 나무탁자에 마주앉아 있었다. 고들리먼이 탁자 너머로 파일을 넘겨주며 말했다. "내 생각에는 이것 같군."

블로그스가 파일을 훑어보더니 말했다. "스틸레토."

둘은 파일을 수령한다는 서명을 한 뒤 멀지 않은 곳에 위치한 육군성까지 걸어갔다. 고들리먼의 사무실로 돌아오자 책상에는 해독된 전문이 한 장 놓여 있었다. 고들리면은 그것을 무심코 읽더니 흥분에 사로잡혀 탁자를 쿵 쳤다. "그자야!"

블로그스도 전문을 읽었다. "배명. 빌리에게 안부 전함."

"기억나나?" 고들리면이 말했다. "디 나델?"

"네." 블로그스가 의아한 듯 말했다. "바늘 아닙니까. 그런데 여기엔 정보가 별로 없는데요."

"생각을 해! 생각을! 스틸레토는 바늘처럼 생겼어. 같은 녀석이야. 가든 부인의 살인자, 우리가 추적할 수 없었던 1940년의 그 무전, 금발과의 접선……"

"가능성은 있죠." 블로그스가 생각에 잠긴 얼굴로 말했다.

"내가 입증해 보이지." 고들리면이 말했다. "내가 여기 처음 온 날 자네가 보여준, 그 핀란드 관련 송신 기억하나? 중간에 타전이 끊겼다던?"

"네." 블로그스는 서류철을 뒤졌다.

"내 기억이 맞다면, 그 전문의 송신 날짜는 이 사건의 발생 날짜와 같아…… 그리고 여자의 사망 시각은 타전이 끊긴 시각과 일치할 거야."

블로그스가 파일 속의 전문 내용을 살폈다. "둘 다 맞습니다."

"거봐!"

"그렇다면 녀석은 런던에서 적어도 오 년 동안 활동했다는 뜻이군요. 우리는 이제야 겨우 녀석의 정체를 알아냈고요." 블로그스는 생각에 잠겼다. "쉽게 잡히지 않을 겁니다."

고들리면이 늑대 같은 얼굴로 돌변해 말했다. "제아무리 영리해봐야 나를 따라올 수는 없지." 그리고 단호하게 덧붙였다. "저놈의 벽에다 그 녀석을 못박아주겠어."

블로그스는 그만 웃음을 터뜨리고 말았다. "맙소사. 교수님, 변하셨군요."

고들리먼이 말했다. "자네 지금 일 년 만에 웃은 거 알고 있나?"

9

맑은 하늘 아래 보급선 한 척이 곶을 돌아 폭풍의 섬에 있는 만으로 들어오고 있었다. 배에는 여자 두 명이 타고 있었다. 한 명은 선주의 아내였고—남편이 군에 소집된 터라 지금은 그 아내가 일을 맡았다—다른 한 명은 루시의 어머니였다.

어머니는 무릎까지 오는 치마에 남성스러운 재킷을 입은 유틸리티 슈트 차림으로 배에서 내렸다. 루시는 어머니를 힘껏 껴안았다.

"어머니! 갑자기 웬일이에요?"

"편지 못 받았니?"

편지는 다른 우편물과 함께 배에 있었다. 그녀는 섬에 우편물이 이주에 한 번씩 전달된다는 사실을 잊었던 것이다.

"이애가 내 손자니? 많이 컸구나."

이제 곧 세 살인 어린 조는 부끄러운지 루시의 치마 뒤로 숨어버렸다. 머리카락은 검고, 귀엽고, 나이에 비해 키가 큰 아이였다.

어머니가 말했다. "아빠를 꼭 닮았구나."

"네." 루시가 말했다. "춥겠어요. 집으로 가요. 그 치마는 대체 어디서 산 거예요?"

그들은 식료품을 들고 절벽 꼭대기로 이어지는 경사로를 오르기 시작했다. 어머니는 가는 내내 입을 다물지 않았다. "요새는 이런 게 유행이란다. 옷감을 아낄 수 있잖니. 본토는 여기처럼 춥지도 않고. 여긴 정말 바람이 세구나! 가방은 둑에 둬도 괜찮을 것 같은데. 훔쳐갈 사람도 없고. 제인은 미군과 약혼했단다. 백인이라 얼마나 다행인지. 밀워키 출신이라는데 검은 쉽지 않더구나. 잘됐지 뭐냐? 이제 결혼시킬 딸이 넷밖에 안 남았으니. 내가 말했던가? 네 아버지는 국토방위대 대위란다. 독일 낙하산부대가 떨어지지 않을까 밤마다 공유지를 순찰하고 있어. 스티븐 삼촌네 창고는 폭격을 맞았어. 그렇지만 뭘 어쩌겠니. 전쟁 행위인가 뭔가 하는 건데—"

"숨 좀 돌리면서 얘기해요, 어머니. 앞으로 이 주 동안은 꼼짝 못할 테니까요." 루시가 웃으면서 말했다.

두 사람은 오두막에 도착했다. 어머니가 말했다. "굉장히 아름다운 집이구나." 그들은 안으로 들어갔다. "정말 아름다워."

루시는 어머니를 부엌 식탁에 앉히고 차를 준비했다. "가방은 톰이 가져다줄 거예요. 좀 있으면 점심 먹으러 올 테니까요."

"양치기 말이니?"

"네."

"그이가 데이비드에게 할 일을 좀 찾아주겠구나."

루시가 웃었다. "오히려 그 반대예요. 본인 입으로 직접 얘기할 테니 기다려봐요. 그런데 여기 온 이유는 아직 말 안 했잖아요."

"네 얼굴 본 지 너무 오래됐으니까 그렇지. 네가 쓸데없이 나다니지 않는 거야 알겠다만, 사 년에 한 번은 사치가 아니잖니?"

그때 밖에서 지프차 소리가 들렸고, 잠시 뒤 데이비드가 휠체어를 타고 들어왔다. 그는 장모에게 인사하고 톰을 소개했다.

루시가 말했다. "톰, 오늘은 점심값으로 어머니 가방을 갖다줘요. 식료품은 어머니가 들고 왔으니까."

데이비드는 스토브 옆에서 손을 덥히고 있었다. "오늘 아주 춥네요."

"자네 목양업을 진지하게 생각하고 있는 건가?" 어머니가 말했다.

"삼 년 전과 비교해 양이 두 배로 늘었어요." 데이비드가 말했다. "아버지는 이 섬에 크게 신경쓰지 않았지만, 전 절벽 꼭대기에 10킬로미터가량 울타리를 치고, 방목지를 가꾸고, 현대식 사육법을 도입했습니다. 양의 수만 증가한 게 아니라 고기와 양모의 생산량도 늘었지요."

어머니가 조심스럽게 물었다. "힘쓰는 일이야 톰이 할 테고 자네는 지시만 내리는 거겠지?"

데이비드가 웃으며 말했다. "일은 공평하게 해야죠."

그들은 모두 배가 고팠고, 두 남자는 산처럼 많은 감자를 먹었다. 어머니는 조의 식사 예절을 칭찬했다. 식사가 끝나자 데이비드는 담뱃불을 붙였고 톰은 파이프를 채웠다.

어머니가 밝은 미소를 지으며 말했다. "언제쯤이면 더 많은 손자를 보게 될까?"

긴 침묵이 이어졌다.

"데이비드 말이다, 잘 지내는 것 같구나." 어머니가 말했다.

"네." 루시가 말했다.

두 사람은 절벽 꼭대기를 걷고 있었다. 어머니가 오고 사흘째 되는 날, 바람이 잦아들어 산책하기에 좋은 날씨가 되었다. 털 스웨터와 모피코트를 입혀 조도 데리고 나왔다. 그들은 오르막 꼭대기에서 걸음을 멈추고 데이비드와 톰과 개가 양떼를 모는 모습을 바라보았다. 루시는 어머니의 얼굴에서 물을까 말까 갈등하는 마음을 읽을 수 있었다. 그래서 어머니의 수고를 덜어주기로 결심했다.

"저이는 나를 사랑하지 않아요."

어머니는 재빨리 고개를 돌려 대화가 들릴 만한 거리에 조가 있는지 확인했다. "얘야, 그렇게까지 생각할 필요는 없단다. 남자들이란 사랑을 표현하는 방식이 다 다르—"

"어머니, 결혼식을 올린 후 우리는 제대로 된 남편과 아내 관계가 아니었어요."

"그렇지만……" 그녀는 턱짓으로 조를 가리켰다.

"그건 결혼식 일주일 전이었고요."

"세상에! 그럼, 그게 그러니까, 사고 때문에?"

"네. 하지만 생각하는 그런 건 아니에요. 몸의 문제가 아니에요. 다만 그이가…… 원치 않아요." 루시는 조용히 울고 있었다. 바람에 그은 뺨을 타고 눈물방울이 떨어져내렸다.

"얘기는 나눠봤니?"

"노력은 해봤어요."

"시간이 지나면—"

"벌써 사 년째라고요!"

침묵이 이어졌다. 그들은 희미해진 오후 햇살 속에서 히스 지대를 가로질러 걷기 시작했다. 조가 갈매기들을 쫓아갔다. 어머니가 말했다. "나도 네 아버지를 떠날 뻔한 적이 있단다, 한 번."

이번에는 루시가 놀랐다. "언제요?"

"제인이 태어난 직후였지. 너도 알겠지만 집안 사정이 그다지 좋지 않았어. 네 아버지는 할아버지 일을 거들 때였고 불경기였지. 나는 삼

년 만에 세번째 임신중이었고, 내 앞에 펼쳐진 인생이라곤 아이를 낳고 아등바등 사는 것뿐이었어. 무엇도 내 단조로운 인생을 위로해주지 않았지. 그러다 그이가 옛 애인을 만나고 있다는 사실을 알게 됐단다. 브렌다 시먼즈. 너는 모르는 사람이지. 베이징스토크로 떠났거든. 문득 내가 뭘 위해 사나 싶더구나. 납득할 만한 답을 찾을 수 없었어."

루시는 희미하고 단편적인 그 시절의 기억을 떠올렸다. 희끗한 콧수염을 길렀던 할아버지, 더 호리호리할 뿐 할아버지와 판박이였던 아버지, 큰 농가 부엌에 모인 대가족의 식사시간, 넘쳐나는 웃음과 햇살과 동물. 당시만 해도 부모님의 결혼생활은 더할 나위 없는 만족과 행복한 결합을 상징하는 것처럼 보였다. 그녀가 말했다. "왜 그냥 계셨어요? 떠나지 않고?"

"당시에는 그러기가 쉽지 않았으니까. 지금처럼 이혼이 흔하지 않았고, 여자는 직업도 가질 수 없었단다."

"요새는 여자도 온갖 일을 하잖아요."

"지난 전쟁 때도 그랬지. 하지만 전쟁이 끝나고 실업률이 증가하면서 모든 것이 바뀌었어. 이번에도 사정은 마찬가지일 거다. 남자들은 대체로 자기 멋대로 구니까."

"그리고 어머니는 그때 떠나지 않은 것에 만족하고요." 그것은 질문이 아니었다.

"내 나이쯤 되면 인생에 대해 이러니저러니 떠들어선 안 돼. 하지만 내 인생은 견뎌내느냐 마느냐였고, 내가 아는 많은 여자가 그렇게 살았다. 변함없이 자리 자리를 지키는 것은 희생처럼 취급되기 일쑤지만 반드시 그런 것은 아니란다. 어쨌든 난 너한테 조언을 하진 않겠다. 받아들이지도 않겠지만, 설사 받아들인다 해도 문제가 생기면 내 탓으로 돌릴 테니까."

"어머니도 참." 루시는 미소지었다.

어머니가 말했다. "이제 돌아갈까? 하루 산책으로는 걸을 만큼 걸은 것 같구나."

어느 날 저녁, 부엌에서 루시가 데이비드에게 말했다. "어머니가 이 주만 더 머물면 좋겠어, 그래줄지 모르겠지만." 어머니는 이야기를 들려주며 조를 재우러 위층으로 가고 없었다.

"나라는 인간을 분석하기에 이 주는 모자라지?"

"바보 같은 소리 하지 마."

그는 휠체어를 밀고 그녀가 앉은 의자로 다가갔다. "내 얘기를 나누지 않는단 소리야?"

"물론 당신 얘기를 하지. 당신은 내 남편이잖아."

"그래, 무슨 얘기를 하셨나?"

"왜 그렇게 날카롭게 굴어?" 루시가 말했다. 말투에 악의가 전혀 없지는 않았다. "뭐가 찔려서?"

"헛소리 그만해. 내가 찔릴 게 뭐 있어. 대체 누가 자기 사생활을 두고 쑥덕공론하는—"

"누가 쑥덕공론을 한다고 그래."

"그럼 무슨 얘기를 하는지 말해봐."

"예민하게 굴지 마!"

"대답이나 해."

"당신을 떠나고 싶다고 했어. 어머니는 말렸고."

그가 휠체어를 돌려 자리를 뜨며 말했다. "나 때문에 애쓰실 거 없다고 해."

그녀가 소리쳤다. "진심이야?"

그가 제자리에 멈춰 섰다. "나는 아무도 필요 없어, 알아들어? 나 혼자 알아서 살 수 있다고."

"그럼 나는?" 그녀가 조용히 말했다. "나한테 누가 필요할 거라는 생각은 못해?"

"뭘 위해서?"

"나를 사랑해줄 사람이 필요해."

때마침 어머니가 부엌으로 들어와 심상치 않은 분위기를 눈치챘다. "조는 빨리도 잠드는구나." 그녀가 말했다. "신데렐라가 무도회에 가기도 전에 눈이 감겼어. 나는 가서 짐을 좀 챙겨야겠다. 내일까지 미뤄선 안 되지." 그러고는 다시 밖으로 나갔다.

"달라질 수 있을까?" 루시가 물었다.

"무슨 소리를 하는지 모르겠군."

"우리…… 예전처럼, 결혼 전처럼 될 수 있을까?"

"내 다리는 그렇게 안 될 거야, 그걸 묻는 거라면."

"제발 좀 그만하면 안 돼? 그건 나를 괴롭히는 문제가 아니라는 걸 몰라? 난 다만 사랑받고 싶은 거라고."

데이비드가 어깨를 으쓱했다. "그건 당신 사정이지." 그는 나갔고 루시는 울음을 터뜨렸다.

루시는 다음날 방파제까지 어머니를 배웅했다. 이 주만 더 머물러줬으면 했던 바람은 이루어지지 않았다. 비가 억수같이 내려서 둘 다 매킨토시 레인코트를 입고 있었다. 배를 기다리면서 그들은 침묵에 잠긴 채 바다에 빗방울이 그리는 조그만 원들을 지켜보고 있었다. 어머니는 조를 안고 있었다.

"시간이 지나면 달라질 거다." 그녀가 말했다. "결혼생활에서 사 년은 아무것도 아니란다."

루시가 말했다. "모르겠어요. 하지만 내가 할 수 있는 일이 뭐 있겠어요. 조에, 전쟁에, 데이비드 상태도 그렇고, 어떻게 떠나요?"

배가 도착했다. 루시는 어머니를 배에 태운 후 식료품 세 상자와 편지 다섯 통을 건네받았다. 파도가 심했다. 어머니는 조그만 선실에 들어가 앉았다. 배가 곶 너머로 사라질 때까지 둘은 손을 흔들었다. 루시는 너무나 외로웠다.

조가 울기 시작했다. "할머니 가는 거 싫어!"

"엄마도 그래."

10

고들리먼과 블로그스는 폭격당한 런던 상점가를 나란히 걷고 있었
다. 앞은 보지도 않고 바쁘게 종종걸음 치는, 구부정하고 가냘픈 몸에
도수 높은 안경과 파이프로 대변되는 교수와 뚜렷한 목적의식을 갖고
단호히 걸으며 금발에 멜로드라마풍 모자를 쓰고 수사관들이 입는 레
인코트 차림인 젊은이. 어디를 보나 어울리지 않는 한 쌍으로, 캡션이
아직 붙지 않았을 뿐 카툰의 한 장면이나 다름없었다.

고들리먼이 말했다. "바늘은 배경이 좋아."

"왜요?"

"그렇지 않고서야 계급을 무시하는데도 무사할 수 없지 않겠나. '빌
리에게 안부 전함'이라는 문구 말이야. 틀림없이 카나리스일 거야."

"그와 친구 사이라고 생각하는군요."

"다른 사람일 수도 있지. 카나리스보다 더 힘있는 사람."

"뭔가 단서가 잡힐 듯한 기분인데요?"

"배경이 좋은 사람들은 학교에서, 대학 아니면 군사학교에서 연줄을

만들지. 저걸 좀 봐."

그들은 어느 가게 앞에 서 있었다. 판유리창이 있던 예전 자리가 커다랗게 뻥 뚫려 있었다. 손으로 거칠게 쓴 표지판이 창틀에 못박혀 있었다. '평상시보다 더 활짝 열려 있음.'

블로그스가 웃으며 말했다. "폭격당한 경찰서 앞에서도 봤습니다. '착하게 사시오, 우리 경찰은 아직 업무중이니'라고 적혀 있더군요."

"대안적인 예술 형식이 되어가고 있군."

그들은 계속 걸었다. 블로그스가 말했다. "그래서, 만약 바늘이 독일군 내부의 높은 사람과 학교를 같이 다녔다면요?"

"학교에서는 늘 사진을 찍지 않나. 켄징턴 지하에—전쟁 전 MI6가 썼던 그 집 말이야—미들턴이 독일 장교들의 사진을 수천 장 모아두었어. 학교 앨범, 군 식당에서 열린 파티, 임관식 퍼레이드, 히틀러와의 악수 장면, 신문기사 속 사진, 전부."

"그렇군요." 블로그스가 말했다. "그래서, 만약 교수님 말이 맞다면, 그리고 바늘이 독일식 이튼이나 샌드허스트*를 거쳤다면 그의 사진을 손에 넣을 수 있을지도 모르겠군요."

"그럴 확률이 높아. 스파이들은 카메라를 지독히 싫어하지만 학교 때부터 스파이가 되는 건 아니니까. 미들턴의 파일에서 우리가 찾는 것은 바늘의 어린 시절 모습이겠지."

그들은 이발소 앞에 생긴 커다란 폭탄 구멍을 돌아갔다. 가게는 무사했지만, 빨간색 흰색 줄무늬로 이루어진 전통적인 이발소 간판은 인도 위에 산산조각나 있었다. 창문에 붙은 표지판에는 이런 문구가 적혀 있었다. '말끔히 깎습니다. 직접 확인해보세요.'

---

* 각각 영국의 유명 사립학교, 육군사관학교.

"어떻게 알아보죠? 아무도 본 사람이 없지 않습니까?" 블로그스가 말했다.

"본 사람이 왜 없어. 하이게이트의 가든 부인 하숙집 사람들은 그를 아주 잘 알지."

빅토리아풍 주택은 런던이 내려다보이는 언덕 위에 서 있었다. 붉은 벽돌로 지어져서인지 히틀러가 이 도시에 입힌 상해를 보며 화를 내는 것 같다고 블로그스는 생각했다. 지대가 높아 송신하기에 안성맞춤인 곳이었다. 바늘은 꼭대기층에 세를 들었으리라. 어두웠던 1940년, 그는 이곳에서 어떤 비밀을 함부르크에 전달했을까. 항공기 제조 공장과 제강소의 위치, 해안 방어시설의 상세 정보, 정계 가십, 방독면과 방공호와 모래주머니, 영국인들의 사기, 폭격 피해상황 전달, "잘했다, 마침내 크리스틴 블로그스를 처리했다"―나쁜 새끼.

문을 연 것은 줄무늬 바지에 검은색 재킷을 걸친 노인 남자였다.

"실례합니다. 런던 경찰청에서 나온 블로그스 경위라고 합니다. 집주인과 얘기를 좀 나누고 싶은데요."

블로그스는 남자의 눈에 스치는 두려움을 보았다. 그때 젊은 여자 하나가 뒤쪽에서 나타나 말했다. "들어오세요."

타일이 깔린 현관에서는 왁스 냄새가 났다. 블로그스는 모자와 코트를 걸었다. 노인은 집안의 어둠 속으로 사라졌고, 여자는 블로그스를 거실로 안내했다. 옛날 스타일로 화려하게 값비싼 가구로 꾸민 곳이었다. 트롤리에 위스키, 진, 셰리가 놓여 있었지만 개봉하지 않은 채였다. 여자는 꽃무늬 안락의자에 앉아 다리를 꼬았다.

"노인께서는 왜 경찰을 두려워하죠?" 블로그스가 물었다.

"시아버지는 독일계 유대인이에요. 히틀러를 피해 1935년 건너왔죠.

1940년 당신네가 강제수용소에 집어넣었고요. 시어머니는 견디다 못해 스스로 목숨을 끊었죠. 시아버지는 맨 섬에서 풀려난 지 얼마 안 됐어요. 국왕이 편지를 보냈더군요. 그간의 불편함에 사과한다면서."

블로그스가 말했다. "우리는 강제수용소가 없습니다."

"만들어냈어요. 남아프리카에. 몰랐나요? 우린 우리 역사에 대해 계속 늘어놓으면서도 어떤 부분은 잊어버리죠. 불편한 사실을 눈감아버리는 데 선수예요."

"오히려 다행인지도 모르죠."

"뭐라고요?"

"1939년, 우리는 우리 혼자서는 독일에 맞서 이길 수 없다는 불편한 사실에 눈감아버렸습니다. 그리고 그 결과를 보세요."

"시아버지도 그렇게 말하더군요. 그분은 저처럼 냉소적이지 않아요. 자, 어떻게 런던 경찰청을 도와드릴까요?"

블로그스는 논쟁을 즐기고 있었던 터라 본래 용무로 주의를 돌려야 한다는 게 썩 내키지 않았다. "사 년 전 이곳에서 발생한 살인사건에 관한 겁니다."

"아주 오래전 일이잖아요!"

"새로운 증거가 나타날지도 모르니까요."

"물론 그 일에 대해서는 알고 있어요. 전 주인이 하숙인에게 살해당했다더군요. 유언집행자에게서 남편이 이 집을 사들였어요―상속인이 없었거든요."

"내가 알고 싶은 건, 당시 이곳에 하숙하던 사람들의 정보입니다."

"네." 여자는 이제 적대심을 버리고 똑똑해 보이는 얼굴로 기억을 더듬고 있었다. "우리가 왔을 때는 세 명이었는데 다들 살인사건이 발생하기 전부터 살았죠. 퇴역한 해군 장교, 외판원, 그리고 요크셔 출신의 소년. 소년은 육군에 입대했는데 아직도 편지를 보내와요. 외판원은 징집되어 바다에서 죽었고요. 다섯 아내 중 두 명이 연락해와서 알게 되었답니다. 중령님은 아직 이곳에 살고요."

"아직도 이곳에 산다고요?" 그야말로 행운이었다. "만나게 해주시면 감사하겠습니다."

"그러죠." 여자가 자리에서 일어서며 말했다. "연세가 꽤 많아요. 방으로 안내해드릴게요."

그들은 카펫이 깔린 계단을 올라 2층으로 향했다. 여자가 말했다. "애기 나누시는 동안 전 소년이 군대에서 보낸 마지막 편지를 찾아볼게요." 그녀가 방문을 두드렸다. 블로그스는 이 여자가 자기 집주인보다 낫다는 쓸쓸한 생각이 들었다.

"열려 있소." 그 소리에 블로그스는 방안으로 들어갔다.

중령은 무릎에 담요를 덮고 창가 의자에 앉아 있었다. 셔츠와 넥타이, 블레이저 차림이었고 안경을 쓰고 있었다. 머리숱이 적고 콧수염은 희끗희끗했고, 피부는 늘어져 한때는 팽팽했을 얼굴에 주름이 가득했다. 방은 추억을 먹고 사는 남자의 보금자리인 듯 항해중인 선박 그림과 육분의와 망원경, 그리고 영국 군함 윈체스터 호에 승선한 어린 시절 그의 사진이 보였다.

"저걸 좀 보게." 노인이 뒤도 돌아보지 않은 채 말했다. "저놈은 대체 왜 해군에 입대할 생각도 않고 저러고 있는 건지 원."

블로그스는 창가로 갔다. 말 한 필이 끄는 빵장수의 수레가 집밖 연석에 서 있었다. 주인이 빵을 배달하는 동안 늙은 말은 사료자루에 머리를 들이박고 있었다. 노인이 말한 그'놈'은 바지를 입은 짧은 금발의 여자였다. 가슴이 대단히 풍만했다. 블로그스가 웃으며 말했다. "바지를 입은 여자인데요."

"어허, 그렇군!" 중령이 돌아보며 말했다. "여자가 바지를 입는 세상이라 분간을 할 수 있어야 말이지."

블로그스는 자기소개를 했다. "1940년 이곳에서 발생한 살인사건을 재조사하는 중입니다. 주요 용의자인 헨리 페이버와 함께 이곳에 지내셨던 것으로 압니다만."

"그렇다네. 무엇을 도와주면 되겠나?"

"페이버에 대해 얼마나 기억하고 계십니까?"

"완벽하게 기억하고 있지. 큰 키에 머리카락이 검고 표준 영어를 쓰고 조용한 사람이었어. 옷차림은 남루했고—외모로 판단한다면 그를 잘못 볼 공산이 크지. 그가 싫지 않아서 더 가까이 지낼 수도 있었지만, 그쪽에서 원치 않았어. 지금 선생 또래였던 것 같은데."

블로그스는 미소를 참았다. 그는 단지 수사관이라는 이유로 사람들이 자기 나이를 많게 보는 데 익숙했다.

중령이 덧붙여 말했다. "나는 그가 그런 짓을 하지 않았다고 확신해. 사람 성격에 대해서는 내가 좀 알거든. 그러지 않고서야 군함을 지휘할 수가 있나. 그가 색광이었다면 나는 헤르만 괴링이지."

문득 바지를 입은 금발 여자와 그의 나이에 대한 중령의 착각에 생각이 미쳤고, 그 결론에 우울해졌다. 그가 말했다. "누가 경찰이라고 해도 일단 신분증을 보자고 하셔야 합니다."

중령은 살짝 놀란 기색이었다. "좋아, 그럼 어디 신분증 좀 봅시다."

블로그스는 지갑을 열어 크리스틴의 사진이 보이게 펼쳤다. "여기 있습니다."

중령이 잠시 들여다보더니 말했다. "꼭 닮은 사진이군."

블로그스는 한숨을 내쉬었다. 노인은 눈이 먼 것이나 다름없었다.

그는 자리에서 일어났다. "오늘은 이만하죠. 협조 감사합니다."

"언제고 도울 일이 있다면 돕지. 요새는 영국에 별 도움이 못 되고 있거든. 국토방위대도 안 받아주는 신세라면 말 다 한 거지."

"가보겠습니다." 블로그스는 방을 나왔다.

여자가 아래층 현관에 있었다. 그녀는 블로그스에게 편지 한 통을 내밀었다. "소년의 주소는 부대 사서함 번호예요. 이름은 파킨…… 지내는 곳이야 경위님이 찾을 수 있을 테죠."

"중령이 딱히 도움이 못 되리라는 거 알았죠?" 블로그스가 말했다.

"아마도? 하지만 방문객이 있으면 그분도 무료하지 않으니까." 그녀가 문을 열어주며 말했다.

블로그스가 충동적으로 말했다. "저녁 같이 하겠습니까?"

그녀의 얼굴에 그림자가 스쳐지났다. "남편이 아직 맨 섬에 있어요."

"죄송합니다. 그게—"

"괜찮아요. 감사하게 생각할게요."

"우리를 게슈타포처럼 여기지 않으면 좋겠습니다."

"그렇게 생각하지 않아요. 여자 혼자 지내다보면 매서워지는 법이니 이해하세요."

블로그스가 말했다. "나는 폭격으로 아내를 잃었습니다."

"그럼 상실이 사람에게 증오를 안긴다는 걸 알겠군요."

"네." 블로그스가 말했다. "상실은 증오를 안기지요." 그는 계단을 내려갔다. 뒤쪽에서 문이 닫혔다. 비가 내리고 있었다……

그때도 비가 내리고 있었다. 고들리먼과 몇 가지 새로운 자료를 검토하느라 블로그스는 귀가가 늦어졌다. 그렇지만 서둘러 가면 크리스틴이 앰뷸런스를 운전하러 나가기 전 삼십 분쯤 같이 보낼 수 있을 터였다. 주위는 어두웠고 공습은 이미 시작되었다. 크리스틴은 밤에 맞닥뜨리는 광경이 너무 끔찍해 더이상 그 얘기를 하지 않았다.

블로그스는 그녀가 자랑스러웠다. 너무나 자랑스러웠다. 동료들은 그녀가 남자 둘보다 낫다고 했다. 그녀는 정전된 런던 이곳저곳을 돌진했다. 베테랑의 솜씨로 운전하며, 두 바퀴로 모퉁이를 돌며, 도시가 불길에 휩싸여 있을 때도 휘파람을 불고 농담을 던지며. 두려움 없는 사람, 그녀는 그렇게 불렸다. 그렇지만 블로그스는 알고 있었다. 그녀도 두렵지만 애써 감춘다는 것을. 그가 일어나고 그녀가 돌아와 잠자리에 드는 아침이면, 그녀의 방어막이 걷히고 다만 몇 시간이라도 쉴 수 있을 때면 그는 그녀의 눈빛에서 마음을 읽었다. 그것이 두려움 없음이 아니라 용기라는 것을 알고 있었다. 그래서 그는 그녀가 자랑스러웠다.

버스에서 내리자 빗줄기가 더 거세졌다. 그는 모자를 눌러쓰고 옷깃을 세웠다. 담뱃가게에 들러 크리스틴에게 줄 담배를 샀다. 많은 여자가 그러하듯 그녀는 최근 들어 담배를 피우기 시작했다. 주인은 재고가 부족하다며 다섯 개비만 팔았다. 그는 울워스사에서 나온 베이클라이트* 담뱃갑에 그것을 넣었다.

경찰 하나가 그를 멈춰 세우더니 신분증을 요구했다. 그 탓에 이 분을 허비했다. 앰뷸런스 한 대가 그를 지나쳐갔다. 징발되어 회색 칠을 한 과일 트럭, 크리스틴이 운전하는 차와 유사한 종류였다.

집이 가까워질수록 불안해졌다. 폭파 소리가 점점 더 가까워졌고, 항공기 소리가 선명하게 들렸다. 이스트엔드는 오늘밤 또 한번 폭격의 피해를 입게 될 것이다. 방공호에서 밤을 보내야겠군. 지척에 대규모 방공호가 하나 있었다. 그는 발걸음을 재촉했다. 저녁 역시 그곳에서 해결해야 될 터였다.

---

* 플라스틱의 시초가 되는 페놀계 합성수지.

그는 집이 있는 거리로 들어섰다. 앰뷸런스와 소방차가 보였다. 그는 뛰기 시작했다.

폭탄이 떨어진 곳은 거리 중간쯤, 그의 집이 있는 쪽이었다. 집과 지척인 게 분명했다. 안 돼, 안 돼, 안 돼—

폭탄이 지붕을 강타해 집은 말 그대로 폭삭 주저앉았다. 그는 죽을힘을 다해 뛰었다. 이웃과 소방관과 자원봉사자가 모여 있었다. "아내는요? 내 아내는 괜찮아요? 밖으로 나왔나요? 설마 안에 있는 건 아니죠?"

한 소방관이 그를 보며 말했다. "아무도 밖으로 나오지 못했습니다."

구조대원들이 돌무더기를 헤치고 있었다. 그때 한 명이 외쳤다. "여기다!" 그리고 곧이어 말했다. "오, 하느님 맙소사! '두려움 없는 블로그스'야!"

블로그스는 그 남자가 있는 곳으로 황급히 달려갔다. 크리스틴이 커다란 벽돌덩이에 깔려 있었다. 그녀의 얼굴이 보였다. 눈이 감겨 있었다.

구조대원이 외쳤다. "리프팅 장치 좀 가져와! 어서 서둘러!"

크리스틴이 신음을 하며 약간 움찔했다.

"살아 있어!" 블로그스가 말했다. 그는 그녀 옆에 무릎을 꿇고 앉아 돌무더기 가장자리 아래로 손을 넣었다.

구조대원이 말했다. "그렇게 해서는 움직일 수 없습니다."

벽돌덩이가 움직였다.

"이런, 그러다 당신까지 위험해요." 구조대원이 도와주기 위해 몸을 낮췄다.

벽돌덩이가 땅에서 60센티미터쯤 떨어지자 둘은 그 아래 어깨를 넣어 받쳤다. 벽돌덩이는 이제 크리스틴의 몸에서 떨어졌다. 세번째 사람이 합류했고 네번째가 합류했다. 그들은 다 함께 몸을 일으켜 세웠다.

블로그스가 말했다. "내가 크리스틴을 들어 옮길게요."

그는 비스듬히 들어올려진 벽돌덩이 아래로 기어가 아내를 품에 안았다.

"제기랄, 미끄러지고 있어!" 누군가 외쳤다.

블로그스는 크리스틴을 껴안고 그 아래서 서둘러 탈출했다. 그가 무사히 나오자마자 구조대원들은 벽돌덩이를 놓고 풀쩍 물러섰다. 돌덩이는 소름끼치는 쿵 소리와 함께 땅으로 떨어졌다. 그것이 크리스틴 위에 내려앉았다는 사실을 깨달은 순간, 블로그스는 그녀의 죽음을 예감했다.

그는 그녀를 앰뷸런스로 데려갔고 차는 즉시 병원으로 출발했다. 그녀는 죽기 전, 다시 한번 눈을 뜨고 말했다. "이제 자기는, 나 없이 전쟁에서 이겨야겠네."

일 년도 더 지나 또다시 내리는 비와 눈물로 뒤범벅이 된 채 하이게이트에서 런던의 낮은 지대로 내려가고 있자니, 스파이의 집에 사는 그 여자의 말이 대단한 진실로 여겨졌다. 상실은 사람에게 증오를 안긴다.

전쟁 속에서 소년은 남자가 되고 남자는 군인이 되고 군인은 승진한다. 그리고 그것이 최근까지 하이게이트 하숙집에 살던 열여덟 살 빌 파킨이, 스카버러에 있는 아버지의 무두질 공장에서 도제생활을 하고 있어야 할 그가 스물한 살로 나이를 속여 육군에 들어가고, 병장으로 승진하고, 전진 부대를 이끌고 무덥고 건조한 숲을 헤치며 백색 도료가 발린 이탈리아의 어느 먼지 날리는 마을로 향하게 된 이유였다.

이탈리아군은 항복했지만 독일군은 아니었고, 영미 합동군의 침공에 대항해 이탈리아를 방어하고 있던 것도 독일군이었다. 연합군은 로마로 향하는 중이었고 파킨 병장의 부대에게 그것은 기나긴 여정이었다.

숲을 빠져나와 언덕 꼭대기에 도착하자 그들은 배를 깔고 엎드려 마을을 내려다보았다. 파킨이 쌍안경을 꺼내며 말했다. "씨발 차 한 잔만 마실 수 있으면 씨발 뭘 못 주겠냐." 그는 술과 담배와 여자에 마음을 붙였고, 말버릇은 여느 군인과 같았다. 그리고 더이상 기도 모임에 나가지 않았다.

이런 마을 중 어느 곳은 방어 병력이 있고 어느 곳은 없었다. 파킨은 그것이 타당한 용병술이라고 인정했다—방어 병력이 없는 곳을 모르니 일일이 조심스럽게 접근해야 했고, 그러자면 시간이 소요되었다.

언덕 비탈면에는 덤불이 조금 자라 있을 뿐 적당한 엄호물이 없었고 마을은 기슭에서 시작되었다. 하얀 집이 드문드문 있고, 나무다리가 놓인 강이 흐르고, 공회당과 시계탑이 있는 작은 광장 주위로 집이 몇 채 더 보였다. 탑에서 다리까지는 시야가 탁 트여 있었다. 만약 이곳에 적이 있다면 십중팔구 공회당에 숨었을 것이다. 사람 몇이 들판에서 일하고 있었다. 그들의 정체는 신만이 알 터였다. 진짜 농부일 수도 있고, 수많은 파벌 가운데 하나일 수도 있었다. 파시스트, 마피아, 레지스탕스, 게릴라, 공산당…… 아니면 독일군. 사격이 시작되기 전까지는 그들이 어느 편일지 알 수 없었다.

파킨이 말했다. "자, 상병."

왓킨스 상병은 뒤쪽 숲으로 사라졌다가 잠시 후 마을로 이어지는 흙길에 모습을 드러냈다. 민간인 모자를 쓰고 제복 위에 낡고 더러운 담요를 덮고 있었다. 양파 자루인지 죽은 토끼인지 모를 꾸러미를 하나 어깨에 들쳐메고 걷는다기보다는 어기적거렸다. 마침내 마을 어귀에 도착한 그는 낮은 오두막집의 어둠 속으로 사라졌다.

잠시 후 그가 다시 모습을 드러냈다. 마을 쪽에서 보이지 않게 벽 가까이 붙어 서더니 언덕 꼭대기의 군인들을 향해 손을 흔들었다. 한 번, 두 번, 세 번.

부대는 재빨리 비탈을 내려가 마을로 들어섰다.

"집은 다 비었습니다." 왓킨스가 말했다.

파킨은 고개를 끄덕였지만 안심할 수는 없었다.

그들은 집들을 지나 강가로 움직였다. 파킨이 말했다. "네 차례다, 스마일러."

스마일러 허드슨 일병은 들고 있던 장비를 차곡차곡 쌓아놓고 철모와 군화와 튜닉을 벗고 폭이 좁은 강으로 미끄러져들어갔다. 이윽고 강 저편에 나타나더니 둑을 올라 집들 사이로 사라졌다. 확인할 구역이 넓으니 이번에는 좀더 오래 기다려야 했다. 마침내 허드슨이 나무다리를 건너 돌아왔다. "적들이 있다면 숨은 게 분명합니다."

그는 장비를 도로 갖췄고, 부대는 다리를 건너 마을 안쪽으로 들어갔다. 군인들은 길가에 붙어 광장 쪽으로 이동했다. 지붕 위에서 새 한 마리가 푸드덕 날아오르는 통에 파킨은 간담이 서늘해졌다. 군인 몇몇이 대문을 발로 차 열어보기도 했지만, 집안에서 사람의 흔적은 찾아볼 수 없었다.

그들은 광장 가장자리에 멈춰 섰다. 파킨이 공회당 쪽으로 고갯짓을 했다. "저기도 들어가봤나, 스마일러?"

"네, 병장님."

"그럼 이 마을은 우리 차지 같은데."

"네, 병장님."

파킨이 광장을 가로지르기 위해 몇 발짝 내디뎠다. 그때였다. 사방에서 총성이 들려오고 총알이 날아들었다. 누군가 비명을 질렀다. 파킨은 달렸다. 총알을 피해 몸을 숙였다. 앞쪽에 있던 왓킨스가 고통스러운 비명을 내지르며 다리를 움켜잡았다. 파킨은 있는 힘껏 그를 일으켜 세웠다. 총알 하나가 핑— 파킨의 철모를 스쳐 날아갔다. 그는 가장 가까운 집을 향해 달려가 문 안쪽에 쓰러졌다.

사격이 멈췄다. 파킨은 밖을 내다보았다. 부하 하나가 부상을 입고 광장에 쓰러져 있었다. 허드슨이었다. 그가 움직이자 다시 한 발의 총성이 울렸고, 이내 그는 움직임을 멈췄다. 파킨이 말했다. "개자식들."

왓킨스가 욕설을 내뱉으며 자기 다리에 뭔가를 하고 있었다. "총알이 아직 박혀 있나?" 파킨이 물었다.

"아악!" 왓킨스가 소리지르더니, 쓴웃음을 지으며 손가락으로 뭔가를 들어올려 보였다. "이제는 아닙니다."

파킨은 다시 밖을 내다보았다. "놈들은 시계탑 안에 있다. 저 안에 숨었을 줄이야. 하지만 수가 많지는 않을 거야."

"하지만 총을 쏠 수 있는 놈들입니다."

"그래. 덕분에 꼼짝 못하게 됐군." 파킨은 이마를 찌푸렸다. "폭탄이 남아 있나?"

"네."

"어디 볼까?" 파킨은 왓킨스의 배낭을 열어 다이너마이트를 꺼냈다. "자, 십 초짜리 도화선을 만들어."

다른 병사들은 거리 반대편 집에 숨어 있었다. 파킨이 그들을 외쳐 불렀다. "이봐!"

문간에 얼굴 하나가 나타났다. "네, 병장님!"

"토마토를 던지겠다. 내가 신호하거든, 엄호하도록!"

"알겠습니다!"

파킨은 담뱃불을 붙였다. 왓킨스가 그에게 다이너마이트 꾸러미를 건넸다. 파킨이 외쳤다. "사격!" 그는 담뱃불로 도화선을 붙이고 거리로 뛰어나갔다. 팔을 뒤로 젖혔다가 시계탑을 향해 폭탄을 던지고는 몸을 숙여 집안으로 뛰어들었다. 부하들의 총성이 귓가에 울려댔다. 총알하나가 나무문을 스쳤고 쪼개진 나뭇조각이 턱 아래로 튀어올랐다. 다이너마이트 터지는 소리가 들렸다.

그가 돌아보기도 전에 거리 저편의 누군가가 외쳤다. "명중했다!"

파킨은 밖으로 나왔다. 오래된 시계탑이 주저앉아 있었다. 어색한 차임벨 소리에 맞춰 시계탑 잔해 위로 먼지가 내려앉고 있었다.

왓킨스가 말했다. "크리켓 하셨습니까? 죽여주는 일격이었습니다."

파킨은 광장 한가운데로 걸어갔다. 널브러진 사체 조각을 그러모으면 약 세 명의 독일군이 나올 듯 보였다. "탑은 이미 맛이 갔었어. 우리가 일제히 재채기를 했더라도 쓰러졌을 거다." 그가 돌아서며 말했다. "하루 벌어 하루 살았던 거지." 미국놈들이 그렇게 말하는 것을 들은 적이 있었다.

"병장님." 무전병이었다.

파킨은 그쪽으로 돌아가 그에게 헤드폰을 건네받았다. "파킨 병장입니다."

"로버트 소령이다. 자네는 당분간 현재 임무에서 제외된다."

"이유가 뭡니까?" 파킨은 실제 나이를 들켜버렸구나 싶었다.

"고위 간부가 런던에서 만나길 원한다. 이유는 나도 모르니 물을 것 없고, 상병에게 임무를 넘기고 자네는 기지로 복귀한다. 오다보면 차편이 있을 것이다."

"네, 소령님."

"복귀 도중 목숨을 거는 행동은 해선 절대 안 돼. 이것 역시 명령이다. 알아들었나?"

파킨은 시계탑과 다이너마이트를 생각하며 쓴웃음을 지었다. "네."

"당장, 출발해. 이 재수 좋은 새끼 같으니."

모두가 그를 소년이라 불렀지만 그것도 입대 전 일이군, 블로그스는 생각했다. 파킨은 이제 어엿한 남자였다. 그는 자신 있고 당당하게 걸었고, 예리한 눈초리로 주위를 살폈고, 동석한 상관들에게도 공손하게 행동하되 거리낌이 없었다. 블로그스는 그가 나이를 속이고 있다는 사실을 알아챘다. 외모나 태도 때문이 아니라 나이가 거론될 때마다 엿보이는 사소한 기색 때문이었다. 경험 많은 심문관인 블로그스는 습관적으로 그런 기색을 감지해냈다.

그들이 사진을 좀 봐달라고 했을 때 파킨은 재미있어했다. 그렇지만 먼지 자욱한 켄징턴 지하에 갇힌 지 사흘째가 되자 재미는 사라지고 지겨움이 찾아들었다. 그에게 최고로 짜증나는 것은 금연 규정이었다.

가만히 앉아 그를 지켜봐야 하는 블로그스도 지겹기가 더하면 더했지 덜하지는 않았다.

어느 순간 파킨이 말했다. "전쟁이 끝날 때까지 묵혀도 되는 사 년 전 살인사건 때문에 이탈리아에서 저를 불러들이진 않았을 겁니다. 게다가 이것들은 거의 다 독일 장교 사진이고요. 제가 입을 다물어야 하는 사건이라면 말씀해주시는 게 좋습니다."

"네가 입을 다물어야 하는 사건이야." 블로그스가 말했다.

파킨은 도로 사진 검토에 열중했다.

낡고 누렇게 바랜 사진들이었고 책과 잡지, 신문에서 오려낸 것이 많았다. 가끔 파킨은 미들턴이 사려 깊게 제공한 돋보기를 들고 단체 사진 속 조그만 얼굴을 좀더 자세히 들여다보기도 했다. 그러면 블로그스의 심장이 고동치기 시작했다. 그러나 파킨은 매번 돋보기를 한쪽에 내려놓고 다음 사진을 집어들었고, 그러면 그의 심장도 도로 잠잠해졌다.

그들은 점심을 먹으러 근처 술집으로 갔다. 전시의 맥주가 으레 그렇듯 에일은 밍밍했지만, 블로그스는 어린 파킨에게 파인트 두 잔 이상은 마시지 못하게 하는 게 현명하다고 생각했다—혼자였다면 족히 4리터는 마셨을 테지만.

"페이버 씨는 조용한 부류였죠." 파킨이 말했다. "그런 성향이 있는 줄은 아무도 몰랐습니다. 그러니까 그게, 집주인 여자가 못생긴 편은 아니었습니다. 그 여자가 그런 걸 원하기도 했고요. 방법을 알았다면 저라도 가능했을 겁니다. 당시 저는 고작―열여덟 살이었거든요."

그들은 빵과 치즈를 먹었고, 파킨은 양파 피클을 열두 개나 삼켰다. 술집을 나와 건물로 돌아와서는 잠시 밖에 서 있었다. 그동안 파킨은 담배를 한 대 더 피웠다.

"그러니까 그게, 페이버 씨는 키가 큰 편이었고, 잘생겼고, 표준 영어를 썼습니다. 그렇지만 다들 별 볼일 없는 사람이라 생각했습니다. 옷차림이 남루한데다 자전거를 타고 다녔고, 궁색했거든요. 그게 일종의 위장술이었을 수도 있겠다는 생각이 들지만."

"그랬을 수도 있지." 블로그스가 말했다.

그날 오후 파킨은 페이버의 사진을 한 장도 아니고 세 장이나 찾아냈다. 그중 하나는 아홉 살 때 것이었다.

그리고 미들턴은 네거티브필름을 가지고 있었다.

하인리히 루돌프 한스 폰 뮐러귀더(페이버로도 알려진)는 1900년 5월 26일 서프로이센의 올른이라는 마을에서 태어났다. 친가 쪽이 수 세대에 걸쳐 그 지방 대지주였다. 그의 아버지는 둘째 아들이었고 하인리히도 그랬다. 집안의 둘째 아들은 전부 다 육군 장교였다. 그의 어머니는 제2제국 고관의 딸로, 귀족의 아내로 나고 자라 귀족의 아내가 되었다.

열세 살 때 하인리히는 바덴에 있는 카를스루에 사관학교에 들어갔다. 이 년 후에는 베를린 근처의 명망 높은 그로스리히터펠데로 전학했다. 두 곳 모두 회초리와 냉수 목욕과 형편없는 음식으로 생도의 정신을 단련시키는 엄격한 교육기관이었다. 그래도 하인리히는 영어와 프랑스어를 배웠고 역사를 공부했으며, 20세기 최고의 점수를 기록하며 졸업시험을 통과했다. 학교생활에 대해 달리 남아 있는 기록은 단 세 가지였다. 어느 추운 겨울날 학교의 권위에 반발해 밤에 몰래 빠져나가 240킬로미터 떨어진 이모의 집까지 걸어갔다. 레슬링 연습시합에서 선생의 팔을 부러뜨렸다. 반항한 벌로 매를 맞았다.

1920년 베젤 근처 프리드리히스펠트 중립지대에서 사관후보생으로 복무했고, 1921년 메츠의 군사학교에서 형식상의 장교 훈련을 거쳐 1922년 소위에 임관했다.

("자네가 지난번에 뭐라고 그랬더라?" 고들리먼이 블로그스에게 물었다. "독일식 이튼이나 샌드허스트?")

그후 몇 년 동안, 작전참모직에 대비해 훈련이라도 하듯 여섯 개 지역을 돌며 복무했다. 운동을 잘한다는 명성도 꾸준히 쌓아갔는데 특히 장거리경주 전문이었다. 절친한 친구는 없으며, 결혼한 적도 없고, 나치스에도 입당하지 않았다. 국방부 중령의 딸이 임신하는 모호한 사건에 연루되어 진급이 다소 지연되었으나, 결국 1928년 중위가 되었다. 위계질서라곤 모른다는 듯이 상관들을 대했지만 전도유망한 젊은 장교이자 프로이센 귀족 출신이니만큼 다들 봐넘기는 분위기였다.

1920년대 후반 빌헬름 카나리스 제독은 하인리히의 백부인 오토와 친분을 쌓게 되었고, 올른에 있는 집에서 몇 차례 휴가를 보냈다. 1931년에는 아돌프 히틀러—아직은 독일 수상이 아니었던—가 그곳을 찾았다.

1933년 하인리히는 대위로 진급했고, 모종의 임무를 띠고 베를린으로 갔다. 이것이 마지막 사진에 찍힌 날짜였다.

공개된 정보에 따르면, 그후 그는 종적을 감춘 듯하다……

"나머지는 우리가 추측할 수 있지." 퍼시벌 고들리먼이 말했다. "아프베어가 그에게 무선통신, 암호, 지도 작성, 절도, 협박, 기물 파괴, 조용한 살인을 가르쳤어. 1937년경 런던에 잠입해 오랜 시간을 두고 확실한 신분 위장에 들어갔지. 아마 두 개를 꾸며냈을 테지. 워낙 혼자 있기를 좋아하는 성격이 스파이 게임을 하느라 한층 더 강해졌을 테고. 그러다 전쟁이 발발하자 살인 허가가 떨어졌다고 여겼을 거야." 그는 책상 위에 놓인 사진을 들여다보았다. "잘생긴 친구군."

하노버 제10경보병대 소속 5000미터 경주팀의 사진이었다. 페이버는 한가운데서 우승컵을 들고 있었다. 이마가 훤칠하고 머리는 바짝 깎았으며, 하관이 길고 작은 입 위에 좁은 콧수염을 기르고 있었다.

고들리먼이 그 사진을 빌리 파킨에게 건넸다. "많이 변했나?"

"더 나이들어 보였지만, 그야 그 사람…… 행동거지 때문이었을 수도 있고." 그는 유심히 사진을 관찰했다. "머리가 이보다 좀더 길었습니다, 콧수염은 없었고요." 그는 책상 너머로 사진을 도로 밀며 말했다. "하지만 그 사람이 분명합니다."

"파일에는 두 가지 사항이 더 있어. 둘 다 추측이긴 하지만." 고들리먼이 말했다. "첫째, 그는 1933년 정보부로 들어갔을 가능성이 있어. 장교의 신상 기록이 납득 가능한 사유 없이 사라져버리면 으레 해볼 수 있는 가정이지. 둘째, 소문일 뿐 믿을 만한 자료에 근거한 내용은 아닌데, 그가 몇 년 동안 스탈린의 비밀참모로 생활했다는군. 바실리 잔코프라는 가명으로."

"설마요." 블로그스가 말했다. "믿을 수 없는 얘기네요."

고들리먼은 어깨를 으쓱했다. "히틀러가 권력을 얻는 몇 년 동안 누군가 스탈린을 설득해 그의 장교단 핵심 세력을 처형했어."

블로그스가 고개를 내저으며 화제를 바꾸었다. "이제 뭘 어쩌죠?"

고들리먼은 생각에 잠겼다. "우선 파킨 병장을 우리 쪽으로 데려와야지. 바늘의 얼굴을 실제로 본 유일한 사람이니까. 게다가 전방으로 돌려보내기엔 너무 많은 내용을 알고 있지 않나. 적에게 잡혀 심문당할지도 모르는데. 그다음엔 이 사진을 인화해야지. 사진 수정 전문가에게 맡겨 머리를 좀 길게 하고 콧수염은 없앤 다음 사본을 배포해야 해."

"공개 수배를 하자는 건 아니죠?"

"아니. 당장은 조심스럽게 접근해야 해. 신문에라도 냈다간 종적을 감출 거야. 일단 경찰에만 보내도록 하지."

"그게 다인가요?"

"그런 것 같은데. 자네한테 다른 생각이 없다면."

파킨이 헛기침을 했다. "저기 말입니다."

"뭔가?"

"부대로 돌아갔으면 하는데요. 워낙 행정 타입도 아니고. 제 말뜻을 아시는지 모르겠습니다만."

"자네에겐 선택권이 없어, 병장. 지금은 이탈리아 마을 한두 군데를 사수하느냐가 중요한 상황이 아니야. 이 페이버라는 인간 때문에 우리는 전쟁에서 패할 수도 있어. 그냥 하는 말이 아니야."

11

페이버는 낚시를 하러 갔다.

길이가 9미터쯤 되는 배의 갑판에 드러누운 채, 3노트의 속도로 운하를 따라 움직이며 봄볕을 만끽하는 중이었다. 한 손은 느긋하게 키의 손잡이를 잡았고 다른 손은 배 뒤쪽으로 물속에 드리운 낚싯대에 걸쳐놓았다.

하루종일 아무것도 잡히지 않았다.

그는 낚시뿐 아니라 조류 관찰도 하는 중이었다. 둘 다 흥미롭기도 하거니와(실제로 그는 망할 조류에 대해 상당히 많은 것을 알아가고 있었다) 쌍안경을 휴대하고 다니기 좋은 핑계였다. 오늘 아침 이른 시각에는 물총새의 둥지를 보기도 했다.

노리치에 있는 선박 대여소에서는 그에게 이 주 동안 배를 빌려주며 흡족해했다. 경기가 좋지 않았다─배라고는 두 척뿐이었는데, 한 척은 1940년 됭케르크 철수작전 이후로 사용되지 않았다. 그래도 관례상 흥정을 했더니, 통조림 식량이 가득한 물품보관함을 거저 사용하게 되었다.

그는 근처 가게에서 미끼를 구입했다. 낚시도구는 런던에서 가져온 터였다. 사람들은 낚시하기 좋은 날씨라며 많이 낚으라고 했다. 신분증을 보자는 사람도 없었다.

여기까지는 모든 일이 순조로웠다.

앞으로가 문제였다. 병력을 가늠한다는 것은 결코 쉬운 일이 아니었다. 우선 부대 위치부터 파악해야 했다.

평화시라면 군에서 표지판을 세워 도움이 되었겠지만, 지금은 군부대 표지판은커녕 일반인을 위한 도로 표지판도 모조리 제거된 상태였다.

간단한 해결책은 맨 처음 보이는 군용차량이 멈출 때까지 차로 뒤따라가는 것이었다. 그러나 페이버는 차가 없었다. 민간인의 차량 대여는 불가능에 가까웠고, 설사 대여한다 해도 연료를 구할 수 없었다. 게다가 민간인이 차를 몰고 군용차량을 뒤쫓아 시골길을 달리고 군부대를 탐색했다간 체포되기 십상이었다.

그래서 배를 택한 것이었다.

지도 판매가 불법이 아니었던 몇 년 전, 페이버는 영국에 수천 킬로미터에 달하는 내륙수로가 존재한다는 사실을 알게 되었다. 강에서 강으로만 연결되던 것이 19세기에 거미줄 같은 운하망이 더해지면서 그 범위가 확장된 것이다. 도로에 버금가는 수로가 형성된 지역도 있었는데, 노리치가 위치한 노퍽 주가 그중 한곳이었다.

배는 이점이 많았다. 도로에서는 어딘가로 꼭 가고 있어야 하지만 강에서는 그냥 흘러가면 되었다. 주차된 차 안에서 잠을 자면 눈에 띄었지만, 정박한 배에서 자는 것은 자연스러워 보였다. 수로는 인적이 드물었고 구역도 나뉘어 있지 않았다.

난점도 있었다. 비행장과 막사는 도로를 지척에 두고 위치해야 하지만 수로 접근성은 고려 대상이 아니었다. 그래서 페이버는 밤이면 배를 정박시켜둔 채 달빛에 의지해 비탈을 오르며 왕복 65킬로미터에 달하는 시골지역을 탐사해야 했다. 그래도 어둠 때문에, 혹은 지대를 일일이 확인할 시간이 없어서 찾고 있던 것을 그냥 지나쳐버릴 가능성이 있었다.

배가 있는 곳으로 돌아오면 동이 트고 한두 시간 지난 뒤였다. 그는 정오까지 내처 자고 나서 다시 배를 움직였다. 배를 멈추고 근처 언덕에 올라 전망을 확인하는 경우도 간간이 있었다. 갑문이나 외진 농가 혹은 강가 술집에서 주둔 관련 정보를 얻을 수 있을까 싶어 사람들과 말을 섞어보기도 했다. 지금까지는 아무 성과가 없었다.

슬슬 자신이 올바른 지역에 와 있는지 의문이 들기 시작했다. 그는 패튼 장군의 입장에서 생각하려 노력했다. 만약 내가 영국 동부에서 센 강 동쪽으로 침공할 계획을 세우고 있다면 그 기지를 어디 둘 것인가? 일을 도모할 만한 적지는 노퍽이었다. 인적 드문 시골땅이 광활하게 펼쳐져 있고, 항공기 이착륙에 적합한 평야가 충분하고, 바다와도 가까워 신속한 출발이 가능했다. 그리고 워시만은 함대를 집결시키기에 천혜의 장소였다. 그러나 그 짐작도 자신이 알지 못하는 어떤 이유들로 틀렸을 가능성이 있었다. 곧 새로운 지역—아마도 조금 서쪽의 펜스—으로 신속한 이동을 고려해봐야 할지도 몰랐다.

전방에 갑문이 나타나자 그는 돛을 조정해 속도를 줄이며 미끄러지듯 안으로 들어갔다. 그의 배가 개폐문에 가볍게 부딪혔다. 갑문지기의 집은 강둑 위에 있었다. 페이버는 손나발을 만들어 "이보세요!" 하고 소리쳤다. 그런 다음 느긋하게 앉아 기다렸다. 갑문지기들이란 보챈다고 서두르는 법이 없다는 걸 그는 터득했다. 더군다나 이런 티타임에 차를 마시다 말고 움직일 리 만무했다.

여자 하나가 문간 쪽으로 나오더니 이리 오라고 손짓했다. 페이버는 손을 흔들어주고 강둑 위로 뛰어내린 다음 배를 묶어놓고 집안으로 들어갔다. 갑문지기는 셔츠 바람으로 부엌 식탁에 앉아 있었다. 그가 말했다. "급할 건 없을 듯한데, 안 그렇소?"

페이버는 미소지으며 대답했다. "그럼요."

"손님에게 차 한잔 드리지, 메이비스."

"아뇨, 괜찮습니다." 페이버는 정중히 말했다.

"사양 말고 들어요. 막 끓였으니."

"감사합니다." 페이버는 자리에 앉았다. 작은 부엌은 바람이 잘 통하고 깔끔했다. 그의 차는 예쁜 자기에 담겨나왔다.

"낚시 휴가중이신가?"

"낚시도 하고 조류 관찰도 합니다." 페이버가 대답했다. "조만간 배를 묶어놓고 육지에서 이틀 정도 지내볼 생각입니다."

"그렇다면 저쪽 멀리로 가는 게 좋겠군. 이쪽은 제한구역이라."

"그렇습니까? 인근에 군사지역이 있는 줄 몰랐습니다."

"800미터 떨어진 데서 시작되는데, 군사지역인지는 알 수 없지. 말해주지 않으니."

"뭐, 우리 같은 사람이야 알 필요가 없으니까요." 페이버가 말했다.

"맞는 말씀. 어서 들어요. 그런 다음 갑문을 통과시켜드리리다. 차를 마저 마시게 해줘서 고맙소."

그들은 집을 나왔고, 페이버는 배에 올라타 정박용 줄을 풀었다. 뒤쪽 개폐문이 천천히 닫히자 갑문지기가 수문을 열었다. 갑문 안의 수위가 낮아지면서 배도 아래로 내려가자, 갑문지기는 앞쪽 개폐문을 열었다.

페이버는 돛을 펴고 갑문을 빠져나왔다. 갑문지기가 손을 흔들었다.

페이버는 6킬로미터쯤 더 가서 강둑 위 튼튼한 나무에 배를 붙들어 맸다. 밤이 오기를 기다리며 통조림 소시지, 딱딱한 비스킷, 물로 요기

한 다음 검은색 옷으로 갈아입었다. 그리고 숄더백에 쌍안경, 카메라, 『이스트 앵글리아의 희귀 조류』를 챙겨 담았다. 주머니에 나침반을 넣고 손전등을 집어들자 모든 준비는 끝났다.

그는 허리케인 램프를 끄고 선실 문을 잠근 다음 강둑으로 뛰어내렸다. 그런 다음 나침반을 손전등에 비춰보며 운하를 따라 형성된 삼림지대로 들어섰다.

배에서 정남방으로 800미터쯤 걸어가니 울타리가 나왔다. 높이 2미터가량의 육각형 철조망으로 꼭대기 부분에 가시철사가 휘감겨 있었다. 그는 숲으로 물러나 키 큰 나무 위에 올라갔다.

위쪽 하늘에 구름이 흩어져 있어 달은 간간이 모습을 드러낼 뿐이었다. 울타리 너머는 완만하게 솟은 평야였다. 페이버는 전에도 비긴 힐, 올더숏, 그리고 영국 남부 전역에 흩어진 군사지역에서 이런 일을 해본 적이 있었다. 보안은 철조망 주변을 살피는 순찰과 시설물을 지키는 보초의 2단계로 이루어져 있었다.

그에게는 두 가지 모두 인내하고 조심하면 피해갈 수 있는 것이었다.

페이버는 나무에서 내려와 울타리로 돌아갔다. 그리고 덤불 뒤에 몸을 숨긴 채 기다리기 시작했다.

순찰대가 언제 이 지점을 지나가는지 파악해야 했다. 동틀 무렵까지도 나타나지 않는다면 다음날 밤에 다시 와야겠지만, 운이 좋으면 곧 모습을 보게 될 수도 있었다. 감시중인 지대의 면적으로 판단컨대 매일 밤 단 한 차례 순찰이 가능할 듯했다.

운이 좋았다. 막 열시가 지났을 무렵 터벅터벅 걷는 발소리가 들렸고, 병사 셋이 울타리 안쪽을 따라 행군하듯 걸어갔다.

오 분 뒤 페이버는 울타리를 넘었다.

그는 정남방으로 향했다. 어느 방향이나 매한가지일 때는 직선 방향이 최선책이다. 손전등은 사용하지 않았다. 가능한 한 산울타리나 나무에 바짝 붙어 움직였고, 갑작스레 비치는 달빛에 실루엣이 생길 수도 있으니 고지는 피했다. 허허한 시골지역은 검은색, 회색, 은색 물감으로 그려낸 한 점의 추상화 같았다. 근처에 습지대라도 있는지 발밑의 땅이 약간 질척거렸다. 여우 한 마리가 앞쪽 벌판을 가로질러 뛰어갔다. 놈은 그레이하운드처럼 빨랐고 고양이처럼 우아했다.

열한시 삼십분, 그는 군사활동을 나타내는—그리고 굉장히 이상한—지표를 처음으로 맞닥뜨렸다.

달이 구름을 벗어나자, 400미터쯤 전방에 군대막사가 틀림없는 단층건물이 줄지어 배치된 모습이 보였다. 그는 즉시 몸을 낮췄지만, 이미자기 눈으로 목도한 광경의 현실성을 의심하고 있었다. 빛도 없고 소리도 들리지 않았기 때문이다.

그는 상황을 설명해줄 무언가를 기다리며 십 분 동안 가만히 엎드려 있었다. 그러나 아무 일도 일어나지 않았고, 그저 오소리 한 마리가 느릿느릿 다가오다가 그를 보고 줄행랑을 쳤다.

페이버는 포복으로 나아갔다.

야영지에 가까이 접근했을 때 그는 막사가 텅텅 빈 것은 둘째 치고 다 지어지지도 않았다는 사실을 알게 되었다. 건물들은 모서리 기둥에 지붕만 얹은 꼴이었다. 한쪽 벽만 있는 곳도 있었다.

갑자기 무슨 소리가 들렸다. 남자의 웃음소리였다. 그는 숨을 죽이고 경계태세를 갖추었다. 성냥 불꽃이 반짝하더니, 짓다 만 막사 하나에 빛나는 붉은 점 두 개를 남기고 사그라졌다. 보초병들이었다.

페이버는 소매 안에 든 스틸레토를 만졌다. 그런 다음 다시 포복으로 보초병들과 떨어진 야영지의 측면을 향해 움직였다.

짓다 만 건물들에는 바닥도 없었고 기초도 없었다. 주위에는 건설 중

장비도, 손수레도, 콘크리트 차도, 삽도, 벽돌도 없었다. 야영지를 가로지르며 진창길이 길게 나 있지만 바큇자국 위로는 봄풀이 돋아 있었다. 최근에 생긴 자국이 아니었다.

누군가 이곳에 만 명의 숙사를 지으려다가 공사가 시작되고 몇 주 지나지 않아 마음을 고쳐먹은 모양새였다.

그러나 그것만으로는 완전히 설명할 수 없는 뭔가가 있었다.

페이버는 보초병들이 갑자기 순찰할 생각이 들지 않도록 살금살금 다니며 주위를 탐색했다. 야영지 중앙에 일단의 군용차량이 세워져 있었다. 낡고 녹슨데다, 엔진도 내부 부품도 없이 차체만 덩그러니 남아 있었다. 누군가 노후한 차량에서 부품을 빼내갔다면 고철로 재활용할 수 있는 차체는 왜 남겨둔 것일까?

한쪽만 벽이 있는 막사 건물들은 맨 바깥 줄이었고, 그 벽들은 외부를 향해 있었다. 그곳은 건축 부지가 아니라 영화 세트장 같았다.

이곳에서 알아낼 수 있는 것은 모두 알아냈다는 생각이 들자 페이버는 야영지의 동쪽 가장자리까지 걸어간 다음 자세를 바꿔 산울타리 뒤로 몸을 숨길 때까지 기어갔다. 800미터 정도 더 움직여 어느 구릉 꼭대기에 거의 다다랐을 때 그는 뒤돌아보았다. 눈앞에 펼쳐진 것은 영락없는 병영의 풍경이었다.

머릿속에서 어떤 생각이 꿈틀대기 시작했다. 그는 시간을 좀더 가져보자고 마음먹었다.

완만하게 높낮이가 있을 뿐 지대는 여전히 비교적 평탄했다. 페이버가 몸을 숨길 만한 삼림지대와 습지 덤불이 군데군데 있었다. 한번은 호수 주위를 돌아가야 했는데, 달빛 아래 호수가 마치 은빛 거울 같았다. 부엉이 소리에 그쪽으로 고개를 돌리니 저멀리 다 허물어져가는 헛간이 보였다.

8킬로미터쯤 더 갔을 때 그의 눈앞에 비행장이 나타났다.

그곳에는 영국 공군 전체가 소유하고 있음직한 군용기 대수보다 더 많은 군용기가 집결해 있었다. 신호탄 투하용 패스파인더, 상대 전력을 약화시키는 랭커스터와 미국제 B-17기, 정찰과 폭격을 담당하는 허리케인과 스핏파이어와 모스키토. 침공작전을 치르고도 남을 규모였다.

그러나 아나 다를까 이착륙 장치는 무른 땅으로 꺼져들어가 동체까지 진흙에 잠겨 있었다.

역시 빛도 소리도 없었다.

페이버는 똑같은 과정을 밟았다. 바닥에 납작 엎드려 군용기 쪽으로 기어가서 보초병들의 위치를 확인했다. 비행장 한가운데 작은 텐트가 있었다. 천막 사이로 희미한 등불 빛이 새어나오고 있었다. 두세 명 될 것 같았다.

가까이 갈수록 마치 한꺼번에 짓눌리기라도 한 듯 군용기들은 점점 더 납작해졌다.

페이버는 가장 가까이 있는 군용기에 다가가 만져보고 깜짝 놀랐다. 1센티미터 두께의 합판이었다. 스핏파이어의 형체를 본떠 잘라낸 다음 위장술로 무늬를 칠하고 밧줄로 땅에 묶어놓은 것이었다.

나머지 군용기도 모두 마찬가지였다.

이런 군용기가 천 대도 넘었다.

페이버는 곁눈질로 텐트를 살피며 자리에서 일어났다. 아주 작은 움직임만 느껴져도 당장에 납작 엎드릴 태세였다. 그는 가짜 비행장 주위의 가짜 전투기와 폭격기를 살피며, 영화 세트장 같은 막사와의 연관성을 떠올렸다. 그것이 암시하는 바를 생각하니 마음이 어지러웠다.

그는 탐색을 계속하면 이 같은 비행장이나 짓다 만 막사를 더 많이 발견하리라 짐작했다. 워시만에는 합판으로 만든 구축함과 병력 수송선이 그득할 것이다.

방대하고, 정밀하고, 값비싸고, 괘씸한 속임수였다.

물론 상대가 방관자라 한들 그리 오래 속일 수준은 못 되었다. 그러나 애초에 땅 위의 목격자를 위한 계략이 아니었다.

공중 관측을 목표로 한 위장술이었다.

최신식 카메라와 고감도필름을 갖춘 저공비행 정찰기라 한들, 누구도 부인할 수 없는 엄청난 군사력을 보여주는 사진을 찍어갈 것이다.

작전참모가 적은 센강 동쪽으로 침공하리라 예상하는 것도 당연했다.

또다른 속임수가 있을 것이다. 영국군은 해독될 걸 알면서도 미1집단군에 암호무전을 보내고, 믿을 수 없는 첩보 보고서가 스페인 외교행낭을 통해 함부르크에 전달될 것이다. 사기행각의 가능성에는 끝이 없었다.

영국군은 이번 침공작전을 위해 사 년을 별렀지만 그간 독일군은 러시아와의 싸움에 주력했다. 일단 연합군이 프랑스 땅에 발을 디딘다면 독일군은 그들을 저지할 여력이 없었다. 해변에서 붙잡아 수송선에서 내리는 족족 섬멸하는 것만이 유일한 기회였다.

잘못된 장소에서 기다렸다간 그 유일한 기회마저 날려버리는 셈이다.

전술 전체의 구도가 삽시간에 그려졌다. 단순했고, 충격적이었다.

페이버는 이 사실을 함부르크에 알려야 했다.

그러나 그들이 과연 자기 말을 들어줄지 확신이 서지 않았다.

전술이 한 사람의 말에 좌지우지되는 경우는 거의 없었다. 그의 평판이 좋긴 했지만, 과연 전술 변화를 가져올 정도일까?

그놈의 멍청한 브라운은 페이버의 말을 절대 믿지 않을 터였다. 오래전부터 눈엣가시로 여겼으니, 이번 기회를 빌려 그의 입지를 약화하려들 것이 분명했다. 카나리스, 뢰네…… 그들도 신뢰할 수 없었다.

문제는 거기서 그치지 않았다. 무전. 그는 이 정보를 무전에 맡길 수 없었다. 몇 주 전부터 암호가 안전하지 않다는 느낌을 받았다. 만약 비밀이 발각되었다는 사실을 영국군이 알게 된다면……

할 일은 한 가지였다. 증거 획득. 그리고 직접 베를린으로 가야 했다.

사진이 필요했다.

이 거대한 인형의 집 사진을 찍어야 했다. 스코틀랜드로 넘어가서 유보트와 접선해 총통에게 직접 그 사진들을 가져갈 작정이었다. 그가 할 수 있는 일은 그게 다였다. 그러나 그것만큼은 반드시 하지 않으면 안 되었다.

사진을 찍으려면 빛이 필요하니 동틀 때까지 기다려야 했다. 지나온 뒤쪽에 쓰러져가는 헛간이 있었다. 그곳에서 밤을 보낼 수 있으리라.

그는 나침반을 확인하고 출발했다. 헛간까지는 생각보다 멀어서 걸어가는 데 한 시간이 걸렸다. 지붕에 구멍이 숭숭 뚫린 오래된 목조건물이었다. 먹을 것이 없어서 쥐들도 떠나버린 지 오래였지만 건초다락에서 박쥐가 보였다.

페이버는 널빤지에 몸을 뉘었지만 잠이 오지 않았다. 자신의 손에 전쟁의 판도가 달려 있었던 것이다.

동트는 시각은 정확히 다섯시 이십일분. 네시 이십분 페이버는 헛간을 나왔다.

잠은 자지 못했지만 두 시간 정도 쉬고 나니 몸이 가볍고 마음이 안정되어 원기가 생겨났다. 서풍이 구름을 걷어주어, 달은 졌지만 별빛이 남아 있었다.

기막힌 타이밍이었다. 그가 '비행장'이 보이는 곳에 이르자 하늘은 눈에 띄게 밝아지고 있었다.

보초병들은 아직 텐트 안에 있었다. 운이 좋다면 곯아떨어져 있을 터였다. 페이버가 경험으로 아는바, 그런 임무의 끝자락에는 졸음을 이겨내기 힘들었다.

그러나 혹여 그들이 텐트 밖으로 나온다면 죽이는 수밖에 없었다.

그는 촬영 위치를 잡고, 라이카에 서른여섯 장짜리 35밀리 고감도 아그파 필름을 끼웠다. 필름의 감광물질에 이상이 생기지 않았기를 바랄 뿐이었다. 필름은 전쟁 전부터 가방 안에 있었고, 요사이 영국에서는 필름을 구입할 수 없었다. 문제없을 것이다. 열에 노출되지 않도록 차광 케이스에 보관해왔기 때문이다.

지평선 위로 붉은 태양의 가장자리가 보일 무렵, 그는 촬영을 시작했다. 여러 각도와 다양한 거리에서 셔터를 눌렀고, 마지막으로 모형 군용기를 클로즈업했다. 사진은 허상과 실제를 동시에 보여줄 것이다.

마지막 사진을 찍은 순간, 인기척이 느껴졌다. 그는 바닥에 납작 엎드려 모형 모스키토 아래로 기어들어갔다. 병사 하나가 텐트에서 나와 몇 발짝 걸어가더니 땅에 오줌을 눴다. 병사는 기지개를 켜고 하품한 다음 담뱃불을 붙였다. 그러고는 비행장을 둘러보며 몸을 부르르 떨더니 다시 텐트 안으로 들어갔다.

페이버는 자리에서 일어나 달렸다.

400미터쯤 멀어졌을 때 비로소 뒤돌아보았다. 비행장은 보이지 않았다. 그는 서쪽으로, 막사로 향했다.

이번 일은 예사 성과가 아니었다. 히틀러는 누구와도 같지 않은 길을 걸어온 사람이었다. 이번에도 역시 총통의 생각이 옳았고 모든 전문가가 틀렸다는 증거를 가져간 사람을 등이나 두드려주고 끝낼 리 없었다. 히틀러는 이미 그를 아프베어 최고의 요원으로 평가하고 있었다. 이번 일은 그에게 카나리스의 자리를 안겨줄 것이다.

일단 성공한 후의 일이겠지만.

뛰다가 걷다가 다시 뛰면서 발걸음을 재촉한 덕에 그는 여섯시 삼십분 막사에 도착할 수 있었다. 이제 날이 훤히 밝아 있었다. 보초병들이 텐트가 아니라 사방이 내다보이는 벽 없는 건물 안에 있어 막사 가까이 접근하기가 쉽지 않았다. 그는 산울타리 근처에 몸을 숨기고 멀리서 사진을 찍었다. 평범하게 인화해서야 보통 막사처럼 보일 테지만, 확대해서 뽑으면 숨은 속임수가 드러날 터였다. 그는 도합 서른 장의 사진을 찍었다.

배를 향해 돌아가면서도 여유를 부릴 수는 없었다. 천가방을 둘러멘 시커먼 옷차림의 남자가 제한구역의 평야를 달리고 있었으니, 누구도 예사로 넘길 광경이 아니었다.

한 시간 후, 그는 기러기들을 제외하고는 누구의 눈에도 띄지 않은 채 울타리에 이르렀다. 철조망을 타넘자 그간의 긴장감이 한꺼번에 풀리는 느낌이었다. 울타리 안에 있을 때는 의심받지 않을까 내내 조바심쳐야 했다. 밖으로 나왔으니 이제 안심이었다. 그는 이제 조류를 관찰하고 낚시를 즐기며 한적하게 배를 타는 역할로 되돌아갈 수 있었다. 가장 위험한 시기는 무사히 지나갔다.

그는 가쁜 숨을 고르고 밤사이의 압박감을 털어내며 천천히 삼림지대를 걸었다. 수로를 따라 몇 킬로미터쯤 더 내려간 후 배를 정박시키고 잠깐 눈을 붙일 생각이었다.

그는 운하에 도착했다. 이제 모든 일이 끝났다. 아침 햇살을 받는 배는 멋져 보였다. 출발하자마자 차를 끓여야지, 그다음에는—

선실에서 제복 차림의 남자 하나가 모습을 드러냈다. "이런, 이런. 누구실까?"

페이버는 가만히 있었다. 차가운 냉정을 유지하며 오래된 본능을 가동했다. 불청객은 국토방위대의 대위 제복 차림이었고, 버튼식 덮개가 달린 권총집을 차고 있었다. 키가 크고 사지가 길었지만 오십대 후반은 되어 보였다. 군모 아래로 희끗한 머리카락이 보였다. 총을 뽑으려는 움직임은 없었다. 페이버는 이 모든 사항을 간파하고 입을 뗐다. "내 배에 타고 있으니, 그 질문은 내가 해야 할 것 같습니다만."

"국토방위대 소속 스티븐 랭엄 대위다."

"제임스 베이커입니다." 페이버는 강둑에 그대로 서 있었다. 대위가 혼자 순찰할 리 없었다.

"그래, 여기서 뭘 하는 거지?"

"휴가를 즐기고 있습니다."

"지금까지 어디 있었고?"

"새를 관찰했습니다."

"동트기 전부터 말인가? 총을 겨눠라, 왓슨."

데님 제복을 입은 젊은이가 엽총을 들고 페이버의 왼편에 나타났다. 페이버는 주위를 살폈다. 오른쪽에도 한 명이 있었고 뒤쪽에도 보였다.

대위가 물었다. "상병, 이자가 어느 방향에서 왔지?"

"제한구역 쪽입니다, 대위님." 대답이 들린 곳은 오크나무 위였다.

페이버는 승산을 가늠했다. 상병이 나무에서 내려오기 전까지는 4대 1이다. 그들이 가진 총은 두 자루뿐이다. 대위의 권총과 엽총 한 자루. 그리고 보아하니 하수들이다. 배도 도움이 될 테고.

그가 말했다. "제한구역이라니요? 난 울타리밖에 못 봤습니다. 허허, 그것참, 총구 좀 치우면 안 됩니까? 무서워 죽겠습니다."

"캄캄한데 새를 관찰하러 가는 사람은 없어." 대위가 말했다.

"어둠 속에 몸을 숨겨야 잠에서 깨는 새들에게 들키지 않는 겁니다. 원래 조류 관찰법이란 게 그렇습니다. 자자, 국토방위대의 드높은 애국

심이야 이해하지만 일을 너무 크게 벌이지 맙시다. 신분증을 보여줄 테니 그냥 보고서나 작성하고 끝내면 안 되겠습니까?"

대위는 의심 어린 눈초리를 거두지 않았다. "그 천가방에는 뭐가 들었지?"

"쌍안경과 카메라와 참고 서적이 들었습니다." 페이버가 가방 쪽으로 손을 뻗었다.

"멈춰." 대위가 말했다. "왓슨, 가방 안을 살펴."

그럼 그렇지. 하수들 같으니.

왓슨이 말했다. "손 올려."

페이버는 머리 위로 손을 올렸다. 그의 오른손이 재킷 왼쪽 소매를 향하고 있었다. 페이버는 이어질 순간들을 머릿속에 그려보았다. 총성은 울리지 않을 터였다.

왓슨은 엽총을 겨누며 페이버의 왼편으로 다가와서는 천가방을 열었다. 페이버는 옷소매에서 스틸레토를 빼들고 왓슨에게 접근했다. 그리고 그의 목에 칼자루가 닿을 때까지 스틸레토를 찔러넣었다. 다른 손은 엽총을 잡은 그의 손목을 비틀었다.

강둑에 있던 다른 병사 둘이 그를 향해 움직였고, 상병 역시 요란한 소리와 함께 나무에서 내려오는 중이었다.

페이버는 바닥에 쓰러진 왓슨의 목에서 스틸레토를 빼냈다. 대위는 권총집을 더듬고 있었다. 페이버는 배 안으로 뛰어내렸다. 배가 흔들리자 대위가 중심을 잃고 휘청거렸다. 페이버는 그를 찌르려 했지만 거리가 너무 멀었다. 제복 상의 옷깃을 스쳐지난 칼끝은 위쪽으로 휙 치솟아 그의 턱을 벴다. 권총집을 더듬던 손이 상처 부위를 감쌌다.

페이버는 강둑으로 휙 몸을 돌렸다. 병사 하나가 몸을 날리는 찰나, 페이버는 앞쪽으로 움직여 오른팔을 단호히 내뻗었다. 병사는 20센티미터 길이의 스틸레토를 향해 뛰어들었다.

그 충격으로 페이버는 휘청거리며 스틸레토를 놓쳤다. 병사는 칼 위로 고꾸라져 있었다. 페이버는 무릎으로 일어나 앉았다. 스틸레토를 회수할 틈이 없었다. 대위가 권총집을 열고 있었다. 페이버는 장교의 얼굴로 손을 뻗으며 그를 덮쳤다. 장교는 총을 꺼내들었다. 페이버의 엄지손가락이 눈을 찌르자 대위는 고통에 찬 비명을 내지르며 페이버의 팔을 뿌리치기 위해 버둥거렸다.

네번째 병사가 배에 내리는 쿵 소리가 났다. 페이버는 그쪽으로 몸을 돌렸다. 대위는 이제 안전장치를 벗겨낸다 해도 눈이 보이지 않으니 권총을 쏘지 못할 터였다. 네번째 병사는 들고 있던 곤봉을 힘껏 내리쳤다. 페이버는 오른쪽으로 몸을 피했다. 곤봉은 그의 머리를 빗겨가 왼쪽 어깨를 가격했다. 순간 그곳의 감각이 없어졌다. 그는 손날로 병사의 목을 후려쳤다. 힘을 실어 정확히 가격했는데도 상대는 끄떡없이 버티더니 곤봉을 들어 두번째 공격을 준비했다. 페이버는 병사에게 접근해갔다. 왼팔에 감각이 되돌아오면서 끔찍한 통증이 느껴졌다. 그는 양손으로 병사의 얼굴을 잡아 밀어젖혀 꺾고는 다시 밀쳐냈다. 병사의 목이 우두둑 부러지는 순간 곤봉이 또다시 날아왔다. 이번에는 머리에 맞았다. 페이버는 현기증을 느끼며 비틀거렸다.

대위는 여전히 몸을 가누지 못하면서도 페이버를 향해 덤벼들었다. 페이버는 그를 밀쳐냈다. 뱃전을 향해 나가떨어진 대위는 운하로 첨벙 빠졌고, 그의 군모는 허공으로 날아올랐다.

상병은 마지막 2미터를 남겨놓고 바닥으로 뛰어내렸다. 페이버는 병사의 몸에서 스틸레토를 뽑아 들고 강둑 위로 뛰어올랐다. 왓슨은 아직 살아 있었지만 얼마 가지 못할 터였다. 상처입은 목에서 피가 뿜어져나오고 있었다.

페이버와 상병은 서로를 마주하고 섰다. 상병은 총을 들고 있었다.

그러나 공포에 사로잡혀 있었다. 그도 그럴 것이, 상대는 그가 나무에서 내려오는 그 찰나의 순간 동료 셋을 죽이고 한 명을 물속에 처넣었다.

페이버는 총을 살폈다. 박물관에나 두고 봄직한 오래된 총이었다. 상병이 그 총에 확신이 있었다면 벌써 쏘고도 남았을 것이었다.

상병이 한 발짝 앞으로 나오는 순간, 페이버는 그가 오른다리를 조심히 딛는다는 것을 알아챘다. 아마 나무에서 내려올 때 다쳤으리라. 페이버는 상병이 자신에게 총구를 겨누기 위해 몸을 움직이면서 계속 약한 다리에 무게를 싣게끔 유도하며 옆걸음을 쳤다. 그리고 신발코를 돌멩이 아래 밀어넣었다. 페이버가 돌멩이를 차올리자 상병의 시선이 그쪽을 향했다. 순간 페이버가 움직였다.

상병은 방아쇠를 당겼다. 그러나 아무 일도 일어나지 않았다. 오래된 총에서는 총탄이 발사되지 않았다. 발사되었더라도 상병은 페이버를 맞히지 못했을 것이다. 그의 눈은 돌멩이를 향해 있었고, 약한 다리에 힘이 들어가 몸을 휘청거렸으며, 페이버는 이미 다른 곳으로 움직인 뒤였다.

페이버는 목을 찔러 그를 처리했다.

이제 남은 것은 대위뿐이었다.

둘러보니 그는 물 밖으로 나와 저편 강둑 위로 기어오르고 있었다. 페이버는 돌멩이 하나를 주워 힘껏 던졌다. 돌멩이가 머리에 맞았지만 대위는 마른땅에서 몸을 일으켜 도망치기 시작했다.

페이버는 강둑으로 달려가 물속으로 뛰어들었다. 그리고 몇 번의 팔동작으로 건너편 강둑에 이르러 위로 올라갔다. 대위는 100미터 앞에서 달리고 있었지만 노인이었다. 페이버는 거뜬히 그를 따라잡았다. 힘겹게 헐떡이는 숨소리가 들려왔다. 대위는 속도를 더 내지 못하고 덤불 속으로 고꾸라졌다. 페이버는 곁으로 다가가 그의 몸을 뒤집었다.

"이…… 악마 같은 놈."

"너는 내 얼굴을 봤어." 페이버는 그를 죽였다.

12

날개에 하켄크로이츠가 그려진 트라이모터 수송기 JU-52가 동프로이센 숲에 있는 라슈텐부르크의 비에 젖은 활주로에 착륙했다. 작은 몸집에 이목구비가 뚜렷한―큰 코, 큰 입, 큰 귀―남자가 비행기에서 내리더니, 타맥 포장도로를 성큼성큼 걸어가 대기중이던 메르세데스에 올라탔다.

자동차가 음울하고 축축한 숲을 달리는 동안 육군 원수 에르빈 로멜은 모자를 벗고 초조한 손길로 벗어지는 머리를 매만졌다. 몇 주 후면 또다른 이가 서류가방에 폭탄―총통의 운명이 달린―을 숨기고 이 길을 지나갈 것이다. 그동안에도 전투는 계속되어야 했다. 그래야 독일의 새로운 지도자―그 자신이 될지도 모르는―가 유리한 위치에서 연합군과 협상을 벌일 수 있을 터였다.

16킬로미터쯤 달렸을까, 자동차는 '늑대 소굴'에 도착했다. 히틀러, 그리고 점점 더 결속력을 강화하고 있는 신경질적인 부하 장군들의 지휘본부였다.

보슬비가 이어졌고 구내에 심은 키 큰 침엽수에서 빗방울이 떨어져 내렸다. 히틀러의 개인 숙사로 향하는 문 앞에 이르러 로멜은 모자를 쓰고 차에서 내렸다. SS친위대의 수장인 라텐후버 상급지휘관은 아무런 말 없이 로멜의 권총을 건네받았다.

회의는 지하 진지에서 열릴 예정이었다. 춥고 습하고 답답한 콘크리트 방공호였다. 로멜은 계단을 내려가 안으로 들어섰다. 이미 열두어 명—힘러, 괴링, 리벤트로프, 카이텔 등—이 도착해 정오 회의를 기다리고 있었다. 로멜은 고개를 끄덕여 인사를 건네고 딱딱한 의자에 자리를 잡고 앉았다.

히틀러가 모습을 드러내자 모두 자리에서 일어섰다. 그는 회색 튜닉과 검은색 바지를 입고 있었다. 로멜이 보기에 그는 자세가 점점 더 구부정해지고 있었다. 히틀러는 큼지막한 서북유럽 지도가 붙어 있는 저편 끝 콘크리트 벽으로 곧장 걸어갔다. 지치고 짜증난 모습이었다. 서두는 없었다.

"연합군의 유럽 침공이 있을 것이오. 올해겠지. 영국군과 미국군이 영국에서 진수해 프랑스에 상륙할 것이오. 우리는 작전의 절정에서 그들을 말살할 것이고. 그 점에 관해선 논쟁의 여지가 없소."

그는 감히 자기 말에 반박할 사람이 있느냐는 듯이 참모진을 훑었다. 침묵이 흘렀다. 로멜은 몸을 떨었다. 진지는 지독히 추웠다.

"문제는 그들의 상륙지점. 뢰네, 보고하시오."

알렉시스 폰 뢰네 대령—카나리스의 자리를 넘겨받은—이 자리에서 일어났다. 전쟁 초기만 해도 대위에 불과했던 그는 프랑스 군대의 약점에 관한 훌륭한 보고서—독일을 승리로 이끄는 데 결정적인 공헌을 했다고 알려진 보고서였다—를 작성함으로써 독보적인 입지를 구축했다. 1942년 육군 정보국 수장이 되었고, 카나리스가 몰락한 아프베어를 흡수했다. 로멜은 그가 자존심이 강하고 언동이 거침없긴 해도 인재라고 들었다.

뢰네가 말했다. "우리가 수집한 정보의 양은 방대합니다만 결코 완전하다 할 수는 없습니다. 연합군의 침공 암호명은 '대군주', 군대 집결상황은 다음과 같습니다." 그는 지휘봉을 들고 지도가 붙은 벽 쪽으로 갔다. "영국군은 우선 남부 해안지역을 따라 집결해 있습니다. 두번째는 이스트 앵글리아라고 알려진 곳입니다. 세번째 지역은 스코틀랜드. 현재까지는 이스트 앵글리아에 최다 병력이 집결한 상태입니다. 이런 점으로 판단하건대 적은 삼면 공격을 준비하고 있습니다. 첫째, 노르망디에 대한 견제공격, 둘째, 도버해협을 건너 칼레의 해안으로 향하는 주공격. 셋째, 스코틀랜드에서 북해를 가로질러 노르웨이에 이르는 측면 공격. 모든 소식통이 이 예측의 정당성을 뒷받침하고 있습니다." 보고를 마친 그가 제자리로 돌아갔다.

히틀러가 말했다. "이에 대한 의견을 들어보지."

프랑스 북부 해안을 담당하는 집단군B의 사령관 로멜이 말했다. "제가 한 가지 사실은 뒷받침할 수 있습니다. 파드칼레는 지금까지 최다 폭탄 세례를 당한 곳입니다."

괴링이 물었다. "뢰네, 어떤 소식통이 당신의 예측을 뒷받침하고 있습니까?"

뢰네는 다시 제자리에서 일어나 대답했다. "항공정찰, 적의 무선통신 감시, 첩보원의 보고, 이렇게 세 가지입니다." 그러고는 자리에 앉았다.

히틀러는 생식기 앞에 가지런히 손을 겹쳐 모았다. 초조할 때면 나오는 습관으로, 일장 연설을 준비하고 있다는 신호였다. "이제 내 의견을 말해보지. 내가 윈스턴 처칠이라면 어떻게 생각할까? 내 앞에 두 개의 길이 있소. 센강 동쪽 혹은 센강 서쪽. 동쪽은 한 가지 이점이 있지. 더 가깝다는 것. 그러나 현대 전쟁에 존재하는 거리는 둘뿐이오. 전투기의 사정권 안이냐 밖이냐. 센강 동쪽이든 서쪽이든 둘 다 전투기의 사정권 안에 있으니 거리는 고려 대상이 아니오.

서쪽에는 훌륭한 항구—셰르부르—가 있지만 동쪽에는 없소. 그리고 가장 중요한 점, 동쪽은 서쪽보다 방어기지 구축이 잘되어 있소. 적들도 항공정찰을 하고 있으니 알겠지.

그러니 나라면 서쪽을 선택할 것이오. 그다음에는 무엇을 할 것이냐? 독일군이 그 반대로 생각하게 만들 것이오! 노르망디에 한 대의 폭격기를 보내면 파드칼레에는 두 대를 보낼 것이오. 센강에 놓인 모든 다리를 파괴할 것이오. 거짓 무전을 송신하고 허위 첩보 보고서를 작성하게 할 것이며, 적들을 호도하게끔 군대를 배치할 것이오. 로멜이나 뢰네 같은 멍청이들을 속일 것이오. 총통마저 기만하려 들 것이오!"

괴링이 긴 침묵 끝에 입을 열었다. "총통 각하, 처칠에게 각하에 버금가는 천재성이 있을 리 없지 않습니까."

진지 안에 감돌던 불편한 긴장감이 눈에 띄게 누그러졌다. 괴링은 칭찬의 형태로 반대의견을 내놓으며 정확히 필요한 말을 했다. 다른 사람들도 뒤따라 발언했다. 한 사람 한 사람이 조금씩 더 강하게 본인의 주장을 제기했다—연합군은 공격 속도를 감안해 항해 거리가 짧은 쪽을 택할 것이다. 해안이 가까워야 엄호 전투기들이 빠른 시간 내에 급유를 끝내고 복귀할 수 있다. 항구와 강어귀가 많은 동쪽 해안이 더 나은 상륙지점이다. 모든 소식통이 틀리기는 어렵지 않겠는가.

히틀러는 삼십 분 동안 잠자코 듣더니 양손을 들어 침묵을 요구했다. 그리고 탁자에 놓여 있던 누렇게 변색되어가는 종이 다발 하나를 들어 올려 흔들며 말했다. "1941년 나는 해안 방어기지 구축을 지시했소. 연합군의 결정적 상륙은 노르망디와 브르타뉴의 돌출지역들을 통해 이루어질 것이라 예측했기 때문이지. 그곳에 위치한 최고의 항구들이 이 상적인 상륙거점이 되어줄 것이오. 그것이 당시 나의 직감이 내게 했던 말이고, 지금도 하고 있는 말이오!" 총통의 아랫입술에 거품이 맺혔다.

뢰네가 입을 열었다. (나보다 용기가 있군, 로멜은 생각했다.) "총통 각하, 저희는 계속해서 정보를 수집하고 있습니다. 당연한 일이지요. 그리고 각하가 아셔야 할 특별사항이 있습니다. 몇 주 전 바늘이라는 첩보원과 접선하기 위해 영국으로 밀사를 보냈습니다."

히틀러의 눈이 반짝거렸다. "아! 나도 바늘을 알지. 계속해보시오."

"그에게 이스트 앵글리아의 패튼 장군 휘하에 있는 미1집단군의 병력을 파악하라는 명령을 전달했습니다. 만약 기존의 정보가 허위임이 밝혀진다면, 우리는 분명 예측을 재고해야 할 것입니다. 하나 만일 그가 그곳 병력이 우리가 현재 믿고 있듯이 강력하다는 보고를 해온다면, 칼레가 목표지점이 되리라는 데는 의심의 여지가 없을 것입니다."

괴링이 뢰네를 보며 말했다. "바늘이 누구입니까?"

그 질문에 대답한 것은 히틀러였다. "카나리스의 첩보원 가운데 유일하게 믿을 만한 자이지. 내가 그를 뽑으라는 지시를 내렸으니까. 나는 그의 가족을 알고 있소. 강하고 충직하고 강직한 독일인 가문이오. 그리고 바늘은 똑똑한 친구야. 똑똑하고말고! 나는 그가 보내오는 모든 보고서를 살피고 있소. 런던에 있은 지는—"

뢰네가 그의 말을 가로막았다. "총통 각하—"

히틀러가 그를 노려보았다. "뭔가?"

뢰네는 잠시 머뭇거리다 말했다. "그렇다면 바늘의 보고를 믿으시겠다는 말씀입니까?"

히틀러는 고개를 끄덕였다. "그는 진실을 알아낼 것이오."

13

페이버는 몸을 떨며 나무에 기대 있다가 속을 게워냈다. 그러고서 죽은 다섯 군인을 땅에 묻을지 고민했다.

얼마나 제대로 처리하느냐에 따라 삼십 분에서 한 시간가량 소요될 것이다. 그러다 체포될 가능성도 무시할 수 없었다.

그는 사체의 발견을 지연시켜 벌 수 있는 귀한 시간과 사체를 처리하다 체포될 위험을 놓고 경중을 가늠해봐야 했다. 머지않아 그 다섯 명이 사라졌다는 사실이 발각되고 아홉시쯤에는 수색이 시작될 터였다. 정규순찰중이었다는 점을 감안하면 그들의 경로는 빤했다. 수색팀은 맨 먼저 급사를 보내 그 경로를 살필 것이다. 만약 사체를 그대로 둔다면 급사가 발견하고 경보를 울릴 것이다. 반대의 경우 급사가 돌아가 보고하고 경찰이 블러드하운드를 앞세워 덤불을 뒤지며 전면적인 수색전을 펼칠 것이다. 그들이 사체를 발견하는 데는 하루 온종일이 걸릴 수도 있다. 그 정도면 페이버가 런던에 가 있을 수 있는 시간이었다. 추적 대상이 살인자라는 사실을 그들이 알기 전에 그 지역을 벗어나는 것이 중요했다. 그는 위험을 무릅쓰고 추가시간을 벌기로 결심했다.

그는 나이든 대위를 어깨에 메고 운하를 헤엄쳐 건넜다. 그를 덤불 뒤로 아무렇게나 던져놓은 뒤, 갑판 위에서 사체 두 구를 거두어 그 위로 쌓아올렸다. 다음은 왓슨과 상병 순서였다.

삽도 없었고 구덩이는 커야 했다. 숲속으로 몇 미터 들어가자 푸석푸석한 땅이 나타났다. 지면이 우묵하게 살짝 꺼진 것이 딱이었다. 그는 배의 조그만 취사실에서 냄비를 하나 꺼내다가 땅을 파기 시작했다.

1미터까지는 부식토밖에 나오지 않아 수월했지만 점토층에 이르자 굉장히 힘들어졌다. 삼십 분 동안 팠는데도 고작 45센티미터밖에 깊어지지 않았다. 그러나 더 매달려 있을 수는 없었다.

그는 한 구 한 구 시체를 날라 구덩이 속에 던져넣었다. 그런 다음 진흙과 피 범벅인 옷을 벗어 그 위에 떨어뜨렸다. 부식토로 구덩이를 메우고 근처 덤불과 나무에서 꺾은 가지로 덮었다. 가벼운 첫번째 점검은 그럴듯하게 속여넘길 만했다.

그는 강둑 근처 왓슨이 쏟아낸 피를 흙을 차 덮었다. 배에도 핏자국이 있었다. 칼에 찔린 병사가 쓰러져 있던 곳이었다. 페이버는 걸레를 찾아내 갑판을 문질러 닦았다.

그런 다음 깨끗한 옷으로 갈아입고 돛을 올려 그곳을 떠났다.

낚시를 하지도 새를 관찰하지도 않았다. 한가하게 위장 놀이를 하고 있을 때가 아니었다. 그는 속도를 높여 시체 구덩이와의 거리를 벌려나갔다. 되도록 빨리 뭍에 올라 더 빠른 교통수단으로 갈아타야 했다. 그는 기차를 타는 것과 자동차를 훔치는 것 중 어느 쪽이 더 나을까 생각했다. 훔칠 수만 있다면야 차가 훨씬 빨랐다. 그러나 절도행각이 행방불명된 국토방위대 순찰대와 연관이 있든 없든, 도난차량 수색은 신속히 이루어질 가능성이 높았다. 시간은 더 걸릴지 몰라도 기차역을 찾는 것이 보다 안전할 성싶었다. 긴장의 끈을 놓지 않는다면 거의 하루종일 혐의를 피할 수 있었다.

배 처리도 문제였다. 구멍을 내 가라앉히는 것이 최선책이지만, 그러다간 눈에 띄기 십상이었다. 항구 어디에 버려두거나 운하 옆에 정박해둔다면 경찰이 그만큼 빨리 살인사건과 연관시킬 테고, 그러면 자신의 이동 방향을 노출하는 셈이었다. 페이버는 쉽사리 결정을 내리지 못했다.

불행히도 그는 자기 위치를 확신할 수 없었다. 영국 수로 지도는 다리와 항구와 갑문의 위치라면 낱낱이 표시되어 있었지만 철도 노선은 없었다. 도보로 한두 시간 거리, 즉 여섯 마을쯤 지나왔으리라 어림했지만 마을 하나가 반드시 기차역 하나를 의미하지는 않았다.

그때 두 가지 문제가 한꺼번에 해결되었다. 운하가 철도교 아래를 지나가고 있었던 것이다.

그는 나침반과 카메라에 든 필름과 지갑과 스틸레토를 꺼냈다. 여타 소지품은 배와 함께 가라앉을 운명이었다.

양옆에 위치한 예선로에는 나무그늘이 져 있었고 근처에 도로라곤 없었다. 그는 돛을 접고 돛대 하단을 갑판에서 분리해 뉘어놓았다. 그런 다음 용골에서 마개를 제거한 뒤, 밧줄을 잡고 강둑에 발을 디뎠다.

점점 물이 차오르는 배는 다리 아래쪽으로 떠내려갔다. 페이버는 밧줄을 잡아당겨 배가 정확히 벽돌 아치 아래 가라앉도록 위치를 맞추었다. 후갑판에 이어 뱃머리가 가라앉았고 마지막으로 운하의 물이 선실 지붕을 덮었다. 물방울이 뽀글뽀글 올라오더니 나중에는 흔적도 없이 사라졌다. 배의 윤곽은 다리 그늘 때문에 자세히 보지 않으면 눈에 띄지 않았다. 페이버는 운하로 밧줄을 던져버렸다.

철로는 북동쪽에서 남서쪽으로 뻗어 있었다. 페이버는 비탈면을 타고 올라가 런던이 있는 남서쪽을 향해 걸었다. 복선철도였는데 지방 지

선인 듯했다. 열차 편수는 많지 않겠지만 역마다 정차할 것이었다.

햇빛이 점점 뜨거워지고 있어 걷는 일도 여간 고역이 아니었다. 피 묻은 검은색 옷을 묻은 뒤에 더블브레스트 블레이저와 두꺼운 플란넬 바지를 입었는데, 이제 블레이저는 벗어 어깨에 걸치고 있었다.

사십 분 뒤, 멀리서 기차 소리가 들려오자 그는 철로 옆 덤불에 몸을 숨겼다. 낡은 증기기관차가 북동쪽을 향해 느리게 달리고 있었다. 기관 차는 커다란 연기를 내뿜으며 줄줄이 이어진 석탄차를 끌고 지나갔다. 만약 반대편에서 이 같은 석탄차가 온다면 뛰어올라 탈 수 있었다. 그 러나 그래도 되는 걸까? 먼 길을 걷지 않아도 되지만 검댕이 묻어 몸이 더러워질 테고, 그러면 내릴 때 사람들 눈에 띄지 않는다는 보장이 없 다. 아니, 걷는 편이 안전하다.

철로는 화살처럼 곧장 뻗어나가며 시골 평야지대를 가로지르고 있었 다. 페이버는 트랙터로 밭을 가는 농부를 지나갔다. 눈에 띄지 않을 방 도가 없었다. 농부는 하던 일을 계속하며 그에게 손만 흔들어 보였다. 아주 먼 거리여서 페이버의 얼굴을 정확히 볼 수는 없었다.

16킬로미터쯤 걸었을까, 앞쪽에 기차역 하나가 보였다. 800미터쯤 떨어져 있었는데 보이는 것이라고는 플랫폼과 신호기가 전부였다. 그 는 철로를 벗어나, 나무들 가까이 몸을 붙이고 들판을 가로질렀다. 마 침내 도로 하나가 나왔다.

몇 분 후 그는 마을로 들어섰다. 마을 이름을 알려주는 것이라곤 하 나도 없었다. 이제 침공의 위협은 과거의 기억이 되어 표지판과 지명이 다시 세워지는 중이지만, 이 마을은 아직 아닌 모양이었다.

우체국과 곡물상이 있고 '황소'라는 술집이 하나 있었다. 전쟁기념비 앞을 지나는데, 유모차를 밀고 가는 여자 하나가 친절하게 아침인사를 건넸다. 작은 기차역은 졸린 듯 봄볕을 쬐고 있었다. 페이버는 안으로 들어갔다.

게시판에 시간표가 붙어 있었다. 페이버는 그 앞에 섰다. 조그마한 매표창구 뒤에서 역무원이 말했다. "저라면 그걸 믿지 않겠습니다.『포사이트가 이야기』* 이래 그런 소설이 또 없으니까요."

시간표를 들여다봐야 쓸모없으리라는 것은 알고 있었다. 다만 그곳을 지나는 기차가 런던으로 향하는지 확인할 필요가 있었다. 그가 물었다. "리버풀 스트리트로 가는 다음 기차가 몇시에 있는지 압니까?"

역무원이 냉소적으로 웃으며 말했다. "운이 좋으면 오늘 안에 있을 겁니다."

"어쨌든 표를 사겠습니다. 편도 주십시오."

"5파운드 4펜스입니다. 이탈리아는 기차가 정시에 운행된다더군요."

"이제는 아닙니다." 페이버가 말했다. "어쨌거나, 기차가 제때 오지 않아도 우리 정치가 더 나으니까요."

남자는 불안한 기색으로 그를 쏘아보았다. "선생 말이 물론 옳습니다. 황소에서 기다리겠습니까? 기차 소리가 들릴 겁니다. 못 듣겠으면, 사람을 보내죠."

페이버는 더이상 얼굴을 노출하고 싶지 않았다. "고맙지만 사양하겠습니다. 돈을 아껴야지요." 그는 표를 받아들고 플랫폼으로 나갔다.

몇 분 뒤 역무원이 페이버를 따라나오더니 옆자리 벤치에 앉아 햇볕을 쬐었다. 그가 말했다. "급한 일이 있나보지요?"

페이버는 고개를 저었다. "오늘 하루 완전히 망쳤죠. 늦잠을 잤고 윗사람과 다퉜고 얻어 탄 트럭은 타이어가 펑크났고요."

"그런 날이 있죠. 아 참." 역무원은 자기 시계를 봤다. "오늘 아침에

_____

* 영국 작가 존 골즈워디의 장편 연작소설.

는 하행 기차가 정각에 떠났습니다. 제때 갔으니 제때 오겠지요. 선생은 운이 좋을지도 몰라요." 그러고는 사무실로 돌아갔다.

페이버는 운이 좋았다. 기차는 이십 분 뒤 도착했다. 농부와 가족과 사업가와 군인으로 만원이었다. 페이버는 창가 옆자리 바닥에 비집고 들어가 앉았다. 기차가 느릿느릿 움직이자 그는 버려진 이틀 전 신문을 집어들고 연필 한 자루를 빌려 십자말풀이를 시작했다. 그는 영어로 십자말풀이를 할 수 있다는 것이 자랑스러웠다. 십자말풀이야말로 외국어 실력을 가늠해볼 수 있는 시금석이었다. 잠시 후 기차의 움직임을 자장가 삼아 그는 얕은 잠에 빠져들었다. 그리고 꿈을 꾸었다.

그것은 익숙한 꿈, 런던에 도착하는 꿈이었다.

그는 벨기에 여권을 소지하고 프랑스에서 건너왔다. 여권에는 그가 필립스사 대표(세관에서 그의 슈트케이스를 열어볼 경우 속에 든 무전기를 설명할 핑계이기도 했고)인 얀 판 헬더르라고 명기되어 있었다. 당시 그의 영어 실력은 능숙하긴 해도 완전히 자연스럽지는 않았다. 세관은 그를 귀찮게 하지 않았다. 동맹국 사람이었기 때문이다. 그는 런던행 기차를 잡아탔다. 당시는 객차에 빈 좌석도 많았고 식사도 할 수 있었다. 페이버는 로스트비프와 요크셔푸딩으로 식사를 했다. 즐거운 시간이었다. 카디프 출신의 사학과 학생과 유럽 정세에 대해 이야기를 나누기도 했다. 기차가 워털루 역에 정차하기 전까지 그 꿈은 현실 같았다. 그러다 악몽으로 둔갑했다.

문제는 개찰구에서 시작되었다. 꿈이 다 그렇듯이, 그 꿈에도 기묘한 비합리성이 있었다. 의심을 받은 대상은 그의 위조 여권이 아니라 지극히 적법한 기차표였다. 검표원이 말했다. "이것은 아프베어에서 발행한 표입니다."

"아뇨, 그렇지 않습니다." 페이버가 터무니없이 지독한 독일식 억양으로 말했다. 우아한 영국식 발음은 대체 어디로 사라진 거지? "도버에서 구입했다니까요, 게카우프트*." 제기랄, 독일어가 나오고 말았다.

그러나 헬멧을 착용한 런던 경찰로 변신한 검표원은 갑작스레 튀어나온 독일어는 아무래도 상관없다는 눈치였다. 그는 정중하게 말했다. "당신 클라모테**를 검사해봐야겠습니다."

역은 붐비고 있었다. 인파 속으로 몸을 피하면 도망칠 수 있을 것 같았다. 그는 슈트케이스를 내버린 채 사람들을 헤치고 달아났다. 순간, 기차에 바지를 두고 내렸다는 사실을 깨달았다. 그의 양말에는 하켄크로이츠 무늬가 있었다. 바지도 입지 않은 남자가 나치 양말을 신고 달리는 모습이 사람들 눈에 띄기 전에 빨리 가게를 찾아 들어가 바지를 사 입는 게 급선무였다. 그때 군중 속 누군가가 말했다. "전에 당신 얼굴을 본 적이 있어." 그리고 그의 다리를 걸어 넘어뜨렸다. 그가 쿵 소리와 함께 쓰러진 곳은 좀 전에 잠든 객차 바닥이었다.

그는 눈을 끔뻑거리며 하품하고 주위를 둘러보았다. 머리가 지끈거렸다. 잠시, 그 모든 일이 꿈이었다는 사실에 안도했다. 그리고 어처구니없는 꿈속의 상징물에 배시시 웃음이 났다. 하켄크로이츠 양말이라니, 그것참!

옆에 있던 작업복 차림의 남자가 말했다. "잘 자더군요."

페이버는 깜짝 놀라 고개를 쳐들었다. 잠꼬대를 하다가 정체가 탄로 날까봐 늘 조마조마한 그였다. "기분 나쁜 꿈을 꾸었습니다." 남자는

---

* '구입했다'라는 뜻.
** 잡동사니, 넝마 등을 뜻하는 독일어.

아무 대꾸도 하지 않았다.

날이 어두워지고 있었다. 꽤 오래 잔 모양이었다. 갑자기 객차 안에 불—달랑 파란색 전구 하나—이 들어오자 누군가 블라인드를 내렸다. 사람들의 얼굴이 창백하고 흐릿한 타원으로 변했다. 작업복을 입은 노동자는 다시금 말이 많아졌다. 그가 페이버에게 말했다. "좋은 구경거리를 놓쳤습니다."

페이버가 얼굴을 찡그리며 말했다. "무슨 일이라도 있었습니까?" 경찰 검문 같은 게 있었는데 세상모르고 잤을 리는 없었다.

"미국 기차 하나가 지나갔거든요. 시속 16킬로미터 속도로 기적을 울리며 가더라고요. 기사는 검둥이였고 앞쪽에 엄청나게 큰 배장기가 달려 있었어요! 와일드 웨스트 기관차라고 아시려나?"

페이버는 미소지어 보인 후 다시 꿈 생각에 잠겼다. 사실 그가 런던에 도착했을 때는 아무 문제도 없었다. 처음에는 벨기에 신분증으로 호텔에 투숙했다. 일주일에 걸쳐 시골의 교회 묘지 몇 군데를 돌아다니며 비석에서 자기 또래 남자의 이름을 하나 알아낸 후 출생증명서 사본 세 장을 신청했다. 그런 다음 거처들을 정했고 지도 않은 맨체스터의 회사에서 발급받은 가짜 추천장을 이용해 변변치 않은 일자리를 얻었다. 전쟁 전만 해도 그는 하이게이트 선거인명부에까지 올라 있었다. 그는 보수당을 찍었다. 배급제도가 도입되었을 때 배급통장은 집주인을 통해 특정일 밤 그 집에서 자는 모든 사람에게 발급되었다. 그런 날이면 페이버는 밤시간을 쪼개 세 군데 집에서 보냈고, 각기 다른 배역에 할당된 서류를 모두 획득했다. 벨기에 여권은 태워버렸다. 그럴 리 없었지만 만약 여권이 필요하다면 영국 것으로 세 개를 만들 수 있었다.

기차가 멈추었고, 밖에서 들리는 소리로 미루어 승객들은 목적지에 도착했음을 짐작했다. 기차에서 내리자 페이버는 허기지고 목이 몹시 말랐다. 마지막으로 먹은 음식이라야 24시간 전 넘긴 소시지와 마른 비스킷과 물이 전부였다. 개찰구를 빠져나온 그는 기차역 간이식당을 발견했다. 사람들로 가득차 있었다. 대부분 군인이었는데, 테이블에서 자고 있든지 아니면 잠을 청하는 중이었다. 페이버는 치즈 샌드위치와 차한 잔을 주문했다.

"음식은 군인에게만 팔아요." 카운터 뒤에 있는 여자가 말했다.

"그럼 차만 주십시오."

"컵 있어요?"

페이버는 당황했다. "아뇨, 없는데요."

"우리도 없어요."

페이버는 그레이트 이스턴 호텔에 가서 저녁을 먹을까 생각도 해봤지만 그러자면 시간을 잡아먹을 것이다. 대신 술집 하나를 찾아내 밍밍한 맥주 파인트 두 잔을 들이켠 다음, 피시앤드칩스 가게에서 신문지에 싸주는 감자칩 한 봉지를 사들고 길거리에 서서 먹었다. 그러고 나니 놀랍게도 배가 불렀다.

이제 약국을 찾아 몰래 들어가야 했다.

그는 필름을 현상해 사진이 제대로 나왔는지 확인해보고 싶었다. 손상되어 쓸모없어진 필름 한 통을 들고 독일로 돌아가는 모험을 할 생각은 없었다. 만약 사진상태가 좋지 않으면 필름을 훔쳐 다시 그곳으로 가야 했다. 생각만 해도 끔찍했다.

대상은 본점에서 필름을 현상하는 체인의 분점이 아닌 조그만 자영업 가게여야 했다. 인근 주민들이 카메라를 소유할 형편이 되는(전쟁전에 그랬거나) 지역에 있을 것이 분명했다. 그런 면에서 리버풀 스트리트 역이 위치한 런던 동쪽은 물색 대상에서 제외되었다. 그는 블룸즈버리에 가보기로 했다.

달빛이 내린 거리는 고요했다. 오늘은 사이렌 소리도 들리지 않았다. 헌병 둘이 챈서리 레인에서 그를 멈춰 세우더니 신분증을 요구했다. 슬쩍 취기가 오른 척하자 헌병들은 그에게 길거리를 배회하는 이유를 묻지 않았다.

마침내 사우샘프턴 로의 북쪽 끝에서 찾고 있던 가게를 발견했다. 창문에 코닥 표시가 보였다. 놀랍게도 가게는 아직 영업중이었다. 그는 안으로 들어갔다.

등이 구부정하고 신경질적으로 보이는 남자 하나가 카운터 뒤에 서 있었다. 머리가 벗어지기 시작했고 안경을 끼고 흰 가운을 입고 있었다. 그가 말했다. "의사 처방전만 받습니다."

"아, 필름을 현상하는지 물어보려고요."

"네. 내일 다시 오시면—"

"가게에서 직접 합니까?" 페이버가 물었다. "좀 급해서요."

"네. 내일 다시 오시면—"

"당일에 사진을 찾을 수 있을까요? 동생이 휴가 나왔는데 몇 장 가져가고 싶어해서—"

"아무리 빨라도 24시간은 걸립니다. 내일 다시 오십시오."

"감사합니다. 그러지요." 나오는 길에 보니 가게는 십 분 후면 문을 닫았다. 그는 길을 가로질러 어둠 속에 서서 약국 문이 닫히기를 기다렸다.

정각 아홉시, 약사가 밖으로 나와 가게문을 잠그고 길 아래쪽으로 사라졌다. 페이버는 길을 건너가 모퉁이를 두 번 돌았다.

가게 뒤편으로 곧장 이어지는 통로는 없는 듯했다. 그렇다고 앞문으로 잠입할 생각은 없었다. 가게 안에 있는 동안, 순찰중이던 경찰이 문이 잠기지 않은 것을 발견할지도 모르기 때문이다. 그는 가게로 들어갈

방도를 찾으며 뒤쪽 거리를 거닐었다. 분명 별도리가 없어 보였다. 그러나 앞쪽과 뒤쪽 거리 사이의 간격으로 판단하건대 건물들이 등을 딱 맞붙이고 있다고 보기는 힘들었다. 배후에 어떤 식으로든 빈 공간이 있다고 보는 게 맞았다.

그러다 근처 대학의 기숙사라는 명판이 붙은 크고 오래된 집을 하나 발견했는데, 현관문이 열려 있었다. 페이버는 안으로 들어가 재빨리 공동 부엌으로 향했다. 여학생 하나가 혼자 탁자에 앉아 커피를 마시며 책을 읽고 있었다. 페이버가 중얼거렸다. "대학 등화관제 점검중입니다." 그녀는 고개를 끄덕이고 다시 책으로 눈길을 돌렸다. 페이버는 뒷문으로 나왔다.

그는 늘어선 쓰레기통에 몸을 부딪히며 마당을 가로질렀다. 그리고 뒷골목으로 이어지는 문을 발견했다. 잠시 후 그는 약국 뒤쪽에 있었다. 출입구는 한 번도 사용하지 않은 것이 분명했다. 그는 폐타이어 몇 개와 버려진 매트리스를 기어올라 어깨로 문을 밀쳤다. 부식된 나무문은 쉽게 열렸고 페이버는 안으로 들어갔다.

그는 암실을 찾아냈다. 스위치를 올리자 천장에 매달린 붉은색 전구에 어슴푸레한 불이 켜졌다. 말끔하게 라벨이 붙은 현상액 용기며 확대기에 인화 건조기까지 장비가 잘 갖춰진 공간이었다.

페이버는 신속하게, 그러나 조심스럽게 작업에 임했다. 현상탱크의 온도를 정확히 맞추고, 필름이 고르게 현상되도록 현상액을 휘젓고, 벽에 걸린 커다란 전기시계의 침을 확인해 시간을 쟀다.

네거티브필름은 완벽했다.

그는 그것들을 말린 다음 확대기에 걸고 10×8 크기의 사진 한 세트를 만들어냈다. 현상액 용기 속에서 이미지들이 나타나는 모습을 보고 있으니 짜릿한 쾌감이 느껴졌다. 제기랄, 아주 잘했어!

이제 중대한 결정만 남았다.

하루종일 페이버의 머릿속을 떠나지 않았던 문제, 이제 사진이 나왔으니 직면하지 않으면 안 되는 문제였다.

본국으로 돌아가지 못하면 어떻게 될 것인가?

그의 앞에 놓인 여정은 과장이라곤 전혀 없이 위험천만했다. 이동의 제약이나 해안경비 등에도 불구하고 자신이 접선장소에 도착할 수 있으리라는 믿음은 확고했다. 그러나 유보트가 과연 그곳에 있어줄지, 그것을 타고 북해를 가로질러 본국으로 무사 귀환할 수 있을지는 확신이 서지 않았다. 약국을 나가는 순간 버스에 치여 죽을 수도 있는 일이었고.

가장 중대한 전쟁 기밀을 알아냈는데 자신이 죽을 수도 있고 그 기밀도 함께 사장될 수 있다고 생각하니 너무 끔찍했다.

대비책을 세워놓아야 했다. 연합군의 사기전략에 관한 증거를 반드시 아프베어의 수중에 도달하게 할 추가적인 방책.

영국과 독일 사이에는 당연히 우편물이 오가지 않았다. 반드시 중립국을 거치게 되어 있었고 죄다 검열을 당했다. 암호로 작성할 수도 있지만 그래봐야 소용없는 짓이었다. 사진을 보내야 했기 때문이다. 중요한 증거는 바로 그것이었다.

루트가 하나 있었다. 듣기로는 안심할 만한 루트라고 했다. 런던 주재 포르투갈 대사관에 독일에 우호적인—정치적 이유도 있었지만, 페이버가 염려하는바, 뇌물에 매수당했다—관료가 하나 있었다. 그 사람이라면 외교행낭을 통해 리스본 주재 독일 대사관으로 메시지를 전달해줄 것이다. 그곳부터는 안전했다. 그 루트가 열린 것은 1939년 초였지만 페이버는 딱 한 번, 카나리스가 정례적인 시험통신을 요구해왔을 때 이용해보았다.

잘될 것이다. 그래야만 했다.

페이버는 화가 났다. 다른 사람을 신뢰해야 하는 상황이 마음에 들지 않았다. 타인은 문제를 복잡하게 만들 뿐이었다. 그러나 상황이 상황인 만큼 모든 것을 운에 맡길 수는 없었다. 무엇보다 이 정보를 전달할 대비책을 마련해두어야 했다. 무전보다는 덜 위험할 터였다. 그리고 독일이 그 정보를 전혀 모르는 것보다야 덜 위험한 것은 확실했다.

페이버는 마음을 정리했다. 논거를 견줘본 결과, 해결책은 반론의 여지 없이 포르투갈 대사관과의 접촉이었다.

그는 자리에 앉아 편지를 쓰기 시작했다.

14

프레더릭 블로그스는 시골지역을 돌며 유쾌하지 않은 오후를 보내야
했다.

남편이 귀가하지 않았다며 다섯 명의 여자가 인근 경찰지서에 신고
했을 때, 순경은 한정된 추리력을 동원한 끝에 국토방위대 순찰대 전원
이 무단이탈을 하지는 않았으리라 결론내렸다. 그는 그들이 길을 잃었
다고 확신했다―어쨌거나 다들 모자란 사람이었다. 안 그랬으면 지금
같은 시기에 진짜 군대에 있었을 테니까. 그렇긴 해도 혹여 자신에게
화가 미칠까봐 본부에 보고를 했다. 보고를 접수한 작전실 경사는 행방
불명된 자들이 굉장히 민감한 군사지역을 순찰중이었다는 사실을 즉각
알아차리고 그 내용을 경위에게 보고했다. 경위는 런던 경찰청으로 전
갈을 넣었고, 경찰청에서는 특수부 소속 수사관 하나를 내려보냈다. 런
던 경찰청은 MI5에도 이 사실을 알렸고, 그곳에서는 블로그스를 파견
했다.

특수부에서 나온 사람은 스톡웰 살인사건을 수사중인 해리스였다.

그와 블로그스는 기차간에서 만났다. 수급에 차질이 생기는 바람에 미국에서 빌린 와일드 웨스트 기관차였다. 해리스는 또다시 일요일 저녁 식사 초대를 했고, 블로그스는 일요일도 대개 일을 한다고 재차 말했다.

기차에서 내린 그들은 자전거를 빌려 타고 운하를 따라 이어진 예선로를 달렸다. 블로그스보다 열 살이 많고 25킬로그램은 더 나가는 해리스에게 자전거 타기는 여간 힘든 일이 아니었다.

수색팀 일부가 철도교 아래를 살피고 있었다. 해리스는 그 기회를 이용해 자전거에서 내렸다. "뭐 좀 찾았습니까?" 그가 말했다. "사체라도 나왔나?"

"아뇨. 배만 한 척 보이는군요." 순경 하나가 말했다. "그런데 누구신지?"

그들은 자기소개를 했다. 속옷 바람의 순경 하나가 잠수해 배를 살피고 있었다. 그가 마개 하나를 쥐고 물 밖으로 나왔다.

블로그스가 해리스를 보았다. "일부러 가라앉힌 거군요?"

"그런 것 같군." 그리고 해리스는 잠수했던 순경에게 물었다. "그것 말고 별다른 건 없던가요?"

"가라앉은 지 오래되지 않았습니다. 배가 멀쩡해요. 돛대도 부러진 게 아니라 사람 손으로 내렸고요."

해리스가 말했다. "잠깐 들어간 것치고는 꽤 많은 정보군요."

"주말에는 배를 몰거든요."

해리스와 블로그스는 다시 자전거에 올라탔다.

그들이 수색팀에 합류한 것은 사체가 발견된 후였다.

"살해됐습니다. 전부 다섯이고요." 책임자인 제복 차림의 경위가 말했다. "랭엄 대위, 리 상병, 왓슨 일병, 데이튼 일병, 포브스 일병. 데이튼은 목이 부러졌고, 나머지는 칼 같은 것에 찔렸습니다. 랭엄의 사체

는 물속에 있었던 흔적이 보입니다. 전부 얕은 구덩이에 묻혀 있었고
요. 끔찍한 살인사건입니다." 사뭇 충격받은 기색이었다.

해리스는 한 줄로 놓인 사체 다섯 구를 자세히 살펴보았다.

"어이, 프레드. 이거 낯익은 상처인데?"

블로그스가 옆으로 다가왔다. "세상에, 이건—"

해리스가 고개를 끄덕였다. "스틸레토야."

경위가 놀란 목소리로 물었다. "누가 이런 짓을 저질렀는지 아는 겁
니까?"

"추측일 따름입니다." 해리스가 말했다. "우리 생각에 그자는 전에도
두 차례 살인을 저질렀습니다. 만약 동일인물이라면 우리는 그가 누구
인지 알고 있지요. 어디 있는지는 모르지만."

"제한구역이 지척이고." 경위가 말했다. "런던 경찰청 특수부와 MI5
에서 이렇게 빨리 현장에 내려온 것으로 보아, 이 사건에 대해 내가 알
아야 할 사항이 있을 것 같군요."

해리스가 대답했다. "지서장이 우리 쪽과 연락할 때까지 잠자코 있으
면 됩니다."

"달리 발견된 게 있습니까, 경위님?" 블로그스가 물었다.

"범위를 넓혀가며 근방을 수색하고 있지만 지금까지는 없습니다. 구
덩이에 옷가지 같은 게 있긴 했습니다만."

블로그스는 조심스레 그것들을 들춰보았다. 검은색 바지, 검은색 스
웨터, 영국 공군 스타일의 검은색 가죽재킷.

"야간활동용이군." 해리스가 말했다.

"몸집이 크고요." 블로그스가 덧붙였다.

"그자의 키가 얼마나 되지?"

"183센티미터가 넘습니다."

경위가 말했다. "가라앉은 배를 발견한 순경들은 만나봤습니까?"

"네." 블로그스가 얼굴을 찌푸렸다. "가장 가까운 갑문이 어디죠?"

"상류 쪽으로 6킬로미터 정도 가야 합니다."

"만약 그자가 배를 타고 있었다면 틀림없이 갑문지기가 봤겠죠. 그렇죠?"

"그랬을 겁니다." 경위가 말했다.

블로그스가 말했다. "그 사람을 만나보는 게 좋겠습니다." 그는 다시 자전거로 돌아갔다.

"6킬로미터를 더 가야 한단 말이야?" 해리스가 투덜거렸다.

"일요일 저녁 시간 되면 운동 좀 하시는 게 좋겠습니다." 블로그스가 말했다.

갑문까지는 한 시간 남짓 소요되었다. 예선로는 바퀴가 아니라 말을 위한 길이어서, 고르지도 않고 질척거리는데다 바위와 나무뿌리가 아무렇게나 널려 있었다. 갑문에 닿을 무렵 해리스는 땀을 쏟으며 욕설을 입에 올렸다.

갑문지기는 조그만 집 바깥에 앉아 파이프 담배를 피우며 따스한 오후를 즐기고 있었다. 말과 행동이 느린 중년 남자였다. 그는 자전거를 탄 두 남자가 다소 우스운 꼴로 다가오는 모습을 지켜보고 있었다.

말은 블로그스가 했다. 해리스는 숨이 가빴다. "경찰입니다."

"그런데요?" 갑문지기가 말했다. "무슨 일로 이리 흥분하셨소?" 그는 마치 불구경을 하는 고양이 같았다.

블로그스가 지갑에서 바늘의 사진을 꺼내 그에게 건넸다. "이 사람을 본 적 있습니까?"

갑문지기는 사진을 무릎 위에 얹어놓고 파이프에 불을 댕겼다. 그러고 나서 잠시 사진을 유심히 살펴보더니 돌려주었다.

"본 적이 있습니까?" 해리스가 말했다.

"네. 어제 이맘때쯤 여기 왔었지요. 집에 들어와 차도 한잔 했고. 좋은 사람 같던데. 무슨 짓을 저지른 거요? 등화관제를 어기기라도 했나?"

블로그스는 털썩 주저앉았다. "분명하군요."

해리스는 혼잣말을 중얼거렸다. "여기서 하류로 내려가 배를 정박시킨 후 해가 떨어지자 제한구역으로 들어갔군." 그리고 갑문지기가 듣지 못하게 목소리를 낮췄다.

"돌아와보니 국토방위대가 배에 잠복해 있었을 거고. 그들을 처리한 후 철도가 있는 곳으로 이동해 배를 가라앉히고…… 기차에 탄 건가?"

블로그스가 갑문지기에게 말했다. "몇 킬로미터 아래쪽, 운하를 가로지르는 철도 말입니다. 어디로 향하는 겁니까?"

"런던으로 갑니다만."

블로그스가 말했다. "이런, 빌어먹을!"

블로그스는 한밤중 화이트홀에 있는 육군성으로 돌아왔다. 고들리먼과 빌리 파킨이 그곳에서 그를 기다리고 있었다. 블로그스가 말했다. "그자가 맞습니다." 그는 그간의 이야기를 들려주었다.

파킨은 흥분했고 고들리먼은 긴장한 듯 보였다. 블로그스가 말을 마치자 고들리먼이 입을 뗐다. "그렇다면 지금쯤 그는 런던에 돌아와 있겠군. 우리는 또다시 건초 더미에서 바늘을 찾는 신세가 되었고." 그는 책상 위의 성냥개비를 만지작거렸다. "그런데 말이야, 그 사진을 볼 때마다 내가 그놈을 어디선가 실제로 본 적 있다는 기분이 들어."

"네? 잘 좀 생각해보세요." 블로그스가 말했다. "어디서요?"

고들리먼은 답답한 듯 고개를 내저었다. "딱 한 번, 생소한 장소였을 거야. 강의를 듣는 청중 사이에서, 아니면 칵테일파티장 배경에서 본

듯한 얼굴이란 말이지. 지나치며 흘깃 봤거나 우연히 마주쳤거나. 막상 기억나봐야 아무 소용 없을 것 같지만."

파킨이 말했다. "거기 뭐가 있었는데요?"

"모르겠는데, 그게 굉장히 중요한 요소일 수도 있어." 고들리먼이 말했다.

침묵이 흘렀다. 파킨은 고들리먼이 만지작거리던 성냥 한 개비를 들어 담뱃불을 붙였다. 블로그스가 고개를 들었다. "사진을 백만 부 정도 뽑아서 경찰은 물론 공습 관리인, 국토방위대, 현역 군인, 기차역 짐꾼에게 나눠주면 어떻습니까? 게시판에도 붙이고 신문에도 게재하고……"

고들리먼이 고개를 저었다. "너무 위험해. 뭐가 됐든 발견한 내용을 그가 이미 함부르크에 전달했다면 어쩔 텐가? 우리 편에서 공연히 소란을 떨면 그들은 그 정보가 중요하다는 인식을 할 테지. 그의 말에 신빙성을 더해주는 꼴이 될 뿐이야."

"뭐든 해야 하지 않습니까?"

"경찰에는 그의 사진을 돌려. 언론에도 인상착의는 흘리되 그냥 살인자라고만 해두자고. 하이게이트와 스톡웰 살인사건에 관련한 세부사항도 알려주도록 하지. 안보가 관련되어 있다는 말은 하지 말고."

파킨이 말했다. "그러니까 지금 그 얘기는 등뒤에 한 손을 묶은 채 싸워야 한다는 소리군요."

"당장은."

"저는 경찰청부터 시작하겠습니다." 블로그스가 수화기를 집어들며 말했다.

고들리먼은 자기 시계를 봤다. "오늘밤은 할 수 있는 일이 많지 않겠군. 하지만 집에는 가고 싶지 않아. 잠이 올 것 같지 않거든."

파킨이 자리에서 일어나며 말했다. "그렇다면 제가 주전자를 찾아 차를 끓여오겠습니다."

고들리먼의 책상 위 성냥들은 말과 마차 모양으로 놓여 있었다. 그는 말 다리 하나를 집어 파이프에 불을 댕겼다. 그리고 일상적인 투로 물었다. "프레드, 여자친구는 있나?"

"없습니다."

"그때부터?"

"네."

고들리먼이 파이프를 뻐끔뻐끔 빨더니 말했다. "사별의 슬픔에도 끝이 있어야 해."

블로그스는 아무 대답도 하지 않았다.

고들리먼이 말했다. "잔소리꾼처럼 굴어서 뭣하지만, 자네 기분 알아. 나 역시 겪은 일이니까. 내겐 원망할 대상이 없었다는 게 유일한 차이점일 뿐이야."

"교수님도 아직 혼자이지 않습니까." 블로그스는 고개도 돌리지 않은 채 말했다.

"그래. 그러니까 자네는 나 같은 실수를 하지 않았으면 하는 거야. 중년이 되면 혼자 산다는 게 굉장히 우울해질 수 있거든."

"말했던가요? 사람들은 아내를 '두려움 없는 사람'이라 불렀습니다."

"들은 적 있네."

블로그스는 그제야 고들리먼을 보았다. "대체 어디서 그런 여자를 다시 찾는단 말입니까?"

"꼭 영웅이어야 하나?"

"크리스틴을 그렇게 보내고……"

"영국에는 영웅이 많아, 프레드—"

그때 테리 대령이 들어왔다. "그냥 앉아들 있게. 지금부터 내가 하려는 얘기는 중요한 사안이니 명심해서 들어주길 바라네. 국토방위대원 다섯을 죽인 자가 누구든 간에, 그자는 우리 쪽 중대 비밀을 알아냈어. 곧 공격이 시작되리라는 건 자네들도 알겠지. 시간과 장소는 모를 테고. 말할 필요도 없이 우리 목표는 독일군 역시 그 내용을 모르게 하는 거야. 무엇보다 침공장소를 알게 해선 안 돼. 이 점과 관련해 적의 판단을 오도하기 위해 우리 쪽에선 일종의 극단의 조치를 강구했네. 그러나 만약 그자가 빠져나간다면 적은 오도되지 않을 거야. 그자는 우리의 위장술을 알아낸 게 분명하니까. 우리가 그자의 정보 전달을 막지 못한다면 침공작전 전체가, 다시 말해 전쟁의 승운이 위태로워질 걸세. 나는 이미 자네들에게 내가 의도했던 것 이상을 말했네. 그러나 자네들이 사태의 급박성과 그를 저지하지 못할 경우 발생할 정확한 결과를 이해하는 게 무엇보다 중요하니까." 노르망디가 침공장소라거나, 이스트 앵글리아를 통한 파드칼레 침공은 주의를 돌리기 위한 작전이라는 말은 없었다. 그러나 고들리먼이라면 블로그스에게서 살인자 추적과정에 대한 보고를 받는 순간 아군이 위장술을 펴고 있다는 사실을 추론해냈을 터였다.

블로그스가 말했다. "그런데, 왜 그렇게 그자가 우리 기밀을 알아냈다고 확신하시는 겁니까?"

테리가 문가로 갔다. "들어오게, 로드리게스."

잘생기고 키 큰 남자 하나가 사무실 안으로 들어왔다. 칠흑 같은 머리에 코가 길었다. 그는 고들리먼과 블로그스에게 정중하게 인사를 건넸다. 테리가 말했다. "로드리게스는 포르투갈 대사관에 있는 우리 사람이지. 무슨 일이 있었는지 말해주게."

남자는 문가에 서 있었다. "아시다시피 저희는 한동안 프란시스코라는 대사관 직원을 예의주시하고 있었습니다. 오늘 그가 택시를 타고 온 남자를 만나 봉투를 하나 건네받았습니다. 남자가 사라지자마자 그 봉투는 우리가 손에 넣었습니다. 택시의 차량번호도 확보했고요."

"지금은 택시를 수배중이고." 테리가 덧붙여 말했다. "좋아. 자네는 이제 돌아가도 돼, 로드리게스. 고맙군."

키 큰 포르투갈인이 사무실을 나가자 테리는 고들리먼에게 커다란 노란 봉투를 내밀었다. 수신인은 마누엘 프란시스코였다. 고들리먼은 봉투를 열었다—이미 뜯겨 있었지만. 안에는 뜻을 알 수 없는 글자들—아마도 암호일—이 적힌 또다른 봉투가 들어 있었다.

안에 든 것은 손으로 빼곡히 적은 종이 몇 장과 10×8 사이즈의 사진 한 묶음이었다. 고들리먼은 편지를 살폈다. "기본적인 암호 같군요."

"그건 읽을 필요가 없어." 테리가 성마르게 말했다. "사진을 봐."

고들리먼은 그렇게 했다. 서른 장가량 되어 보이는 사진을 한 장 한 장 유심히 살폈다. 그런 다음 블로그스에게 건넸다. "큰일이군요."

블로그스는 사진들을 훑어보고 내려놓았다.

고들리먼이 말했다. "이게 다가 아닐 겁니다. 만약의 경우를 대비한 것뿐이지요. 아직 네거티브필름을 가지고 있을 겁니다. 그것들을 들고 어딘가로 가려 들 테죠."

세 명의 남자는 작은 사무실에 마치 활인화처럼 조용히 앉아 있었다. 빛이라고는 고들리먼의 책상에 놓인 스포트라이트뿐이었다. 크림색 벽하며 가려진 창, 사용하지 않는 가구, 낡은 카펫 등은 극적인 효과를 자아내는 살풍경한 배경이었다.

테리가 말했다. "처칠에게 보고를 해야겠지."

전화벨이 울리자 대령이 수화기를 들었다. "여보세요? 좋아. 당장 이곳으로 데리고 와주겠나? 잠깐, 그전에 손님을 내려준 장소를 물어봐.

뭐라고? 고맙군. 서둘러 와주게." 그는 수화기를 내려놓았다. "택시기사 말이 그자를 유니버시티 칼리지 병원에 내려줬다는군."

블로그스가 말했다. "국토방위대와 싸우다가 다치기라도 한 모양이군요."

테리가 말했다. "그 병원은 어디쯤 있나?"

"유스턴 역과 오 분 거리입니다." 고들리먼이 말했다. "유스턴발 기차는 홀리헤드, 리버풀, 글래스고…… 아일랜드행 페리를 탈 수 있는 모든 곳으로 향하지요."

"리버풀에서 벨파스트로." 블로그스가 말했다. "그런 다음 차를 타고 국경을 넘어 아일랜드로 갈 겁니다. 대서양 해안 어딘가에 유보트가 있겠지요. 여권 검사 때문에 홀리헤드에서 더블린으로 가는 모험은 하지 않을 겁니다. 리버풀을 지나 글래스고로 가는 건 아무 의미가 없을 테고요."

고들리먼이 말했다. "자네는 역으로 가 그자의 사진을 보여주며 탐문수사를 해. 혹시 그자가 기차에 오르는 걸 본 사람이 있는지. 나는 기차역에 전화를 넣어 자네가 가고 있다는 사실을 알리지. 열시 삼십분경 이후로 어느 기차가 떠났는지도 알아보고."

블로그스는 모자와 코트를 집어들었다. "시작이군요."

고들리먼이 수화기를 집었다. "그래, 시작이야."

유스턴 역은 여전히 사람들로 북적이고 있었다. 평상시라면 자정 무렵 기차가 끊겼겠지만, 전시라 연발착이 심한 관계로 새벽의 첫 완행열차가 도착할 때까지도 막차가 출발하지 않기 일쑤였다. 역의 중앙 홀은 배낭과 잠든 사람으로 넘쳐났다.

블로그스는 철도경찰 셋에게 사진을 보여주었다. 아무도 그 얼굴을 알아보지 못했다. 짐꾼 여자 열 명에게도 보여줬지만 뾰족한 성과가 없었다. 개찰구란 개찰구도 모조리 찾아다녔다. 개찰구 직원 하나가 말했다. "우린 표를 보지 사람 얼굴은 안 봐서요." 승객 대여섯 명에게도 보여줬지만 진척은 없었다. 결국 그는 매표소로 가 직원 한 명 한 명에게 사진을 보여줬다.

뚱뚱하고 머리가 벗어지고 잘 맞지 않는 의치를 낀 매표소 직원 하나가 사진의 얼굴을 알아보았다. "저는 일종의 놀이를 한답니다." 그가 블로그스에게 말했다. "승객들에게서 기차에 타려는 이유를 알려주는 특이사항을 찾아보는 거죠. 검은색 넥타이를 매고 있으면 장례식에 가는 거고, 흙 묻은 장화를 신고 있으면 집으로 돌아가는 농부구나 생각하고, 그런 식으로요. 그게 특정 대학의 목도리일 수도 있고, 결혼반지를 빼서 허연 자국이 있는 여자 손가락일 수도 있고…… 뭔지 알겠죠? 다들 뭔가 하나씩은 있어요. 이 일은 지루하거든요. 그렇다고 불평하는 건 아니고—"

"이 사람은 뭐가 눈에 띄던가요?" 블로그스가 말을 끊으며 물었다.

"아무것도요. 정말 아무것도 눈에 띄지 않았어요. 마치 눈에 띄지 않으려고 애쓰는 사람 같았어요. 내 말뜻 알겠어요?"

"네. 알겠습니다." 블로그스는 잠시 말을 멈추었다. "자, 이제부터 아주 신중하게 떠올려야 합니다. 그 사람 어디로 가고 있었습니까? 기억납니까?"

"그럼요." 뚱뚱한 매표소 직원이 말했다. "인버네스요."

"그렇다고 그가 그곳으로 가는 길이었다고 볼 수는 없어." 고들리먼이 말했다. "그는 프로야. 우리가 기차역에서 탐문할 걸 알고 거짓 목적지로 향하는 표를 샀을 게 분명해." 그는 자기 시계를 확인했다. "열한

시 사십오분 기차를 탔을 거야. 그 기차는 지금쯤 스태퍼드에 들어서고 있을 테고. 내가 철도회사에 확인했고 그곳에서 철도 신호원에게 확인을 받았어. 크루에 도착하기 전 그들이 기차를 세울 거야. 비행기를 대기시켜놓았으니 자네 둘은 스트로크온트렌트로 떠나.

파킨, 자네는 크루 외곽에 정차해 있는 기차에 오른다. 검표원 복장을 하고 승객의 표와 얼굴을 일일이 확인해. 페이버를 발견하면 가까이 붙어 있기만 하면 되고.

블로그스, 자네는 크루 역 개찰구에서 기다려. 그럴 리는 없겠지만 페이버가 거기서 내릴 경우에 대비해야 하니까. 문제가 없다면 기차에 오르도록. 리버풀에 도착하면 제일 먼저 내려 개찰구에서 파킨과 페이버를 기다리고. 지방 경찰대 절반이 그곳에 나와 지원할 거야."

"그자가 저를 알아보지 못한다면 아무 문제가 없겠지만." 파킨이 말했다. "하이게이트에서 본 제 얼굴을 기억해내면 어쩝니까?"

고들리먼이 책상 서랍을 열더니 권총 한 자루를 꺼내 파킨에게 건넸다. "그자가 자네를 알아보거든 쏴버려."

파킨은 아무 말 없이 주머니에 무기를 집어넣었다.

고들리먼이 말했다. "테리 대령의 말을 들어 잘 알고 있겠지만, 이번 사안의 중대성을 다시 한번 강조해야겠군. 우리가 이자를 잡지 못한다면 유럽 침공은 연기해야 해. 일 년이 걸릴지도 모르는데, 그동안 전운이 우리를 배신하지 않으리란 보장은 없어. 지금과 같은 적기는 다시 오지 않을 거야."

블로그스가 말했다. "디데이까지 얼마나 남았는지 들었습니까?"

고들리먼은 두 사람도 자기만큼 자격이 있다고 판단했다. 현장으로 뛰어들 장본인 아닌가. "몇 주 정도 남았다고만 알고 있네."

파킨은 생각에 잠겼다. "그럼 6월이겠군요."

전화벨이 울리자 고들리먼이 수화기를 들었다. 잠시 후 그가 고개를 들며 말했다. "차가 도착했다는군."

블로그스와 파킨이 자리에서 일어섰다.

고들리먼이 말했다. "잠깐."

그들은 교수를 바라보며 문가에 서 있었다. 그는 통화를 마치는 중이었다. "네, 물론이지요. 그러겠습니다. 안녕히 계십시오."

블로그스는 고들리먼이 누군가에게 그토록 깍듯한 경우를 본 적이 없었다. "누구입니까?" 블로그스가 물었다.

"처칠."

"뭐라던가요?" 파킨이 놀란 얼굴로 물었다.

"자네들의 행운과 성공을 기원하더군."

15

객차는 캄캄했다. 페이버는 사람들이 하는 농담에 대해 생각했다.
"내 무릎에서 손 좀 치워주시겠소? 아니, 그쪽 말고, 당신." 영국인은
아무것도 아닌 일로도 농담을 했다. 철도상황은 전보다 더욱 좋지 않
지만, 모두 대의를 위해서였으므로 아무도 더는 불평하지 않았다. 페이
버는 익명성이 보장되는 어둠이 차라리 좋았다.

아까부터 노랫소리가 들리고 있었다. 통로에 선 군인 셋이 선창하자
온 승객이 따라 부르기 시작했다. 합창은 〈주전자처럼 노래를〉〈언제나
하나된 잉글랜드가 있으리니〉(민족적 구색을 맞추기 위해 〈나는 글래
스고의 것〉과 〈내 선조들의 땅〉*을 먼저 부른 뒤)를 거쳐 상황에 맞는
〈더이상 돌아다니지 마라〉까지 이어졌다.

공습경보가 있어 기차는 시속 50킬로미터로 서행하고 있었다. 모두
가 바닥에 엎드리는 게 맞았지만 그럴 만한 여유 공간은 물론 없었다.

---

* 각각 스코틀랜드와 웨일스를 대표하는 노래.

보이지 않는 여자의 목소리가 들렸다. "오, 하느님, 저는 두렵습니다." 그러자 이번에는 역시 보이지 않는 남자가 코크니 억양으로 말했다. "당신은 가장 안전한 장소에 있는 겁니다, 아가씨. 저들은 움직이는 목표물을 맞힐 수 없어요." 그러자 다들 웃음을 터뜨렸고 아무도 더이상 무서워하지 않았다. 누군가 여행가방을 열더니 건조달걀 샌드위치를 돌렸다.

선원 하나는 카드를 치고 싶어했다.

"어둠 속에서 어떻게 카드를 치나?"

"가장자리를 만져봐. 해리스 제품에는 표식이 있다고."

새벽 네시경 기차가 뚜렷한 이유 없이 멈춰 섰다. 교양 있는 목소리—건조달걀 샌드위치를 돌린 사람일 거라고 페이버는 생각했다—가 말했다. "크루 외곽인 것 같군요."

"철도 사정을 고려하면 볼턴에서 본머스까지 어디든지 가능해요." 런던 토박이가 말했다.

기차가 덜컹거리며 다시 움직이자 모두 환호성을 질렀다. 페이버는 생각했다. 윗입술을 굳게 다문 차갑고 내성적인 전형적인 영국인은 대체 어디로 간 거야? 이곳에는 없는 게 분명했다.

잠시 후 통로에서 누군가의 목소리가 들려왔다. "표 검사가 있겠습니다." 페이버의 귀가 요크셔 억양을 감지해냈다. 그들은 이제 북부를 지나고 있었다. 그는 표를 찾아 주머니를 더듬거렸다.

문에서 가까운 모퉁이 자리에 앉은 페이버는 통로를 내다볼 수 있었다. 검표원은 표마다 손전등을 비춰보고 있었다. 반사된 빛에 남자의 실루엣이 드러났다. 어렴풋이 낯익은 사람이었다.

그는 자기 자리에 앉아 기다렸다. 악몽이 떠오르자—"이것은 아프베어에서 발행한 표입니다"—어둠 속에서 미소가 지어졌다.

그러다 별안간 그는 얼굴을 찌푸렸다. 기차가 아무 이유 없이 멈췄다. 그리고 잠시 뒤 검표원이 나타났다. 검표원의 얼굴이 어렴풋이 낯익다…… 어쩌면 아무것도 아닐 수 있지만, 페이버가 지금껏 살아남을 수 있었던 것은 아무것도 아닌 일에 대해 주의를 기울였기 때문이었다. 그는 다시 한번 통로를 내다보았다. 남자는 다른 객실로 들어가버리고 없었다.

기차는 잠시 정차했다가—페이버가 앉은 칸의 정보통에 따르면 그곳은 크루 역이었다—다시 출발했다.

페이버는 검표원의 얼굴을 다시 한번 보았다. 그리고 그제야 기억났다. 하이게이트 하숙집! 육군에 들어가기를 소원하던 요크셔 출신 소년이었다!

페이버는 그를 주시했다. 그의 손전등이 승객의 얼굴을 하나하나 움직여 지나고 있었다. 표만 검사하는 것이 아니었다.

아냐, 페이버는 생각했다. 성급히 결론내리지 말자. 그들이 어떻게 내 정체를 알아냈겠는가. 내가 어느 기차를 탔는지도 모를 것이다. 어떻게 내 얼굴을 아는 세상의 얼마 안 되는 사람 가운데 한 명을 찾아내, 그것도 이렇게 짧은 시간에, 검표원으로 분장시켜 기차에 태울 수 있단 말인가……

파킨, 그것이 그의 이름이었다. 빌리 파킨. 지금은 훨씬 나이가 들어 보였다. 그가 가까이 다가오고 있었다.

닮은 사람일지 모른다, 형일 수도 있다. 분명 우연일 것이다.

파킨이 페이버의 옆 칸으로 들어갔다. 시간이 얼마 없었다.

페이버는 최악의 상황을 가정하고 그에 대처할 준비를 했다.

그는 자리에서 일어나 객실을 나온 뒤, 여행가방과 배낭과 사람들의 몸을 헤치고 화장실로 갔다. 그리고 안으로 들어가 문을 잠갔다.

그래봐야 시간을 버는 것뿐이었다. 검표원들은 화장실 확인을 놓치는 법이 없었다. 그는 변기에 앉아 어떻게 이 상황을 빠져나갈지 고민했다. 기차가 속도를 내기 시작한 터라 밖으로 뛰어내릴 수는 없었다. 게다가 그가 도망치는 모습을 누군가 목격할 것이었다. 본격적인 수색 작전이 시작되면 그들은 기차를 세울 터였다.

"표 검사를 하겠습니다."

파킨이 다시 가까워지고 있었다.

그때 한 가지 묘안이 떠올랐다. 객차와 객차의 연결부는 아주 작은 공간으로, 풀무 같은 덮개에 에워싸여 있고 소음과 외풍을 차단하기 위해 앞뒤의 문을 닫아두는 기밀실氣密室 같은 곳이었다. 그는 화장실을 나와 객차 끝으로 갔다. 그리고 문을 열고 그 연결 통로로 들어가 등뒤의 문을 닫았다.

얼어붙을 듯이 추웠고 소음이 굉장했다. 페이버는 바닥에 앉아 잠을 자는 척 몸을 웅크렸다. 오직 죽은 자만이 잘 수 있는 곳이지만 기차 안에서 별짓을 다하는 수상한 시절이었다. 그는 몸을 떨지 않으려고 애썼다.

뒤쪽에서 문이 열렸다. "표 좀 봅시다."

페이버는 그 소리를 무시했다. 문이 닫히는 소리가 들렸다.

"일어나시죠, 잠자는 숲속의 공주 씨." 분명 그 목소리였다.

페이버는 몸을 뒤척이는 척하다 등을 보이며 자리에서 일어났다. 돌아선 그의 손에는 스틸레토가 들려 있었다. 그는 파킨을 문으로 밀어붙이고는 칼끝을 목에 겨누며 말했다. "가만있어. 안 그러면 죽일 테니까."

페이버는 왼손으로 파킨의 손전등을 빼앗아 그의 얼굴에 비췄다. 파킨은 그다지 겁에 질린 표정이 아니었다.

페이버가 말했다. "이런, 이런, 이게 누구야. 육군에 들어가고 싶어하던 빌리 파킨이 철도 직원으로 끝이 나셨군. 하긴 제복은 제복이니까."

파킨이 말했다. "당신이군요."

"그래, 나다. 몰랐다는 거냐, 애송이 녀석. 나를 찾고 있었지? 이유를 말해." 그는 최선을 다해 악랄한 목소리를 냈다.

"내가 왜 당신을 찾고 있었겠습니까? 경찰도 아닌데요."

페이버는 칼을 들이밀었다. "거짓말은 그만하는 게 좋아."

"정말입니다, 페이버 씨. 놔주시죠. 당신을 봤다는 사실은 아무에게도 말하지 않겠습니다."

페이버는 다시 혼란스러웠다. 파킨은 진실을 말하고 있든지, 아니면 자신처럼 과장되게 행동하고 있는 것이리라.

파킨이 몸을 움직거렸다. 그의 오른팔이 어둠 속에서 움직이고 있었다. 페이버가 그의 손목을 세게 움켜잡았다. 파킨은 잠시 버둥거리는가 싶더니 스틸레토 끝이 목을 파고들자 얌전해졌다. 페이버는 파킨이 손을 집어넣으려던 주머니에서 권총을 꺼내들었다.

"검표원이 무기를 갖고 다니지는 않지." 그가 말했다. "누가 시켰나, 파킨."

"우리도 이제는 다들 권총을 가지고 다닙니다. 기차 안이 어두워서 온갖 범죄가 일어나거든요."

그나마 용감하고 창의적인 거짓말이었다. 위협만으로는 입을 열게 만들기 쉽지 않겠어.

그의 움직임은 갑작스럽고 민첩하고 정확했다. 스틸레토가 휙 움직이더니, 끄트머리가 파킨의 왼쪽 눈에 1.5센티미터 정도 들어갔다가 나왔다.

페이버의 손이 파킨의 입을 틀어막았다. 막힌 입에서 새어나온 비명은 기차의 소음에 묻혀버렸다. 파킨은 못쓰게 된 눈으로 손을 가져갔다.

"한쪽 눈은 건지는 게 어때? 누가 시켰지?"

"군사정보부입니다. 오, 하느님, 제발 부탁이니 찌르지 마요."

"누구야? 멘지스? 매스터먼?*"

"오, 하느님…… 고들리먼입니다. 고들리먼—"

"고들리먼?" 분명 아는 이름이었다. 그러나 지금은 기억을 더듬고 있을 시간이 없었다. "그들이 뭘 가지고 있지?"

"사진입니다—내가 파일에서 당신을 찾아냈습니다."

"무슨 사진? 무슨 사진을 말하는 거냐?"

"경주팀—경주요—우승컵을 든—육군에서—"

기억이 났다. 젠장, 대체 그 사진을 어디서 구한 거지? 그들에게 사진이 있다니, 악몽 같은 일이었다. 사람들이 이제 그의 얼굴을 알게 될 것이다. 그의 얼굴을.

그는 파킨의 오른눈으로 칼을 더 가까이 가져갔다. "내가 있는 곳은 어떻게 알았지?"

"그만해요, 제발…… 대사관…… 당신 편지를…… 택시…… 유스턴…… 제발, 이쪽 눈만은……" 파킨은 손으로 두 눈을 가렸다.

제기랄. 바보 같은 프란시스코…… "계획이 뭐야? 함정은 어디지?"

"글래스고입니다. 글래스고에서 기다리고 있어요. 거기서 사람들을 다 내리게 할 겁니다."

페이버는 파킨의 복부 쪽으로 칼을 내렸다. 그리고 주의를 흐트러뜨리기 위해 말했다. "다 해서 몇 명이야?" 그런 다음 칼을 힘껏 찔러넣었다. 안쪽으로, 그리고 심장을 향해 위쪽으로.

하나 남은 파킨의 눈이 공포에 휩싸인 채 정면을 향했다. 그는 죽지 않았다. 페이버가 선호하는 살인법의 결점이 바로 이것이었다. 대개는

---

* 각각 MI6와 이중첩보위원회의 수장 스튜어트 멘지스, 존 세실 매스터먼.

칼의 충격으로 심장이 멈추지만, 심장이 강하면 제대로 먹히지 않는 경우도 있었다—어쨌든 의사들도 아드레날린을 주입하기 위해 직접 심장에 피하주사를 놓는 경우가 있지 않은가. 심장이 펌프질을 계속하면 칼날 주위가 벌어져 피가 새어나올 것이었다. 치명적이긴 마찬가지였지만 시간이 좀더 오래 걸렸다.

마침내 파킨의 몸이 축 늘어졌다. 페이버는 잠시 그를 벽에 기대놓고 생각했다. 뭔가 있었다. 죽기 전 얼굴에 언뜻 스친 용기, 보일락 말락 한 미소. 그런 것들은 뭔가 있음을 의미했다. 늘 그랬다.

그는 사체를 바닥에 쓰러뜨린 다음, 상처가 눈에 띄지 않게 감추면서 잠자는 자세로 만들었다. 검표원 모자는 구석으로 차버렸다. 파킨의 바지에 스틸레토를 문지르고 손에 묻은 유리체액을 닦아냈다. 언제나 그랬지만 지저분한 일이었다.

그는 소매 안에 칼을 감추고 차량으로 이어지는 문을 열었다. 그리고 어둠을 헤치며 자기 칸으로 돌아왔다.

그가 자리에 앉자 런던 토박이가 말했다. "오래 걸렸네요. 줄이 길던가요?"

페이버가 말했다. "뭘 잘못 먹었나봅니다."

"아까 먹은 건조달걀 샌드위치일 거예요, 하하하."

페이버는 고들리먼을 생각하고 있었다. 아는 이름이었다. 어렴풋이 얼굴도 떠올릴 수 있었다. 중년, 안경 쓴 얼굴, 파이프, 멍하고 교수 같은 분위기…… 그랬다, 그는 교수였다.

기억이 되살아나고 있었다. 런던에 도착하고 첫 이 년 동안 페이버는 할 일이 별로 없었다. 전쟁은 아직 시작되기 전이었고 사람들 대부분은 앞으로도 그러리라 믿었다(페이버는 그런 낙관주의자가 아니었지만). 유용하게 할 만한 일이 몇 가지—직접 관찰한 내용이나 신문 자료를 근거로 보고서를 작성한다거나 아프베어의 예전 지도를 확인하고 수정하는 일—있었지만 그게 다였다. 시간을 때우고 영어 실력을 향상시키고 가짜 신분에 살을 붙이기 위해 그는 관광에 나섰다.

애초에 캔터베리대성당을 찾아간 그의 목적은 순수했다. 비록 도시와 대성당의 조감도를 구입해 루프트바페에 보내긴 했지만—큰 소용이 있었다는 뜻은 아니다. 독일 공군은 1942년 한 해의 대부분을 대성당을 빗맞히는 데 허비했으니까. 페이버는 하루 온종일 그 건물을 구경했다. 어슬렁어슬렁 거닐면서 벽에 새겨진 고대 글자를 읽고 다양한 건축양식을 살피는가 하면 안내책자를 한 줄 한 줄 꼼꼼히 읽었다.

성가대석의 남쪽 회랑에서 블라인드 아치를 보던 중 옆에 또 한 사람이 그것에 몰두해 있다는 것을 알게 되었다. 자기보다 나이가 많은 남자였다. "매력적이지요, 안 그렇습니까?" 남자가 말했다. 페이버는 무슨 뜻이냐고 물었다.

"둥근 아치가 이어진 아케이드에서 저것 하나만 뾰족한 모양입니다. 아무 이유 없어요. 저 부분만 다시 만들어진 건 분명 아닙니다. 누군가 무슨 이유로 저기만 변형을 가했어요. 이유가 궁금하군요."

페이버는 그의 말뜻을 이해했다. 성가대석은 로마네스크 양식이고 중랑은 고딕 양식이었다. 그런데 성가대석에 고딕 아치 장식이 있었던 것이다. 그가 말했다. "어쩌면 수도사들이 뾰족한 아치는 어떨지 궁금하니 보여달라고 요구했을지도요. 건축가는 그들에게 보여주기 위해 저런 변형을 시도한 것이고요."

남자가 그를 응시했다. "훌륭한 추측입니다! 바로 그겁니다. 역사학자인가요?"

페이버는 웃었다. "아뇨. 평범한 사무원입니다. 가끔 역사책을 읽는 정도지요."

"사람들은 그런 탁월한 추측으로 박사학위를 땁니다."

"그런가요? 제 말은 그러니까, 역사학자입니까?"

"네. 지은 죄가 많다보니." 그가 손을 내밀었다. "퍼시 고들리먼이라고 합니다."

기차는 덜컹거리며 랭커셔를 지나고 있었다. 페이버는 생각했다. 트위드 슈트 차림에 평범해 보였던 그 남자가 정말 내 정체를 알아낸 사람일까? 스파이는 스스로를 공무원이라거나 비슷하게 모호한 신분으로 소개하는 게 보통이었다. 역사학자는 아니었다. 너무 쉽게 사실 여부가 밝혀지는 직업이었다. 그러나 소문에 따르면, 군사정보부가 수많은 학자를 포섭해 실력을 강화했다는 말도 있긴 했다. 페이버는 그들이 똑똑한 것은 물론이거니와 젊고 날렵하고 공격적이고 호전적일 거라 예상했었다. 고들리먼은 똑똑했지만 그게 다였다. 그동안 변했다면 모를까.

말을 섞지는 않았지만, 페이버는 그후 한번 더 그를 볼 기회가 있었다. 대성당에서의 짧은 만남 후 그는 고들리먼 교수가 소속 대학에서 헨리 2세에 대한 공개 강연을 한다는 안내문을 보게 되었고, 호기심에 참석했다. 내용이 풍부하고 생생하고 설득력 있는 강연이었다. 하지만 고들리먼은 여전히 우스꽝스러운 구석이 있는 인물로, 강연대 뒤에서 과장된 몸짓으로 서성거리는가 하면 강연이 진행될수록 점점 더 주제에 열광적으로 빠져들었다. 그러나 그의 정신은 분명 칼처럼 날카로웠다.

그러니까 바로 그 사람이 바늘의 생김새를 알아냈던 것이다.

아마추어 주제에.

그러나 그는 아마추어다운 실수를 저지를 것이다. 빌리 파킨을 보낸 것이 그중 한 가지였다. 페이버가 그 소년을 알아보았으니까. 고들리먼은 그가 알지 못하는 누군가를 보냈어야 했다. 페이버를 찾기에는 파킨이 나았겠지만, 대면하게 되었을 때 살아남을 가능성은 전혀 없었다.

프로라면 그 정도는 알았을 것이다.

기차가 끼익 소리를 내며 멈춰 서고 밖에서 누군가 잘 알아들을 수 없는 목소리로 리버풀 역에 도착했음을 알렸다. 페이버는 혼잣말로 자신을 책망했다. 퍼시벌 고들리먼을 떠올릴 시간에 다음 행동을 궁리했어야 했다.

그들은 글래스고에서 기다리고 있었다. 파킨이 죽기 전 그렇게 말했다. 왜 글래스고일까? 유스턴 역을 탐문했으면 인버네스행 표를 샀다는 것을 알았을 텐데. 만약 인버네스가 주의를 돌리기 위한 유인책이라는 의심을 했다면, 내가 이곳 리버풀로 오리라는 예상도 했을 텐데. 아일랜드 페리를 타기에 가장 가까운 연결지점이니까.

페이버는 조급한 결정을 싫어했다.

어찌되었건 기차에서 내려야 했다.

그는 자리에서 일어나 문을 열고 밖으로 나왔다. 그리고 개찰구를 향했다.

그는 이제 다른 생각을 하고 있었다. 죽기 전 언뜻 스친 빌리 파킨의 눈빛은 무슨 의미였을까? 그것은 미움도 두려움도 고통도 아니었다─그런 감정들이 존재하지 않았다는 뜻은 아니지만. 그러나 그것은 뭐랄까…… 승리감이었던가?

페이버는 고개를 들어 집표원 너머를 바라보았다. 그리고 이해했다.

저 너머에서 모자 쓴 레인코트 차림으로 기다리고 있는 것은 레스터 광장에서 본 금발의 젊은 미행꾼이었다.

파킨은 고통과 모욕 속에 죽어가면서도 마지막 순간 페이버를 속인 것이다. 함정은 이곳이었다.

레인코트를 입은 남자는 아직 군중 속에서 페이버를 알아보지 못했다. 페이버는 뒤돌아 다시 기차로 올라섰다. 안에 들어가자마자 블라인드를 내리고 밖을 내다보았다. 미행꾼은 사람들의 얼굴을 살피고 있었다. 한 남자가 기차에 도로 올라타는 것은 알아채지 못했다.

페이버가 밖을 주시하는 동안, 승객들은 개찰구를 빠져나갔고 마침내 플랫폼은 텅텅 비었다. 금발의 남자는 집표원에게 다가가 다급한 표정으로 무슨 말을 건넸고 집표원은 고개를 저었다. 뭔가 요구하는 기색이었다. 잠시 후 그는 보이지 않는 누군가에게 손을 흔들었다. 어둠 속에서 경관 하나가 나타나더니 집표원에게 무슨 얘기를 했다. 플랫폼 경비원이 그 무리에 합류했고 이어서 좀 높은 철도 공무원으로 보이는 사복 차림의 남자가 나타났다.

기관사와 화부가 기관차에서 내려 개찰구로 갔다. 그들은 손사래를 치고 고개를 저었다.

결국 철도 관계자들은 어깨를 으쓱하거나 돌아서거나 하늘만 올려다보았다. 모두 포기의 표시였다. 금발과 경관은 다른 경찰들을 불러들였고, 그들은 플랫폼으로 다가왔다.

기차를 수색하려는 게 분명했다.

기관사와 화부를 포함한 철도 관계자들은 저편으로 사라지고 없었다. 미친놈이 만원 기차를 뒤져볼 동안 자기들은 샌드위치에 차를 마시려는 요량인 게 분명했다. 페이버에게 좋은 생각이 떠올랐다.

그는 문을 열고 기차의 다른 편, 그러니까 플랫폼 반대편으로 뛰어내렸다. 경찰에게 들키지 않도록 차량 뒤에 몸을 숨긴 채 철로를 따라 달렸다. 침목에 걸리고 자갈에 미끄러지면서 기관차가 있는 곳으로 향했다.

나쁜 소식을 듣게 될 것이 분명했다. 빌리 파킨이 그 기차에서 느긋하게 내리지 않으리라는 것을 깨달은 순간, 프레더릭 블로그스는 바늘이 자기들의 손을 빠져나갔음을 깨달았다. 차량 한 대당 두 명씩 짝을

지어 제복 경찰들이 기차에 오르는 동안 블로그스는 파킨이 보이지 않는 이유에 대한 몇 가지 가정을 세워보았다. 하나같이 우울했다.

그는 코트 깃을 올리고 바람 부는 플랫폼을 초조하게 서성거렸다. 바늘을 잡고 싶어 미칠 지경이었다. 침공의 성공을 위해서만이 아니었다. 물론 그것만 해도 충분한 이유였지만 또 한편으로는 퍼시 고들리먼을 위해서, 다섯 명의 국토방위대 대원을 위해서였고, 크리스틴을, 자기 자신을 위해서였다.

그는 자기 시계를 봤다. 네시. 곧 날이 밝을 터였다. 밤새 눈을 붙이지 못한데다 어제 점심부터 아무것도 먹지 못했지만 좀 전까지만 해도 의욕에 불타고 있었다. 그러나 작전이 실패로 돌아가자—실패한 게 분명했다—기운이 빠졌다. 허기와 피로가 엄습했다. 따뜻한 음식과 포근한 침대 생각이 자꾸만 떠올라 머리를 흔들어 정신을 차려야 했다.

"여기요!" 경관 하나가 차량 밖으로 몸을 빼고 그에게 손을 흔들었다. "여깁니다!"

블로그스는 그를 향해 가다 정신이 번쩍 들어 달리기 시작했다. "무슨 일인가?"

"말씀하신 파킨 같은데요."

블로그스는 기차 안으로 올라갔다. "같다니, 무슨 소리지?"

"한번 보시죠." 그는 차량 사이에 있는 연결문을 열고 안쪽으로 전등을 비췄다.

파킨이었다. 블로그스는 검표원 제복을 알아보았다. 그는 바닥에 웅크리고 있었다. 블로그스는 경관의 손전등을 받아들고 파킨 옆에 무릎을 꿇고 앉아 몸을 뒤집었다.

파킨의 얼굴을 본 그는 이내 고개를 돌리고 말았다. "오, 하느님!"

"파킨이 맞습니까?" 경관이 물었다.

블로그스는 고개를 끄덕였다. 그리고 자리에서 아주 천천히 일어났다. 시체 쪽으로는 고개를 돌리지 않았다. "이 차량과 옆 차량에 탑승중인 승객은 모조리 검문하도록." 그가 말했다. "이상한 걸 봤다거나 이상한 소리를 들었다는 사람은 따로 불러 심문하고. 그래봐야 소용은 없을 거야. 살인자는 이곳에 도착하기 전 기차에서 뛰어내렸을 테니."

블로그스는 다시 플랫폼으로 나갔다. 경관들이 수색 임무를 마치고 무리지어 있었다. 그는 그중 여섯에게 검문 지원을 요청했다.

경위가 말했다. "찾고 있던 자는 날아버린 모양이군요."

"그런 것 같습니다. 화장실 안이며 승무원실도 샅샅이 살핀 겁니까?"

"네. 기차 위아래, 기관차와 탄수차 안도 조사했습니다."

그때 승객 하나가 기차에서 내리더니 블로그스와 경위를 향해 다가왔다. 키가 작고 숨소리가 거친 남자였다. "실례합니다."

"네." 경위가 말했다.

"혹시 누굴 찾고 있는 건가요?"

"그건 왜요?"

"그렇다면, 혹시 그 사람이 키가 큰가요?"

"왜 그러죠?"

블로그스가 조바심치며 끼어들었다. "네, 키가 큰 남자요. 무슨 일인데 그러죠? 그냥 말해봐요."

"키가 큰 남자 하나가 기차 반대편으로 내리더라고요."

"언제요?"

"기차가 역에 서고 일이 분 후였나? 기차에 타는 것 같더니 내리더라고요, 반대편으로. 철도 아래로 뛰어내렸어요. 짐도 없이. 이상한 일이잖아요. 그래서 혹시—"

경위가 말했다. "엿먹었군."

"함정을 알아챈 게 틀림없습니다." 블로그스가 말했다. "그렇지만 어떻게 그랬지? 내 얼굴도 모르고 경위님 부하들은 다 숨어 있었는데."

"의심스러운 게 있었겠죠."

"그러니까 철길을 건너 다음 플랫폼으로 가서 저쪽으로 나갔단 말이지요. 누가 본 사람이 없었을까요?"

경위는 어깨를 으쓱했다. "이렇게 늦은 시각엔 사람이 많지 않아서요. 그리고 누가 봤더라도, 성질이 급해서 개찰구 앞에 줄을 설 수 없다고 말하면 그만이었을 겁니다."

"다른 개찰구에는 사람을 배치하지 않았습니까?"

"거기까지는 생각 못했습니다…… 인근지역은 수색할 수 있습니다. 그러고 나서 도시 곳곳도 점검하지요. 물론 페리 쪽도 감시를—"

"네. 그렇게 해주십시오." 블로그스가 말했다.

그러나 그는 알고 있었다. 그래봐야 페이버는 발견되지 않으리라는 것을.

기차가 움직이기 시작한 것은 그로부터 한 시간 이상이 지났을 때였다. 왼쪽 종아리에 쥐가 났고 콧구멍은 먼지로 막혀 있었다. 페이버는 기관사와 화부가 기관차에 기어오르는 소리를 들었다. 기차에서 시체가 발견되었다는 내용의 대화가 드문드문 들려왔다. 화부가 삽으로 석탄을 뜨는 쇳소리가 달그락거렸다. 기차가 움직이기 시작하자 증기가 쉭쉭 소리를 냈고, 피스톤이 철커덕거렸다. 연기가 피어오르고 있었다. 페이버는 안도하며 자세를 바꾸고 참고 있던 재채기를 했다. 기분이 나아졌다.

그는 탄수차 뒤쪽 석탄 더미에 몸을 파묻고 있었다. 누가 십 분 정도 열심히 삽질했다면 모습이 드러났을 테지만, 그가 바라던 대로 경찰의 탄수차 수색은 오랫동안 찬찬히 들여다보는 것으로 끝이었다. 그 이상은 아무것도 없었다.

이제 밖으로 나가도 괜찮을지 궁금했다. 동이 트고 있을 것이다. 선로 위 다리에서 그가 눈에 띌까? 그렇지는 않을 것 같았다. 피부가 이제 새카맸고 움직이는 열차에서 새벽녘 희미한 빛에 그는 그저 어두운 배경 속 짙은 얼룩에 불과할 것이다. 그래, 한번 해보자. 천천히 조심하면서 그는 석탄 더미를 헤치고 나왔다.

그는 차가운 공기를 깊이 들이마셨다. 화부가 탄수차 앞쪽에 난 조그만 구멍을 통해 석탄을 밖으로 퍼내고 있었다. 나중에 석탄 더미가 줄어들면 화부가 안으로 들어와야 할지도 몰랐다. 그러나 지금 당장은 안전했다.

날이 밝아오자 그는 자기 모습을 훑어보았다. 머리끝에서 발끝까지 온통 석탄 먼지를 뒤집어쓴 것이 마치 탄갱에서 올라온 광부 같았다. 어떻게든 씻고 옷을 갈아입어야 했다.

그는 옆으로 고개를 돌렸다. 기차는 여전히 교외지역을 달리고 있었다. 공장과 창고와 더럽고 작은 집을 줄줄이 지나쳐갔다. 다음 행동을 생각해야 했다.

원래는 글래스고에서 내려 던디행 기차를 탄 다음, 동쪽 해안을 따라 애버딘으로 올라갈 작정이었다. 글래스고에서 내리는 것은 아직 가능한 일이었다. 물론 역에서 내릴 수는 없겠지만, 도착 직전이나 직후에 기차에서 뛰어내릴 수 있을 것이다. 그러나 그 방법이라고 위험 요소가 없지는 않았다. 기차는 리버풀과 글래스고 사이의 역들에서 멈출 것이 분명한데, 그러면 발각될 가능성이 있었다. 어서 빨리 기차에서 내려 다른 교통수단을 마련하는 길밖에 없었다.

이상적인 장소는 기차가 도시나 마을에 들어서기 직전, 한적한 철로였다. 한적해야 하지만—탄수차에서 뛰어내리는 모습이 눈에 띄어선 안 되니까—주택들과 가까운 곳이어야 했다. 그래야 옷가지와 차량을 훔칠 수 있었다. 그리고 오르막이어야 했다. 그래야 그가 뛰어내릴 수 있을 만큼 기차가 속도를 줄일 터였다.

현재 속도는 시속 65킬로미터 정도였다. 페이버는 석탄 위에 다시 누워 기다렸다. 발각될까봐 두려워하며 지나가는 시골 풍경만 한없이 바라보고 있을 수는 없었다. 그는 기차가 속도를 줄일 때마다 기회를 엿보기로 결심했다. 아닌 경우는 가만히 누워 있을 것이다.

몇 분이 흘렀을까. 그는 불편한 자세에도 불구하고 곤드라지려는 자신을 발견했다. 그래서 몸을 움직여 팔꿈치에 체중을 실었다. 잠이 들더라도 바로 엎어질 테니 그 충격으로 깰 터였다.

기차는 속도를 높이고 있었다. 런던에서 리버풀까지는 멈춰 있는지 달리는지조차 분간이 안 가더니, 시골지역은 제법 속도를 내며 지나가고 있었다. 그의 불편함을 완벽하게 만들어주려는 셈인지 비가 내리기 시작했다. 추적추적 내리며 옷을 흠뻑 적신 차가운 가랑비는 피부에 닿자 얼음으로 변하는 것 같았다. 기차에서 내려야 할 또하나의 이유. 글래스고에 도착하기도 전에 체온 저하로 죽을 것 같았다.

고속 질주가 이어진 삼십 분이 지나자, 그는 기관사와 화부를 죽이고 직접 기차를 세워야겠다는 생각을 하게 되었다. 신호소가 그들의 목숨을 살렸다. 브레이크라도 걸었는지 기차가 갑자기 속도를 낮췄다. 그리고 차츰차츰 더 속도를 줄여나갔다. 페이버는 철로에 하향 제한속도가 표시되어 있을 거라 짐작하며 바깥쪽을 살폈다. 기차는 다시 시골지역에 들어와 있었다. 그리고 속도를 줄인 이유가 보였다. 교차로가 가까워지면서 신호기들이 정지신호를 보내고 있었던 것이다.

기차가 가만히 서 있는 동안 페이버는 탄수차에 머물렀다. 오 분 후 기차가 다시 움직이기 시작했다. 페이버는 탄수차 측면으로 재빨리 움직여 가장자리에 잠시 웅크리고 있다가 뛰어내렸다.

둑 위로 떨어진 그는 웃자란 잡초 사이에 얼굴을 묻고 엎드렸다. 기차 소리가 더는 들리지 않자 자리에서 일어났다. 근처에 보이는 문명의 흔적이라곤 신호소가 유일했다. 위층 통제실에 큼지막한 창문들이 보이는 2층짜리 목조 구조물로, 밖으로 계단이 나 있고 1층에 입구가 보였다. 저멀리 석탄재와 토사를 섞어 포장한 경주용 트랙이 있었다.

페이버는 창문이 없는 뒤쪽에서 접근하기 위해 한참 멀리 돌아갔다. 1층 입구로 들어가니 기대했던 것들이 있었다. 화장실과 세면대. 못에 걸린 코트 한 벌은 덤이었다.

그는 흠뻑 젖은 옷을 벗고 손과 얼굴을 씻은 후 더러운 타월로 온몸을 열심히 닦았다. 네거티브필름이 든 작은 원통은 여전히 가슴에 단단히 테이프로 고정되어 있었다. 그는 다시 옷가지를 챙겨 입었다. 젖은 재킷은 신호수의 오버코트로 대체했다.

이제 필요한 것은 교통수단이었다. 무엇이 되었든 신호수가 여기까지 오는 수단이 있을 것이다. 밖으로 나가보니 신호소 맞은편 난간에 자물쇠로 채워둔 자전거가 있었다. 그는 스틸레토 날로 조그만 자물쇠를 찰칵 열었다. 그런 다음 신호소의 텅 빈 뒷벽을 등진 채 자전거를 끌고 곧장 나아갔다. 건물에서 그의 모습이 보이지 않을 때까지. 길을 가로질러 경주용 트랙에 이른 그는 자전거에 올라타 페달을 밟으며 사라져갔다.

16

퍼시벌 고들리먼은 집에서 작은 간이침대를 하나 가져왔다. 사무실에 바지와 셔츠 차림으로 누워 헛되이 잠을 청하는 중이었다. 대학 시절 기말고사 때 고생한 뒤로 근 사십 년 동안 불면증이라곤 없었다. 지금 자신을 잠 못 들게 하는 걱정들과 당시의 불안감을 바꾸겠느냐고 하면 그는 기꺼이 그럴 것이었다.

스스로도 알다시피, 그때의 그는 지금의 그와 같지 않았다. 젊었을 뿐만 아니라 굉장히 덜…… 사색적이었다. 외향적이고 공격적이고 야심찬 젊은이였다. 정계로 뛰어들 계획도 있었다. 그때는 학구적이지도 않았다. 시험 기간에 골머리가 아팠던 것은 그 때문이었다.

당시 그의 영 어울리지 않는 두 가지 관심사는 토론과 사교춤이었다. 그는 옥스퍼드 유니언에 나가 탁월한 토론 실력을 선보이는가 하면, 사교계 여성들과 함께 왈츠를 추는 사진이 『태틀러』지에 실리기도 했다. 이성과의 화끈한 밤을 즐기는 유형은 아니었다. 그는 섹스를 한다면 사랑하는 여자와 하고 싶었다. 고매한 원칙에 대한 신념이 있었다기보다는 그냥 사고방식이 그랬다.

그래서 엘리너를 만나기 전까지 그는 동정이었다. 그녀는 사교계 여성이 아니라 우아하고 따뜻하고 똑똑한 수학과 졸업생이었고, 탄광 노동자로 사십 년 동안 일한 아버지가 폐병으로 죽어가고 있었다. 그는 그녀를 가족에게 소개했다. 그의 아버지는 주지사였고 집은 그녀의 눈에 대저택처럼 보였지만, 엘리너는 자연스럽고 매력적으로 행동했으며 조금도 주눅들지 않았다. 퍼시의 어머니가 한순간 망신스럽게 거들먹거릴 때도 그녀는 가차없는 위트로 받아쳤고, 그래서 그는 그녀를 더욱더 사랑하게 되었다.

석사학위를 딴 그는 1차세계대전이 끝나자 사립학교에서 교편을 잡았고 보궐선거에 세 번 나갔다. 아이를 가질 수 없다는 사실을 알게 되었을 때 둘은 실망이 컸지만 서로를 너무나 사랑했기에 행복했다. 그녀의 죽음은 고들리먼의 인생에 다시없을 충격적인 비극이었다. 그는 현실세계에 관심을 끊고 중세로 숨어들었다.

사별이라는 공통점은 그와 블로그스를 이어주었다. 그리고 전쟁은 그를 현실로 되돌려놓았다. 그를 뛰어난 웅변가와 교사로 만들어준 저돌적이고 공격적이고 열정적인 성격과 자유당에 대한 희망이 마음속에서 되살아났다. 블로그스의 인생에도 비탄과 자기반성에서 그를 구원해줄 뭔가가 생겨나기를 간절히 바랐다.

그런 생각을 하고 있을 때 블로그스가 리버풀에서 전화를 걸어왔다. 그리고 바늘이 수사망을 빠져나갔으며 파킨이 살해당했다고 알렸다.

간이침대 끄트머리에 앉아 전화를 받던 고들리먼은 눈을 감았다. "기차에 자네를 태웠어야 하는 건데……"

"고마운 얘기군요!" 블로그스가 말했다.

"그자는 자네 얼굴을 모르니까 하는 말이야."

"알 수도 있다는 생각이 듭니다." 블로그스가 말했다. "함정을 눈치챈 것 같은데, 그자가 기차에서 내렸을 때 봤을 얼굴은 저뿐이거든요."

"하지만 자네를 어디서―아, 레스터 광장이었겠군."

"어떻게 그랬을까요? 그때는…… 아무래도 우리가 그자를 과소평가했나봅니다."

고들리먼이 성마르게 물었다. "페리는 감시하고 있겠지?"

"네."

"물론 타지는 않을 거야. 분명해. 그보다는 작은 배를 훔치겠지. 아니면 지금도 인버네스를 향하고 있을지도 모르고."

"그쪽 경찰에도 연락해두었습니다."

"잘했어. 그렇지만 그의 목적지를 단정지을 수는 없을 것 같군. 모든 가능성을 열어두도록 하자고."

"네."

고들리먼은 자리에서 일어나 수화기를 들고 카펫 위에서 서성거렸다. "그리고 기차 반대편으로 뛰어내린 사람이 그자라고 단정해서도 안돼. 그전에, 아니면 리버풀을 지나서 내렸을 가능성도 고려하도록." 고들리먼의 머리는 순서와 가능성을 분류하며 재가동되고 있었다. "총경과 통화하고 싶은데."

"여기 있습니다."

잠시 뒤 수화기 너머에서 새로운 목소리가 들려왔다. "앤서니 총경입니다."

고들리먼이 말했다. "우리가 쫓는 자가 총경의 관할구역 어딘가에서 기차를 내렸을 거라는 데는 동의합니까?"

"그런 것 같습니다. 네."

"좋습니다. 이제 그자에게 최우선으로 필요한 것은 교통수단입니다.

그러니 총경은 앞으로 24시간 동안 리버풀 반경 160킬로미터 이내에서 발생하는 관련 도난사건을 철저히 조사해주십시오. 자동차, 배, 자전거, 하다못해 당나귀에 관한 정보라도 놓쳐서는 안 됩니다. 내게 계속 연락을 주되, 단서를 찾는 대로 블로그스와 정보를 공유하고 긴밀한 공조수사를 펼치기를 부탁합니다."

"네, 알겠습니다."

"도망자가 저지를지 모르는 다른 범죄도 주시하십시오. 음식이나 의복 절도, 수상한 폭력, 신분증 도용 등등."

"네."

"총경, 이제 이자가 단순한 살인자가 아니라는 점은 알겠습니까?"

"개입된 관련자를 봐서는 그렇습니다만, 자세한 사항은 모릅니다."

"국가 안전이 걸린 일입니다. 수상께서 매시간 보고를 받고 있고."

"그렇군요…… 블로그스 씨가 할말이 있답니다."

블로그스가 수화기를 넘겨받았다. "어떻게 그자의 얼굴을 알게 됐는지는 기억났습니까? 지난번 얘기론—"

"기억났어. 예상했던 대로 별 도움이 안 돼. 캔터베리대성당에서 우연히 마주쳤어. 건축에 대해 대화를 나누었지. 그걸로 알 수 있는 사실은 그가 영리하다는 것뿐이야. 꽤 통찰력 있는 언급을 했던 기억이 나거든."

"영리한 놈이라는 건 다 아는 사실이죠."

"말하지 않았나, 별 도움이 안 된다고."

리버풀 억양을 신경써서 부드럽게 구사하는 중산층으로 강직한 성격의 앤서니 총경은 MI5가 이런 식으로 명령을 내리는 것에 화를 내야 할지, 아니면 자기 관할지역에서 영국을 구할 기회를 얻었으니 전율해야 할지 판단을 내리지 못하고 있었다.

블로그스는 그의 갈등을 알아차렸다. 전에 지방 경찰조직과 공조수사를 펼치면서 진작 경험한 문제였다. 그는 자기 쪽으로 유리하게 형세를 일변하는 방법을 알고 있었다. 그가 말했다. "협조해주셔서 대단히 감사합니다, 총경님. 화이트홀에서도 이 같은 사안은 그냥 모르는 체 넘어가지 않을 겁니다."

"우리야 의무를 다할 뿐입니다……" 앤서니는 블로그스에게 경칭을 써야 할지 말아야 할지 망설였다.

"그렇지만 마지못해 협조하는 것과 적극적으로 도움을 주는 것은 확연히 다르니까요."

"그거야 그렇지요. 한두 시간이면 우리 쪽에서 그자의 냄새를 맡게 될 겁니다. 그동안 눈 좀 붙이겠습니까?"

"그래야겠습니다." 블로그스가 감사히 말했다. "아무데나 구석진 자리에 의자를 하나 내주시면……"

"여기 내 사무실에 그냥 있으십시오." 앤서니가 말했다. "나는 작전실에 내려가 있겠습니다. 소식이 있는 즉시 깨울 테니 편히 쉬십시오."

앤서니 총경이 사무실을 나가자 블로그스는 안락의자로 가서 기대앉았다. 눈을 감자마자 눈꺼풀 안쪽에 영화가 투사되는 것처럼 고들리먼의 얼굴이 떠올랐다. "사별의 슬픔에도 끝이 있어야 해…… 자네는 나 같은 실수를 하지 않았으면 하는 거야……" 문득 자신은 전쟁이 끝나기를 원치 않는다는 생각이 들었다. 전쟁이 끝나면, 고들리먼이 제기한 문제들에 직면해야 될 터였다. 전쟁은 삶을 단순하게 만들어주었다. 그는 자신이 왜 적을 증오하는지, 그렇기 때문에 무엇을 해야 하는지 알았다. 그러나 전쟁이 끝나고 나면…… 그렇다고 다른 여자를 마음에 둔다는 것은 있을 수 없는 일이었다.

그는 하품하며 의자를 파고들었다. 졸음이 밀려오기 시작하자 사고가 흐려지고 있었다. 만약 크리스틴이 전쟁 전에 죽었다면 그도 재혼에 관해 다르게 생각했을 것이다. 그는 물론 언제나 그녀를 좋아하고 존중했다. 그러나 그녀가 앰뷸런스 일을 하면서부터 존중은 경이로운 선망이 되었고 좋아하는 마음은 깊은 사랑으로 변했다. 그때 두 사람 사이에는 뭔가 특별한 것이 있었다. 다른 연인들은 공유하지 못하는 무언가가. 일 년이 넘게 지난 지금, 존중하고 좋아할 수 있는 여자를 찾는 일은 쉬울지도 모른다. 그러나 블로그스는 알고 있었다. 이제 그것만으로는 안 된다는 것을. 평범한 결혼, 평범한 여자는 평범한 남자였던 그의 옆에 가장 비범한 여자가 있었다는 사실을 끊임없이 상기시키리라는 것을.

그는 생각을 쫓아버리고 잠을 청하기 위해 몸을 뒤척였다. "영국에는 영웅이 많아." 고들리먼은 그렇게 말했다. 그런데 만약 바늘이 빠져나갔다면……

그래, 일단 중요한 일부터 처리하는 거야……

누군가 그를 흔들었다. 깊은 잠에 빠져 꿈을 꾸던 중이었다. 꿈속에서 그는 바늘과 함께 어느 방에 있었다. 그러나 스틸레토에 찔려 눈이 멀어버려서 바늘을 구별해낼 수 없었다. 잠에서 깼는데도 여전히 눈이 먼 것 같았다. 그를 흔들어 깨우는 사람이 보이지 않았다. 가만 보니 눈을 감고 있는 탓이었다. 눈을 뜨자, 머리 위로 앤서니 총경의 큰 덩치가 보였다.

블로그스는 똑바로 몸을 일으키며 눈을 비볐다. "무슨 소식이라도 있습니까?"

"많은 소식이 있습니다." 앤서니가 말했다. "문제는, 어느 것이 중요한가입니다. 우선 아침을 들지요." 그는 책상에 차 한 잔과 비스킷 하나를 올려놓고 책상 반대편 자기 의자로 가서 앉았다.

블로그스는 안락의자에서 몸을 일으켜 딱딱한 의자 하나를 책상으로 끌어다 붙였다. 그리고 차를 한 모금 마셨다. 연하고 몹시 달았다. "어디 볼까요?" 그가 말했다.

앤서니는 그에게 대여섯 장쯤 되는 종이 다발을 건넸다.

블로그스가 말했다. "관할구역에서 발생한 범죄가 이것뿐이라는 얘기는—"

"당연히 아니죠." 앤서니가 말했다. "술주정, 가정불화, 등화관제 위반, 교통신호 위반, 혹은 범인이 체포된 건은 제외했습니다."

"죄송합니다. 아직 잠이 덜 깨서요. 우선 읽어보겠습니다."

주거침입 절도가 세 건 있었다. 개중 두 건에서 귀중품이 도난당했다. 한 건은 보석, 한 건은 모피였다. 블로그스가 말했다. "놈은 우리에게 냄새를 흘리려는 목적으로 귀중품을 훔쳤을 수도 있습니다. 이곳들을 지도에 표시해주시겠습니까? 어쩌면 유형 같은 것이 보일지도 모릅니다." 그는 앤서니에게 종이 두 장을 건넸다. 세번째 절도사건은 막 보고가 들어와 세부사항이 없었다. 앤서니는 지도에 사건들이 발생한 위치를 표시했다.

맨체스터 식량 관리소에서 수백 개의 배급통장이 도둑맞은 사건도 있었다. 블로그스가 말했다. "그에게는 배급통장이 아니라 먹을 것이 필요합니다." 그리고 그 건은 한쪽으로 치워놓았다. 프레스턴 외곽에서 자전거 도난사건이 있었고, 비컨헤드에서는 강간이 발생한 모양이었다. "강간범과는 상관없어 보이지만 어쨌든 표시를 해두지요."

자전거 도난과 세번째 주거침입 절도는 서로 가까운 지역에서 발생했다. 블로그스가 말했다. "자전거 도난사고가 발생했다는 그 신호소 말입니다, 본선에 있습니까?"

"네, 그럴 겁니다."

"페이버가 그 기차에 숨어 있었는데 어쩌다 우리가 놓쳤다고 가정해보지요. 리버풀을 떠난 기차가 처음으로 멈추는 지점이 그 신호소 부근인가요?"

"그럴 겁니다."

"오버코트가 없어졌고 대신 젖은 재킷이 남아 있었다는군요."

앤서니가 어깨를 으쓱하며 말했다. "의미야 해석하기 나름이겠죠."

"자동차 도난사건은 없었나요?"

"없습니다. 배도 당나귀도 멀쩡합니다." 앤서니가 대답했다. "자동차 절도는 드물어요. 쉽게 잡히니까. 연료를 훔치죠, 요새는."

"리버풀에서 분명 자동차를 훔칠 거라 확신했습니다." 블로그스가 짜증스레 무릎을 툭툭 치며 말했다. "자전거는 크게 쓸모없어요, 분명히."

"어쨌든 계속 추적해봐야 한다고 생각합니다." 앤서니가 말했다. "지금으로선 최고의 단서니까."

"좋습니다. 혹시 음식이나 의복을 도난당하지 않았는지, 주거침입 절도사건도 다시 한번 확인해주십시오. 피해자들도 처음에는 알아채지 못했을 겁니다. 강간 피해자에게 페이버의 사진을 보여주는 것도 잊지 마시고요. 이후 발생하는 범죄도 계속 주시해주시기 바랍니다. 그리고 프레스턴까지 가는 교통편을 마련해주실 수 있습니까?"

"차를 대기시키겠습니다."

"세번째 주거침입 절도에 대한 세부사항은 언제쯤 알 수 있을까요?"

"지금쯤 탐문수사를 하고 있을 겁니다." 앤서니가 말했다. "신호소에 도착할 즈음 정황이 파악되겠죠."

"채근 부탁드립니다." 블로그스가 코트를 집어들었다. "도착하는 대로 연락하겠습니다."

"여보세요? 블로그스입니다. 신호소에 도착했습니다."

"거기서 시간낭비할 필요가 없습니다. 세번째 절도사건의 범인이 바로 그자였어요."

"확실합니까?"

"스틸레토로 사람을 위협하며 돌아다니는 놈이 둘 있는 게 아니라면."

"당한 사람은요?"

"조그만 오두막에 단둘이 사는 노파들입니다."

"이런! 죽었습니까?"

"아뇨. 흥분을 못 이겨 죽지 않았다면요."

"네?"

"가보면 압니다."

"지금 출발하겠습니다."

그곳은 노파 단둘이 살 법한 종류의 오두막이었다. 작고 네모지고 오래되었으며, 문 주위에는 수천 번 버린 차 찌끼에서 영양분을 얻은 들장미 덩굴이 자라 있었다. 울타리를 손질까지 한 조그만 앞마당에는 줄 맞춰 심은 채소가 가지런히 싹을 틔우고 있었다. 납틀 창문으로 꽃분홍색 커튼이 보였고 대문은 삐걱거렸다. 아마추어가 공들여 페인트칠한 현관에는 편자로 만든 노커가 달려 있었다.

블로그스가 문을 두드리자 엽총을 든 팔십대 노파가 나왔다.

"안녕하세요, 경찰입니다."

"거짓말 마!" 노파가 말했다. "경찰은 이미 다녀갔어. 썩 꺼지지 않으면 머리통을 날려버릴 테다."

블로그스는 그녀를 자세히 살폈다. 150센티미터도 안 되는 키에 숱 많은 백발을 틀어올렸고 얼굴은 핏기 없이 쪼글쪼글했다. 손은 성냥개비처럼 가늘었지만 엽총만큼은 단단히 잡고 있었다. 앞치마 주머니에는 빨래집게가 한가득했다. 블로그스는 그녀의 발을 내려다보았다. 작업용 남자 장화를 신고 있었다. 그가 말했다. "오늘 아침 경찰은 여기 분들이고요. 저는 런던 경찰청에서 나왔습니다."

"그 말을 어떻게 믿어?"

블로그스는 돌아서서 경찰차로 자기를 이곳까지 데려다준 순경을 불렀다. 그가 차에서 내려 현관으로 왔다. 블로그스가 노파에게 말했다. "저 제복을 보면 믿으시겠죠?"

"좋아." 노파는 말하며 문 옆으로 비켜섰다.

집안으로 들어가니 바닥에는 타일이 깔려 있었고 천장은 낮았다. 둔중하고 낡은 가구가 빼곡했으며 표면이란 표면마다 자기와 유리 장식품이 놓여 있었다. 벽난로에서는 조그만 석탄불이 타고 있었다. 라벤더와 고양이 냄새가 났다.

또다른 노파가 의자에서 일어섰다. 첫번째 노파와 비슷했는데, 다만 몸집이 두 배였다. 노파가 자리에서 일어설 때 고양이 두 마리가 무릎에서 미끄러져내렸다. 그녀가 말했다. "안녕하신가, 에마 패트런이라고 하네. 저애는 동생 제시. 엽총은 신경쓰지 마. 하느님이 보우하사, 장전이 안 되어 있으니까. 제시는 워낙에 드라마를 좋아해. 앉을 텐가? 경찰을 하기엔 아주 젊어 보이는구먼. 런던 경찰청 같은 곳에서 우리집에 도둑이 들었다고 관심을 다 가져주다니 이런 놀라울 데가 있나. 오늘 아침 런던에서 오셨나? 이 청년에게 차 한 잔 드려, 제시."

블로그스는 자리를 잡고 앉았다. "만약 그 도둑이 저희가 생각하는 자가 맞다면, 그는 도망자입니다."

"내가 말했지!" 제시가 말했다. "갈 뻔했다니까, 잔인하게 살해당할 뻔했어!"

"바보 같은 소리 좀 그만해." 에마는 그렇게 말하고 블로그스를 보았다. "그 사람, 아주 친절했어."

"무슨 일이 있었는지 말해주십시오."

"난 뒤뜰로 나가고 없었어. 닭들이 알을 낳았나 싶어 닭장에 갔거든. 제시는 부엌에—"

"간 떨어지는 줄 알았다니까." 제시가 중간에 끼어들었다. "총을 가지러 갈 새도 없었고."

"넌 카우보이 영화를 너무 많이 봐."

"언니가 보는 사랑 영화보다는 낫잖아. 그놈의 눈물, 콧물에 키스는 또 어떻고—"

블로그스는 지갑에서 페이버의 사진을 꺼냈다. "이자였습니까?"

제시는 사진을 주의깊게 들여다보았다. "맞네, 이 사람!"

"대단하네!" 에마가 감탄했다.

"대단했으면 지금쯤 벌써 잡았겠죠." 블로그스가 말했다. "그자가 어쩌던가요?"

제시가 말했다. "내 목에 칼을 겨누고 말했어. '허튼짓했다간 배를 갈라버리겠어.' 진심이었을 거야."

"제시, 나한테는 '시키는 대로 하면 해치지 않겠습니다'라고 했다며."

"그게 그거지 뭐!"

블로그스가 말했다. "그자가 뭘 원하던가요?"

"음식, 목욕, 마른 옷, 그리고 자동차. 물론 달걀을 줬지. 제시의 죽은 남편이 입던 옷도 찾아주었고. 노먼이라고—"

"어떤 옷이었는지 기억하십니까?"

"그럼. 파란색 동키재킷, 파란색 작업복, 체크무늬 셔츠. 불쌍한 노먼의 차도 가져갔어. 이제 어떻게 영화를 보러 간담. 그게 우리의 유일한 비행이거든, 영화 말이야."

"어디 거죠?"

"모리스. 노먼이 1924년 구입한 거야. 그간 잘 썼지."

제시가 말했다. "그런데 뜨거운 물로 목욕은 안 했어!"

"내가 그랬거든." 에마가 말했다. "여자 둘만 사는 집에 들어와 남자가 부엌에서 목욕하는 건 좀 남세스러운 일이라고."

제시가 말했다. "속옷 차림의 남자를 보느니 차라리 목이 잘리는 게 낫다는 거야?"

블로그스가 말했다. "그랬더니 뭐라던가요?"

"웃음을 터뜨렸어." 에마가 말했다. "하지만 우리 입장을 이해하는 것 같았지."

블로그스는 슬며시 미소가 나왔다. "아주 용감하신 분들 같습니다."

"그런 거 난 몰라."

"그러니까 그자는 작업복에 파란색 재킷을 걸치고, 1924년형 모리스를 타고 여기를 떠났다는 말씀이네요. 몇시쯤이었죠?"

"아홉시 반쯤."

블로그스는 무의식중에 붉은색 얼룩무늬 고양이를 쓰다듬고 있었다. 고양이는 눈을 깜빡이며 가르랑거렸다. "연료는 많이 남아 있었습니까?"

"몇 리터 정도? 그런데 우리 배급표를 가져갔어."

"할머님들이 연료 배급표는 어떻게?"

"농사용이지." 에마가 얼굴을 붉히며 변명하듯 말했다.

제시가 코웃음 쳤다. "게다가 외따로 살고 늙기까지 했으니, 당연히 자격이 있어."

"영화 보러 갈 때마다 곡물상에도 들러." 에마가 덧붙여 말했다. "연료를 낭비하지는 않지."

블로그스는 미소지으며 손을 들었다. "알겠습니다. 걱정 마세요. 배급은 제 소관이 아니니까요. 차는 속도를 얼마나 낼 수 있죠?"

에마가 말했다. "우린 시속 50킬로미터를 넘어본 적이 없어서."

블로그스가 자기 시계를 봤다. "그 속도로 달렸다 해도 지금쯤이면 120킬로미터는 갔겠군요." 그는 자리에서 일어섰다. "리버풀에 전화로 보고를 해야겠습니다. 전화는 없으시죠?"

"없어."

"모리스 무슨 종류였죠?"

"카울리. 노먼은 '황소 코'라고 불렀지."

"색상은요?"

"회색."

"등록번호는요?"

"MLN 29."

블로그스는 모든 내용을 받아적었다.

에마가 말했다. "차를 되찾을 수 있을까?"

"그럴 겁니다. 하지만 상태가 좋지는 않겠죠. 훔친 차는 험하게 몰기 십상이거든요." 그는 문가로 향했다.

"꼭 잡아." 에마가 큰 소리로 말했다.

제시가 그를 배웅하러 나왔다. 그동안에도 엽총은 손에 꼭 쥐고 있었다. 그녀가 블로그스의 옷소매를 잡고 연극 무대에서 속삭이듯 말했다. "말해봐, 뭐야? 무슨 짓을 저질렀어? 탈옥수인가? 살인자? 강간범?"

블로그스는 그녀를 내려다보았다. 초록색 눈동자가 반짝반짝 빛나고 있었다. 그는 고개를 숙여 그녀의 귓가에 대고 나지막이 말했다. "아무에게도 말씀하시면 안 돼요. 사실 그자는 독일 스파이예요."

그녀는 재미있어하며 쿡쿡 웃었다. 그리고 생각했다. 이 청년도 내가
본 영화들깨나 봤나보군.

17

페이버는 사크 다리를 건너, 정오가 조금 넘은 시각 스코틀랜드에 들어섰다. 그는 사크 통행료 징수소를 지나갔다. 스코틀랜드 최초의 집이라는 표지판과 결혼에 관한 전설 같은 것이 적힌 안내판이 걸린 낮은 건물이었다. 안내판의 내용은 읽을 수 없었지만 400미터쯤 더 가서 그레트나라는 마을에 들어서자 알게 되었다. 그곳은 사랑의 도피자들이 결혼식을 올리러 오는 장소였다.*

오전에 내린 비로 도로는 아직 축축했지만 햇살이 내리쬐고 있어 빠르게 마르는 중이었다. 공습경보가 뜸해지자 다시 표지판이 세워지고 간판이 내걸리고 있었다. 페이버는 저지대의 작은 마을들을 내달렸다. 커크패트릭, 커틀브리지, 에클페칸. 탁 트인 시골을 달리자니 기분이 괜찮았다. 초록색 황무지가 햇빛을 받아 반짝였다.

칼라일에서 차를 세우고 급유도 해둔 터였다. 연료탱크는 물론 오른

---

* 스코틀랜드 법은 남녀가 증인들 앞에서 혼인 의사를 밝히기만 하면 결혼을 허용했다.

쪽 발판에 고정된 여분의 통도 가득 채웠다. 주유원은 기름기 묻은 앞치마를 두른 중년 여자였는데 곤란한 질문은 일절 하지 않았다.

페이버는 작은 2인승 자동차가 아주 마음에 들었다. 연식은 오래되었지만 아직도 시속 80킬로미터로 거뜬히 달렸다. 스코틀랜드 언덕을 오르내릴 때마다 4기통 1548시시 사이드 밸브 엔진은 지칠 줄 모르고 부드럽게 작동했다. 가죽시트도 편안했다. 길 잃은 양 한 마리가 다가와 그는 전구 모양 경적을 울렸다.

그는 시장이 서는 작은 마을인 로커비를 거쳐 풍광 좋은 존스톤 다리를 통해 애넌 강을 건넜다. 그리고 비톡 서밋으로 이어지는 오르막길을 탔다. 어느덧 3단 기어의 사용이 점점 잦아지고 있었다.

애버딘까지 에든버러와 해안도로를 경유하는 최단 루트는 이용하지 않기로 결심한 터였다. 스코틀랜드 동쪽 해안 대부분과 포스만 양편은 제한구역이었다. 방문객은 반경 16킬로미터 지점부터 출입이 금지되었다. 물론 당국이 그렇게 방대한 지역을 일일이 감시할 수는 없겠지만 보안구역 밖에 머무르는 동안은 검문을 피하는 편이 나았다.

결국—당장은 아니더라도—들어가긴 해야 해서 만약 검문을 당할 경우 뭐라고 대답할지 머리를 굴려보았다. 즐거움을 위한 사적인 자동차 운행은 점점 더 엄격해지는 연료 배급제 때문에 지난 이 년 동안 사실상 중단된 것이나 다름없었다. 생계를 위해 차가 필요한 사람도 반드시 이용해야 하는 루트에서 개인적인 이유로 몇 미터만 벗어났다간 기소 조치를 당했다. 페이버는 유명한 극장 기획자가 배우들을 극장에서 사보이 호텔까지 태워다주려고 농업용으로 제공된 연료를 이용한 죄목으로 투옥되었다는 기사도 본 적 있었다. 사람들은 랭커스터 폭격기가 독일 루르까지 가려면 7500리터의 연료가 필요하다는 프로파간다를 끝도 없이 들었다. 페이버의 기분이 한껏 좋았던 것은, 원래라면 그의 조국을 폭파하는 데 사용되었을 연료를 자기가 낭비하고 있다는 사실 때문이었다. 그러나 지금 검문을 당해 가슴에 일급기밀을 테이프로 붙인 채 배급제 위반으로 체포되는 어처구니없는 일을 겪을 수는 없었다.

어려운 문제였다. 차량 대부분이 군용이지만 그에게는 군 관련 서류가 없었다. 차에는 배달할 물건이 하나도 실려 있지 않아 보급품을 배달한다는 핑계도 댈 수 없었다. 그는 얼굴을 찌푸렸다. 이런 때 장거리 이동을 하는 사람이 누가 있을까? 휴가 나온 선원, 관료, 흔치 않은 행락객, 숙련공…… 옳거니. 엔지니어라고 하면 되겠다. 고온의 변속기 오일 같은 다소 난해한 분야의 전문가인데, 인버네스에 있는 공장에 제조상 문제가 발생했다는 전갈을 받고 해결하러 가는 길이라고 둘러대면 될 것이다. 공장 이름을 물으면 기밀이라고 대답할 것이다(가상의 목적지는 진짜 공장에서 멀리 떨어진 곳이어야 했다. 그래야 그런 공장은 없다며 반문해올 사람이 없을 테니). 그런데 자문 엔지니어도 노파 자매의 집에서 훔친 이런 작업복을 입고 다닐까? 하긴 전시에 가능하지 않은 일이 무엇이랴.

핑곗거리를 찾고 나니 어떤 불심검문을 당해도 걱정 없을 듯한 기분이었다. 그러나 정확히 헨리 페이버, 도망치는 독일 스파이를 찾는 누군가에게 검문당할 경우 발생할 위험은 또다른 문제였다. 그들에게는 그 사진이 있었다.

그들은 그의 얼굴을 알고 있었다, 그의 얼굴을!

그리고 곧이어 그들은 그가 몰고 있는 차량 정보도 확보할 것이다. 목적지를 추측할 방법이 없으니 도로에 바리케이드를 치지는 않겠지만, 인근 경찰이 총동원되어 등록번호 MLN 29의 회색 모리스 카울리 '황소 코'를 찾느라 혈안이 되어 있을 것이다.

광활한 시골이니만큼 발각되어도 단박에 붙잡히지는 않을 것이다.

시골 경찰은 차가 아니라 자전거를 타고 다녔다. 그러나 그들이 본부에 전화를 걸면 경찰차에 쫓기는 것은 시간문제였다. 페이버는 만일 경찰이 보이면 이 차를 버리고 다른 차를 훔쳐 계획된 루트를 벗어나기로 마음먹었다. 그러나 인적 드문 스코틀랜드 저지대에서라면 경찰의 눈에 띄지 않고 애버딘에 도착할 가능성이 충분했다. 마을에 들어서면 상황은 다를 것이다. 경찰차에 추격당할 위험성이 매우 컸고 빠져나갈 가능성은 희박했다. 그의 차는 오래되어 상대적으로 느렸고, 경찰은 보통 운전 실력이 좋았다. 최선의 방법은 차에서 내려 인파 속에 몸을 감추거나 뒷골목으로 피하는 것이다. 그는 마을을 지나가야 할 때마다 타고 있는 차를 버리고 다른 차를 훔칠까 진지하게 생각해보았다. 그렇게 되면 반경 2킬로미터 안에 MI5에게 추적당할 흔적을 남길 거라는 문제가 있었다. 최고의 해결책은 절충안일지도 몰랐다. 마을로 차를 몰고 들어가되 뒷골목만 이용하는 것. 그는 자기 시계를 봤다. 해질 무렵 글래스고에 도착할 것이다. 거기서부터는 어둠의 힘을 빌릴 수 있으리라.

아주 만족스러운 해결책은 아니었지만 스파이의 삶을 포기하지 않고서야 완벽하게 안전해지는 길이란 없었다.

해발 300여 미터 높이의 비록 서밋에 오르자 비가 내리기 시작했다. 페이버는 차를 세운 다음 내려서 캔버스 지붕을 씌웠다. 공기가 후텁지근했다. 페이버는 하늘을 올려다보았다. 순식간에 구름이 몰려와 있었다. 머지않아 천둥과 번개가 찾아올 것이다.

계속 가다보니 그 소형차의 결점이 몇 가지 나타났다. 캔버스 지붕 여기저기 뚫린 구멍으로 비바람이 새어들어왔고, 조그만 와이퍼는 앞유리의 위쪽 절반만 닦아 전방의 도로 시야가 딱 터널에 있을 때와 같았다. 언덕이 많은 지형에 들어서자 엔진 소리가 거칠어지기 시작했다. 놀랄 일도 아니었다. 이십 년 된 차를 몰아붙이고 있었으니.

소나기는 지나갔다. 위협적인 폭풍은 오지 않았다. 그러나 하늘은 여전히 어두웠고 불길한 전조를 품고 있었다.

페이버는 초목이 우거진 언덕에 자리한 크로퍼드를 지나쳐갔다. 클라이드강 서쪽 제방에 교회와 우체국이 있는 어빙턴과 히스가 우거진 황무지 가장자리에 위치한 레스마하고도 지났다.

삼십 분 후 그는 글래스고 외곽에 도착했다. 시가지에 들어서자마자 간선도로를 벗어나 북쪽으로 향했다. 도시를 피해갈 요량이었다. 그는 도시의 동쪽 측면으로 이어지는 주요 동맥들을 가로지르며 작은 도로를 따라갔다. 그리고 컴버놀드 로드에 도착하자 다시 동쪽으로 방향을 틀어 도시를 피해 내달렸다.

예상보다 시간이 많이 걸리지 않았다. 행운의 여신은 아직 그의 편이었다.

그는 A80 도로를 달리며 공장과 광산과 농장을 스쳐지났다. 스코틀랜드의 향취가 묻어나는 지명들이 그의 의식 속을 드나들었다. 밀러스턴, 스텝스, 뮤어헤드, 몰린번, 콘도랏.

행운이 바닥난 것은 컴버놀드와 스털링 사이에서였다.

그는 곧게 뻗은 도로를 달리며 속도를 높이고 있었다. 양쪽이 탁 트이고 살짝 내리막인 길이었다. 속도계 바늘이 45를 가리키자 별안간 엔진에서 요란한 소리가 들렸다. 커다란 체인이 톱니바퀴를 물고 당길 때처럼 무겁게 철거덕거리는 소리였다. 속도를 30으로 줄여봤지만 소음은 잦아들지 않았다. 어떤 크고 중요한 부품에 오작동이 생긴 것이 분명했다. 페이버는 소리를 집중해 들어보았다. 볼베어링이 삐걱거리고 있거나 빅 엔드에 구멍이 생긴 듯했다. 카뷰레터가 막히거나 점화플러그가 더러워진 정도의 단순한 문제가 아니었다. 정비소로 가야 할 고장이었다.

그는 길가에 차를 대고 보닛을 열었다. 사방에 오일이 튀어 있었지만 문제의 원인을 찾아낼 수 없었다. 그는 다시 운전석에 올라 시동을 걸었다. 동력이 많이 떨어졌지만 그래도 아직 움직이기는 했다.

5킬로미터쯤 가자 라디에이터에서 증기가 피어오르기 시작했다. 페이버는 차가 곧 완전히 멈추리라는 것을 직감했다. 차를 버릴 장소를 물색하던 중, 간선도로에서 갈라져 어느 농장으로 이어지는 듯한 진창길을 발견했다. 1킬로미터쯤 들어가자 길은 블랙베리 덤불 뒤로 굽어 있었다. 페이버는 덤불 근처에 차를 세우고 엔진을 껐다. 쉭쉭거리는 증기 소리도 차츰 잦아들었다. 그는 차에서 내려 문을 잠갔다. 에마와 제시에게는 유감스러운 일이었다. 전쟁이 끝나기 전에는 수리를 받기가 매우 힘들 것이다.

그는 간선도로로 돌아갔다. 그곳에서는 차가 보이지 않았다. 버려진 차량이 의혹을 불러일으키려면 하루, 길면 이틀 정도는 걸리겠지, 그때 쯤이면 나는 베를린에 있을 것이다, 페이버는 생각했다.

그는 걷기 시작했다. 조만간 또다른 차량을 훔칠 수 있는 마을이 나올 것이다. 그는 충분히 잘해나가고 있었다. 런던을 떠난 지 24시간도 되지 않았고, 유보트가 내일 오후 여섯시 접선장소에 나타나기까지 꼬박 하루가 남아 있었다.

해가 진 지 오래, 이제 사방에 어둠이 갑작스레 내려앉았다. 앞을 내다볼 수 없는 지경이었다. 다행히 도로 한가운데 흰 페인트선이 칠해져—등화관제 때문에 안전성 확보 대책 마련이 필수적이었다—페이버는 그걸 따라갈 수 있었다. 밤은 고요했으므로 다가오는 차 소리도 늦지 않게 들을 것이다.

사실 그를 지나쳐간 차는 한 대뿐이었다. 멀리서 포효하는 듯한 엔진 소리가 들리자 그는 도로에서 몇 미터 벗어난 곳에 누워 몸을 숨기고 차가 지나가기를 기다렸다. 차체가 큰 복스홀 밴 같았는데 고속 주행중이었다. 차가 사라지고 그는 일어나 다시 걸음을 재촉했다. 이십 분 후, 길가에 서 있는 그 차를 다시 보게 되었다. 제때 발견했다면 들판을 가로질러 돌아갔을 테지만, 엔진도 등도 꺼져 있어 하마터면 차에 부딪힐 뻔했다.

어떻게 해야 할지 생각도 하기 전에 보닛 아래서 누군가 손전등을 비추며 말했다. "거기 누구 있습니까?"

페이버는 빛줄기 속으로 들어가며 물었다. "무슨 문제라도 있습니까?"

"그런 것 같군요."

손전등이 내려갔고 보닛 곁으로 다가간 페이버는 반사된 불빛에 더블브레스트 코트 차림의 콧수염 난 중년 남자의 얼굴을 보았다. 한 손에 큼지막한 렌치를 다소 어정쩡하게 들고 있었는데, 무엇을 어떻게 해야 할지 모르는 눈치였다.

페이버가 엔진을 들여다보았다. "뭐가 잘못된 겁니까?"

"파워가 나가서." 남자가 강한 스코틀랜드 억양으로 말했다. "아무 문제 없었는데 어느 순간 털털거리기 시작하더군요. 기계는 잘 알지도 못하는데 큰일입니다." 그는 다시 한번 페이버에게 손전등을 비추며 희망 섞인 목소리로 물었다. "선생은 좀 아십니까?"

"그렇지는 않습니다만, 리드선 연결이 불량인 것은 알겠군요." 페이버는 남자에게서 손전등을 받아들고 엔진 쪽으로 허리를 숙여 위치를 벗어난 리드선을 실린더헤드에 다시 꽂았다. "다시 한번 해보시죠."

남자가 차에 올라타 시동을 걸었다. 그는 엔진 소리 너머로 외쳤다. "완벽해! 당신 천재요! 타요."

이 상황이 MI5의 정교한 함정일지도 모른다는 생각이 페이버의 머릿속을 스쳐지났지만, 의심을 떨쳐버렸다. 그들이 그의 위치를 알아낼 가능성도 낮지만 만에 하나 그렇다 한들 이런 식의 여유를 부릴 리는 없었기 때문이다. 경찰 스무 명과 장갑차 두 대를 보내 그를 체포하면 그만이었다.

그는 차에 탔다.

남자는 길가에서 벗어나더니 재빨리 기어를 조작하며 속도를 높였다. 페이버는 편안히 있었다. 남자가 말했다. "통성명이나 하지요. 리처드 포터라고 합니다."

페이버는 재빨리 지갑 속에 있는 신분증을 떠올렸다. "제임스 베이커입니다."

"분명 뒤쪽에서 지나쳐왔을 텐데, 보이지 않았습니다."

태워주지 못해 미안하다는 사과였다. 연료가 부족해지면서 다들 길가는 사람을 태워주었다. "괜찮아요. 아마 도로변에 없었을 겁니다. 덤불 뒤에서 볼일을 해결하느라. 차 소리는 들었습니다."

"멀리서 오셨습니까?" 포터는 시가 한 대를 내밀었다.

"감사합니다만 담배는 피우지 않습니다." 페이버가 말했다. "네. 런던에서 오는 길입니다."

"내내 차를 얻어 타고?"

"아뇨. 차가 에든버러에서 고장났는데, 남은 부품이 없어서 정비소에 두고 오는 길입니다."

"운이 나빴군. 애버딘까지 가는 길이니 거기까지는 태워드리지."

이건 정말 행운이었다. 그는 눈을 감고 스코틀랜드 지도를 그려보았다. "정말 감사합니다." 그가 말했다. "밴프로 가는 길이니 애버딘까지 태워주시면 정말 좋죠. 다만 간선도로를 타려는 계획이었는데…… 통행증을 받지 못했거든요. 애버딘도 제한구역입니까?"

"항구는." 포터가 말했다. "하지만 내 차에 타고 있는 이상 그런 염려는 안 해도 됩니다. 나는 치안판사입니다. 공안위원회 위원이기도 하고. 됐지요?"

페이버는 어둠 속에서 미소지었다. "감사합니다. 그런데 치안판사는 전일제 업무인가요?"

포터는 시가에 불을 붙이고 연기를 내뿜었다. "딱히 그렇지는 않습니다. 짐작하시다시피 나는 은퇴한 거나 다름없어서. 심장이 약해지기 전까진 사무변호사 일을 했어요."

"그렇군요." 페이버는 애써 목소리에 일말의 동정심을 실었다.

"담배 연기 때문에 불편하신가?" 포터가 굵은 시가를 흔들며 말했다.

"아닙니다."

"밴프에는 무슨 일로?"

"엔지니어입니다. 공장에 문제가 생겨서…… 사실 기밀로 분류된 사안입니다."

포터가 손을 들어 보였다. "대답 안 해도 됩니다. 이해하니까."

잠시 침묵이 흘렀다. 차는 마을 몇 개를 지나쳐 달렸다. 등화관제 상황에서도 그렇게 차를 빨리 모는 것으로 보아 인근 도로를 꽤나 잘 아는 모양이었다. 커다란 차는 눈 깜짝할 새에 몇십 킬로미터를 내달렸다. 부드럽게 이어지는 주행이 졸음을 불러왔다. 페이버는 애써 하품을 참았다.

"아차, 피곤하겠군요." 포터가 말했다. "생각이 짧았습니다. 어려워 말고 한숨 눈을 붙여요."

"감사합니다." 페이버가 말했다. "그럼 잠깐 눈 좀 붙이겠습니다." 그리고 그는 눈을 감았다.

차의 움직임은 마치 기차의 진동 같았고, 페이버는 다시 한번 도착의

악몽을 꿨다. 단지 이번에는 내용에 약간 변화가 생겼다. 기차에서 식사를 하고 같이 탄 승객과 정치 얘기를 나누는 대신, 설명할 수 없는 어떤 이유로 탄수차를 타고 가야 했다. 그는 탄수차의 딱딱한 철제 벽면에 등을 기댄 채 무전기 슈트케이스 위에 앉아 있었다. 기차가 워털루 역에 도착했을 때 모든 사람—내리는 승객까지 포함해서—의 손에 경주팀과 찍은 페이버의 사진이 들려 있었다. 그들은 서로의 얼굴을 번갈아 보며 사진 속 얼굴인지 확인하고 있었다. 개찰구에서 집표원이 그의 어깨를 잡으며 말했다. "당신이 사진 속 이 사람이지, 그렇지?" 페이버는 아무 소리도 낼 수 없었다. 그가 할 수 있는 일이라곤 사진을 응시하며 자신이 이 우승컵을 받기 위해 얼마나 달려야 했던가 떠올리는 것뿐이었다. 그는 달렸다. 너무 일찍 체력이 고갈되어 계획보다 400미터 앞선 곳에서 막판 스퍼트를 시작한 탓에 마지막 500미터를 달리는 동안은 죽고 싶은 심정이었다. 그리고 이제 아마도 죽을 것이다. 집표원의 손에 들린 그 사진 때문에…… "일어나요, 일어나!" 집표원이 말하고 있었다. 순간 페이버는 리처드 포터의 복스홀 텐으로 되돌아왔다. 포터가 그를 깨우고 있었다.

무의식중에 그의 오른손이 스틸레토가 숨겨진 왼쪽 옷소매를 향하고 있었다. 그러던 찰나, 포터에게 제임스 베이커는 그저 차를 얻어 탄 사람일 뿐임을 기억해냈다. 페이버는 손을 내리고 긴장을 풀었다.

"꼭 군인처럼 잠을 깨는군요." 포터가 재미있다는 듯 말했다. "애버딘에 도착했습니다."

그가 '군인'을 발음하는 소리를 들으며 페이버는 포터가 치안판사이자 치안당국의 일원임을 상기했다. 이른 아침의 희미한 빛 속에 남자의 얼굴이 보였다. 불그스레한 얼굴에 콧수염은 왁스를 발라 빳빳했다. 낙타색 오버코트는 값비싸 보였다. 이 지역에서는 돈도 있고 권세도 있는 사람인 듯했다. 이런 사람이 행방불명되었다간 당장에 추격을 면치 못할 것이다. 페이버는 그를 죽이지 않기로 마음먹었다.

"그렇군요."

그는 창밖의 '화강암 도시'를 바라보았다. 차는 양편에 가게가 즐비하게 늘어선 시내 중심가를 따라 천천히 움직이고 있었다. 몇몇 노동자가 어떤 목적을 가지고 같은 방향으로 일제히 이동하고 있었다. 페이버는 어부들일 거라 짐작했다. 춥고 바람이 많은 도시 같았다.

포터가 말했다. "여행을 계속하기 전에 면도라도 하고 아침을 좀 들겠습니까? 우리집에 오겠다면 난 환영인데."

"친절한 말씀이십니다만—"

"아닙니다. 선생이 아니었다면 난 아직도 스털링에 있는 A80 도로에서 정비소 문 열 시간이나 기다리고 있었을 거요."

"호의는 감사합니다만, 가던 길을 계속 가려고요."

포터는 더 강요하지 않았다. 제안이 받아들여지지 않아 안도하는 눈치였다. "그렇다면 조지 스트리트에 내려주겠습니다. A96 도로가 시작되는 곳인데, 밴프까지 직통으로 연결되지요." 잠시 후 그는 한 모퉁이에 차를 세웠다. "다 왔습니다."

페이버는 차문을 열었다. "태워줘서 감사합니다."

"별말씀을." 포터는 손을 내밀어 악수를 청했다. "행운을 빕니다!"

페이버가 내리고 문을 닫자 차는 그곳을 떠났다. 포터 문제로 걱정할 일은 아무것도 없다고 페이버는 생각했다. 남자는 집으로 돌아가 하루 종일 잘 테고, 자기가 도망자를 도왔다는 사실을 깨달았을 즈음이면 뭘 어떻게 해보기도 너무 늦어버렸을 테니까.

복스홀이 시야에서 사라지자 그는 이름부터 조짐이 좋은 길 건너 마켓 스트리트로 들어섰다. 잠시 후 그는 부둣가에 있었고, 코가 이끄는 대로 따라가보니 어시장에 도착했다.

북적거리고 소란스럽고 냄새나는 시장 안에 있으니 익명의 존재가 된 것 같아 마음이 편했다. 거기서는 다들 페이버처럼 작업복을 입고 있었다. 싱싱한 생선 냄새가 가득하고 상스러운 대거리가 신명나게 오갔다. 페이버는 딱딱 끊어지고 후두음이 강한 그곳 억양을 알아듣기 힘들었다. 노점에서 이 빠진 머그잔에 든 뜨겁고 진한 차와 하얀 치즈가 끼워진 커다란 롤빵 하나를 샀다.

맥주통에 앉아 요기를 하며 페이버는 생각에 잠겼다. 오늘 오후에 배를 훔쳐야 했다. 하루종일 기다려야 하니 여간 짜증스러운 상황이 아닌데다 남은 열두 시간 동안 몸을 숨겨야 하는 문제도 있었다. 그러나 이제 와서 괜한 모험을 할 필요는 없었다. 훤한 대낮에 배를 훔치는 일은 땅거미가 질 무렵보다 훨씬 더 위험했다.

그는 아침식사를 마치고 일어섰다. 몇 시간 후면 아직 잠들어 있는 도시 전체가 깨어날 것이다. 어서 몸을 숨기기에 적당한 장소를 물색해야 했다.

그는 부둣가와 밀물 때만 열리는 항구 주위를 한 바퀴 돌아보았다. 경비는 형식적이었고, 검문소를 거치지 않고 빠져나갈 만한 장소도 몇 군데 눈여겨봐두었다. 모래사장 주위를 거닐다 3킬로미터 정도 산책로를 따라가보니 돈 강 어귀에 유람선 두 척이 정박해 있었다. 페이버의 목적에 딱 맞았지만 연료가 있을 리 없었다.

두꺼운 구름이 일출을 가렸다. 공기는 후텁지근했고 금세라도 천둥이 칠 것 같았다. 단단히 결심한 행락객 몇몇이 바다에 면한 호텔들에서 나왔다. 그들은 해변에 고집스레 앉아 일출을 기다렸다. 오늘은 보기 힘들 거라고 페이버는 생각했다.

해변은 몸을 피하기에 최적의 장소 같았다. 경찰은 기차역이나 버스

터미널은 점검하겠지만 도시를 전면 수색하지는 못할 것이다. 몇몇 호텔이나 게스트하우스는 점검해도 해변에 있는 사람들을 일일이 확인하지는 못할 것이다. 그는 해변에 놓인 의자에 늘어져 낮시간을 보내기로 마음먹었다.

페이버는 가판대에서 신문을 사고 의자를 빌렸다. 셔츠를 벗어 작업복 위로 덮었다. 재킷도 편하게 벗어버렸다.

만약 경찰이 출현한다 해도, 페이버가 앉은 곳에 도착하기 전에 그가 먼저 경찰을 볼 수 있었다. 해변을 떠나 거리로 사라지기까지 시간은 충분할 것이다.

그는 신문을 보기 시작했다. 연합군이 또다시 이탈리아를 공격했다는 기사가 헤드라인을 장식하고 있었다. 페이버는 회의적이었다. 안치오*만 해도 쉽지 않았다. 신문은 인쇄상태가 형편없었고 사진도 없었다. 경찰이 헨리 페이버라는 인물을 쫓고 있다는 기사가 보였다. 스틸레토로 런던에서 두 명을 살해하고……

수영복 차림의 여자 하나가 페이버를 빤히 보며 지나갔다. 순간 심장이 철렁했는데, 가만 보니 여자는 그를 유혹하는 것이었다. 한순간 그녀에게 말을 걸고 싶은 유혹이 느껴졌다. 너무 오랫동안…… 그러나 그는 마음을 다잡았다. 참아, 참아야 해. 내일이면 조국으로 돌아갈 것 아닌가.

그것은 작은 고깃배였다. 길이는 15미터에서 18미터 정도에 너비가 넓고 선체 안쪽에 모터가 달려 있었다. 안테나가 달린 것을 보니 강력한 무전기가 있는 모양이었다. 갑판의 대부분은 아래쪽 작은 저장고로 이어지는 해치들이 차지하고 있었다. 선실은 선미 쪽에 있었는데, 계기

---

* 이탈리아 중부의 도시로. 1944년 1월 연합군이 상륙해 교두보를 확보했다.

판과 제어장치를 포함해 딱 남자 둘이 서 있을 정도 크기였다. 뱃전은 널과 널을 겹쳐 댄 클링커 방식으로 되어 있었고 구멍이나 틈은 새로 손보았고 페인트칠도 얼마 전에 한 것 같았다.

항구에 있던 다른 두 척의 배도 좋았겠지만, 페이버가 부두에 서서 보니 선원들이 이 배를 정박시키고 집으로 가기 전 연료를 채워넣고 있었다.

그는 그들이 다 사라질 때까지 기다렸다. 그리고 물가를 어슬렁거리는 척하다가 배 위로 뛰어내렸다. 배의 이름은 마리 2호였다.

타륜에 체인이 묶여 있었다. 그는 사람들 눈을 피해 조그만 선실 바닥에 앉아 십 분 동안 자물쇠와 씨름했다. 어둠이 일찍 찾아들고 있었다. 아직도 하늘을 가리고 있는 구름층 때문이었다.

체인이 풀리자 그는 조그만 닻을 올렸다. 그런 다음 부두로 뛰어올라 밧줄들을 풀었다. 다시 선실로 돌아와서는 디젤엔진을 작동 준비시키고 시동기를 당겼다. 모터는 털털거리다 꺼져버리는가 싶더니, 다시 한번 시도하자 경쾌한 기계음을 뱉어냈다. 그는 계류장을 빠져나가기 시작했다.

부두 주변에 정박된 다른 배들을 피해 움직이던 중 항구 밖으로 나가는 주요 뱃길을 표시한 부표를 발견했다. 흘수가 훨씬 깊은 배들만 그 뱃길을 따라가면 되는 듯싶었지만 주의해서 나쁠 것은 없었다.

항구 밖으로 나온 순간 된바람이 느껴졌다. 악천후의 징후가 아니기를 바랄 뿐이었다. 바다가 대단히 거칠어 조그맣고 단단한 배는 파도를 타고 높이 올랐다. 페이버는 스로틀을 활짝 열고 계기판의 바늘을 살피며 항로를 정했다. 타륜 아래 로커에 해도 같은 것들이 있었다. 사용한 적이 별로 없고 오래되어 보였다. 이 배의 선장은 인근 바다가 손바닥처럼 훤할 테니 해도를 볼 필요가 없었으리라. 페이버는 그날 밤 스톡웰에서 외운 좌표를 떠올리고 항로를 좀더 정확히 맞춘 뒤 타륜을 쵬틀로 고정했다.

물기로 선실 창문이 흐릿했는데, 비 때문인지 물보라 때문인지 분간이 되지 않았다. 바람은 이제 파도의 물마루를 깎아내고 있었다. 잠깐 선실 문밖으로 머리를 내밀었더니 얼굴이 완전히 젖어버렸다.

그는 무전기를 틀었다. 잠시 윙 하더니 치직 소리가 났다. 주파수 조절기를 이리저리 움직여보니 알아들을 수 없는 메시지가 몇 개 잡혔다. 무전기는 완벽하게 작동하고 있었다. 그는 유보트의 주파수를 찾은 다음 스위치를 껐다. 접선을 하기에는 아직 이른 시각이었다.

배가 먼바다로 나아갈수록 파도는 점점 더 거세졌다. 배는 파도를 넘을 때마다 날뛰는 말처럼 솟구쳐오르더니 한순간 물마루 위에서 넘어질 듯 흔들거리다 파도와 파도 사이 골짜기로 구역질나게 곤두박질쳤다. 페이버는 흐릿한 선실 창문 너머를 응시했다. 밤이 찾아와 이제 아무것도 보이지 않았다. 멀미가 날 것 같았다.

파도가 이보다 거세지지는 않을 거라고 스스로를 안심시킬 때마다 더 큰 괴물이 새로 나타나 하늘 높이 배를 들어올렸다. 괴물과 하늘 사이의 거리는 점점 더 가까워져 선미는 위로 하늘을 가리키든지 아래로 바다를 가리켰다. 특히 깊은 물마루 골짜기에 떨어졌을 때 번쩍하는 번갯불에 마치 낮이라도 된 듯이 작은 배가 별안간 환해졌다. 페이버는 산더미 같은 청회색 바닷물이 뱃머리를 덮쳐 갑판과 선실을 쓸어내리는 모습을 보았다. 잠시 후 들린 끔찍한 쩍 소리가 천둥인지, 아니면 배의 늑재가 갈라지는 소리인지 알 수 없었다. 그는 구명조끼를 찾아 미친듯이 선실을 뒤졌다. 그런 것은 없었다.

이제 번개마저 계속 내리치고 있었다. 페이버는 고정된 타륜을 부여잡고 똑바로 서 있기 위해 선실 벽에 등을 대고 버텼다. 이 상황에서 조절장치는 아무 의미가 없었다. 배는 이제 바다가 휘젓는 손에 내맡겨져 있었다.

그는 배가 그런 여름 강풍에도 끄떡없도록 만들어졌을 거라고 거듭 되뇌었다. 그러나 확신하기 어려웠다. 경험이 풍부한 어부라면 아마 폭풍의 전조를 읽고 바다로 나가기를 꺼릴 것이다. 배가 그런 날씨를 견디지 못하리란 걸 아니까.

그는 배의 위치도 파악할 수 없었다. 애버딘으로 도로 떠밀려가 있을 수도 있었고 접선장소 인근에 도착했는지도 몰랐다. 그는 선실 바닥에 앉아 무전기 스위치를 올렸다. 배가 심하게 흔들려 조작하기 힘들었다. 다이얼을 돌려보았지만 아무 소리도 잡히지 않았다. 음량을 최대로 올려도 잠잠하기는 마찬가지였다.

분명 선실 지붕에 달려 있던 안테나가 떨어져나간 것이었다.

그는 스위치를 '송신'으로 돌리고 단순 전문을 몇 차례 반복해 보냈다. "응답하라." 그런 다음 스위치를 '수신'으로 돌렸다. 신호가 전해졌으리라는 희망은 거의 없었다.

그는 연료를 아끼기 위해 엔진을 껐다. 폭풍을 이겨내고—그게 가능하다면—안테나를 수리하거나 대체할 방법을 찾아야 할 텐데, 그러려면 연료가 필요할 터였다.

배가 중심을 잃고 큰 파도 아래로 뒤집어질 듯 미끄러져나가자, 페이버는 파도와 맞서려면 엔진의 힘이 필요하다는 사실을 깨달았다. 그래서 시동기를 당겼지만 소용없었다. 몇 번을 다시 당겨보다가 결국 엔진을 꺼버린 자신을 저주하며 포기할 수밖에 없었다.

배가 측면으로 파도를 타자 페이버는 넘어져 타륜에 머리를 찧었다. 그는 멍하니 선실 바닥에 쓰러져 있었다. 배는 금세라도 뒤집힐 기세였다. 파도가 또 한번 선실을 덮쳐 이번에는 창문이 모조리 박살났다. 페이버는 순식간에 물속에 잠겼다. 배는 가라앉고 있었고, 그는 수면 위로 떠오르기 위해 발버둥쳤다. 창문은 모조리 깨졌지만 배는 아직 물위에 떠 있었다. 선실 문을 발로 차자 물이 무섭게 밀려들어왔다. 그는 물에 휩쓸리지 않으려고 있는 힘껏 타륜을 붙잡았다.

믿을 수 없지만 폭풍은 더욱더 거세어져만 갔다. 논리적인 사고가 불가능한 와중에도 이 바다 역시 백여 년 만에 이런 폭풍을 만났으리라는 생각이 페이버의 머릿속을 떠나지 않았다. 그의 모든 집중력과 의지는 어떻게 타륜을 계속 붙잡고 있을 것인가 하는 문제에 쏠려 있었다. 타륜에 몸을 붙들어매야 했지만, 밧줄을 찾으러 가겠다고 몸을 뗄 엄두가 나지 않았다. 배가 절벽 같은 파도를 타고 오르락내리락하는 통에 상하 감각이 완전히 사라졌다. 강풍과 엄청난 양의 바닷물이 그를 타륜에서 떼어내려 안간힘을 쓰고 있었다. 다리는 젖은 바닥과 벽을 타고 끊임없이 미끄러졌고 팔근육은 욱신거렸다. 물위로 머리가 떠오르면 공기를 들이마셨지만 그러지 않을 때는 숨을 참고 있었다. 몇 차례나 의식을 잃을 뻔한 그는 선실의 평지붕이 사라졌다는 것을 어렴풋이 깨달았다.

번개가 칠 때마다 바다가 잠깐씩 악몽처럼 힐끗 보였다. 파도가 보일 때마다 그는 언제나 놀랐다. 위쪽 아래쪽 옆쪽 사방에서 날뛰거나 아니면 하나도 보이지 않았다. 충격적이게도 손에 감각이 없었다. 아직도 타륜을 잡고 있는지 확인하기 위해 아래쪽을 내려다보았다. 손은 사후 경직이라도 일으킨 듯 얼어붙어 있었다. 귓가에 끊임없는 굉음이 들려왔다. 천둥과 파도의 소리가 뒤섞인 바람 소리였다.

차츰 정신이 혼미해졌다. 해변에서 그를 바라보던 여자가 눈앞에 떠올랐고, 그것은 환영이라기보다는 백일몽에 가까웠다. 수영복이 몸에 착 달라붙은 그녀는 넘실거리는 고깃배의 갑판을 지나 그를 향해 쉼 없이 걸어오고 있었다. 점점 가까이 다가오는데도 그에게 닿지는 못했다.

그는 알고 있었다. 만질 수 있는 거리에 그녀가 다다르면 자신이 죽은 손을 타륜에서 떼어 그녀를 향해 뻗으리라는 것을. 그러나 그녀가 미소 띤 얼굴로 엉덩이를 흔들며 다가오는 동안 그는 계속 "아직 안 돼, 아직 아냐"라고 말했다. 타륜을 놔버리고 그녀와의 간격을 좁히고 싶은 유혹을 느꼈으나 마음 한구석에서 뭔가가 그를 향해 말하고 있었다. 네가 움직여도 그녀에게 절대 닿지 못할 것이다. 그래서 그는 그녀를 기다리며 지켜보고 이따금 미소를 지어주었다. 눈을 감아도 그녀가 보였다.

그는 이제 의식과 무의식 상태를 넘나들었다. 정신이 아득해져갔다. 처음에는 바다와 배가 사라지고 다음에는 여자의 모습이 희미해지는가 싶다가도 문득 정신을 차려보면 놀랍게도 그는 아직 서 있었고, 아직 타륜을 붙들고 있었고, 아직 살아 있었다. 그러면 의식을 잃지 않으려는 의지가 한순간 돌아왔지만 결국 정신은 녹초가 되어버린 몸을 이기지 못했다.

마지막으로 정신이 또렷했던 어느 한순간, 그는 파도가 한 방향으로 움직이고 있음을 알아챘다. 페이버를 태운 배 역시 그 방향으로 끌려가고 있었다. 다시 번개가 번쩍이자 한쪽에 거대한 검은 덩어리, 엄청나게 높은 파도가 보였다. 아니, 아니었다, 파도가 아니었다. 그것은 절벽이었다. 육지에 가까워졌다는 사실을 깨닫자 절벽에 내동댕이쳐져 박살날지도 모른다는 두려움이 엄습했다. 어리석게도 시동기를 당기기 위해 손을 뻗고 말았다. 아차 싶어 도로 타륜을 잡으려 했지만 소용없었다.

또 한번 파도가 높아지더니 장난감 버리듯 배를 내팽개쳤다. 한 손으로는 여전히 타륜을 붙잡은 채 허공으로 날아가면서 페이버는 스틸레토처럼 뾰족한 암초 하나가 물마루 골짜기에 툭 튀어나온 것을 보았다. 배를 찌를 게 분명했다…… 그러나 다행히 선체는 바위 가장자리를 긁어내리며 휩쓸려갔다.

집채만한 파도들이 부서지고 있었다. 이어진 파도는 배의 늑재가 감당하기에 너무 거대했다. 배는 물마루 골짜기에 거세게 곤두박질쳤고 선체 갈라지는 소리가 폭발음처럼 들렸다. 배는 이제 끝장이었다……

바닷물이 빠져나가고, 선체가 부서진 것은 육지에 부딪혔기 때문이란 깨달음이 들었다. 또다시 번개가 번쩍하면서 주위가 환해지자 페이버는 멍하고 어리둥절한 눈으로 해변을 바라보았다. 바닷물이 또 한번 갑판을 덮치고 난파선은 모래사장 밖으로 밀려나갔다. 그는 바닥에 내동댕이쳐졌지만, 그 순간 전체적인 상황이 명료하게 보였다. 해변은 좁았고 파도는 절벽까지 솟구치고 있었다. 오른쪽으로 방파제와 방파제에서 절벽 꼭대기까지 이어지는 다리 같은 것이 보였다. 만약 배에서 뛰어내려 해변으로 달려간다면 뒤따라온 파도에 압사당하거나 머리통이 절벽에 던져진 달걀 꼴이 날 것이다. 그러나 만약 파도가 밀려오기전 방파제에 도착한다면 다리 위로 재빨리 올라가 파도의 손아귀에서 벗어날 수 있을지도 몰랐다.

이어진 파도가 건조재는 바나나 껍질만큼도 강하지 못하다는 듯이 갑판을 쩍 갈라놓았다. 배는 무너져내렸고 페이버는 물러나는 파도 속으로 빨려들어가고 있었다. 그는 간신히 몸을 일으켜 세웠다. 다리에 힘이 하나도 없지만 달리기 시작했다. 방파제를 향해 첨벙거리며 달렸다. 여태껏 경험한 그 어떤 육체적 고통도 그 몇 미터를 달리는 데 비할 바가 아니었다. 그는 발을 헛디뎌버리고 싶었다. 그래서 바닷물 속에 지친 몸을 뉘고 죽어버릴 수 있기를 바랐다. 그러나 과거 5000미터 경주에서 우승했을 때처럼 그는 몸을 꼿꼿이 세웠고, 마침내 방파제 기둥에 부딪혔다. 그는 위로 손을 뻗어 마비된 감각이 몇 초만 살아나주기를 바라면서 판자를 움켜쥐었다. 그리고 턱이 가장자리에 걸쳐질 정도로 몸을 끌어올린 후 다리를 걸쳐 넘겼다.

방파제 위에 오르자 파도가 밀려왔다. 그는 앞으로 몸을 날렸다. 파도가 몸을 떠밀고 널빤지에 내동댕이쳤다. 목구멍으로 물이 들어왔고 눈앞에 별이 보였다. 등에서 더이상 파도의 무게가 느껴지지 않자 그는 다시 움직여볼 의지를 그러모았다. 그러나 쉽지 않았다. 누군가의 잔혹한 손이 자신을 뒤로 질질 끌고 가는 느낌이 들자 갑작스러운 분노가 치밀었다. 그렇게 내버려둘 수는 없었다. 젠장, 지금은 아니란 말이다! 그는 망할놈의 폭풍과 바다와 영국과 퍼시벌 고들리먼을 향해 고함을 내질렀다. 그리고 어느새 일어나 달리고 있었다. 바다에서 멀어져 경사로를, 눈을 감고 입을 벌린 채, 미친놈처럼, 폐가 터져라, 뼈가 부서져라 달리고 있었다. 어디로 가야 한다는 목적의식은 없었다. 정신을 잃을 때까지 멈추지 않으리라는 것만 알고 있었다.

경사로는 길고 가팔랐다. 운동을 하고 휴식을 취한 장사라면 꼭대기까지 한달음에 올라갈 수 있었다. 올림픽 출전 선수라도 피곤한 상태라면 단숨에 오르기는 무리였다. 보통의 사십대 남자에게는 간신히 몇 미터 정도일 것이다.

그러나 페이버는 해냈다.

꼭대기를 1미터 남겨놓고 그는 경미한 심장마비가 온 듯한 날카로운 고통을 느끼며 의식을 잃었다. 그러나 흠뻑 젖은 풀밭 위로 쓰러지기 전 그의 다리는 두 번 더 움직였다.

그곳에 얼마나 쓰러져 있었는지 그는 알지 못했다. 눈을 떴을 때 폭풍은 여전히 맹위를 떨치고 있었지만 날이 밝았고, 그래서 저 앞쪽으로 사람이 사는 듯한 오두막을 볼 수 있었다.

그는 지친 몸을 일으켜 문을 향해서 한없이 오래 기기 시작했다.

18

유보트 505호는 지루하게 선회했다. 이빨 없는 회색 상어처럼 배가 천천히 바닷속을 나아가자 강력한 엔진이 소리를 냈다. 잠수함의 함장 베르너 헤어 소령은 커피 대용품을 마시며 담배를 더 피우지 않으려고 애쓰는 중이었다. 정말이지 긴 낮과 밤이었다. 그는 자신에게 맡겨진 임무가 마뜩지 않았다. 전투원인 사람을 전투가 있을 리 없는 곳으로 보내다니. 동화책에 나올 것처럼 간사한, 푸른 눈의 과묵한 아프베어 장교가 잠수함에 동승해 있다는 것도 여간 싫지 않았다.

군사정보부 소속의 볼 소령은 함장 맞은편에 앉아 있었다. 좀체 피곤한 기색을 내비치지 않는 인물이었다. 상황을 파악하기 위해 푸른 눈을 두리번거리긴 했지만 눈빛에는 전혀 변화가 없었다. 고단한 수중생활 가운데서도 제복을 구기는 법이 없었으며, 정확히 이십 분마다 새 담배를 물고 6밀리미터 정도의 꽁초가 될 때까지 피웠다. 헤어는 자신도 담배를 끊고 규정을 강화해 볼에게서 흡연의 즐거움을 빼앗을 수 있었지만, 스스로가 골초인 탓에 방법이 없었다.

헤어는 정보부 인간이라면 치를 떨었다. 언제나 자신의 신변을 조사 당하는 기분이 들었다. 그쪽과 공조하는 것도 싫었다. 잠수함은 전투용이지, 영국 해안을 숨어 돌면서 비밀 첩보원이나 기다리라고 건조된 것이 아니었다. 나타날지 장담도 할 수 없는 사람 하나 구하겠다고, 숙련된 수병들은 물론이거니와 이 비싼 전투장비를 위험에 빠뜨리는 것은 미친 짓이었다.

그는 컵을 비우고 얼굴을 찌푸렸다. "빌어먹을 놈의 커피 맛하고는!"

볼의 무표정한 시선이 잠시 그에게 머무는가 싶더니 곧바로 딴 곳으로 향했다. 볼은 아무 말이 없었다.

도무지 속내를 알 수 없는 인간이야, 신경써본들 내 머리만 아프지. 헤어는 자리에 가만 앉아 있지 못하고 연신 몸을 뒤척였다. 함교였다면 이리저리 움직이기라도 했을 테지만, 잠수함에서는 불필요한 움직임을 삼가라고 가르친다. 마침내 그가 입을 뗐다. "날씨가 이러니 그 사람은 오지 못할 거요."

볼은 자기 시계를 봤다. "우리는 여섯시까지 기다립니다."

그것은 명령이 아니었다. 볼은 헤어에게 명령을 내릴 수 없었다. 그러나 그 직설적인 언사는 상사에 대한 일종의 모욕이었다. 헤어는 그점을 짚고 넘어갔다.

"명령에 따라야 합니다." 볼이 말했다. "알다시피 사실상 대단히 높은 곳에서 내려오는 것 아닙니까."

헤어는 화를 억눌렀다. 그 젊은 놈이 하는 소리가 물론 옳았다. 지금이야 명령에 따르겠지만, 항구로 돌아가면 네놈의 항명을 보고하고 말테다. 그러나 그다지 큰 소득을 기대하지는 않았다. 해군에 십오 년 몸담고 있다보니 뭐가 되었든 본부의 말이 법이라는 것을 알게 되었다. "그렇지만, 설사 정신이 나가서 이런 날씨에 바다에 나왔다 한들 수병도 아니고 살아남지 못할 거요."

볼은 여전히 무표정한 시선을 던질 뿐이었다.

헤어가 무전기사를 불렀다. "바이스만?"

"아무 신호도 없습니다."

볼이 말했다. "몇 시간 전 들린 웅얼거리는 소리가 그가 보낸 신호가 아닌가 싶습니다."

"그랬다면 그는 접선지점에서 아주 먼 곳에 있었습니다." 무전기사가 말했다. "제게는 번개 소리처럼 들렸습니다."

헤어가 말했다. "그가 아니었다면 아닌 거겠지. 그였다면 익사했을 테고."

"그 사람을 모르고 하시는 소리입니다." 볼이 말했다. 이번만큼은 일말의 감정이 실린 목소리였다.

헤어는 대답하지 않았다. 엔진 소리에 미묘한 변화가 느껴졌다. 희미하게 덜거덕거리는 듯했다. 고국으로 귀환하는 도중 이 소리가 점점 커지면 항구에서 점검을 받아야 하리라. 아니, 그렇지 않더라도 점검은 받을 수 있었다. 그러면 말을 섞는 것조차 싫은 볼 소령과 또 같이 항해하지 않아도 될 테니까.

수병 하나가 말했다. "커피 더 드시겠습니까?"

헤어는 고개를 저었다. "더 마셨다간 커피 오줌을 싸겠다."

볼은 달라고 했다. 그리고 담배를 꺼내들었다.

그러자 헤어는 자기 시계를 봤다. 여섯시 십분. 교활한 놈 같으니. 여섯시에 피울 담배를 지금에야 꺼내들어 유보트를 그곳에 십 분 더 묶어둔 것이다. 헤어가 말했다. "귀환 항로를 잡아라."

"잠깐." 볼이 말했다. "떠나기 전에 부상해 수면 위를 살펴보지요."

"바보 같은 소리." 헤어가 말했다. 그는 이제 자신의 유리한 입장을 알고 있었다. "저 위에 지금 얼마나 거센 폭풍이 휘몰아치고 있는지 아시오? 해치는 열 수도 없을뿐더러 잠망경으로도 겨우 몇 미터밖에 안 보일 거요."

"바닷속에서 그걸 어찌 안단 말입니까?"

"경험이오."

"그렇다면 우리 쪽 사람이 접선해오지 않았다는 신호라도 기지에 보내주십시오. 대기 명령이 내려올지도 모릅니다."

헤어는 짜증 섞인 한숨을 푹 내쉬었다. "이 깊이에서 기지와 무전연락은 불가능하오!"

볼은 마침내 냉정을 잃었다. "헤어 소령, 이곳 접선지점을 떠나기 전에 수면 위로 부상해줄 것과 기지에 무전연락을 취해줄 것을 강력히 권고합니다. 우리가 태우기로 되어 있는 사람에게는 중대한 정보가 있습니다. 총통이 그의 보고를 기다립니다."

헤어는 그를 보았다. "의견 고맙소." 그리고 그를 외면한 채 명령을 내렸다. "전속 전진한다."

쌍둥이 엔진 소리가 요란하게 울리고 유보트는 속력을 내기 시작했다.

19

　루시가 잠에서 깨어났을 때도 전날 저녁부터 시작된 폭풍은 아직 휘몰아치고 있었다. 그녀는 침대 가장자리에 기대 데이비드가 깨지 않도록 바닥에 놓인 손목시계를 조심조심 집어들었다. 막 여섯시가 지난 시각이었다. 지붕 위에서 바람이 울부짖는 소리가 들렸다. 데이비드는 더 자게 두어도 되었다. 오늘은 할 일이 별로 없을 것이다.

　밤새 지붕의 슬레이트가 날아가지나 않았을까 걱정이었다. 확인해보고 싶었지만 그 일은 데이비드가 깰 때까지 기다려야 했다. 자기에게 부탁하지 않았다고 화를 낼 수도 있었다.

　그녀는 침대 밖으로 나왔다. 대단히 쌀쌀했다. 따뜻했던 지난 며칠은 폭풍을 준비하기 위한 가짜 여름이었다. 지금은 마치 11월이나 된 듯이 으스스했다. 그녀는 플란넬 드레스 잠옷을 벗어버리고 후다닥 속옷과 바지와 스웨터를 입었다. 데이비드가 몸을 뒤척이길래 그쪽을 돌아보았지만, 그는 잠에서 깨지 않았다.

　그녀는 조그만 층계참을 가로질러 조의 방을 들여다보았다. 세 살배기 아들은 아기 침대를 졸업하고 일반 침대로 잠자리를 바꾼 터라 깨지는 않아도 밤중에 바닥으로 떨어지는 경우가 종종 있었다. 오늘 아침은 얌전하게 잘 자고 있었다. 침대에 똑바로 누운 채 입을 한껏 벌리고 자는 모습을 보니 미소가 지어졌다. 아이는 자는 모습이 너무나 사랑스러웠다.

그녀는 조용히 아래층으로 내려갔다. 잠시 왜 이렇게 일찍 일어났을까 생각했다. 조가 칭얼대는 소리에 깼을 수도 있고 폭풍 때문일 수도 있었다.

그녀는 난롯가에 앉아 스웨터 소매를 걷어올리고 불을 피우기 시작했다. 우선 라디오에서 들은 노래를 휘파람으로 흥얼거리며 철망을 쓸어내렸다. 그런 다음 차가운 재를 갈퀴질하며 가장 큰 덩어리를 골라 오늘의 불을 위한 지지대로 삼았다. 마른 고사리를 불쏘시개로 넣고 그 위에 나무와 석탄을 차례로 얹었다. 나무만 쓸 때도 있지만 이런 날씨에는 석탄이 나았다. 그녀는 신문지로 불길을 조절하며 연기가 굴뚝을 향하도록 했다. 나무가 서서히 타들어가기 시작했고 석탄에서 빨간빛이 났다. 그녀는 신문을 접어 석탄통 아래 놓아두었다. 내일 또 사용해야 했다.

잠시 후면 조그만 집이 훈훈해질 테지만 뜨거운 차를 한 잔 마셔도 나쁠 것 없었다. 루시는 부엌으로 들어가 전기레인지에 주전자를 올렸다. 쟁반에 찻잔 두 개를 놓은 뒤 데이비드의 담배와 재떨이도 찾아두었다. 차가 끓자 잔에 따라 쟁반을 들고 현관을 지나 계단으로 향했다.

첫번째 계단 위에 막 올라서는데 톡톡 소리가 들렸다. 그녀는 발길을 멈추고 눈썹을 찌푸리며 바람 때문에 뭔가 덜거덕거렸겠거니 했다. 그리고 한 발을 옮겼다. 그때 그 소리가 다시 들렸다. 꼭 누군가가 현관문을 두드리는 것 같았다.

물론 말도 안 되는 생각이었다. 현관문을 두드릴 사람은 아무도 없었다. 있다면 톰밖에 없는데, 그는 언제나 부엌문으로 드나들었고 노크 따위 하지 않았다.

다시 두드리는 소리가 났다.

그녀는 계단을 내려와 한 손으로 찻쟁반을 들고서 현관문을 열었다.

순간 놀라 쟁반을 떨어뜨렸다. 한 남자가 그녀를 덮치며 안으로 쓰러졌다. 루시는 비명을 질렀다.

그러나 두려움은 잠시뿐이었다. 이방인은 현관 바닥 그녀의 곁에 엎어져 있었다. 누구를 공격할 수 있는 상태가 아니었다. 옷은 흠뻑 젖고 손과 얼굴은 추위에 허옇게 질려 있었다.

루시는 자리에서 일어났다. 데이비드가 엉덩이로 계단을 미끄러져내려왔다. "무슨 일이야? 무슨 일 있어?"

루시는 바닥에 엎어진 남자를 가리켰다.

잠옷 차림의 데이비드는 계단을 내려와 휠체어에 몸을 실었다. "비명을 지를 필요는 없어 보이는데?" 그러고는 휠체어를 타고 가까이 다가와 바닥에 엎어진 남자를 유심히 들여다보았다.

"미안해. 놀랐거든." 루시는 허리를 숙여 남자의 팔뚝을 잡고 거실로 끌고 갔다. 데이비드가 뒤따라왔다. 그녀는 불가에 남자를 뉘었다.

데이비드가 의식 없는 남자의 몸을 한참 보더니 말했다. "대체 어디서 온 걸까?"

"조난당했을 거야…… 폭풍이……"

그러나 그는 선원이 아니라 노동자의 옷차림을 하고 있었다. 루시는 그를 자세히 관찰했다. 키가 꽤 큰 사람이었다. 180센티미터가 넘는 벽난로 앞 깔개 밖으로 몸이 나왔고 목과 어깨 언저리가 두둑했다. 강인하고도 반듯한 얼굴로 이마가 높고 하관이 길었다. 이런 안색만 아니라면 잘생긴 인상이었을 것이라 생각했다.

그가 몸을 뒤척이더니 눈을 떴다. 처음에는 낯선 곳에서 잠이 깬 어린아이처럼 겁을 집어먹은 듯하더니, 금세 안심하는 표정이 되었다. 주변을 둘러보는 그의 날카로운 시선이 루시, 데이비드, 창문, 현관문, 난로를 훑었다.

루시가 말했다. "옷을 벗겨야 해. 잠옷과 가운을 가져다주겠어, 데이비드?"

데이비드는 휠체어를 밀고 갔고, 루시는 이방인 옆에 무릎을 꿇고 앉았다. 그녀는 먼저 장화와 양말을 벗겼다. 그녀를 바라보는 남자의 눈빛에는 재미있어하는 기색마저 엿보이는 듯했다. 그러나 그녀의 손이 재킷에 닿자 그는 방어적으로 가슴을 팔로 감쌌다.

"이대로 있다간 폐렴에 걸려 죽을지도 몰라요." 그녀가 최대한 환자 다루듯 말했다. "벗어야 해요."

그러자 남자가 말했다. "우린 서로를 잘 알지도 못하지 않습니까? 아직 통성명도 안 했고."

그것이 그의 입에서 처음으로 나온 말이었다. 너무도 자신감 넘치는 목소리와 너무도 정중한 말이 그의 몰골과 사뭇 대조적이라 루시는 웃음이 터지고 말았다. "부끄러워요?" 그녀가 말했다.

"남자라면 신비한 분위기를 풍겨야 하는 법이지요." 이방인은 말하며 활짝 웃는가 싶더니 금세 얼굴을 찡그리고 고통에 눈을 감았다.

데이비드가 팔에 깨끗한 잠옷을 걸치고 돌아왔다. "두 사람 그새 굉장히 친해진 것 같군."

"당신이 옷을 벗겨야겠어." 루시가 말했다. "나는 안 된대."

데이비드가 알 수 없다는 표정을 지었다.

이방인이 말했다. "호의는 고맙지만 스스로 벗겠습니다. 이해해주시기 바랍니다."

"좋을 대로 하시죠." 데이비드는 의자 위에 옷가지를 던져두고 휠체어를 밀고 사라졌다.

"차를 다시 끓여야겠어요." 루시가 데이비드를 뒤따르며 말했다. 그녀는 뒤로 거실 문을 닫았다.

부엌을 보니 데이비드가 이미 주전자에 물을 붓고 있었다. 불을 붙인 담배를 입에 물고 있었다. 루시는 현관의 깨진 찻잔들을 서둘러 정리하고 남편에게 다가갔다.

"오 분 전만 해도 살아 있는지조차 모르겠더니 지금은 혼자 옷을 입고 있네." 데이비드가 말했다.

루시는 바삐 차를 준비했다. "죽은 척하고 있었나보지."

"당신이 옷을 벗길 거라 생각하니 회복이 빨랐던 거야."

"어쩜 그렇게 부끄러워할 수가 있지?"

"자기가 부끄러움을 모른다고 남들도 그럴 거라 여기면 곤란해."

루시가 찻잔을 달그락거렸다. "오늘은 싸우고 싶지 않아, 데이비드. 더 흥미로운 일이 생겼잖아. 기분전환을 할 만한." 그녀는 쟁반을 들고 거실로 갔다.

이방인은 잠옷에 단추를 채우고 있었다. 그녀가 들어서자 그는 등을 돌렸다. 그녀는 쟁반을 내려놓고 차를 따랐다. 돌아보니 그는 데이비드의 가운을 입고 있었다.

"친절하시군요." 그가 그녀를 똑바로 보며 말했다.

루시가 보기에 그는 부끄러움이 많은 사람 같지는 않았다. 그래도 나이는 그녀보다 몇 살 더 많아 마흔 살쯤 되어 보였는데, 그래서 행동을 조심하는 것일 수도 있었다. 어쨌든 시간이 지날수록 아무래도 조난당한 선원처럼 보이지는 않았다.

"불 가까이 앉으세요." 그녀는 그렇게 말하며 찻잔을 내밀었다.

"찻잔을 들 수나 있을지 모르겠습니다." 그가 말했다. "손가락에 아직 감각이 없어서." 그는 손이 곱은 탓에 찻잔을 두 손바닥 사이에 받아 들고 조심스레 입가로 가져갔다.

데이비드가 거실로 들어와 그에게 담배 한 개비를 내밀었다. 그는 사양했다.

이방인은 찻잔을 비웠다. 그리고 물었다. "여기는 어디입니까?"

"폭풍의 섬이라 불리는 곳이지요." 데이비드가 그에게 대답했다.

남자는 안도의 기색을 내비쳤다. "본토로 떠밀려간 줄 알았습니다."

데이비드는 남자의 맨발이 녹도록 불가 쪽으로 옮겨주었다. "만으로 휩쓸렸을 겁니다." 데이비드가 말했다. "대개 그러니까요. 해변도 그렇게 만들어진 거고."

조가 거실로 들어왔다. 아이는 게슴츠레한 눈으로, 덩치가 자기만한 판다의 한쪽 팔을 끌고 있었다. 이방인을 본 아이는 루시에게 달려가 얼굴을 숨겼다.

"제가 따님을 놀라게 했군요." 남자가 미소지으며 말했다.

"남자아이예요. 머리를 못 잘라줘서." 루시가 조를 들어올려 무릎 위에 앉혔다.

"죄송합니다." 이방인의 눈이 다시 감기더니 앉은자리에서 몸이 휘청했다.

루시가 조를 소파에 앉혀놓고 일어섰다. "아무래도 침대로 옮겨야겠어, 데이비드."

"잠깐 기다려." 데이비드가 말했다. 그는 휠체어를 밀어 남자에게 다가갔다. 그리고 물었다. "다른 생존자는 없습니까?"

"저 혼자였습니다." 중얼거리듯 말하는 그는 기진맥진한 상태였다.

"데이비드―" 루시가 걱정스럽다는 눈치를 줬다.

"한 가지 더 묻겠습니다. 해안경비대에 구조 요청은 했습니까?"

"그게 뭐가 중요해?" 루시가 말했다.

"중요하지. 그랬다면 이분을 찾기 위해 목숨을 걸고 나선 사람들이 저 바깥에 있을 테니까. 그들에게 이분이 안전하다는 사실을 알려줘야 하지 않겠어?"

남자가 사그라지는 목소리로 말했다. "하지…… 않았습니다……"

"이제 됐지?" 루시는 이방인 앞에 무릎을 꿇고 앉았다. "위층까지 갈 수 있겠어요?"

그는 고개를 끄덕이고 천천히 일어섰다.

루시는 그의 팔을 자기 어깨에 둘러 부축하고 함께 걸어갔다. "조의 침대에 눕힐게." 그녀가 말했다.

그들은 한 계단 한 계단 멈춰 서며 천천히 올라갔다. 위층에 도착할 무렵에는 난롯가의 온기가 남자의 얼굴에 되살려주었던 일말의 혈색이 다시 사라지고 없었다. 루시는 그를 작은 침실로 데리고 들어갔다. 그는 침대 위로 고꾸라졌다.

루시는 정성스레 담요를 덮어준 뒤, 조용히 문을 닫고 방을 나왔다.

페이버의 마음속에 안도감이 밀려들었다. 그 마지막 몇 분 동안 그야말로 초인적인 힘을 발휘했다. 그는 힘이 없었고, 낙심했고, 고통스러웠다.

비로소 현관문이 열리자 그는 순식간에 마음을 놓고 쓰러져버렸다. 그 아름다운 여자가 옷을 벗기기 시작할 때는 위험한 순간이었다. 그는 가슴에 테이프로 붙인 필름통을 기억해냈다. 그 상황을 모면하는 동안 잠시 긴장상태가 되돌아왔다. 그들이 혹시 앰뷸런스를 부르지나 않을까 염려되었지만 그런 말은 나오지 않았다. 너무 작은 섬이라 병원이 없는 모양이었다. 적어도 그는 본토에 있지 않았다. 거기였다면 조난신고가 불가피했을 것이다. 남편이 한 질문 내용으로 보아 당장은 그럴 일이 없을 것 같았다.

더는 기력이 없어 그런 문제를 깊이 생각할 수 없었다. 당분간은 안전해 보였고 지금으로서는 그것이 중요했다. 그는 춥지 않았고 젖지 않았고 죽지 않았다. 침대는 포근했다.

그는 돌아누우며 방안을 둘러보았다. 문, 창문, 굴뚝. 주변을 경계하는 습관은 죽어서야 사라질 것이다. 부부가 여자애를 바랐던지 벽은 분홍색으로 칠해져 있었다. 바닥에 기차놀이 세트와 수많은 그림책이 보였다. 안전한 가정집이었다. 진짜 집. 그는 양우리에 들어온 한 마리 늑대였다. 절름발이 늑대.

그는 눈을 감았다. 몸이 천근만근 피곤했지만, 긴장한 근육을 하나하나 이완시키기는 쉽지 않았다. 차츰 머릿속에서 생각이 사라져갔고 마침내 그는 잠이 들었다.

루시는 귀리죽을 맛본 뒤 소금을 한 자밤 더 넣었다. 그들은 톰처럼 설탕을 넣지 않는 스코틀랜드식에 익숙해져야 했다. 루시는 이제 설탕이 넘쳐나 배급제가 풀린다 해도 달달한 귀리죽을 만들 생각은 없었다. 적응한다는 것은 재미있는 일이었다. 갈색 빵, 마가린, 소금을 친 귀리죽.

그녀가 죽을 떴고 가족은 아침식사를 하러 자리에 둘러앉았다. 조가먹을 죽은 우유를 잔뜩 넣어 식혔다. 데이비드는 요사이 많이 먹는데도 체중이 늘지 않았다. 노동을 한다는 것은 그랬다. 그녀는 식탁 위에 놓인 그의 손을 보았다. 거칠고 거뭇한 육체노동자의 손이었다. 아까 본

이방인의 손은 달랐다. 손가락은 길고 피와 멍 아래 하얀 피부는 고왔다. 배를 모는 거친 일과는 어울리지 않는 손이었다.

"당신, 오늘은 할 일이 많지 않겠어." 루시가 말했다. "폭풍이 잦아들 기미가 안 보여."

"그게 무슨 상관이야. 날씨가 어떻든 양떼는 돌봐야지."

"어디서 일할 건데?"

"톰네 쪽 끝. 지프차를 타고 갈 거야."

조가 말했다. "나도 가도 돼요?"

"오늘은 안 돼." 루시가 말했다. "비도 많이 오고 추워서."

"하지만 그 아저씨 싫어요."

루시는 미소지었다. "바보처럼 굴긴. 그 아저씨는 우리한테 아무 해도 끼치지 않을 거야. 너무 아파서 움직이지도 못해."

"누군데요?"

"엄마 아빠도 아직 이름은 몰라. 조난을 당해서 기운을 차리고 본토로 돌아갈 때까지 우리가 돌봐줘야 해. 아주 좋은 아저씨란다."

"우리 삼촌이에요?"

"아니, 그냥 모르는 아저씨야. 자, 어서 먹어."

조는 실망한 눈치였다. 아이는 삼촌을 만난 적이 딱 한 번이었다. 조의 머릿속에서 삼촌이란 좋아하는 사탕을 주고 쓸모없는 돈을 주는 사람이었다.

데이비드는 아침식사를 마치고 방수코트를 입었다. 머리를 넣을 구멍이 뚫려 있고 소매가 달린 텐트 모양의 옷이었는데, 몸은 물론 휠체어까지 대부분 가려주었다. 그는 방수모를 쓰고 턱 아래서 줄을 여민 뒤, 조에게 뽀뽀를 하고 루시에게 다녀오겠다는 인사를 했다.

잠시 후 차가 출발하는 소리가 들렸다. 루시는 창가로 가 데이비드가 빗속을 운전해가는 모습을 지켜보았다. 뒷바퀴가 진흙탕에서 미끄러졌다. 조심해야 할 텐데.

루시가 돌아보자 조가 말했다. "이건 개예요." 아이는 귀리죽과 우유로 식탁보에 그림을 그리고 있었다.

루시는 아이의 손을 찰싹 때렸다. "더럽게!" 우울하고 샐쭉한 표정을 지은 아이는 영락없는 제 아빠의 모습이었다. 살빛이 짙고 머리색이 거무스름하다는 것 말고도, 삐치면 둘 다 자기 안으로 숨어버리는 공통점이 있었다. 그러나 조는 많이 웃었다. 고맙게도 외탁한 기질 역시 있었던 것이다.

그런 생각에 잠겨 자기를 바라보는 엄마가 화가 났다고 생각했는지 조는 "잘못했어요"라고 말했다.

그녀는 부엌 개수대에서 아이를 씻긴 다음, 위층의 이방인을 생각하며 식탁을 정리했다. 급박한 고비는 넘겼으니 죽지는 않을 터였다. 그녀의 마음속에 호기심의 불꽃이 일었다. 그는 누구일까? 어디서 온 걸까? 폭풍 속에서 뭘 하고 있던 걸까? 가족은 있을까? 왜 옷차림은 육체노동자고 손은 사무직일까? 억양은 분명 런던 쪽인데. 그 모든 의문점이 루시에게 흥분을 안겨주었다.

문득 자신이 이곳에 살지 않았더라면 갑작스러운 그 출현을 이토록 순순히 받아들이지 못했으리라는 생각이 스쳤다. 그는 탈영병일 수도 있고, 범죄자일 수도 있고, 심지어 도망친 전쟁범일 수도 있었다. 타인이 다정한 존재일 수도 있지만 위협적인 존재일 수도 있다는 사실을 섬에 살다보니 잊어버린 것이다. 새로운 얼굴을 본 것만으로 너무 기뻐서 의심을 품을 생각조차 못한 것이다. 어쩌면—유쾌하지 못한 생각이지만—다른 누구보다도 그녀가 매력적인 남성을 받아들일 준비가 되어 있었는지 모르고…… 그녀는 그 생각을 마음속에서 떨쳐버렸다.

바보 같은 생각은 하지 말자. 그는 피곤과 고통에 절어 누구에게 위협을 가할 수 있는 상태가 아니었다. 본토에서였다 한들, 누가 흠뻑 젖고 의식 없는 그를 내쳤겠는가? 기운을 좀 차렸을 때 물어보면 될 일이었다. 만약 그간의 사정 이야기가 미심쩍다면 톰의 오두막에서 본토로 무전을 칠 수도 있고.

설거지를 마친 그녀는 그를 살펴보러 위층으로 올라갔다. 문 쪽으로 얼굴을 향한 채 자고 있던 그는 그녀가 안으로 들어서자 눈을 번쩍 떴다. 처음 의식을 차리고 언뜻 스치던, 겁에 질린 눈빛이었다.

"걱정 마요." 루시가 속삭였다. "괜찮은지 보러 온 거예요."

그는 말없이 눈을 감았다.

그녀는 다시 아래층으로 내려왔다. 아이와 함께 방수복을 입고 장화를 신고 밖으로 나왔다. 비가 억수같이 쏟아졌고 바람은 매서웠다. 그녀는 지붕을 올려다보았다. 역시 슬레이트 몇 장이 날아가고 없었다. 바람이 불어오는 쪽으로 몸을 숙이며 그녀는 절벽 꼭대기로 향했다.

그녀는 조의 손을 꽉 잡고 있었다. 자칫 아이의 몸이 바람에 날릴 수도 있었다. 얼마 못 가 괜히 나왔다는 생각이 들었다. 옷깃 속으로, 장화 속으로 비가 들어왔다. 조도 마찬가지겠지만 다 젖어버렸으니 이제 몇 분 더 비바람을 맞은들 달라질 게 없을 것 같았다. 루시는 해변으로 가고 싶었다.

그러나 경사로 꼭대기에 다다랐을 때 그녀는 그것이 불가능하다는 것을 깨달았다. 목재로 된 좁은 길이 비 때문에 미끄럽고 바람까지 심하게 부는 터라 균형을 잃고 넘어졌다간 20미터 아래 해변으로 곤두박질치는 수가 있었다. 그저 바라보는 것으로 만족해야 했다.

해변의 풍경은 그야말로 장관이었다.

작은 집채만한 파도가 앞서거니 뒤서거니 빠르게 밀려들고 있었다.

해변을 가로지를 때면 파도는 더욱 거세어져 물마루가 물음표 모양으로 굽었다가 절벽 발치를 향해 난폭하게 몸을 던졌다. 절벽 꼭대기까지 물보라가 피어오르는 바람에 루시는 허겁지겁 뒷걸음쳤고 조는 즐겁게 꺅꺅거렸다. 그 웃음소리를 들을 수 있었던 것은 오직 아이가 그녀의 팔에 안겨 있고 아이의 입이 그녀의 귓가 가까이 있어서였다. 바람과 바다 소리는 모든 아련한 소리를 삼키고 있었다.

미친 사람처럼 절벽 가장자리 가까이 서서 안전과 위협을 동시에 느끼며, 추위에 몸을 떨고 두려움에 숨을 헐떡이며, 자연의 요소들이 성난 고함을 지르고 사방을 뒤흔들고 포효하는 모습을 바라보고 있으니 황홀한 기분이 들었다. 정말 황홀했다. 루시의 삶에서 그런 황홀감을 느끼는 일은 거의 없었다.

조가 염려되어 돌아가려는데 배가 보였다.

물론 더이상 배라고 할 수 없었고, 그렇기 때문에 더욱더 충격적이었다. 남아 있는 것이라곤 갑판 재목과 용골뿐, 그나마도 바닥에 떨어뜨린 한 줌의 성냥개비처럼 절벽 아래 바위 근처에 흩어져 있었다. 큰 배였구나, 루시는 생각했다. 혼자 모는 일이 불가능하지는 않았겠지만 쉽지 않았을 터였다. 그야말로 끔찍한 사고였다. 늑재 두 쪽이 아직 붙어 있는지조차 의심스러웠다.

배가 저 지경이 되었는데 그 사람은 어떻게 살아남을 수 있었을까?

인간의 몸이 눈앞의 파도와 눈앞의 바위에 부딪힌다고 생각하니 온몸이 부르르 떨렸다.

급변한 그녀의 기분을 감지한 조가 귓가에 대고 말했다. "이제 집에 가요." 바다를 바라보며 서 있던 그녀는 발길을 돌렸다. 그리고 흙탕길을 걸어 서둘러 오두막으로 돌아왔다.

집안으로 들어와 둘은 젖은 코트와 모자와 장화를 벗어 부엌에 걸어놓았다. 루시는 위층으로 올라가 다시 한번 이방인을 살폈다. 이번에는 눈을 뜨지 않았다. 아주 평화롭게 자는 모습이었지만, 왠지 잠에서 깨어 그녀가 계단 올라오는 기척을 듣고 있다가 문이 열리기 전에 다시 눈을 감은 듯한 기분이 들었다.

그녀는 욕조에 뜨거운 물을 받았다. 그녀와 아이는 비에 흠빡 젖은 상태였다. 먼저 조를 벗겨 욕조에 담갔다. 그런 다음—충동적으로—자기도 옷을 벗고 욕조 안으로 들어갔다. 온기가 너무 좋았다. 그녀는 눈을 감고 긴장을 풀었다. 이것도 마음에 들었다. 폭풍이 몰아쳐 튼튼한 돌벽을 공연히 때리는 동안 온기를 느끼며 집안에 있는 것.

돌연 삶이 흥미로워졌다. 하룻밤 사이 폭풍이 불어닥쳤고, 조난사고가 있었고, 알 수 없는 남자가 나타났다. 삼 년 만에…… 그녀는 이방인이 어서 빨리 잠을 깨 그에 대해 알게 되기를 바랐다.

한편, 남자들을 위해 점심 준비를 해야 할 시간이었다. 양 가슴살이 조금 있으니 스튜를 만들 수 있었다. 그녀는 욕조를 나와 부드럽게 수건을 둘렀다. 조는 씹힌 자국이 많은 장난감 고무 고양이와 욕조 안에서 놀고 있었다. 루시는 거울에 비친 자신을 바라보았다. 배에 임신선이 아직 남아 있었다. 천천히 옅어지고 있긴 해도 완전히 사라지지는 않을 것이다. 전신 선탠을 한 번 하면 되겠지만. 꿈도 꾸지 마, 언제 그런 걸 해보겠어! 게다가 나 말고 누가 내 배에 관심이나 있나?

조가 말했다. "일 분만 더 있어도 돼요?" 아이는 '일 분만 더'라는 표현을 곧잘 썼는데, 반나절까지도 늘어날 수 있는 시간이었다.

"엄마 옷 입고 올 때까지만 있어." 그녀는 수건을 걸어두고 문으로 갔다.

문을 열자 이방인이 서 있었다. 그녀를 바라보면서.

그들은 한동안 서로를 응시했다. 이상하게도—나중에 든 생각인데—루시는 두렵지 않았다. 그녀를 바라보는 그의 시선 때문이었다. 그 표정에는 위협이 없었다. 음탕함도 없었고 능글맞음도 없었다. 그는 그녀의 치골이나 가슴이 아니라 그녀의 얼굴, 그녀의 눈을 들여다보고 있었다. 그녀는 고개를 돌렸다. 약간 놀라서였지 거북해서는 아니었다. 자신이 왜 비명을 지르며 손으로 몸을 가리고 문을 쾅 닫아버리지 않는지 알 수 없었다.

뭔가가, 마침내, 그의 눈빛에 떠올랐다. 그저 상상일 수도 있지만 그녀는 그의 눈빛에서 경탄을 보았다. 거기에는 희미하게 반짝이는 정직한 유머와 슬픔의 흔적이 배어 있었다. 그 순간 멈춰 있던 시간이 다시 흐르기 시작했다. 그는 돌아서서 침실로 가 문을 닫았다. 잠시 후 침대의 용수철이 삐걱거리는 소리가 들려왔다.

그리고 아무 이유 없이 그녀는 지독한 죄의식을 느꼈다.

20

퍼시벌 고들리먼은 그가 할 수 있는 모든 수단을 강구했다.

영국 경찰 누구나 페이버의 사진을 가지고 있었고, 개중 절반이 그의 검거에 전적으로 매달려 있었다. 도시 경찰은 호텔과 게스트하우스, 지하철역과 버스 터미널, 카페와 쇼핑센터를 수색했다. 부랑자가 출몰하는 다리와 아치와 폭격당한 건물도 예외가 아니었다. 시골에서는 헛간과 곡물저장고, 빈 오두막과 폐허가 된 성, 잡목숲과 공터와 옥수수밭을 뒤졌다. 그들은 기차역 매표소 직원, 주유소 직원, 페리 관계자, 통행료 징수인에게 그의 사진을 보여주었다. 모든 여객항과 공항의 출입국 관리실에 그의 사진이 붙어 있었다.

물론 경찰은 여전히 단순 살인범을 찾고 있다고 생각했다. 거리의 경관들은 사진 속 남자가 런던에서 칼로 사람 둘을 죽였다고 알고 있었다. 그보다 고위급은 좀더 많이 알았다. 살인사건 중 하나는 성폭행이 관련되었으며, 다른 한 건은 뚜렷한 범행동기가 없고, 미스터리하고 끔찍한 세번째 사건—부하들은 알아서는 안 되었다—의 희생자는 유스턴-리버풀 간 기차에 탑승중이던 어느 병사라는 사실. 그러나 그 병사가 잠시나마 MI5 소속이었고 모든 살인사건이 직간접적으로 국가 안보와 관련되어 있다는 사실을 아는 이는 지서장과 런던 경찰청 관계자 몇 명뿐이었다.

언론 역시 경찰이 흔한 살인범을 추적하고 있다고 생각했다. 고들리먼이 보도자료를 통해 세부정황을 유포한 다음날, 대부분의 신문이 마지막 판에 그 기사를 실었다―스코틀랜드, 얼스터, 북웨일스로 가는 첫번째 판에는 실리지 못하고 하루가 지나서야 축약본이 실렸다. 스톡웰 피해자는 신원을 노동자로 위장하고 가짜 이름과 애매한 배경을 제공했다. 고들리먼은 보도자료에서 그 살인사건을 1940년 발생한 우나 가든 부인의 죽음과 연관시켰지만, 관련성의 본질에 대해서는 직접적인 언급을 삼갔다. 살인무기는 스틸레토였던 것으로 공개되었다.

기차에서 발생한 살인사건 소식을 발 빠르게 접한 리버풀의 신문사 두 곳은 런던의 스틸레토 살인자가 연관이 있는 게 아닐까 의문을 품고 리버풀 경찰로 문의해왔다. 두 신문사의 편집장은 지서장의 전화를 받았고 두 곳 모두 관련 기사를 내보내지 않았다.

총 백쉰일곱 명이나 되는 키가 크고 피부색이 검은 남자가 페이버로 의심되어 체포되었다. 그중 알리바이를 대지 못한 이는 스물아홉으로, MI5에서 나온 심문관들이 그들을 면담했다. 스물일곱 명이 부모, 친척, 이웃을 불러들여 그들이 영국에서 태어났고, 페이버가 독일에 있었던 1920년대에도 영국에 살고 있었음을 확인시켰다.

나머지 두 명은 런던으로 불러 다시 한번 면담했다. 이번에는 고들리먼이 직접 나섰다. 둘 다 미혼이고 혼자 살며 생존해 있는 친척도 없이 단기 거주자의 삶을 이어나가고 있었다. 첫번째 남자는 옷을 잘 입고 당당한 인물로, 육체노동자로서 이런저런 잡일을 하며 전국을 떠도는 것이 자기 삶의 방식이라는 신빙성 없는 이야기를 했다. 고들리먼은 자기는—경찰과 달리—전쟁 기간 동안 누구라도 감금할 수 있는 권한이 있다고 말했을 뿐 아무 질문도 하지 않았다. 덧붙여 사소한 과오 따위에는 일절 관심이 없고 이곳 육군성에 제공한 모든 정보는 엄격한 보안이 유지되니 밖으로 새어나갈 염려는 하지 않아도 된다고도 말했다.

그러자 그는 자기가 사기꾼이라고 자백하며 지난 삼 주간 보석을 갈취한 노부인 열아홉 명의 주소를 댔다. 고들리먼은 그를 경찰로 넘겼다.

전문적인 거짓말쟁이에게 한 말을 지킬 의무는 딱히 느끼지 않았다.

마지막 용의자 역시 고들리먼 앞에서 자백하고 말았다. 그의 비밀은 그가 미혼이 아니라는 사실이었다. 미혼과는 한참 동떨어진 사람이었다. 그는 브라이턴에 아내가 있었다. 솔리헐에도 있었고 버밍엄에도 있었다. 콜체스터에도 있었고 뉴베리에도 있었고 엑서터에도 있었다. 그날 늦게 다섯 결혼 모두 혼인증명서를 발급받아 확인할 수 있었다. 그 중혼자는 수감되어 재판을 기다리게 되었다.

수사가 계속되는 동안 고들리먼은 줄곧 사무실에서 지냈다.

브리스틀 템플 미즈 기차역:

"안녕하십니까, 아가씨. 이 사진을 좀 봐주겠습니까?"

"얘들아, 이리 와봐! 이 경찰 아저씨가 자기 사진을 보여주려나봐!"

"자자, 장난치지 말고. 이자를 본 적 있습니까?"

"어머, 잘생겼네! 본 적 있으면 좋겠는데요!"

"이자가 저지른 짓을 알고도 그런 소리가 나올까? 거기 아가씨들, 다들 한번 봐주겠습니까?"

"본 적 없어요."

"저도요."

"저도 못 봤어요."

"이 사람 붙잡거든 물어봐줄래요? 친절하고 젊은 브리스틀 아가씨가 있는데 한번 만나보지 않겠느냐고—"

"이 아가씨들이 정말…… 바지를 입고 짐꾼 일을 한다고 남자처럼 행동해도 된다고 생각하는 모양이야……"

울위치 페리:

"날이 궂지요, 순경 나리?"

"안녕하십니까, 선장님? 공해 쪽은 더하겠지요."

"뭐 도와드릴 일이라도? 아니면 그냥 강을 건너려는 거요?"

"사진을 한 장 봐줬으면 하는데요."

"우선 안경부터 끼고. 아, 그렇다고 걱정할 건 없어요. 배를 모는 데는 아무 지장이 없으니까. 가까이 있는 걸 볼 때만 안경을 끼지. 어디 보자……"

"낯이 익습니까?"

"미안합니다, 순경 나리. 난 본 적 없는 사람이오."

"그렇군요. 혹시 보거든 알려주십시오."

"그러지."

"즐거운 항해 되길 바랍니다."

"날씨가 이래서야 그럴 수가 있을지, 원."

런던 E1, 릭 스트리트 35번지:

"어머, 라일리 경사님 아니에요? 이렇게 기쁠 때가 있을까!"

"입에 발린 소리는 그만두고, 메이블. 어떤 손님들이 와 있지?"

"고상한 분들이죠, 다 아시면서."

"알지, 아니까 여기 온 거야. 혹시 그 고상한 손님 가운데 바삐 돌아다니는 사람은 없나?"

"언제부터 발 빠른 신병 소집에 나선 거예요?"

"그런 게 아니야, 메이블. 난 사람을 찾고 있어. 만약 그자가 여기 있다면, 당신에게 여기저기 다닌다고 말했을 거야."

"이봐요, 잭. 지금 이곳엔 내가 모르는 사람이 하나도 없다고 말하면 나를 그만 괴롭히고 사라져줄 거예요?"

"내가 왜 당신을 믿어야 하지?"

"1936년 일 때문이죠."

"메이블 당신, 그때는 지금보다 보기 좋았는데."

"당신도 그래요, 잭."

"당신이 이겼어…… 살인자 사진을 한번 봐줘. 이자가 여기 오거든 연락해, 알겠지?"

"약속해요."

"지체해선 안 돼."

"알았다고!"

"메이블…… 당신에게만 말해주는 건데, 당신 또래 여자를 죽인 놈이야."

백숏 인근 A30 도로, 빌스 카페:

"차 한 잔 줘, 설탕은 두 스푼."

"피어슨 순경이 오셨군. 날이 궂지?"

"빌, 거기 접시에 놓인 건 뭐야? 포츠머스에서 보내온 자갈인가?"

"버터 바른 롤빵이지, 알면서 그래?"

"아! 그럼 두 개 먹어야겠군. 고마워…… 자, 그건 그렇고 여러분! 화물차 수색을 당하고 싶지 않거든 내 말에 협조하는 게 좋아. 다들 이 사진을 봐줘."

"이자는 왜 쫓는데? 전조등도 안 밝히고 자전거라도 탄 거야?"

"농담할 기분 아니야, 해리. 사진을 돌리라고. 이놈 태워준 사람 없어?"

"난 아냐."

"나도."

"미안하네, 순경 나리."

"본 적 없어."

"다들 고마워. 혹시 보거든 신고 부탁하지. 그럼 나는 이만."

"순경 나리?"

"왜?"

"빵 값 내야지."

칼라일, 스메딕 주유소:

"실례합니다, 부인. 시간 되시면……"

"잠깐만요, 이 손님부터 해드리고요. 12파운드 6펜스네요. 감사합니다. 안녕히 가세요."

"장사는 잘되나요?"

"늘 형편없어요. 무슨 일이죠?"

"잠시 사무실로 들어가도 될까요?"

"그럼요. 자, 들어가죠."

"이 사진을 한번 보시고, 최근에 주유를 해준 일이 있는지 말씀해주시면 됩니다."

"뭐, 그다지 어려운 일도 아니죠. 손님이 많은 것도 아니고…… 아!

맞아요. 이 사람 여기 왔었던 것 같아요!"

"언제요?"

"그제 아침에요."

"어느 정도나 확신하시죠?"

"사진보다 나이들어 보이긴 했지만, 분명해요."

"어떤 차를 몰았습니까?"

"회색 차였어요. 내가 차종은 잘 몰라서. 여긴 원래 남편 사업장이었
거든요. 지금은 해군에 있지만."

"모양이 어떻던가요?"

"구식이었어요. 캔버스 지붕이 올라가는 거. 2인승이고. 스포츠카처
럼 생겼고. 발판에 여분의 연료탱크가 붙어 있었어요. 내가 거기도 연
료를 채워넣었어요."

"옷차림이 기억나십니까?"

"글쎄…… 작업복을 입고 있었던 것 같은데."

"키가 컸나요?"

"네. 당신보다 컸어요."

"혹시 여기 전화가 있습니까?"

윌리엄 덩컨은 스물다섯의 나이에 키는 178센티미터, 몸무게는 68킬
로그램이고 대단히 건강했다. 바깥일을 많이 하는 한편 담배나 술에는
아예 관심 없고 밤늦게까지 놀거나 무절제한 생활과도 거리가 멀었기
때문이다. 그러나 군복무는 하지 않았다.

어릴 때 그는 약간 둔하긴 해도 정상적으로 보였지만 여덟 살이 되면
서부터 두뇌가 더이상 발달하지 않았다. 정신적 외상도 없었고, 그런 갑
작스러운 상황을 설명해줄 신체적인 손상도 없었다. 그래서 사람들이

뭔가 이상하다는 낌새를 알아차린 것은 그로부터 얼마간 세월이 지나서였다. 열 살이 되었을 때 아이는 다소 둔한 정도였고 열두 살이 되었을 때도 멍청하다고만 생각했는데, 열다섯 살이 되자 아이는 분명 정상이 아니었다. 열여덟 살이 되자 그는 '바보 윌리'라는 꼬리표가 붙었다.

그의 부모는 어느 이름 없는 근본주의 종교 단체의 일원으로, 교인들은 같은 교회 사람이 아니면 결혼할 수 없었다(이것은 윌리의 상태와 관련이 있을 수도, 없을 수도 있었다). 물론 그들은 아이를 위해 기도했다. 그렇지만 스털링에 있는 전문가에게 데려가기도 했다. 나이든 의사는 몇 가지 테스트를 하더니 반원형 금테 안경 너머로 그들에게 말했다. 아이의 정신연령은 여덟 살이고 더 성장하지 않을 거라고, 영원히. 그들은 계속 아이를 위해 기도하면서도 신께서 자신들을 시험하기 위해 이런 시련을 주셨다고 여겼다. 그리하여 그들은 윌리가 구원받았다고 확신했고 인간들이 주님을 영접하는 영광의 날 윌리가 치유되리라 고대했다. 그때까지는 그에게도 직업이 필요했다.

소는 여덟 살짜리도 몰 수 있지만, 그래도 소를 모는 일은 직업이다. 그래서 바보 윌리는 소몰이가 되었다. 그리고 그가 그 차를 처음 본 것은 소를 몰고 갈 때였다.

그는 차 안에 남자 여자가 타고 있다고 생각했다.

윌리는 남자 여자에 대해 알고 있었다. 그러니까, 그런 사람들이 존재한다는 것을. 그들은 숲속이나 영화관이나 자동차처럼 으슥한 곳에서 입에 담기 민망한 짓을 서로에게 했다. 그리고 사람들은 그것에 대해 입을 다물었다. 그래서 그는 소를 몰고 1924년형 모리스 카울리 '황소 코' 2인승(그는 차에 대해서도 알았다, 여덟 살짜리가 그렇듯이)이 세워져 있는 덤불 옆을 재빨리 지났고, 혹시 죄스러운 장면이라도 보게 될까봐 차 안쪽을 들여다보지 않으려고 무진 애를 썼다.

그는 젖을 짤 수 있도록 소들을 우사에 들인 후, 지나쳐온 덤불을 멀리 돌아 집으로 갔다. 저녁을 먹고 나서 아버지에게 레위기 한 장을 읽어드렸고―큰 목소리로, 열심히―잠자리에 들어 남자 여자에 대한 꿈을 꿨다.

차는 다음날 저녁때까지도 여전히 그곳에 있었다.

아무리 순진하기로서니 윌리라고 남자 여자가 서로에게 하는 행동이 무엇이든 24시간 내내 할 순 없다는 것을 모르지 않았다. 그래서 이번에는 차로 다가가 안을 들여다보았다. 텅 비어 있었다. 기름이 흘러내려 엔진 아래쪽 땅이 검고 끈적끈적했다. 윌리는 상황을 새로이 인식하게 되었다. 고장나서 운전사가 버리고 갔구나. 차가 어째서 덤불에 반쯤 숨겨져 있었는지는 미처 생각이 미치지 못했다.

우사에 도착한 그는 농부에게 자기가 본 것을 말했다. "간선도로 옆 샛길에 고장난 차가 있어요."

덩치가 큰 농부는 생각할 때면 텁수룩한 모래색 눈썹 사이를 찌푸리는 사람이었다. "자동차 주위에 아무도 없더냐?"

"네. 어제도 있었어요."

"그럼 왜 어제 말하지 않고?"

윌리는 얼굴을 붉혔다. "혹시…… 그러니까…… 남자 여자가 타고 있을지도 모르니까요."

윌리는 내숭을 떠는 게 아니라 정말로 쑥스러워하고 있었다. 농부가 윌리의 어깨를 토닥거리며 말했다. "너는 집으로 가. 그 일은 내가 알아서 처리할 테니."

소젖을 짠 다음 농부는 직접 그곳으로 갔다. 그리고 윌리와 달리 그는 차가 왜 반쯤 숨겨진 채로 버려진 것일까 의구심을 품었다. 런던에서 발생한 스틸레토 살인사건에 대해 들었던지라, 살인자가 그 차를 버렸으리라는 성급한 결론까지는 내리지 않더라도 그런저런 범죄와 어떤 연관이 있지 않을까 싶은 생각이 들었다. 그래서 저녁식사를 마친 뒤 장남을 말에 태워 마을로 보내 스털링 경찰서에 연락을 취했다.

아들이 돌아오기도 전에 경찰이 도착했다. 못해도 열두 명은 되었는데, 다들 어지간히 차를 마셔댔다. 농부와 아내는 그들을 살피느라 밤잠을 제대로 자지 못했다.

바보 윌리는 진술을 하기 위해 소환되었다. 그는 차를 처음 본 것은 전날 저녁이었다고 재차 말했고, 차 안에 남자 여자가 있을 거라고 생각했다는 말을 하면서는 또다시 얼굴을 붉혔다.

대체로 그날은 전쟁중 맞이한 가장 흥분되는 밤이었다.

그날 저녁, 사무실에서의 나흘째 밤을 앞두고 퍼시벌 고들리먼은 목욕을 하고 옷을 갈아입고 여행가방을 꾸리기 위해 집으로 갔다.

첼시의 한 구역, 가사 서비스를 제공하는 공동주택이었다. 작아도 남자 혼자 살기에는 충분했고 서재를 제외하면 깔끔하고 단정한 편이었다. 청소하는 사람에게 서재는 드나들지 말라고 했더니 결과적으로 책과 서류가 어지러이 흩어져 있었다. 가구는 물론 죄다 구식이었지만 애초에 잘 골라 들인 편이었고, 집안 분위기도 편안했다. 거실에는 가죽 의자와 축음기가 놓여 있었고 부엌에는 거의 사용하지 않지만 노동을 덜어주는 도구가 가득했다.

욕조에 물을 받는 동안 그는 담배를 한 개비 피워 물고—이래저래 거추장스러운 파이프 대신 최근 들어 애용하게 되었다—그가 소유한 가장 값진 소장품을 바라보았다. 히에로니무스 보스의 작품으로 추정되는 음침하고 환상적인 중세의 풍경. 집안의 가보여서 돈이 궁할 때도 팔지 않은 물건이었다.

욕조에 몸을 담근 채 그는 바버라 디킨스와 그 아들 피터를 생각했다. 그녀에 대한 이야기는 아무에게도 한 적이 없었다. 블로그스에게도 마찬가지였다. 지난번 재혼과 관련해 대화를 나누던 중 언급하려 했는데 테리 대령이 들어오는 바람에 무산됐었다. 그녀는 홀몸이었다. 남편은 전쟁 초기에 전장에서 사망했다. 나이는 몰랐지만 겉보기에는 마흔 살쯤 되지 않을까 싶었는데, 그래도 스물두 살짜리 아들을 두기에는 젊은 나이였다.

　그녀는 가로챈 적의 무전을 해독하는 일을 했고, 똑똑하고 재미있고 굉장히 매력적이었다. 돈도 많았다. 고들리먼은 현재의 비상사태가 발생하기 전까지 그녀를 저녁식사에 세 번 초대했다. 여자도 그를 좋아하는 것 같았다.

　그녀의 주선으로 고들리먼은 피터를 만났다. 대위였는데 고들리먼은 그가 마음에 들었다. 그러나 고들리먼은 바버라도 그녀의 아들도 모르는 사항을 알고 있었다. 피터는 디데이에 프랑스로 떠나야 했다.

　독일군이 거기서 그를 기다리고 있을 것이냐 아니냐는 그들이 바늘을 잡는 데 달려 있었다.

　그는 욕조에서 나와 시간을 들여 조심스레 면도하면서 스스로에게 물었다. 나는 그녀를 사랑하는 것일까? 중년의 사랑은 어떤 느낌인지 그는 확신이 없었다. 분명 젊은 시절의 불타는 열정은 아니리라. 애정, 존경, 다정, 그리고 일말의 불확실한 욕정? 만약 그것들이 모여 사랑이 되는 거라면 그는 그녀를 사랑하고 있었다.

　그리고 지금이야말로 다른 누군가와 인생을 함께해야 할 때였다. 오랫동안 그는 고독과 연구에 파묻혀 살았다. 지금은 군사정보부의 동지들이 삶의 전부였다. 파티, 큰 사건이 터지는 즉시 돌입하는 철야, 헌신적인 아마추어리즘, 언제 어디서 죽음을 맞을지 모르는 사람들의 광적인 쾌락 추구—이 모든 것에 그도 전염되었다. 전쟁이 끝나면 사라질 것들이었다. 자신의 좌절과 승리에 대해 가까운 이에게 이야기하고 싶은 욕구, 밤에 다른 누군가를 만지고 싶은 욕구, "저기! 저길 봐요! 아름답지 않습니까?"라고 말하며 좋은 것을 나누고 싶은 욕구, 그런 것들만 남을 것이다.

전쟁은 힘들고 답답하고 짜증스럽고 불편했다. 하지만 친구를 만들어주었다. 만약 평화와 함께 또다시 고독이 찾아든다면, 고들리먼은 그렇게는 살아가지 못할 것 같았다.

지금 당장은 깨끗한 속옷과 빳빳이 다린 셔츠의 감촉만으로도 굉장한 사치였다. 그는 가방에 옷가지를 몇 벌 더 챙겨넣었다. 그리고 자리에 앉아 사무실로 돌아가기에 앞서 위스키 한 잔을 마시는 여유를 즐겼다. 징발된 다임러에 탄 운전병은 조금 더 기다려줄 것이다.

파이프를 채우는데 전화가 울렸다. 그는 파이프를 내려놓고 대신 담배 한 개비에 불을 붙였다.

전화는 육군성 교환대와 연결되어 있었다. 교환원이 댈키스 총경이 스털링에서 전화를 걸어왔다고 말했다.

그는 전화가 연결되기를 기다렸다. "고들리먼입니다."

"모리스 카울리를 찾았습니다." 댈키스가 다짜고짜 말했다.

"어딥니까?"

"스털링 남쪽 A80 도로입니다."

"차는 비어 있었습니까?"

"네. 고장났습니다. 그곳에 최소한 24시간은 버려져 있었습니다. 도로에서 몇 미터 들어가 덤불에 숨겨놓았더군요. 좀 모자란 농장 청년이 발견했습니다."

"현장에서 걸어갈 수 있는 범위에 버스 정류장이나 기차역은?"

"없습니다."

"그러면 차를 버리고 걸어갔거나 남의 차를 얻어 탔다는 뜻인데."

"네."

"그렇다면—"

"그래서 혹시 그를 보았거나 태워준 사람이 없는지 수사중입니다."

"잘했습니다. 소식이 있거든 알려주시죠. 나는 런던 경찰청에 소식을 전해야겠으니. 고맙습니다, 총경."

"계속 연락드리겠습니다. 안녕히 계십시오."

고들리먼은 수화기를 내려놓고 서재로 들어갔다. 지도책을 꺼내 북부 브리튼의 도로 지도를 펼쳐놓고 자리에 앉았다. 런던, 리버풀, 칼라일, 스털링…… 페이버는 스코틀랜드 북동쪽으로 향하고 있었다.

페이버가 독일로 빠져나가려 한다는 가정을 재검토해야 하는 게 아닐까. 가장 좋은 도주로는 중립국 아일랜드를 경유하는 서쪽이었다. 그러나 스코틀랜드의 동쪽 해안은 온갖 종류의 군사행동이 이루어지는 지역이었다. MI5가 뒤쫓는 줄 알면서도 정보 수집을 계속 이어나갈 정도로 간이 큰 녀석일까? 그럴 수 있었다. 고들리먼 생각에 페이버는 배짱이 두둑한 자였다. 그렇지만 정보 수집을 계속할 리는 없었다. 스코틀랜드에서 무엇을 알아내든지 그가 이미 아는 정보보다 중요한 정보는 없었으니까.

그러니 페이버는 동쪽 해안으로 빠져나가려는 게 분명했다. 고들리먼은 가능한 탈출 방법을 떠올려보았다. 경비행기를 이용해 인적 드문 황무지에 착륙할 수도 있고, 배를 훔쳐 타고 단독으로 북해를 횡단할 수도 있으며, 블로그스의 말처럼 바다에서 유보트와 접선할 수도 있었다. 중립국을 거쳐 발트해로 가는 상선에 오른 뒤 스웨덴에서 내려 국경을 지나 점령지인 노르웨이로 들어가는 방법도 있고…… 수도 없었다.

어찌됐든 런던 경찰청에 현황 보고를 해야 했다. 그러면 스코틀랜드 경찰을 총동원해 스털링 외곽에서 낯선 자를 차에 태워준 사람이 없는지 수사해줄 것이다. 고들리먼은 전화를 걸기 위해 다시 거실로 나왔다. 그러나 수화기를 들기도 전에 전화가 울렸다. 그는 수화기를 집어들었다.

　"고들리먼이네."

　"애버딘에서 리처드 포터라는 사람의 전화입니다."

　"그래?" 고들리먼은 블로그스가 칼라일에서 연락해온 줄 알았다. "연결해. 여보세요? 고들리먼입니다."

　"아, 리처드 포터라고 합니다. 이곳 공안위원회 소속입니다."

　"수고가 많으십니다. 그런데 무슨 일로?"

　"그게 그러니까, 굉장히 난처한 얘기인데."

　고들리먼은 인내심을 가지고 기다렸다. "계속하시죠."

　"찾고 있는 자 말입니다. 스틸레토 살인자라던가? 아무튼 내가 그 빌어먹을 놈을 차에 태워준 게 분명합니다."

　고들리먼은 수화기를 움켜쥐었다. "언제 말입니까?"

　"그제 밤입니다. 내 차가 스털링 외곽 A80 도로에서 고장났거든요. 한밤중에. 이놈이 나타나더니, 걸어오고 있었는데, 차를 고쳐주지 뭡니까. 그러다보니 자연스럽게—"

　"어디서 내려주었습니까?"

　"여기 애버딘이었죠. 밴프로 간다더군요. 어제 내내 자는 바람에 오늘 오후에서야—"

　"자신을 너무 책망하지 마십시오, 포터 씨. 전화줘서 고맙습니다."

　"네. 그럼 이만 끊겠습니다."

　고들리먼이 수화기를 가볍게 흔들자 육군성 교환원이 연결되었다.

"블로그스를 연결해주겠나? 지금 칼라일에 있는데."

"지금 전화가 와 있습니다."

"잘됐군!"

"여보세요, 교수님. 무슨 일입니까?"

"다시 놈의 꼬리를 밟았네. 칼라일 주유소에서 급유를 하고, 스털링 외곽에 모리스를 버린 다음 남의 차에 동승, 애버딘까지 갔어."

"애버딘이라고요?"

"동쪽으로 빠져나가려는 게 분명해."

"애버딘에 도착한 때는요?"

"어제 아침 일찍."

"그럼, 엄청 일찌감치 서둘렀다면 모를까, 빠져나가지 못했을 겁니다. 그곳에 최악의 폭풍이 닥쳤거든요. 어젯밤부터 시작됐는데 아직도 기세가 등등해요. 나가는 배도 없고, 비행기 착륙은 꿈도 못 꿔요."

"다행이야. 가능한 한 빨리 그쪽으로 이동해. 난 그곳 경찰을 움직일 테니. 애버딘에 도착하면 전화하도록."

"벌써 가는 길입니다."

21

페이버가 눈을 떴을 때는 날이 거의 저물어 있었다. 침실 창문으로 마지막 회색 빛줄기가 어둠에 잠식되는 모습을 볼 수 있었다. 폭풍은 잠잠해지지 않았다. 빗줄기가 지붕을 때리며 홈통에서 넘쳐흘렀고 바람은 지칠 줄 모른 채 울부짖으며 휘몰아쳤다.

그는 침대맡의 작은 전등을 켰다. 그 정도 움직임에도 힘이 빠져 다시 털썩 드러눕고 말았다. 몸이 그렇게까지 약해지다니 두려운 마음이 들었다. 힘이 곧 정의라고 믿는 사람은 언제나 힘이 있어야 한다. 페이버는 그 자신의 윤리가 의미하는 바를 충분히 인식하고 있었다. 두려움은 그의 감정의 표면에서 멀어진 적이 없었다. 어쩌면 그 때문에 그토록 오래 살아남았으리라. 그는 안전하다는 느낌을 만성적으로 받지 못하는 사람이었다. 누구나 이따금 자신의 가장 근본적인 부분을 어렴풋이 이해하듯이, 그는 스스로 느끼는 그 불안이 스파이라는 직업을 택한 이유라는 사실을 이해하고 있었다. 스파이는 그에게 최소한의 위협이라도 끼치려 한다면 누구든 즉각 죽여버릴 수 있는 유일한 삶의 방식이었다. 약해지는 것에 대한 두려움은 강박적인 독립심과 불안, 군 상관들을 향한 경멸을 비롯해 그의 병적 성향의 일부분이었다.

그는 분홍색 침실의 아이 침대에 누워 자기 몸을 샅샅이 살펴보았다. 온몸이 멍투성이였지만 부러진 데는 확실히 없었다. 열도 없었다. 배에서 밤을 보냈는데 기관지염 증상도 없었다. 다만 기운이 나지 않았다. 단순한 피로가 아니었다. 경사로의 꼭대기에 도달한 순간 죽을 것만 같았던 기억이 떠올랐다. 정신착란을 일으킨 듯한 상태로 오르막길을 돌진하는 동안 혹여 자기 몸이 영구적인 손상을 입은 건 아닌가 싶은 생각이 들었다.

소지품도 살폈다. 네거티브필름통은 여전히 가슴에 테이프로 붙어 있었고, 스틸레토는 왼팔에 끈으로 묶여 있었으며, 신분증과 돈은 빌려 입은 잠옷 상의 주머니에 들어 있었다.

그는 담요를 옆으로 걷고 몸을 휙 돌려 발을 바닥에 내리고 침대에 앉았다. 잠시 현기증이 일다가 사라졌다. 그는 자리에서 일어섰다. 스스로 병약자라는 심리적 태도를 취하지 않는 게 중요했다. 그는 가운을 걸치고 욕실로 향했다.

돌아와보니 깨끗이 세탁하고 다림질한 그의 옷가지가 침대 발치에 놓여 있었다. 문득 오전시간 언젠가 욕실에서 그 여자가 벌거벗은 모습을 본 기억이 떠올랐다. 기이한 장면이었고 어떻게 된 상황인지 분간이 안 갔다. 기억 속 그녀는 매우 아름다웠다. 그건 분명했다.

그는 천천히 옷을 입었다. 면도를 하고 싶었지만, 욕실 선반 위 면도기를 사용하기 전에 주인 남자의 허락을 구하기로 했다. 아내에게 그러하듯 면도기에 소유욕을 느끼는 남자가 종종 있었다. 그렇지만 서랍장맨 위 칸에서 발견한 아이의 플라스틱 빗은 편하게 썼다.

그는 무심히 거울을 들여다보았다. 그에게는 자만심이 없었다. 여자들 가운데는 그를 매력적으로 보는 사람도 있었고 아닌 경우도 있었다. 남자들 대부분이 비슷하리라. 물론 그는 대부분의 남자보다 여자가 많았다. 그러나 그것은 취향의 문제지 외모 때문이 아니었다. 말쑥한 편이라는 사실은 알았지만, 그에 대해 더 깊이 생각할 필요는 없었다.

그는 침실을 나와 천천히 계단을 내려갔다. 다시 한번 몸에서 진이 빠지며 다리가 후들거렸다. 그는 난간을 붙잡고 자신의 쇠한 기력을 극복하겠다는 의지를 다잡으며 한 발 한 발 조심스레 계단을 디뎠다.

그는 거실 문밖에 잠시 멈춰 섰다가 아무 기척이 없자 부엌으로 갔다. 노크를 하고 안으로 들어갔더니 젊은 부부가 식탁에 앉아 저녁식사를 끝내는 참이었다.

그가 들어서자 여자가 일어섰다. "일어났군요!" 그녀가 말했다. "괜찮겠어요?"

페이버는 그를 부축해 의자에 앉히는 여자에게 몸을 맡겼다. "감사합니다." 그가 말했다. "이러시면 제가 계속 아픈 척해야 합니다."

"본인이 얼마나 끔찍한 경험을 했는지 아직 실감이 안 되나봐요?" 그녀가 말했다. "요기 좀 하겠어요?"

"귀찮게 하는 건 아닌지 —"

"아니에요. 그런 말 하지 마세요. 수프를 뜨겁게 준비해뒀어요."

"정말 친절하시군요. 그런데 아직 두 분 성함도 모릅니다."

"남편은 데이비드 로즈, 전 루시예요." 그녀는 그릇에 수프를 떠 식탁에 앉은 그의 앞에 놓아주었다. "여보, 빵 좀 잘라드려."

"헨리 베이커라고 합니다." 입에서 왜 그런 이름이 나왔는지 알 길이 없었다. 그 이름으로는 신분증이 없었다. 헨리 페이버는 경찰이 쫓고 있으니, 제임스 베이커라는 신분을 사용하는 것이 맞았다. 그러나 그는 자기 여자가 그를 헨리라고 불러주길 원했다. 진짜 이름인 하인리히에 가장 가까운 영국식 이름.

그는 수프를 한 숟가락 떠먹었다. 갑작스레 허기가 밀려왔다. 그는 허겁지겁 수프를 다 먹고 빵까지 먹어치웠다. 그러자 루시가 웃었다. 사랑스러웠다. 그녀는 가지런한 하얀 치아를 드러내며 입을 크게 벌리고 웃었다. 눈가에 명랑한 주름이 잡혔다.

"더 들겠어요?" 그녀가 물었다.

"감사합니다."

"요기를 하니 좀 나아 보이네요. 혈색이 돌고 있어요."

페이버가 느끼기에도 기운이 좀 나는 듯했다. 그는 예의상 두번째 그릇은 좀 천천히 비우려고 노력했지만 이번에도 여전히 맛이 좋았다.

데이비드가 처음으로 입을 열었다. "이 폭풍 속에 어쩌다 나온 겁니까?"

"식사하는데 왜 그런 걸 묻고 그래?"

"괜찮습니다." 페이버가 재빨리 말했다. "제가 어리석었죠. 전쟁이 터지고 처음 맞는 낚시 휴가라 날씨 때문에 포기하고 싶지 않았거든요. 배를 타십니까?"

데이비드는 고개를 저었다. "양을 기릅니다."

"일꾼은 많습니까?"

"한 명뿐입니다. 톰이라고 노인네예요."

"섬에 다른 목장도 있겠군요."

"아뇨. 우리는 이쪽 끝에 살고 저쪽 끝에는 톰이 삽니다. 그 사이에 있는 것은 양뿐입니다."

페이버는 고개를 끄덕였다. 잘됐어, 아주 잘됐어. 여자 하나, 불구자 하나, 아이 하나, 노인 하나…… 벌써 기력이 되살아나는 기분이었다.

"본토와 연락은 어떻게?" 페이버가 물었다.

"이 주에 한 번 배가 오지요. 이번 월요일이 그날인데, 폭풍이 계속되면 못 올 겁니다. 톰의 오두막에 무선송신기가 한 대 있는데 위급상황에나 사용할 수 있습니다. 사람들이 당신을 찾고 있다거나 긴급히 의료 조치가 필요하다고 판단됐다면 전 그걸 사용했을 겁니다. 그런데 보아하니 그럴 필요는 없는 것 같군요. 사실 연락하는 게 별 의미가 없긴 합니다. 폭풍이 잦아들 때까지는 아무도 당신을 데리러 올 수 없을 테고, 폭풍이 잦아들면 어쨌든 배가 오게 되어 있으니까요."

"그렇군요." 페이버는 기쁨을 감추며 말했다. 월요일에 유보트와 어떻게 접선할 것인가 하는 문제가 마음 저편에서 그를 괴롭히고 있던 터였다. 이 집 거실에 평범한 라디오가 한 대 있으니 부득이 그것으로라도 무선송신기를 급조해야 할 판국이었다. 그런데 톰의 오두막에 제대로 된 기기가 있다니 일이 간단해졌다. "그런데 톰은 왜 송신기를?"

"왕립감시대 소속이거든요. 애버딘은 1940년 7월 폭격을 당했습니다. 공습경보가 없었어요. 오십여 명의 사상자가 발생했죠. 톰은 그때 뽑혔습니다. 시력보다 청력이 좋으니 다행이지요."

"폭격기는 노르웨이에서 오지 않나요?"

"그럴 겁니다."

루시가 자리에서 일어섰다. "그만 거실로 나갈까요."

두 남자는 그녀를 뒤따라갔다. 페이버는 피로감도 현기증도 느껴지지 않았다. 그는 데이비드를 위해 거실 문을 잡아주었다. 데이비드는 난롯가에 자리를 잡았다. 루시가 브랜디를 권했지만 페이버는 거절했다. 그녀는 남편과 자신을 위해 두 잔을 따랐다.

페이버는 의자에 몸을 맡긴 채 그들을 찬찬히 살폈다. 루시는 대단히 매력적인 여자였다. 얼굴은 달걀형이고, 커다란 눈은 고양이처럼 독특한 호박색이며, 진한 검붉은색 머리칼은 풍성하게 너울거렸다. 어부들이 입는 스웨터에 펑퍼짐한 바지 차림이었지만 훌륭하고 육감적인 몸매가 언뜻 드러났다. 실크스타킹에 파티 드레스를 입으면 대단히 매력적일 것 같았다. 데이비드도 못지않게 잘생겼다—짙은 턱수염만 아니면 오히려 예쁘장하다는 표현이 어울릴 정도였다. 머리카락은 검은색에 가까웠고 피부색만 보면 지중해 사람 같았다. 다리가 있었다면, 팔길이로 보건대 키가 매우 컸을 것이었다. 페이버는 짐작했다. 여러 해휠체어를 밀며 근육을 키웠을 테니 저 팔은 힘이 세겠지.

매력적인 한 쌍이지만 그들 사이에는 뭔가 심각한 문제가 있었다. 결혼생활 전문가는 아니지만 심문 기술 훈련을 받은 페이버는 소리 없이드러나는 몸의 언어를 읽을 수 있었다. 사소한 몸짓으로도 누가 놀랐거나 확신하거나 뭔가를 숨기고 있거나 거짓말하는 것을 알아챘다. 루시와 데이비드는 서로를 거의 보지 않았고 신체접촉도 일절 없었다. 서로이야기하는 횟수보다 그에게 말을 건네는 횟수가 더 많았다. 그들은 자기 앞에 몇 제곱미터의 빈 영역을 두는 칠면조처럼 상대를 빙 둘러갔다. 그들 사이에는 팽팽한 긴장감이 흘렀다. 마치 당분간은 서로를 향한 깊은 적의를 억누른 채 나란히 서서 싸워야 하는 처칠과 스탈린 같았다. 어떤 트라우마가 그들 사이에 이런 거리감을 낳았는지 페이버는궁금했다. 카펫, 밝은색 페인트, 꽃무늬 안락의자, 따뜻한 난로의 불꽃,수채화 액자에도 불구하고 이 아늑한 작은 집은 감정이 부글부글 끓고있는 압력솥이 분명했다. 노인과 아이 하나만을 곁에 둔 채, 이런 감정상태로 외로이 산다는 건…… 런던에서 본 연극이 떠올랐다. 테네시 뭐라는 미국인이—

별안간 데이비드가 술잔을 비우고 말했다. "들어가봐야겠습니다. 등이 아프군요."

페이버는 자리에서 일어났다. "죄송합니다. 제가 두 분을 붙잡아두고 있었군요."

데이비드가 손사래를 치며 그를 앉혔다. "아니에요. 더 있어요. 하루 종일 잤으니 바로 침대에 들지 못할 겁니다. 루시도 분명 얘기를 나누고 싶을 테고요. 그냥 내 등이 문제입니다. 아시다시피 등이란 게 원래 다리와 짐을 나누도록 되어 있는 신체기관 아닙니까."

루시가 말했다. "그럼 오늘밤은 약을 두 알 먹는 게 낫겠어." 그녀는 책장 맨 위 선반에서 병을 집어 알약 두 개를 꺼내 남편에게 건넸다.

데이비드는 물 없이 약을 삼켰다. "그럼 이만 실례하겠습니다."

"잘 자, 데이비드."

"안녕히 주무세요, 로즈 씨."

잠시 후 페이버는 데이비드가 계단 오르는 소리를 들었다. 어떻게 올라가는지 궁금했다.

데이비드의 소리를 묻어버리기라도 하려는 듯 루시가 물었다. "베이커 씨는 어디 사세요?"

"헨리라고 부르세요. 런던에 삽니다."

"런던에 가본 지 오래됐어요. 많이 변했을 테죠?"

"변한 건 사실이지만 생각만큼 많이는 아닙니다. 마지막으로 가본 때가 언제입니까?"

"1940년요." 그녀는 브랜디 한 잔을 더 따랐다. "이곳으로 오고 나서 섬 밖으로 나가본 건 딱 한 번이에요. 아이를 낳을 때였죠. 시절이 시절이니만큼 여행이 힘들잖아요, 안 그래요?"

"이곳에는 어쩌다 오게 된 겁니까?"

"음." 그녀는 자리에 앉아 브랜디를 한 모금 마시고 불길을 응시했다.

"제가 괜한 질문을—"

"괜찮아요. 결혼한 날 사고를 당했어요. 데이비드는 다리를 잃었고요. 전투기 조종사 훈련을 받고 있었는데…… 우리 둘 다 도망치고 싶었던 것 같아요. 실수였지만, 당시에는 좋은 생각 같았어요."

"건강한 남자라면 억울하다고 느낄 만한 곳입니다."

그녀가 그를 날카롭게 바라보았다. "통찰력 있으시네요."

"눈에 보입니다." 그가 속삭이듯 말했다. "당신의 불행도 그렇고요."

그녀가 신경질적으로 눈을 깜빡였다. "너무 많은 것을 보는군요."

"어려운 일이 아닙니다. 만족스럽지 않다면 왜 지속하는 겁니까?"

"무슨 말을 해야 좋을지 정말 모르겠어요, 당신한테." 혹은 그녀 자신에게. 남에게 하는 이야기라기에는 굉장히 솔직했기 때문이다. "진부한 변명을 듣고 싶어요? 예전의 그이가 어땠는지…… 결혼서약…… 아이…… 전쟁…… 또다른 대답이 있어도, 어떤 말로 내 마음을 표현하겠어요?"

"죄의식인가요?" 페이버가 말했다. "그렇지만 그를 떠날 생각을 하고 있지 않습니까, 아니에요?"

그녀는 천천히 고개를 저으며 그를 응시했다. "다 아는 것처럼 말하는군요."

"당신은 이 섬에 사는 사 년 동안 감정을 숨기는 기술을 잃어버렸습니다. 게다가 이런 일은 외부에서 더 잘 보이기 마련입니다."

"결혼했어요?"

"아뇨. 그러니까 외부지요."

"왜요? 당연히 했을 줄 알았는데."

이번에는 페이버가 시선을 돌려 불길을 보았다. 정말 왜 안 했을까? 준비된 대답은—스스로에게 하는—그의 직업 때문이었다. 그러나 물론 그렇게 말할 수는 없었다. 어쨌거나 변명에 불과했고. "제가 그 정도로 누군가를 사랑할 수 있는 사람이라고 생각하지 않습니다." 불쑥 튀어나온 말이었는데―그 자신도 놀랐다―정말 그런가 하는 궁금증이 일었다. 그러고 보니 그가 루시의 마음을 무장해제시키고 있다 생각했는데, 어느새 그녀가 그의 마음의 경계를 풀어버렸음을 깨달았다.

두 사람은 한동안 말이 없었다. 불이 꺼져가고 있었다. 길을 잘못 든 빗방울이 굴뚝을 타고 내려와 식어가는 석탄불에 떨어져 치익치익 소리가 났다. 폭풍은 그칠 기미가 없었다. 페이버는 마지막으로 사귀었던 여자를 생각하고 있었다. 이름이 뭐였지? 그래, 게르트루트. 칠 년 전이었지만 지금도 꺼져가는 불길 속에 그녀의 모습을 그려볼 수 있었다. 독일 인형처럼 둥근 얼굴, 금발, 초록색 눈, 아름다운 가슴, 너무 넓은 엉덩이, 뚱뚱한 다리, 흉한 발. 특급열차를 닮은 대화법, 섹스에 대한 격렬하고 지칠 줄 모르는 열정…… 그녀는 그의 정신을 존경한다며(그렇게 말했다), 그의 육체를 사모한다며(그건 말할 필요가 없었다) 그에게 아첨했다. 대중가요 가사를 쓰는 그녀는 베를린에 있는 가난한 지하방에서 그것들을 읽어주었다. 돈을 많이 버는 직업은 아니었다. 그는 그 지저분한 방에 있던 그녀의 모습을 떠올렸다. 벌거벗고 누워 그에게 이상하고 야한 짓을 해달라고, 아프게 해달라고, 당신 혼자 자위를 해보라고, 자신이 사랑해줄 테니 가만히 누워 있으라고 말하는…… 그는 기억을 떨치려고 고개를 흔들었다. 그녀 이후로 여자 없이 살아오면서도 그런 기억은 떠올려보지 않았다. 그런 상상은 심사를 어지럽혔다. 그는 루시를 보았다.

"딴생각을 하더군요." 그녀가 미소지으며 말했다.

"옛날 생각이 떠올랐습니다." 그가 말했다. "사랑 이야기를 하다보니……"

"제가 부담을 드렸군요."

"아닙니다."

"좋은 기억이었나요?"

"무척. 당신은요? 당신 역시 생각에 잠겨 있더군요."

그녀는 다시 미소지었다. "전 미래에 가 있었어요. 과거가 아니라."

"거기서 뭘 봤습니까?"

그녀는 대답하려는가 싶더니 이내 마음을 바꾸었다. 그러기를 두 번 반복했다. 눈빛에는 긴장감이 서려 있었다.

"다른 남자를 찾았겠죠?" 페이버가 말했다. 그러면서 생각했다. 내가 왜 이러지? "데이비드보다는 약한 남자입니다. 외모도 떨어지고. 그러나 당신이 그를 사랑하는 것은 적어도 부분적으로는 그의 약함 때문이지요. 그는 영리하지만 부자는 아닙니다. 감상적이지 않되 섬세하고, 부드럽고, 사랑을 아는─"

그녀의 손에 들려 있던 브랜디잔이 아귀힘에 부서졌다. 유릿조각이 무릎과 카펫으로 떨어져내렸지만 그녀는 아랑곳하지 않았다. 페이버는 그녀에게 다가가 무릎을 꿇고 앉았다. 그녀의 엄지손가락에서 피가 흐르고 있었다. 그는 그녀의 손을 잡았다.

"이게 뭐하는 짓입니까?"

그녀는 그를 보았다. 울고 있었다.

"죄송합니다." 그가 말했다.

상처는 얕았다. 그녀는 바지 주머니에서 손수건을 꺼내 지혈했다. 페이버는 그녀의 손을 놓고 깨진 유릿조각을 줍기 시작했다. 기회가 있을 때 키스하지 않은 것을 후회하면서. 그는 벽난로 위에 유릿조각을 올려두었다.

"마음 상하게 할 의도는 아니었습니다." 그가 말했다. (아니었다고?)

그녀는 손수건을 치우고 엄지손가락을 보았다. 여전히 피가 흐르고 있었다. (천만에, 그럴 생각이었다.)

"붕대를 감아야겠습니다." 그가 말했다.

"부엌에 있어요."

그는 붕대, 가위, 안전핀을 찾아낸 다음 작은 그릇에 뜨거운 물을 담아 거실로 돌아왔다.

그가 없는 동안 그녀는 얼굴에서 눈물의 흔적을 지웠다. 그가 다친 엄지손가락을 뜨거운 물에 담그고, 닦고, 상처 부위에 작은 붕대를 감아주는 동안 그녀는 힘없이, 수동적으로 앉아 있었다. 그러는 내내 보고 있었다. 그의 손이 아닌 얼굴을. 그러나 무슨 생각을 하는지 알 수 없는 표정이었다.

상처를 봐주고 페이버가 획 돌아서며 말했다. "저는 이만 자러 가겠습니다." 어리석은 짓이었다. 너무 멀리 왔다. 발을 빼야 할 때였다.

그녀는 고개를 끄덕였다.

"죄송합니다."

"죄송하다는 말 좀 그만해요. 당신에게 어울리지 않아요."

차가운 말투였다. 그녀 역시 상황이 걷잡을 수 없는 지경에 이르렀다고 느끼는 듯했다.

"더 있을 겁니까?" 그가 물었다.

그녀는 고개를 저었다.

"그럼……" 그는 그녀를 뒤따라 현관을 지나 계단을 올라갔다. 그녀의 엉덩이가 부드럽게 흔들리고 있었다.

계단 위 좁다란 층계참에 다다르자 그녀가 뒤돌아 낮은 목소리로 말했다. "안녕히 주무세요."

"잘 자요, 루시."

순간 그녀가 그를 바라보았다. 그가 손을 잡으려 했지만, 그녀는 재빨리 돌아 침실로 들어갔고 뒤도 보지 않은 채 문을 닫아버렸다. 그는

그곳에 홀로 서서, 그녀의 마음이 무엇인지, 그리고—더욱 중요하게
는—자신의 마음은 무엇인지 생각했다.

22

블로그스는 고성능 엔진의 선빔 탤벗을 몰고 위험하다 싶을 정도로 빠르게 밤길을 달리고 있었다. 언덕이 많고 구불구불 굽이진 스코틀랜드의 도로는 빗물로 미끄러웠고, 몇몇 저지대는 50에서 80밀리미터 물에 잠겨 있기도 했다. 비가 억수같이 퍼부어 앞유리를 얇은 막처럼 뒤덮었다. 탁 트인 언덕 꼭대기에서는 바람이 위협적으로 불어닥쳐 자동차 하나쯤 언제라도 질척거리는 풀숲으로 날려버릴 기세였다. 블로그스는 계속해서 좌석 앞쪽으로 몸을 바짝 당겨 앉았다. 와이퍼가 닦아낸 앞유리의 좁은 범위 너머를 내다보며, 부릅뜬 눈으로 전방의 도로를 분간했다. 시야를 흐리는 빗물과 전조등이 전투를 벌이고 있었다. 에든버러 북쪽에서는 토끼 세 마리를 치었다. 차바퀴가 덜컹하며 그 작은 몸체를 짜부라뜨릴 때는 욕지기가 솟았다. 속도를 줄이지는 않았지만, 잠시 후 토끼가 원래 밤에 돌아다니던가 의문이 들었다.

긴장한 탓에 머리가 아팠고 앉은 자세 때문에 등이 욱신거렸다. 허기도 졌다. 찬바람을 쐬어 졸음을 깨려고 창문을 열었다가 빗줄기가 세차

게 들이치는 통에 도로 닫아야 했다. 그는 이제 바늘인지 페이버인지 하는 그자를 생각하고 있었다. 우승컵을 들고 웃고 있는 경주용 반바지 차림의 젊은이. 지금까지는 페이버가 경주에서 이기고 있었다. 48시간 앞서 있었고, 달려나갈 길을 오로지 그만이 안다는 이점도 있었다. 상금이 이렇게까지 높지만 않아도 블로그스는 대결을 즐겼을지 모른다. 높아도 더럽게 높았다.

그자와 대면하는 상황이 닥치면 어떻게 할지 생각해보았다. 나를 죽이기 전에 즉시 쏴버리겠어, 그는 생각했다. 페이버는 프로야, 섣불리 얽혀들어선 안 돼. 대부분 스파이는 아마추어였다. 좌절한 좌우익 혁명주의자, 상상 속 첩보활동의 매력에 빠진 사람, 탐욕스러운 남자나 상사병이 난 여자, 협박 피해자. 소수의 프로는 정말로 위험했다. 그들은 무자비했다.

블로그스가 애버딘에 도착한 것은 동이 트려면 아직 한두 시간 남은 때였다. 흐릿하고 덮개가 씌워졌을지언정 가로등 불빛을 보고 그토록 감사하기는 난생처음이었다. 하지만 경찰서의 위치를 전혀 모르는데다 거리에는 물어볼 사람 하나 없었기 때문에 무작정 시내를 돌아다녔고, 그러다 익숙한 파란 등(마찬가지로 흐릿한)을 발견했다.

블로그스는 차를 세운 다음 빗속을 뚫고 경찰서 건물로 뛰어들어갔다. 즉시 경감의 사무실로 안내되었다. 이제 직위가 상당히 높아진 고들리먼이 미리 전화를 해놓았던 것이다. 오십대 중반의 앨런 킨케이드 경감이 그를 기다리고 있었다. 사무실에는 경관 셋이 더 있었다. 블로그스는 그들과 악수를 나눴지만 이름은 곧 잊어버렸다.

킨케이드가 말했다. "칼라일에서 왔다니 엄청나게 밟았군요."

"자살행위나 다름없었지요." 블로그스는 그렇게 말하고 자리에 앉았다. "혹시 샌드위치라도 하나……"

"알겠습니다." 킨케이드는 문밖으로 머리를 내밀고 뭐라고 소리쳤다. "금방 준비될 겁니다."

사무실은 흰색 벽에 널빤지가 깔린 바닥이었고 평범하고 딱딱한 가구뿐이었다. 책상 하나, 의자 몇 개, 서류 보관 캐비닛 한 개가 다였다. 편안한 분위기는 도통 찾아볼 수 없었다. 사진도, 장식도, 개인적인 취향을 드러내는 것은 무엇도 없었다. 바닥에는 더러운 컵들이 놓인 쟁반이 하나 있고 담배 연기 때문에 공기는 답답했다. 남자들이 밤새도록 일한 곳 특유의 냄새가 났다.

킨케이드는 조그만 콧수염을 길렀고 희끗한 머리는 숱이 적었으며 안경을 끼고 있었다. 몸집이 크고 똑똑해 보이는 인상으로, 와이셔츠에 멜빵을 메고 있었다. 그 지역 억양을 쓰는 것으로 미루어 블로그스처럼 말단에서 시작해 그 직위까지 오른 듯했다―나이로 짐작건대 확실히 블로그스보다 승진은 느렸던 모양이지만.

블로그스가 말했다. "이번 일에 대해 얼마나 알고 있습니까?"

"별로 없습니다." 킨케이드가 말했다. "하지만 런던에서 발생한 살인사건들은 이자가 저지른 범죄의 일부라고 고들리먼 씨에게 들었습니다. 당신이 어디 소속으로 일하고 있는지도 알고요. 그러니 이 페이버라는 자에 대해 이것저것 종합해서 추론해보자면……"

"지금까지 수사는 어느 정도나 진행됐습니까?" 블로그스가 물었다.

킨케이드는 책상 위로 발을 올렸다. "그는 이틀 전 이곳에 도착했습니다. 맞지요? 그때부터 그를 찾기 시작했습니다. 사진이 있었거든요. 아마도 이 나라 모든 경찰서에 배포됐겠지요."

"그렇습니다."

"호텔과 하숙집, 기차역과 버스 터미널을 조사했습니다. 샅샅이 뒤졌습니다. 당시에는 그가 이곳에 왔다는 것을 몰랐지만. 짐작하다시피 결과는 신통치 않았습니다. 물론 다시 수사하고 있습니다. 그러나 내 생각으로는 그가 곧장 애버딘을 뜬 게 아닌가 싶군요."

여자 순경 하나가 차 한 잔과 두툼한 치즈 샌드위치를 들고 사무실로 들어왔다. 블로그스는 감사인사를 하고 허겁지겁 샌드위치를 먹기 시작했다.

킨케이드가 말을 이었다. "아침 첫차가 출발하기 전 기차역에 사람을 배치했습니다. 버스 터미널도 마찬가지고요. 그러니 만약 그가 이곳을 떠났다면 자동차를 훔쳤거나 남의 차를 얻어 탔다는 소리가 되는데, 차량 도난사건은 보고된 바 없으니 아마도 남의 차를—"

"해로를 이용했을 수도 있습니다." 블로그스가 입안 가득 통밀빵을 씹으며 말했다.

"그날 항구에 정박해 있던 배 중 몰래 타고 나갈 정도로 큰 배는 없었습니다. 그후로는 폭풍 때문에 당연히 배가 못 나갔고."

"도난신고는?"

"없었습니다."

블로그스는 어깨를 으쓱했다. "어차피 출항을 못한다는 생각에 선주들이 항구에 와보지 않았을지도 모릅니다. 만약 그랬다면 폭풍이 지나갈 때까지는 도난신고가 들어올 리 없지요."

사무실에 있던 경관 하나가 말했다. "경감님, 우리가 그 점을 간과했네요."

"그랬군." 킨케이드가 말했다.

"항만 관리소장더러 계류장을 모두 돌아봐달라 부탁할 수 있지 않을까요?" 블로그스가 제안했다.

"같은 생각입니다." 킨케이드는 이미 전화 다이얼을 돌리고 있었다. 잠시 후 그가 수화기에 대고 말했다. "더글러스 선장? 킨케이드야. 아,

알지, 교양 있는 사람은 이 시간에 잠을 자는 게 맞아. 그런데 더 나쁜 소식이 있어. 자네, 빗속에 산책할 일이 생겨서 말이야. 이 시간에 전화를 걸어 농담할 리가 있나……" 킨케이드가 손으로 송화구를 막고 말했다. "뱃사람들 입이 거칠다는 소리는 들어봤죠? 지금이 딱 그렇군요." 그는 다시 수화기에 대고 말했다. "고정 계류장을 둘러보고, 평소 자리에 없는 배가 있는지 확인해줘야겠어. 합법적으로 나간 배는 필요 없고. 혹시 그런 배가 있거든 선주의 이름과 주소, 그리고 가능하다면 전화번호까지 넘겨주면 좋겠는데. 그래, 그래, 알았어, 알았다고. 더블로 살게. 좋아, 한 병 사지. 그럼 부탁하네." 그는 전화를 끊었다.

블로그스가 미소지었다. "고생하셨습니다."

"내가 경찰봉으로 그가 시키는 짓을 한다면, 다시는 의자에 못 앉을걸요." 그러더니 킨케이드는 진지한 표정이 되었다. "삼십 분 정도 줘야 합니다. 우리가 주소를 일일이 확인하려면 두 시간은 필요할 테고요. 그래도 그럴 만한 가치는 있겠죠. 나야 여전히 그가 다른 차를 얻어 탔을 거라 생각하지만."

"제 생각도 그렇습니다." 블로그스가 말했다.

문이 열리더니 민간인 복장의 중년 남자가 들어왔다. 킨케이드와 경관들이 자리에서 일어서자 블로그스도 뒤이어 일어섰다.

킨케이드가 말했다. "안녕하십니까? 이쪽이 블로그스 씨입니다. 블로그스 씨, 여기 이분은 리처드 포터 씨입니다."

둘은 악수를 나누었다. 포터는 얼굴이 붉고 콧수염을 신경써서 다듬었으며 낙타색 더블브레스트 오버코트 차림이었다. "안녕하십니까. 내가 바로 찾고 계시는 그놈을 애버딘까지 태워준 사람입니다. 송구스럽군요." 그는 그 지역 억양을 쓰지 않았다.

블로그스가 말했다. "네. 안녕하십니까." 척 보니 포터는 아무것도 모르고 스파이를 차에 태울 성싶은 딱 그렇게 아둔한 인간 같았다. 그러나 멍청하게 오지랖만 넓어 보이는 분위기에 가려 그의 기민한 정신을 놓쳤을 수도 있으리라. 그는 관대해지려고 노력했다. 본인 역시 지난 몇 시간 동안 난처한 실수들을 저지르지 않았던가.

"버려진 모리스에 대한 얘기 들었습니다. 내가 그를 태운 곳이 바로 그 지점입니다."

"사진은 봤습니까?"

"물론이죠. 놈의 얼굴을 자세히 보지는 못했습니다. 내내 어두워서. 하지만 보닛 아래서 손전등 불빛에 비친 모습을 충분히 봤습니다. 나중에 애버딘에 도착했을 때는 새벽이었고. 사진만 놓고 본다면 그자였을지도 모른다고 하겠지만, 그를 태운 지점이 모리스가 발견된 곳에서 지척이니 정황상 그자가 틀림없습니다."

"동의합니다." 블로그스가 말했다. 그는 잠시 생각에 잠겼다. 이 사람에게서 어떤 유용한 정보를 끌어낼 수 있을까. "기억에 남는 인상이 있습니까?"

포터가 즉시 대답했다. "지치고, 불안하고, 뭔가 단단히 결심한 듯 보이더군요. 스코틀랜드 사람도 아니었고."

"억양은 어떻던가요?"

"딱히 도드라지는 게 없었습니다. 런던 인근의 이름 없는 퍼블릭스쿨 출신 억양이랄까. 이해할지 모르겠지만 차림새하고 차이가 났어요. 작업복을 입고 있었거든요. 물론 그것도 나중에야 알았습니다만."

킨케이드가 차라도 들자며 대화에 끼어들었다. 모두 동의했다. 경관이 문으로 갔다.

"무슨 얘기를 했습니까?"

"별 얘기 안 했습니다."

"하지만 함께 몇 시간 동안—"

"그 사람은 거의 내내 잤거든요. 그는 내 차를 고쳐줬습니다. 리드선이 빠진 것뿐이었는데 내가 워낙에 기계를 몰라놔서. 그러더니 차가 에든버러에서 고장났고 자기는 밴프로 가는 길이라더군요. 제한구역 통행증이 없어서 애버딘으로는 가고 싶지 않다기에 내가…… 걱정하지 말라고 했습니다. 검문을 당하면 내가 보증을 서주겠다고. 정말 바보가된 기분입니다. 하지만 그때는 신세를 졌다는 생각에 그만, 나를 구렁텅이에서 구해준 거나 다름없었으니까요."

"아무도 선생을 탓하지 않습니다." 킨케이드가 말했다.

블로그스는 아니었다. 하지만 그런 마음을 입 밖으로 내지는 않았다. "페이버를 직접 본 사람이 거의 없습니다. 그러니 곰곰이 잘 생각해보고 그가 어떤 유형의 사람이었는지 말해주시겠습니까?"

"마치 군인처럼 잠을 깨더군요." 포터가 말했다. "정중했고 똑똑해 보였습니다. 악수를 세게 했고요. 난 악수에 예민한 편입니다."

"다른 것은요?"

"잠에서 깨어날 때……" 포터는 발그레한 얼굴을 찡그렸다. "오른손을 왼쪽 팔뚝으로 가져갔습니다, 이렇게." 그는 그 모습을 행동으로 보여주었다.

"중요한 점입니다." 블로그스가 말했다. "아마 거기 칼을 숨겨둘 겁니다."

"유감스럽게도 다른 사항은 없습니다."

"밴프로 가겠다고 했으니 그곳은 목적지가 아니라는 뜻입니다. 분명 그자가 자신의 목적지를 말하기 전 선생이 행선지를 말했을 겁니다."

"분명 그랬을 겁니다." 포터가 고개를 끄덕였다.

"애버딘이 목적지였거나, 아니면 선생 차에서 내린 다음 남쪽으로 갔습니다. 북쪽으로 갈 거라고 말했으니까요."

"그런 식의 추측은 위험합니다." 킨케이드가 말했다.

"위험할 때가 있죠." 킨케이드는 결코 바보가 아니었다. "그에게 선생이 치안판사라고는 말했습니까?"

"네."

"그래서 선생을 죽이지 않은 겁니다."

"뭐라고요?"

"곧 수색에 들어가리라는 걸 알았을 테니까요."

문이 다시 열렸다. 안으로 들어온 남자가 말했다. "정보를 갖고 왔는데 이게 좀 쓸모가 있겠다 싶단 말이지."

블로그스는 씩 웃었다. 들으나마나 항만 관리소장이었다. 바짝 자른 흰머리의 키 작은 남자로, 청동 단추가 달린 블레이저를 입고 큰 파이프를 입에 물고 있었다.

킨케이드가 말했다. "어서 오게, 선장. 어쩌다 이렇게 젖은 거야? 비도 오는데 왜 밖을 돌아다니고 그래."

"닥쳐." 선장의 그 말에 사무실에 있는 다른 사람들의 얼굴에 즐거운 미소가 떠올랐다.

포터가 말했다. "안녕하시오, 선장."

"안녕하십니까, 판사님."

킨케이드가 말했다. "갖고 왔다는 정보가 뭐야?"

선장은 모자를 벗고 모자 정수리에 묻은 빗방울을 털어냈다. "마리 2호가 없어졌어." 그가 말했다. "폭풍이 시작되던 날 오후에 들어오는 걸 봤거든. 나가는 건 못 봤는데, 내가 알기로 그날은 출항 계획이 없었어. 그런데 보니까 나갔더라고."

"선주는?"

"탬 하프페니. 전화를 걸어 물어봤더니, 무슨 소리냐고, 그날 계류장에 배를 댔고 그후로 들여다보지는 않았대."

"어떤 배죠?" 블로그스가 물었다.

"길이가 18미터고 폭이 넓은 작은 고깃배요. 작지만 튼튼한 녀석이지. 선체 안쪽에 모터가 달렸고, 특별할 것도 없는 모양이고. 이곳 뱃사람들은 배를 만들 때 견본 책을 보지 않으니까."

"한 가지만 묻겠습니다." 블로그스가 말했다. "그 배가 이 폭풍에 살아남을 수 있을까요?"

선장은 파이프에 성냥불을 붙이려다 잠자코 있었다. "능숙한 선원이 키를 잡는다면 그럴 수 있지. 아닐 수도 있고."

"폭풍을 만나기 전에 얼마나 갔을까요?"

"멀리는 못 갔을 거요. 마리 2호가 없어진 것은 오후 무렵이니까."

블로그스는 자리에서 일어서서 의자 주위를 서성대다 다시 앉았다. "그렇다면 그는 지금 어디 있을까요?"

"십중팔구 바닷속에 있겠지. 멍청한 자식." 잘됐다는 투로 선장이 말했다.

블로그스는 페이버가 죽었을 거라는 가능성만으로는 만족할 수 없었다. 그것으로는 성이 차지 않았다. 마음이 편치 않으니 안달이 나면서 몸이 가려웠다. 짜증스러웠다. 그는 턱을 긁었다. 면도를 해야 했다. "시체를 확인하기 전까진 어떤 결론도 내려선 안 됩니다."

"어련하실까."

"추측은 그만두십시오." 블로그스가 말했다. "우리가 원하는 것은 정보이지 비관이 아닙니다." 사무실에 있던 다른 경관들은 불현듯 나이는 젊어도 그가 여기서 제일 상급자라는 사실을 떠올렸다. "자 그럼 이제, 가능성을 검토해보도록 하지요. 첫째, 그가 육로로 애버딘을 떠났고 다른 누군가가 마리 2호를 훔쳤을 가능성. 이 경우 그는 지금쯤 목적지에 도착했을 테지만 폭풍 때문에 이 나라를 빠져나가지는 못했을 겁니다. 이미 다른 지역 모든 경찰을 동원해 그를 찾고 있으니, 달리 우리가 할 수 있는 일은 없습니다.

둘째, 그가 아직 애버딘에 있을 가능성. 이 경우 역시 대비책을 마련해 그를 찾고 있습니다.

셋째, 해로로 애버딘을 떴을 가능성. 세번째 경우가 가능성이 가장 높다는 데는 여러분 모두 동의할 겁니다. 자세히 들어가봅시다. 3-A: 피난처를 발견했거나 어딘가—본토나 섬—로 휩쓸려갔을 가능성이 있습니다. 3-B:죽었을 가능성이 있겠죠." 물론 3-C는 언급하지 않았다. 폭풍이 오기 전 다른 배—아마도 유보트—로 옮겨 탔을 가능성. 시간이 없었겠지만 가능성을 완전히 배제할 수는 없었다. 그러나 만약 그가 유보트를 탔다면 그들로서는 끝장이었고, 그러니 그랬을 가능성은 잊어버리는 편이 나았다.

블로그스는 말을 이어갔다. "피난처를 찾았거나 조난을 당했다면 조만간 증거가 나타날 겁니다. 마리 2호가 됐든 마리 2호의 파편이 됐든. 그러니 즉각 해안지대를 조사하고, 비행기가 이륙할 정도로 날이 개면 바다를 점검해봐야 합니다. 그가 바닷속으로 사라졌다 해도, 떠다니는 배의 파편은 발견할 수 있을 겁니다.

상황이 이와 같으니 취해야 할 조치는 세 가지입니다. 첫째, 이미 진행중인 수사를 계속합니다. 둘째, 애버딘 남쪽과 북쪽 해안지대 조사에 착수하십시오. 셋째, 날이 개는 대로 착수할 수 있도록 해공 합동 수색을 준비합니다."

왔다갔다하면서 말하던 블로그스는 이제 멈춰 서서 주위를 둘러보며 물었다. "하실 말씀 있습니까?"

모두 지쳐가던 참이었다. 그런데 블로그스가 갑작스레 활기를 불어넣자 다들 풀어지려던 마음을 다잡았다. 누구는 손을 비비며 몸을 앞으로 숙였고, 누구는 신발끈을 고쳐 맸으며, 누구는 재킷을 걸쳤다. 다들 일을 하러 나가고 싶어졌다. 할말은 없었다. 질문은 필요 없었다.

23

페이버는 깨어 있었다. 하루종일 침대에 있었지만 그의 몸은 여전히 잠을 필요로 했다. 그러나 가능성을 따져보고 시나리오를 그리고……여자들을, 고국을 생각하느라 마음이 여간 어지러운 게 아니었다.

이제 탈출이 얼마 안 남았다 생각하니 고국에 대한 기억이 고통스러우리만치 달콤해졌다. 그는 얇게 저며도 될 만큼 기름진 소시지, 도로 오른쪽으로 달리는 자동차, 정말로 큰 나무, 그리고 무엇보다 모국어—직감적이고 정확한 단어, 단단한 자음과 순수한 모음, 문장 끝 마땅한 자리에 있는 동사, 그 절정의 말미에 있는 합목적성과 의미—를 생각했다.

절정을 생각하다보니 게르트루트가 떠올랐다. 그의 얼굴 아래 있던 그녀의 얼굴. 그의 키스로 화장은 지워졌고, 쾌락을 느끼며 눈을 감았다가 기쁨에 겨워 다시 뜨고 그의 눈을 바라보았다. 끝없이 헐떡거리며 넓게 벌어진 입으로 속삭이던 말, "좋아요, 내 사랑, 좋아요……"

어리석은 생각이었다. 그는 칠 년째 수도사 같은 생활을 해오고 있었지만 그녀에게는 그럴 이유가 전혀 없었다. 페이버 이후로 열두 번은 남자가 바뀌었을 터였다. 어쩌면 영국 공군의 폭격으로 죽었을 수도 있고, 코가 남들보다 길다는 이유로 미친놈에게 살해되었을 수도 있고, 등화관제 때 자동차에 치여 저세상 사람이 되었을 수도 있었다. 어쨌든 그를 기억할 리 없었다. 어쩌면 다시는 보지 못할 것이다. 그러나 그녀는 중요한 존재였다. 그녀는 뭔가를 의미했다…… 생각을 곱씹게 하는 뭔가를.

　보통 그는 감상에 빠지는 사람이 아니었다. 성격상 어떤 경우건 굉장히 냉정한 구석이 있었고 그는 그 기질을 갈고닦았다. 냉철한 성격은 보호막이 되어주었다. 그러나 성공이 눈앞에 보이는 지금, 경계를 늦추지는 않더라도 마음에 약간의 환상은 허용해도 될 듯했다.

　폭풍은 계속되는 한 그의 방패막이였다. 월요일에 톰의 무전기로 유보트와 교신만 하면 되었다. 그러면 날이 개는 대로 함장이 만으로 소형보트 하나를 보낼 것이다. 월요일 전 폭풍이 지나가버리면 문제가 약간 복잡해졌다. 보급선이 올 텐데, 데이비드와 루시는 당연히 그가 그 배를 타고 본토로 돌아가리라 생각할 것이다.

　루시의 모습이 생생한 총천연색 이미지로 머릿속에 걷잡을 수 없이 떠올랐다. 엄지손가락에 붕대를 감아주는 동안 그를 바라보던 매력적인 호박색 눈동자. 헐렁한 남자 옷을 입고 있었는데도 계단을 앞서 오를 때 드러나던 몸의 윤곽. 욕실에 나체로 서 있을 때 본 풍만하고 봉긋한 가슴. 이 모든 이미지가 환상으로 발전하자 그녀는 붕대를 감는 그의 입술에 몸을 기울여 키스했고, 계단 위에서는 뒤돌아서 그를 품에 안았으며, 욕실 밖으로 나와 그의 손을 자신의 가슴 위로 가져갔다.

　학생 시절에나 몸을 괴롭히던 환상을 불러일으킨 상상력을 저주하며 그는 조그만 침대에서 이리저리 뒤척였다. 당시 실제로 섹스를 경험하기 전 그는 매일 마주치는 연상의 여자들, 격식을 따지는 귀부인, 나겔 교수의 까무잡잡하고 마르고 지적인 아내, 빨간 립스틱을 바르고 남편에게 경멸적인 태도로 말하는 가게 주인을 주인공으로 정교한 섹스 시나리오를 구상했다. 가끔은 이 세 인물을 한 편의 광란극에 몰아넣기도 했다. 그러다 그의 나이 열다섯, 땅거미가 진 서프로이센 숲속에서 고전적이게도 하녀의 딸을 유혹했을 때 그는 상상 속 광란극을 놓아버렸다. 그에 비하면 실제 행위는 실망스럽기 짝이 없었다. 어린 하인리히는 굉장히 당황스러웠다. 눈이 멀 것 같은 황홀감은 어디로 갔는가? 새처럼 공중을 날아오를 듯한 환희는? 두 개의 육체가 하나되는 신비한 결합은? 환상은 그것을 현실화하지 못한 실패를 일깨우며 그에게 고통을 안겼다. 물론 차차 현실은 나아졌고, 황홀감은 여자 안에 있는 남자의 쾌락이 아니라 서로의 안에서 느끼는 둘의 쾌락에서 비롯된다는 견해가 형성되었다. 그는 그 의견을 형에게 피력했지만 형은 따분한 생각이라며 새로운 발견은커녕 뻔한 소리나 하고 있다고 핀잔을 주었다. 얼마 안 가 페이버 역시 그런 식으로 생각하게 되었다.

결국 그는 실력 있는 연인이 되었다. 섹스는 육체적으로 즐겁기도 했거니와 흥미로웠다. 그러나 카사노바는 아니었던 것이, 정복의 스릴을 원하지는 않았기 때문이다. 그렇지만 성적인 만족감을 주고받는 데는 전문가였다. 물론 테크닉이 전부라는 생각은 하지 않았다. 그에게 흠뻑 빠지는 여자들도 있었는데, 그가 이것을 모른다는 사실이 매력을 배가했다.

그는 그간 몇 명의 여자와 관계를 맺었는지 헤아려보았다. 아나, 그레트헨, 잉그리트, 미국 여자, 슈투트가르트의 매춘부 둘…… 전부 기억하지는 못해도 스무 명은 넘지 않을 터였다. 그리고 물론 게르트루트가 있었다.

그들 중 누구도 루시처럼 아름답지는 않았어, 그는 생각했다. 그는 울화 섞인 한숨을 내쉬었다. 이 여자가 마음을 흔들도록 놔둔 것은 단지 고국이 가까이 있고 그가 너무 오래 경계하며 살아왔기 때문이었다. 그는 자신에게 화가 났다. 원칙에 어긋나는 행동이었다. 임무가 끝날 때까지 마음을 놓아선 안 되었다. 아직 아무것도 끝나지 않았다. 아직은 아니었다.

보급선을 타고 돌아가는 상황을 피하는 문제가 남아 있었다. 몇 가지 해결책이 떠올랐다. 가장 유망한 방법은 섬 거주자들을 꼼짝 못하게 만든 다음 혼자 보급선을 맞아 적당한 핑계를 둘러대고 선주를 돌려보내는 것이었다. 로즈 가족을 만나러 다른 배를 타고 왔다고 하면 될 터였다. 친척이라거나 조류 관찰자라거나 뭐 그런 식으로. 지금 이 순간 온 관심을 쏟아붓기에 그것은 지극히 사소한 문제였다. 나중에, 날이 개면 뭐든 골라잡으면 그만이었다.

심각한 문젯거리는 전혀 없었다. 해안에서 한참 떨어진 한적한 섬, 사는 사람이라야 네 명. 더할 나위 없이 이상적인 은신처였다. 이제 영국을 벗어나는 것은 유아용 놀이 울타리 빠져나가기만큼이나 손쉬운 일이었다. 지금껏 거쳐온 상황과 죽여야 했던 사람—다섯 명의 국토방위대 대원, 기차에 타고 있던 요크셔 청년, 아프베어에서 보낸 전령—을 생각하면 지금의 처지는 감사하다 할 만했다.

노인, 불구자, 여자, 아이…… 그들을 죽이는 것쯤 간단한 일이었다.

루시 역시 깨어 있었다. 그녀는 소리에 귀기울이고 있었다. 들리는 소리가 아주 많았다. 날씨는 오케스트라였다. 빗줄기가 지붕을 두드리고, 바람은 처마에서 플루트를 불어대고, 바다는 해변과 더불어 글리산도를 선보였다. 낡은 오두막 역시 폭풍에 난타당해 뼈마디를 삐걱거리며 신음했다. 방안에는 더 많은 소리가 있었다. 데이비드의 느리고 고른 숨소리. 요란하긴 해도 수면제 두 알을 먹고 깊이 잠들었을 때 코 고는 소리는 아니었다. 그리고 저쪽 벽에 붙여놓은 간이침대에서 편안하게 뻗어 자고 있는 조의 빠르고 얕은 숨소리.

소리 때문에 잠을 못 이루는 거야, 루시는 생각했다. 그러고는 이내 마음을 바꿨다. 웃기고 있네. 그녀가 깨어 있는 것은 헨리 때문이었다. 그녀의 나체를 보았고, 엄지손가락에 붕대를 감아주며 그녀의 손을 부드럽게 어루만졌고, 지금은 옆방 침대에 누워 아마도 곤히 잠들어 있을 그 사람 때문이었다.

그러고 보니 그는 자기 얘기를 별로 하지 않았다. 미혼이라는 것뿐이었다. 그녀는 그의 고향을 알지 못했다. 그의 억양에는 단서가 없었다. 뭘 해서 먹고사는지도 언급조차 없었다. 전문적인 일, 이를테면 치과의사나 군인 같은 직업을 가졌을 것 같기는 했지만, 사무변호사 정도로 따분한 유형은 아니고, 기자이기에는 너무 지적이고, 오 분도 못 가 직업적 비밀을 털어놓는 의사와도 거리가 있었다. 법정변호사만큼 부유하지도 않고 배우라기에는 지나치게 겸손했다. 결론은 군인밖에 없었다.

혼자 살까? 루시는 궁금했다. 아니면 어머니와? 아니면 여자와? 낚시를 하지 않을 때는 어떤 옷을 입을까? 자동차가 있을까? 아마 있겠지. 좀 특이한 것으로. 차를 빨리 몰 거야.

그런 생각을 하다보니 데이비드의 2인승 차에 대한 기억이 되살아났고, 그녀는 악몽 같은 이미지를 지워버리기 위해 눈을 질끈 감았다. 다른 생각을 하자, 다른 생각을 해야 해.

그녀는 다시 헨리를 떠올렸다. 그리고 진실을 깨달았다―인정했다. 그녀는 그와 육체관계를 맺고 싶은 것이었다.

그녀가 아는 한 그런 바람은 남자들이나 품지, 여자가 시달릴 만한 것은 아니었다. 잠깐 본 남자를 매력적으로 여기고, 좀더 알고 싶어하고, 나아가 사랑에 빠질 수도 있었다. 그러나 남자를 보자마자 욕정을 느끼는 여자는 없었다. 그런 것은…… 정상이 아니었다.

말도 안 돼, 그녀는 생각했다. 그녀가 원하는 것은 남편과 사랑을 나누는 것이지, 처음으로 눈앞에 나타난 괜찮은 남자와 다짜고짜 자는 게 아니었다. 자기는 그렇게 쉬운 여자가 아니라고 되뇌었다.

그래도 공상은 즐거웠다. 데이비드와 조는 깊은 잠에 빠져 있었다. 침대 밖으로 나가는 그녀를 막을 사람은 아무도 없었다. 층계참을 가로질러, 그의 방으로 들어가, 침대 속 그의 옆으로……

그녀를 가로막는 것은 그녀의 인격, 그녀가 받은 조신하고 품위 있는 가정교육뿐이었다.

만약 누군가와 해야 한다면, 그녀는 헨리 같은 사람과 하고 싶었다. 그는 다정하고 부드럽고 사려 깊을 것이다. 그녀가 소호의 매춘부처럼 자기를 내맡긴대도 경멸하지 않을 것이다.

그녀는 자신의 바보 같은 생각을 비웃으며 돌아누웠다. 경멸할지 아닌지 어떻게 알아? 안 지 하루밖에 안 되었으면서, 게다가 그 하루도 그는 거의 내내 자고 있었는데.

그런데도 그가 다시 한번 자기를 봐준다면 좋을 것 같았다. 재미와 경탄이 뒤섞인 그의 표정이 눈에 아른거렸다. 그의 손길을 느낄 수 있으면, 그의 몸을 만질 수 있으면, 그에게 바짝 붙어 살갗의 온기를 느낄 수 있으면 좋을 것 같았다.

그녀의 몸이 상상 속 이미지에 반응하고 있었다. 그녀는 자신을 만지고 싶은 욕구를 느꼈지만, 사 년 동안 그래왔듯이 애써 참았다. 적어도 쪼그랑할멈처럼 말라버리진 않았구나, 그녀는 생각했다.

그녀는 다리를 움직였다. 따뜻한 감각이 온몸으로 퍼져나가자 한숨이 새어나왔다. 점점 걷잡을 수 없어졌다. 이제 자지 않으면 안 되었다. 헨리와 관계하다니 말도 안 되는 일이었다. 아니, 상대가 누구든 마찬가지였다. 오늘밤은 아니었다.

생각은 그랬지만 그녀는 어느새 침대를 나와 문으로 향하고 있었다.

층계참을 지나는 발소리가 들리자 페이버는 반사적으로 반응했다.

그는 마음속에 가득했던 나태하고 음탕한 생각들을 즉시 지워버렸다. 단 한 번의 동작으로 바닥에 다리를 내리고 이부자리 밖으로 나왔다. 그런 다음 조용히 방을 가로질러 가장 어두운 구석의 창문 옆으로 몸을 숨겼다. 오른손에는 스틸레토가 들려 있었다.

문 열리는 소리가 들렸다. 침입자가 안으로 들어오는 소리에 이어 문이 닫히는 소리가 들렸다. 그 순간 그는 곧바로 반응해 행동하는 대신 생각을 하기 시작했다. 암살자라면 재빠른 탈출을 위해 문을 열어둘 것이다. 머릿속에 암살자가 그의 거처를 알아내는 것이 불가능한 백 가지 이유가 떠올랐다.

그러나 그는 그 생각을 무시했다. 이토록 오래 살아남은 것은 만에 하나의 가능성도 놓치지 않아서였다. 바람이 잠시 잠잠해졌다. 침대맡에서 숨을 들이쉬는 소리, 희미한 헉 소리가 들렸다. 침입자의 정확한 위치를 파악하자 그가 움직였다.

그는 상대를 덮쳐 침대로 밀었다. 얼굴을 아래로 향하도록 해 목에 칼을 대고 조그만 등을 무릎으로 내리눌렀다. 그러고 나서야 침입자가 여자라는 사실을 깨달았고, 곧이어 여자의 정체를 짐작했다. 그는 침입자를 제어하던 힘을 풀고 머리맡 탁자로 손을 뻗어 등불을 켰다.

희미한 불빛에 비친 그녀의 얼굴이 창백했다.

페이버는 그녀가 보기 전에 칼을 숨겼다. 그리고 그녀를 내리누르던 몸에서 힘을 뺐다. "죄송합니다. 전—"

그녀는 돌아누워 자기 위에 올라탄 그를 놀란 눈으로 올려다보았다. 충격적인 경험이지만, 남자의 갑작스러운 반응 때문에 더욱 흥분한 듯했다. 그녀는 쿡쿡 웃기 시작했다.

"도둑인 줄 알았습니다." 페이버가 말했다. 말도 안 되는 소리라는 것은 알고 있었다.

"이 섬에요?" 얼굴을 붉히자 그녀의 뺨에 다시 혈색이 돌았다.

그녀는 목에서 발목까지 다 가려주는 헐렁하고 낡은 플란넬 잠옷을 입고 있었다. 페이버의 베개에 그녀의 검붉은 머리카락이 흩어져 있었다. 눈이 휘둥그랬고 입술은 젖어 있었다.

"정말 아름답군요." 페이버가 조용히 말했다.

그녀는 눈을 감았다.

페이버는 몸을 기울여 그녀에게 키스했다. 그녀의 입술은 순순히 벌어지며 키스에 화답했다. 그는 손끝으로 그녀의 어깨와 목과 귀를 어루만졌다. 그의 아래서 그녀가 몸을 움직였다.

그는 아주 오래 그녀와 키스하고 싶었다. 그녀의 입을 탐색하고 친밀감을 만끽하고 싶었다. 그러나 그녀에게는 다정함을 나눌 여유가 없다는 걸 알아차렸다. 그녀가 그의 잠옷 바지 속으로 손을 넣어 성기를 움켜쥐었다. 그녀의 부드러운 신음 소리는 거친 헐떡임으로 바뀌었다.

여전히 그녀에게 키스하면서 페이버는 손을 뻗어 등을 껐다. 그녀에게서 몸을 떼고 윗도리를 벗었다. 재빨리, 무엇을 하는지 그녀가 궁금해하지 못하도록 그는 가슴에 붙은 필름통을 떼어냈다. 끈적거리는 테이프가 살갗에서 떨어지는 고통은 무시했다. 그리고 침대 아래로 밀어넣었다. 왼쪽 팔뚝에 매고 있는 칼집도 풀어 내려놨다.

그는 루시의 잠옷 자락을 허리까지 걷어올렸다.

"어서요." 그녀가 말했다. "어서."

페이버는 그녀를 향해 몸을 낮췄다.

격정이 지나간 후, 그녀의 마음속에는 추호의 죄의식도 없었다. 그저 기쁘고, 만족스럽고, 충만한 느낌뿐이었다. 그토록 간절히 원하던 것을 얻었다. 그녀는 눈을 감고 가만히 누워 있었다. 그의 목뒤로 꺼칠꺼칠한 머리카락을 만지며 손끝에 전해지는 거칠고 간질거리는 감각을 즐겼다.

잠시 뒤 그녀가 말했다. "너무 좋았어요……"

"아직 끝나지 않았습니다." 그가 말했다.

그녀는 어둠 속에서 얼굴을 찡그렸다. "끝나지 않았다니……"

"난 아직 끝나지 않았어요. 당신도 아직 더 즐길 수 있습니다."

그녀가 미소지었다. "내 생각은 달라요."

그는 등불을 켜고 그녀를 보았다. "두고보면 알겠지요."

그는 침대 아래쪽, 그녀의 다리 사이로 움직여 배에 키스했다. 혀가 배꼽 주위를 핥았다. 그녀는 기분이 아주 좋았다. 그의 머리가 좀더 아래쪽으로 내려갔다. 거기다 키스할 생각은 아닐 거야. 하지만 그는 했다. 키스만이 아니었다. 그의 입술은 부드러운 계곡을 애무하기 시작했다. 혀가 그 틈새를 탐색해들어가자 그녀는 충격으로 얼어붙었다. 그는 그녀의 입술을 벌려 입안 깊숙이 손가락을 밀어넣었다…… 마침내 쉴새없이 움직이던 그의 혀가 조그맣고 민감한 지점을 찾아냈다. 너무 작아서 그녀는 존재하는지조차 몰랐던 곳. 너무 민감한 그곳에 그의 혀가 닿자 처음에는 고통스럽기까지 했다. 지금껏 경험해보지 못한 날카로운 감각에 압도당해 충격도 잊어버렸다. 스스로를 제어할 수 없어 엉덩이를 위아래로 움직였다. 점점 더 빠르게, 자신의 미끌미끌한 육체를 그의 입과 턱과 코와 이마에 비비면서 그녀는 쾌락 속으로 빠져들었다. 쾌락은 쾌락을 자양분 삼아 점점 강해졌고, 환희에 겨운 그녀는 비명을 지르려 입을 벌렸다. 순간 그의 손이 입을 막았다. 그러나 그녀의 목구멍에서는 흥분의 교성이 새어나왔고, 절정은 계속되었으며, 그러다 마침내 폭발하는 듯한 뭔가를 느꼈다. 온몸의 힘이 빠진 그녀는 이제 영원히 자리에서 일어나지 못할 것만 같았다.

잠시 머릿속이 텅 비어버린 듯했다. 어렴풋이 그가 아직 다리 사이에 있음을 알았다. 까칠까칠한 뺨을 부드러운 허벅지 안쪽에 대고 그의 입술이 부드럽고 다정하게 움직이고 있었다.

마침내 그녀가 말했다. "이제야 로런스가 했던 말이 뭔지 알겠어요."

그가 머리를 들었다. "무슨 말입니까?"

그녀는 한숨을 내쉬었다. "그런 기분을 느끼게 될 줄은 몰랐어요. 정말 좋았어요."

"그래요?"

"오, 하느님! 힘이 하나도 없어요……"

그는 자세를 바꾸어 그녀의 가슴 위에 다리를 벌리고 앉았다. 그녀는 그가 무엇을 원하는지 깨닫고 다시 충격으로 얼어붙었다. 그의 것은 너무 컸다…… 하지만 갑자기 그녀는 그것이 하고 싶어졌다. 그를 자신의 입속으로 받아들여야 했다. 그녀는 머리를 들어올렸다. 그녀의 입술이 성기를 감싸 물자 그는 부드러운 신음을 내뱉었다.

그는 손으로 그녀의 머리를 잡고 앞뒤로 움직이며 조용히 신음했다. 그녀는 그의 얼굴을 보았다. 그는 넋을 잃고 그녀의 행위를 지켜보고 있었다. 그녀는 생각했다. 만약 그가 절정에 달하면 어쩌지? 절정에 달해…… 만약 그가…… 그러나 상관하지 않기로 했다. 그와는 모든 것이 좋았으니 그것도 즐길 수 있을 것 같았다.

그러나 그런 일은 일어나지 않았다. 자제력을 상실하려는 순간 그는 멈추고 자세를 바꿔 다시 한번 그녀의 몸안으로 들어왔다. 이번에는 해변에 부서지는 파도의 리듬처럼 아주 느리고 편안하게 움직였다. 그리고 마침내 그녀의 엉덩이 아래로 손을 넣어 두두룩한 살을 움켜잡았다. 그녀는 그의 얼굴을 보며 이제 그가 자제력을 버리고 그녀의 안에서 자신을 놔버릴 준비가 되었음을 알았다. 그것이 다른 무엇보다 그녀를 흥분시켰고, 그래서 그가 마침내 등을 활처럼 휘며 얼굴을 고통으로 일그러뜨리고 가슴속 깊은 곳에서 신음을 토해낼 때 그녀는 그의 허리에 다리를 감고 그 황홀경에 자신을 내맡겼다. 바로 그때, 긴 기다림 끝에 그녀는 로런스가 장담한 트럼펫과 심벌즈 소리를 들었다.

그들은 아주 오랫동안 조용히 있었다. 루시는 몸이 타들어가기라도 하는 듯이 따뜻했다. 평생 이런 온기는 느껴본 적이 없었다. 거친 숨소리가 잦아들었을 때 그녀는 바깥의 폭풍 소리를 들을 수 있었다. 몸 위에 있는 헨리가 무거웠지만 그가 움직이는 건 원치 않았다. 그의 무게가 좋았고, 그의 하얀 살결에서 풍기는 희미한 땀냄새가 좋았다. 이따금 그가 머리를 움직여 그녀의 뺨에 입술을 비볐다.

그는 관계를 나누기에 완벽한 남자였다. 그는 그녀 자신보다 그녀의 몸을 잘 알았다. 그의 몸은 매우 아름다웠다. 넓고 탄탄한 어깨, 군살 없는 허리와 엉덩이, 길고 강하고 털이 많은 다리. 흉터가 좀 있어 보였지만 확실치는 않았다. 강하고 다정하고 잘생긴 사람. 완벽한 사람. 자신이 그와 사랑에 빠지지 않으리라는 것은 알고 있었다. 그와 함께 도망쳐 결혼하는 일도 없을 것이다. 그녀는 그의 내면 깊숙한 곳에 아주 차갑고 단단한 무언가가 있음을 느꼈다―그녀가 방에 들어왔을 때 그가 보인 반응과 변명은 심상치 않았다. 그렇지만 다른 곳에서 저질렀을 그의 또다른 행동에 대해서는 생각지 않을 작정이었다. 그녀는 팔을 뻗으면 닿는 거리에 그를 두고, 중독성 마약처럼 조심히 이용해야 할 것이다.

중독될 시간이 많은 것은 아니었다. 결국 그는 하루 정도 지나면 가버릴 사람이었으니까.

그녀가 움직이자 그가 즉시 그녀의 몸에서 내려와 누웠다. 그녀는 한쪽 팔꿈치를 괴고 몸을 일으켜 그의 벗은 몸을 바라보았다. 그랬다, 그의 몸에는 흉터가 있었다. 가슴에 길게 하나가 있었고, 엉덩이에 별처럼 생긴 조그만 것―화상일지도 몰랐다―이 보였다. 그녀는 손바닥으로 그의 가슴을 쓰다듬었다.

"숙녀다운 태도는 아니지만, 고맙다고 하고 싶어요." 그녀가 말했다.

그가 손을 뻗어 그녀의 뺨을 만지며 미소지었다. "당신은 너무나 숙녀답습니다."

"당신이 내게 뭘 줬는지 모를 거예요. 당신은―"

그는 그녀의 입술에 손가락을 갖다댔다. "내가 당신에게 뭘 줬는지 압니다."

그녀는 그의 손가락을 깨물고 그의 손을 자신의 가슴으로 가져갔다. 그는 그녀의 젖꼭지를 어루만졌다. 그녀가 말했다. "다시 해요."

"할 수 있을지 모르겠군요." 그가 말했다.

그러나 그는 할 수 있었다.

그녀가 방을 나간 것은 동이 트고 두 시간쯤 지나서였다. 맞은편 방에서 희미한 소리가 들려오자, 그제야 그녀는 집안에 남편과 아들이 있다는 사실을 떠올렸다. 페이버는 그녀에게 그런 것은 문제되지 않는다고, 남편이 무엇을 알고 무슨 생각을 하든 그도 그녀도 신경쓸 이유가 전혀 없다고 말해주고 싶었다. 그러나 그는 입을 다물고 그녀를 가게 내버려두었다. 그녀는 그에게 마지막으로 진한 키스를 했다. 그러고는 자리에서 일어나 구겨진 잠옷을 걸치고 밖으로 나갔다.

그는 애정 어린 시선으로 그녀의 모습을 지켜보았다. 정말 대단한 여자야, 그는 생각했다. 그녀가 방을 나가자 그는 등을 대고 누워 천장을 바라보았다. 그녀는 아주 순진하고 경험이 없었지만 그래도 썩 훌륭했다. 그녀와 사랑에 빠질 수 있을 것 같은 생각이 들었다.

그는 자리에서 일어나 침대 아래 필름통과 칼집을 다시 꺼냈다. 그것들을 몸에 지니고 있어야 할지 고민이었다. 낮에 그녀와 관계를 하고 싶어질지도 모를 일이었다…… 칼은 지니고—그게 없으면 벌거벗은 기분이었다—필름통은 딴 곳에 두기로 했다. 그는 서랍장 위에 필름통을 놓고 신분증과 지갑으로 가렸다. 원칙을 무시하고 있다는 사실을 너무나 잘 알았지만, 이번이 마지막 임무임이 분명한 이상 여자를 즐길 자격이 충분하다고 생각했다. 게다가 그녀든 남편이든 사진을 본다 해도 별 문제될 것은 없었다. 설령 사진의 의미를 이해한다 한들, 그럴 리는 없겠지만, 그들이 무엇을 할 수 있겠는가.

그는 침대에 들었다가 벌떡 일어났다. 수년간 받은 훈련의 경험이 그런 위험을 감수하도록 내버려두지 않았다. 필름통을 신분증과 함께 재킷 주머니에 넣고 나니 그제야 마음이 좀 놓였다.

아이 목소리에 이어 루시가 계단을 내려가는 소리가 들렸고, 데이비드가 욕실로 몸을 끌고 가는 소리가 들렸다. 일어나 이 집 식구들과 식사를 해야겠군. 상관없었다. 더이상 잠 생각이 없었으니까.

그는 사나운 바깥 풍경을 내다보며 빗발이 쏟아지는 창가에 서 있었다. 욕실 문 열리는 소리가 들리자 잠옷 윗도리를 걸치고 욕실로 갔다. 그는 허락 없이 데이비드의 면도기를 사용했다.

이제 그런 것은 문제되지 않았다.

24

에르빈 로멜은 처음부터 자기가 하인츠 구데리안*과 다투게 될 것을 알았다.

구데리안 장군은 로멜이 딱 싫어하는 프로이센의 귀족 장교 부류였다. 알고 지낸 지는 꽤 되었다. 젊은 시절 둘 다 고슬라어 경보병 대대를 지휘한 바 있었고 폴란드 침공 때 재회했다. 아프리카를 떠나면서 로멜은 전투에 승산이 없음을 알고 그를 뒤이을 지휘관으로 구데리안을 천거했다. 그러나 술책은 실패로 돌아갔다. 당시 구데리안은 히틀러의 눈 밖에 나 있어 천거는 즉각 거절당했다.

로멜이 느끼기에 구데리안은 헤렌클루프**에 앉아 술을 마시면서도 바지가 구겨지지 않게 무릎에 실크 손수건을 올려놓을 위인이었다. 그가 장교가 된 것은 그 아버지가 장교였고 할아버지가 부자였기 때문이

---

* 군인이자 군사이론가 하인츠 빌헬름 구데리안. 기갑전술과 전격전 이론을 창안했다.
** 부유한 우익 인사들이 모이던 클럽.

다. 학교 선생의 아들로서 단 사 년 만에 중령에서 육군 원수로 진급한 로멜은 자신이 한 번도 속하지 못했던 군 내 신분제를 경멸했다.

그는 탁자 너머에 앉은 장군을 응시했다. 구데리안 장군은 프랑스의 로스차일드 가문에서 착복한 브랜디를 홀짝거리고 있었다. 구데리안은 효율적인 병력 배치법을 알려주기 위해 그의 충복 가이어와 함께 프랑스 북부 라로슈귀용에 위치한 로멜 본부로 온 참이었다. 방문을 맞은 로멜의 반응은 안달과 격분을 넘나들었다. 작전참모라면 믿을 만한 정보를, 그것도 정기적으로 제공해야 했는데, 아프리카에서의 경험으로 판단컨대 그들은 둘 다에 무능했다.

연한색 콧수염을 짧게 깎고 눈가에 주름이 자글자글한 구데리안은 언제나 상대를 보며 히죽거리는 듯했다. 키가 훤칠하고 인물도 좋아서, 작달막하고 못생긴 대머리―로멜은 스스로를 이렇게 생각했다―로서는 도저히 정이 가지 않았다. 게다가 편안해 보였는데, 독일 장군이 지금과 같은 전쟁상황에서 편안하다는 것은 멍청이가 아니고야 불가능한 일이었다. 그 지역 송아지 고기와 남쪽에서 가져온 와인으로 방금 식사를 마쳤다는 사실도 구실이 될 수는 없었다.

구데리안이 회의를 시작하길 기다리면서 로멜은 창밖을 내다보았다. 라임나무에 맺힌 빗방울이 마당으로 똑똑 떨어지고 있었다. 마침내 구데리안이 입을 열었다. 요지를 전달할 최적의 방법을 궁리하다 우회적으로 접근하기로 결심한 모양이었다.

"터키에서는 영국 제9사단과 10사단이 터키군과 함께 그리스 국경지대에 집결하고 있습니다. 유고슬라비아에서도 게릴라가 모이고 있고, 알제리의 프랑스군은 리비에라 침공을 준비하고 있습니다. 러시아군은 스웨덴 육해 침공을 조직하고 있는 것 같고요. 이탈리아에서는 연합군이 로마로 진군할 태세입니다. 이외에도 자잘한 징후가 있습니다.

크레타에선 장군 하나가 납치됐고, 리옹에선 정보장교 하나가 살해됐고, 로도스섬의 레이더 관측소가 습격당했고, 아테네에선 항공기 한 대가 연마 기름이 퍼부어져 파괴됐고, 노르웨이의 사그보그에선 특공대 기습이, 프랑스 불로뉴쉬르센에서는 산소 공장 폭발, 아르덴에선 기차 탈선사고가 있었고, 부상에선 연료 창고가 방화를 당했습니다. 이외에도 사고가 무수히 많습니다. 그림이 딱 나옵니다. 점령지에서 파괴행위와 반란사태가 증가하고 있는 것입니다. 우리 경계지역에서도 사방에서 침공 준비가 진행되는 모습이 보입니다. 틀림없이 올여름 연합군의 총공격이 있을 것입니다. 또한 이 모든 소규모 충돌행위는 공격지점과 관련해 우리를 혼란시키려는 의도가 분명합니다."

구데리안이 잠시 브리핑을 중단했다. 학교 선생이 수업이라도 하는 듯한 보고 방식에 화가 치밀던 차라 로멜은 이 기회에 그의 말을 가로챘다. "그래서 우리에게 작전참모가 있는 것 아닙니까. 그런 정보를 소화하고, 적의 움직임을 파악하고, 미래의 동태를 예측하라고."

구데리안은 너그러운 미소를 지었다. "수정구슬로 점괘를 보는 식의 미래 예측에는 한계가 있음을 깨달아야 합니다. 원수께도 분명 연합군의 공격지점에 대한 나름의 생각이 있을 겁니다. 우리 모두 그렇지요. 그러나 전략에는 우리 추측이 틀릴 수도 있다는 가능성이 배제되어서는 안 됩니다."

로멜은 이제 구데리안의 우회적 논리가 어디로 향하고 있는지 깨달았다. 그는 구데리안의 결론이 입 밖으로 나오기 전에 반대 의사를 소리쳐 표명하고 싶은 충동을 억눌렀다.

"원수께서는 휘하에 네 개 기갑사단을 거느리고 있습니다." 구데리안이 브리핑을 계속해나갔다. "아미앵의 제2기갑사단, 루앙의 제116사단, 캉의 제21사단, 툴루즈에 제2친위사단이 있죠. 가이어 장군이 이

사단들을 해안에서 내륙으로 돌려 언제 시작될지 모르는 침공에 대비해야 한다는 제안을 이미 드린 바 있습니다. 사실 이 책략은 국방군 최고사령부의 방침이기도 합니다. 그런데도 원수께선 가이어의 제안을 거부했을 뿐 아니라 제21사단을 대서양 쪽으로 좀더 상향 이동시키라는 명령을 내렸습니다—"

"나머지 세 사단 역시 신속하게 해안으로 이동시켜야 하고요!" 로멜이 분통을 터뜨리며 말했다. "당신들은 대체 언제쯤이면 알아먹겠습니까? 연합군은 항공을 장악하고 있단 말입니다! 일단 침공이 시작되면 군대는 더이상 대규모로 이동할 수 없어요. 이동작전이 더는 불가능하단 말입니다. 만약 연합군이 해안에 상륙했을 때 당신네 소중한 기갑사단이 파리에 있다면 그들은 그곳을 빠져나올 수 없습니다. 영국 공군에게 꼼짝없이 발이 묶일 테니. 그사이 연합군은 생미셸 대로를 진군하겠지요. 내가 경험해봐서 안다지 않습니까. 두 번씩이나." 그는 잠시 말을 멈추고 숨을 골랐다. "우리 기갑부대를 이동 예비군으로 묶어두는 것은 결국 그들을 무용지물로 만드는 꼴입니다. 반격할 수 있으리란 생각은 접는 게 좋아요. 가장 취약한 해변에서 침공을 막아 그들을 바다로 돌려보내야 한단 말입니다!"

자신의 방어전략을 설명하기 시작하자 그의 얼굴에서 열기가 가라앉았다. "난 수중 장애물을 구축했고, 대서양 방벽*을 강화했고, 지뢰밭을 만들었고, 우리 전선 뒤로 항공기가 착륙할 수 있도록 말뚝을 박아 목초지를 확보했습니다. 나의 전 부대는 훈련을 받지 않을 때면 방어시설을 구축하는 데 전력을 쏟고.

나의 기갑사단은 해안으로 이동해야 합니다. 국방군 최고사령부 예

---

* 유럽 대륙의 서쪽 해안과 스칸디나비아에 지어진 요새.

비군은 프랑스로 재배치합니다. 제9사단과 제10친위대는 동부전선에서 후송 배치합니다. 우리는 무엇보다 연합군의 상륙거점 확보를 막는 데 주력해야 합니다. 일단 교두보를 내주면 전투, 아니 전쟁에서 패할 테니까!"

구데리안이 웃음을 짓는 것처럼 짜증나게 실눈을 뜨며 몸을 앞으로 숙였다. "지금 노르웨이 트롬쇠에서 이베리아반도를 거쳐 로마에 이르는 유럽 해안을 방어해야 한다는 말씀이시죠. 어디서 군대를 얻는단 말입니까?"

"그거야 1938년 했어야 할 질문이고." 로멜이 중얼거렸다.

당혹스러운 침묵이 이어졌다. 정치에 관심 없기로 유명한 로멜의 입에서 나온 소리라 더욱 충격적이었다.

가이어가 긴장을 깨뜨렸다. "원수께선 공격이 어디서 시작될 거라 생각합니까?"

로멜은 이것을 기다리고 있었다. "최근까지도 나는 파드칼레 설을 믿고 있었습니다. 그러나 지난번 총통을 만났을 때 노르망디를 주목해야 한다는 그분의 주장에 깊은 인상을 받았습니다. 나는 그분의 직관과 그 정확성을 높이 평가하는 사람입니다. 그러니 한 사단 정도는 솜강 입구에 두더라도, 기갑부대는 노르망디 해안에 최우선적으로 배치해야 한다고 생각합니다. 솜에 배치할 병력은 내 휘하 사단 밖에서 지원을 받고."

구데리안이 고개를 저었다. "아니, 안 됩니다, 안 될 말이에요. 너무 위험합니다."

"난 내 생각을 히틀러 총통에게 전달할 준비가 되어 있소." 로멜이 위협적으로 말했다.

"그래야 할 겁니다." 구데리안이 말했다. "만약 모종의 상황이 발생하지 않는 한, 나는 그 계획에 찬성할 수 없으니까."

"모종의 상황이라니?" 로멜은 구데리안의 입장이 유동적일 수 있다는 암시에 놀랐다.

구데리안은 몸을 뒤척이며 시간을 끌었다. 로멜 같은 고집불통 적대자에게 승복해야 한다는 것이 영 내키지 않는 눈치였다. "아는지 모르겠지만, 총통은 영국에 있는 유능한 정보원의 보고를 기다리고 있습니다."

"기억합니다." 로멜이 고개를 끄덕였다. "바늘이라고."

"맞습니다. 영국 동부에 주둔중인 패튼 휘하 미1집단군의 세력을 파악하라는 임무를 띠고 있지요. 만일 그가 알아본 결과—분명 임무를 완수할 테니까요—그 군대가 이동 가능한 대규모 세력이라면 나는 계속해서 원수의 주장에 반대할 것입니다. 그러나 만약 미1집단군이 그냥 엄포, 그러니까 침공 세력을 가장한 소규모 부대에 불과하다면 원수가 옳다는 것을 인정하고 기갑사단 배치에 대한 전권을 위임하겠습니다. 이 절충안을 받아들이겠습니까?"

로멜은 동의의 뜻으로 큰 머리를 끄덕였다. "이제 모든 것은 바늘에게 달려 있군요."

25

너무나 불현듯 루시는 오두막이 지독하게 작다는 사실을 깨달았다. 아침 일과—스토브에 불 피우기, 귀리죽 만들기, 청소, 조 옷 입히기—를 하고 있자니 사방의 벽이 자신을 압박해오는 기분이었다. 어쨌든 그 집은 방 네 칸이 전부 계단이 있는 조그만 통로로 연결되어 돌아다니다 보면 다른 사람과 마주칠 수밖에 없었다. 가만히 서서 귀를 기울이면 누가 뭘 하는지 다 들렸다. 헨리는 세면대에 물을 받고 있었고 데이비드는 계단을 미끄러져내려오는 중이었고 조는 거실에서 곰인형과 놀고 있었다. 루시는 그들의 얼굴을 보기 전에 혼자만의 시간을 갖고 싶었다. 밤사이 있었던 일을 생각의 전면에서 밀어내 기억 속에 담아두어야 했다. 그래야 의식적으로 애쓰지 않아도 자연스럽게 행동할 수 있었다.

그녀는 자신이 거짓말에 소질이 없을 줄 알았다. 남을 속인다는 것은 그녀에게 부자연스러운 일이었다. 경험도 전혀 없었다. 살면서 가까운 사람을 속였던 경우를 떠올려보려 했지만 생각나지 않았다. 남을 속여선 안 된다는 고귀한 삶의 원칙이 있었던 것은 아니다. 거짓말쯤 할 수도 있다고 생각은 했다. 다만 지금까지는 부정직하게 굴 만한 이유가 없었을 뿐이다.

데이비드와 조는 부엌 식탁에 앉아 아침식사를 시작했다. 데이비드는 말이 없었고 조는 말하는 즐거움에 쉬지 않고 재잘거렸다. 루시는 입맛이 없었다.

"당신은 안 먹어?" 데이비드가 무심히 물었다.

"좀 먹었어." 그것이었다. 그녀의 첫번째 거짓말. 나쁘지 않았다.

폭풍 때문에 폐소공포증이 더 심해졌다. 빗줄기가 너무 세차 부엌 창문으로 창고도 제대로 보이지 않았다. 문이나 창문을 여는 것이 큰일일 때 사람은 더욱더 갇혀 있다고 느끼게 된다. 강철 같은 잿빛 하늘과 옅은 안개 때문에 주위가 계속 어두웠다. 뜰에 감자를 가지런히 심은 줄 사이사이에는 강이 생겼고, 허브밭은 얕은 연못으로 변해버렸다. 쓰지 않는 별채 지붕 아래 둥지가 비바람에 휩쓸렸는지 당황한 참새들이 처마 안팎을 들락날락했다.

헨리가 계단을 내려오는 소리에 루시는 기분이 나아졌다. 왠지 그가 거짓말에 능할 거라는 확신이 있었다.

"안녕히 주무셨습니까?" 페이버가 명랑하게 인사했다. 휠체어를 타고 식탁에 앉아 있던 데이비드가 고개를 들고 기분좋게 고개를 끄덕였다. 루시는 스토브 근처에서 부산을 떨고 있었다. 그녀의 얼굴에 온통 죄의식이라고 쓰여 있어 페이버는 마음이 좋지 않았다. 그러나 데이비드는 그 표정을 알아채지 못한 것 같았다. 다소 둔감한 사람이라는 생각이 들기 시작했다…… 적어도 자기 아내에 대해서만큼은……

루시가 말했다. "앉아서 아침 좀 들어요."

"감사합니다."

데이비드가 말했다. "교회로 데려다주겠다는 말은 못하겠네요. 라디오에서 찬송가를 듣는 게 고작이겠어요."

페이버는 일요일이라는 걸 깨달았다. "신자이십니까?"

"아뇨." 데이비드가 말했다. "베이커 씨는?"

"아닙니다."

"양 치는 사람은 일요일이라고 다른 요일과 다를 게 없습니다." 데이비드가 말을 이어갔다. "톰을 만나러 섬 저편으로 갈 건데, 기력이 되면 같이 가든요."

"좋습니다." 페이버가 말했다. 섬을 둘러볼 기회였다. 무전기가 있는 오두막으로 가는 길도 알아두어야 했다. "운전은 제가 할까요?"

데이비드가 날카로운 시선으로 보았다. "나한테 맡겨도 됩니다." 잠시 껄끄러운 침묵이 흘렀다. "날씨가 이러니 길이 엉망입니다. 감에 의존할 수밖에 없지요. 내가 운전하는 게 훨씬 안전합니다."

"그렇겠군요." 페이버는 아침을 들기 시작했다.

"난 상관없습니다." 데이비드가 집요하게 말을 이었다. "같이 안 가도. 혹시라도 내키지—"

"아뇨. 가보고 싶습니다."

"잠은 잘 잤습니까? 생각해보니 어제저녁에도 피곤했을 텐데, 루시가 너무 오래 붙잡고 있었던 건 아닌지 모르겠군요."

페이버는 루시 쪽으로 시선을 보내지 않으려 했지만, 확 달아오른 그녀의 얼굴이 곁눈으로 보였다. "어제 종일 자지 않았습니까." 페이버는 그렇게 말하며 데이비드와 눈을 마주치려 했다.

그러나 소용없었다. 데이비드는 아내를 보고 있었다. 그는 알고 있었다. 그녀가 등을 돌렸다.

데이비드는 이제 적대적으로 나올 테고, 적의는 의심으로 바뀌고 있었다. 이미 판단을 내린 대로 위험하게 받아들일 일은 아니지만 적잖이 신경이 쓰일 터였다.

데이비드는 재빨리 냉정을 되찾은 눈치였다. 그는 식탁에서 휠체어를 돌려 뒷문 쪽으로 밀고 갔다. "창고에서 지프차를 꺼내야겠군." 혼잣말에 가까운 투였다. 그는 옷걸이에서 방수복을 내려 뒤집어쓴 다음 문을 열고 밖으로 나갔다.

잠시 후 문이 덜컹 열리더니 비바람이 작은 부엌으로 들이쳐 바닥을 적셨다. 문이 다시 닫히자 루시는 몸을 떨며 타일 바닥의 물기를 훔치기 시작했다.

페이버가 손을 뻗어 그녀의 팔을 잡았다.

"이러지 마요." 그녀는 고갯짓으로 조를 가리켰다.

"침착해요." 페이버가 말했다.

"남편이 아는 것 같아요."

"알든 말든 상관 안 하는 줄 알았는데?"

"어쩔 수 없어요."

페이버는 어깨를 으쓱했다. 밖에서 지프차의 성마른 경적 소리가 들려왔다. 루시는 그에게 방수복과 웰링턴 장화를 내주었다.

"내 얘기는 하지 마요." 그녀가 말했다.

페이버는 방수복을 입고 현관으로 갔다. 루시는 조가 있는 부엌 문을 닫고 그를 따라갔다.

걸쇠에 손을 얹고 페이버는 뒤돌아 그녀에게 키스했다. 그녀 역시 원하던 대로, 그에게 열렬히 키스한 후 돌아서서 부엌으로 들어갔다.

페이버는 빗속을 달려 진흙탕을 가로지른 후 지프차로 뛰어들었다. 그가 옆자리에 앉자마자 데이비드는 곧장 출발했다.

지프차는 다리 없는 사람이 운전할 수 있도록 특별 제작된 차량이었다. 수동 스로틀, 자동변속기, 테두리에 손잡이가 달려 한 손으로 조작

할 수 있는 핸들. 접힌 휠체어는 운전석 뒤에 마련된 전용칸에 실려 있었다. 앞유리 위쪽 거치대에 엽총이 놓여 있었다.

데이비드는 능숙하게 차를 몰았다. 그의 예상이 맞았다. 길이라야 황무지에 난 지프차 바큇자국 한 줄에 불과했고, 깊이 팬 자국에는 빗물이 고여 있었다. 차는 흙탕물을 헤치며 미끄러져나갔다. 데이비드는 즐기는 듯 보였다. 담배를 입에 물고서 어울리지 않는 허세를 부리고 있었다. 어쩌면, 전투기 조종 대신일지 모른다는 생각이 들었다.

"낚시를 하지 않을 땐 무슨 일을 합니까?" 데이비드가 담배를 문 채물었다.

"공무원입니다." 페이버가 말했다.

"어떤 일을 봅니까?"

"재정 쪽입니다. 별 볼일 없는 직책이지요."

"재무부인가요?"

"네."

"일은 재미있나요?" 그는 질문을 멈추지 않았다.

"꽤 재미있습니다." 페이버는 기력을 끌어모아 이야기를 하나 지어냈다. "공학기술이 투입된 특정 제품들의 비용이 어느 정도인지 아는터라, 납세자들에게 과도한 금액이 청구되지 않도록 살피는 데 대부분의 시간을 보냅니다."

"공학기술이라면 어떤?"

"종이 클립에서 항공기 엔진까지 모든 것이죠."

"아, 그렇군요. 우리 모두 각자의 방식으로 전쟁에 기여하고 있으니까요."

헐뜯으려는 의도가 다분한 언급이어서 데이비드로서는 페이버가 분개하지 않는 이유를 짐작도 못했을 것이다. "전투를 치르기에는 나이가 너무 많으니까요." 페이버는 부드럽게 말했다.

"1차 때는 어땠습니까?"

"그때는 너무 어렸습니다."

"운이 좋군요."

"그렇다고 볼 수 있죠."

차가 절벽 가장자리에 바짝 붙어 달렸지만 데이비드는 속도를 줄이지 않았다. 혹시 함께 죽고 싶은 건가 의문이 페이버의 머릿속을 스쳤다. 페이버는 차문 위쪽에 달린 손잡이를 잡았다.

"너무 빠른가요?" 데이비드가 물었다.

"길을 잘 아나봅니다."

"무서운 모양이군요."

페이버는 그 말을 무시했지만, 데이비드는 핵심을 찌른 데 만족한 기색으로 속도를 조금 줄였다.

페이버의 눈에 비친 섬은 굉장히 평평하고 헐벗은 곳이었다. 살짝 오르락내리락하긴 했지만 언덕은 없었다. 식생은 대부분 풀로, 간간이 양치식물과 관목이 보일 뿐 키 큰 나무는 거의 없었다. 바람막이가 되어줄 것이 없었던 것이다. 데이비드 로즈의 양들은 튼튼하겠군, 페이버는 생각했다.

"결혼했습니까?" 데이비드가 불쑥 물었다.

"아뇨."

"현명하군요."

"글쎄요, 그런가요?"

"런던에서는 분명 혼자서도 잘살 거 아닙니까? 내 말은 그러니까—"

페이버는 남자들이 대화중 은근슬쩍 여자를 업신여기는 것이 탐탁지 않았다. 그래서 재빨리 말을 잘랐다. "그런 아내를 둔 건 굉장한 행운이라고 생각합니다."

"그런가요?"

"네."

"하지만 다양한 경험만큼 좋은 건 없잖습니까, 안 그래요?"

"글쎄요, 일부일처제의 장점을 발견할 기회를 가져보지 못해서." 페이버는 더 말하지 않기로 했다. 그의 말은 불에 기름을 부을 뿐이었다. 질문이 중단되었다. 데이비드는 기분이 상해가고 있었다.

"솔직히 당신은 정부 세무사처럼 보이지 않습니다. 접힌 우산과 중산모도 안 어울리고요."

페이버는 애써 희미한 미소를 지었다.

"서기라면 또 모를까."

"난 자전거를 탑니다."

"그런 난파사고를 당하고도 살아남다니 체력이 좋은가봅니다."

"감사합니다."

"군대에 못 갈 정도로 나이들어 보이지도 않고."

페이버는 데이비드를 바라보았다. "하고 싶은 말이 뭡니까?" 그가 조용히 물었다.

"다 왔습니다." 데이비드가 말했다.

앞유리 너머로 오두막 한 채가 보였다. 돌벽이며 슬레이트 지붕, 작은 창문들이 루시네 집과 아주 흡사했다. 오두막은 언덕 꼭대기에 서 있었다. 페이버가 이 섬에서 본 유일한 언덕이었는데, 그나마 언덕이라 할 만한 정도도 아니었다. 오두막은 안정감 있고 단단한 인상이었다. 오두막을 향해 오르막을 오르며 지프차는 조그만 소나무와 전나무 숲을 빙 둘러갔다. 왜 나무를 바람막이 삼아 집을 짓지 않았는지 페이버는 궁금했다.

집 옆으로 꽃이 비에 젖은 산사나무 한 그루가 보였다. 데이비드가 차를 멈춰 세웠다. 페이버는 그가 휠체어를 펼치고 운전석에서 옮겨 앉는 모습을 지켜보았다. 도와주겠다고 하면 화를 낼 성싶었다.

그들은 노크도 하지 않고 판자문을 열었다. 현관에서 흰색과 검은색의 얼룩무늬 콜리가 그들을 맞았다. 몸집은 작고 머리는 큰 개였는데 꼬리만 흔들 뿐 짖지 않았다. 내부는 루시의 집과 동일했지만 분위기가 달랐다. 아무것도 없어 삭막하고, 지저분했다.

데이비드는 부엌으로 향했다. 양치기 노인 톰이 나무를 때는 구식 스토브 근처에 앉아 손을 녹이고 있었다. 그가 자리에서 일어섰다.

"이쪽은 톰 매커비티입니다." 데이비드가 말했다.

"만나서 반갑습니다." 톰이 의례적인 어투로 말했다.

페이버는 그와 악수를 나눴다. 키가 작고 어깨가 넓으며 얼굴은 오래된 황갈색 여행가방 같았다. 납작한 모자를 쓰고 뚜껑 달린 커다란 브라이어 파이프를 물고 있었다. 손아귀 힘이 좋고 피부는 사포 같았다. 코가 아주 컸다. 스코틀랜드 억양이 강해서 페이버는 그의 말을 알아듣기 위해 굉장히 집중해야 했다.

"폐가 되지 않아야 할 텐데요." 페이버가 말했다. "그저 재미 삼아 따라와본 겁니다."

데이비드는 식탁으로 갔다. "오늘 아침은 할 일이 별로 없을 겁니다. 톰, 그냥 한번 돌아보도록 하지요."

"네. 가기 전에 차나 한잔 드십시다."

톰은 머그잔 세 개에 진한 차를 따르고 위스키를 조금씩 넣었다. 세 남자는 자리에 앉아 말없이 차를 마셨다. 데이비드는 담배를 피웠고 톰은 커다란 파이프를 부드럽게 뻐끔거렸다. 페이버는 그 둘이 많은 시간을 이같이 보내리라 확신했다. 말없이 담배를 피우고 손을 녹이면서.

차를 다 마시자 톰이 잔을 얕은 석조 개수대에 갖다놓았다. 그리고 그들은 지프차를 타기 위해 밖으로 나갔다. 페이버는 뒷좌석에 앉았다. 데이비드는 올 때와 달리 천천히 차를 몰았다. 밥이라 불리는 개가 옆에서 성큼성큼 달리고 있었다. 개는 크게 힘든 기색 없이 곧잘 따라왔다. 데이비드는 그 일대 지형에 훤한 게 분명했다. 진창에 한 번도 빠지지 않고 드넓은 초원을 자신 있게 달렸다. 양떼는 안쓰러운 모습이었다. 털이 흠뻑 젖은 채 우묵한 곳이나 가시 관목 근처, 바람이 가려지는 쪽 경사면에 옹송그리고 있었다. 의기소침한 나머지 풀을 뜯을 기운도 없어 보였다. 새끼들마저 우울한 모습으로 어미 품에 몸을 숨기고 있었다.

개가 멈춰 서서 잠시 귀를 쫑긋하더니 갑자기 달려나갔다.

"밥이 뭔가 발견한 모양입니다." 톰이 말했다.

지프차는 개를 따라 400미터가량 달렸다. 차가 멈춰 서자 바닷소리가 들려왔다. 그곳은 섬의 북쪽 끝 근처였다. 개는 작은 협곡 가장자리에 서 있었다. 차에서 내린 그들 역시 개가 들은 소리를 들을 수 있었다. 그것은 애처로운 양의 울음소리였다. 그들은 협곡 가장자리로 가 아래쪽을 내려다보았다.

6미터쯤 아래 양 한 마리가 옆으로 누워 한쪽 앞다리가 꺾인 채 가파른 경사지에서 간신히 균형을 잡고 있었다. 톰이 조심스럽게 발을 디디며 내려가 양의 다리를 살폈다.

"오늘 저녁은 양고기겠네요!" 그가 외쳤다.

데이비드가 지프차에서 총을 꺼내 내려보냈다. 톰은 양의 고통을 덜어주었다.

"밧줄을 내릴까요?" 데이비드가 외쳤다.

"네. 손님이 내려와서 도와준다면 또 모르지만."

"내려가죠." 페이버가 말했다. 그는 톰이 서 있는 곳으로 내려갔다.

그들은 다리 하나씩을 잡고 경사면을 따라 죽은 양을 끌고 올라갔다. 방수복이 가시덤불에 걸리는 바람에 페이버는 하마터면 넘어질 뻔했다. 힘껏 잡아당기자 요란하게 찢어지는 소리가 났다.

그들은 양을 지프차에 던져넣고 출발했다. 어깨가 축축해서 페이버가 살펴보니 방수복 뒤쪽이 거의 다 찢겨나간 상태였다. "죄송하게도 우비를 망가뜨렸습니다." 페이버가 말했다.

"도와주다 그런 건데요, 뭐." 톰이 말했다.

그들은 곧 톰의 오두막으로 돌아왔다. 페이버가 방수복과 젖은 동키 재킷을 벗자 톰이 스토브 위에 재킷을 널어주었다. 페이버는 스토브 가까이 앉았다.

톰은 주전자를 얹은 다음, 새 위스키를 한 병 가지러 위층으로 갔다. 페이버와 데이비드는 젖은 손을 말리고 있었다.

그때 갑작스러운 총성이 들려 두 남자는 깜짝 놀랐다. 페이버는 현관을 지나 계단으로 뛰어올라갔다. 데이비드 역시 따라왔지만 계단 발치에서 휠체어를 멈췄다.

페이버는 아무것도 없는 작은 방으로 들어갔다. 톰이 창밖으로 몸을 빼고 하늘을 향해 주먹을 흔들고 있었다.

"놓쳤습니다." 톰이 말했다.

"뭘 말입니까?"

"독수리였습니다."

아래층에서 데이비드의 웃음소리가 들려왔다.

톰은 판지상자 옆에 엽총을 내려놓더니 상자에서 위스키 한 병을 집어들고 아래층으로 향했다.

데이비드는 이미 부엌으로 돌아가 불을 쬐고 있었다. "올해 들어 처음 잃은 양이네요." 그는 죽은 양을 생각하고 있었다.

"네." 톰이 말했다.

"올여름에는 그 협곡 주변에 울타리를 쳐야겠어요."

"네."

페이버는 달라진 분위기를 감지했다. 먼젓번과 달랐다. 아까처럼 앉아 차를 마시고 담배를 피우고 있었지만, 데이비드는 어쩐지 안절부절못하는 눈치였다. 페이버는 자기를 바라보는 그와 두 번이나 시선이 마주쳤다.

마침내 데이비드가 말했다. "양 잡는 건 톰에게 맡기죠."

"네."

데이비드와 페이버는 그곳을 나왔다. 톰은 일어나지 않았지만 그들이 문가를 나설 때까지 개가 지켜보고 있었다.

지프차를 출발시키기 전, 데이비드는 앞유리 위쪽 거치대에서 엽총을 내리더니 장전한 후 제자리에 놓았다. 집으로 돌아가는 길에 그는 또다른 기분 변화―페이버로서는 놀라지 않을 수 없는―를 보이며 말이 많아졌다. "난 스핏파이어를 조종했습니다. 사랑스러운 연이었죠. 한 날개에 포가 네 문씩이었습니다. 미제 브라우닝인데, 분당 1260발을 발사합니다. 독일놈들은 물론 기관포를 선호합니다. 그놈들 Me109에는 기관총이 두 대밖에 없어요. 파괴력이야 기관포가 더 낫지만 우리 브라우닝이 더 빠르고 더 정확합니다."

"정말입니까?" 페이버가 정중하게 말했다.

"우리도 뒤늦게 허리케인에 기관포를 장착했지만, 영국 본토 항공전에서 승리한 건 스핏파이어였습니다."

페이버는 그의 자랑에 비위가 거슬렸다. "선생은 적기를 몇 대나 쏘아 맞혔습니까?"

"훈련 도중 다리를 잃었습니다."

페이버는 그의 얼굴을 힐끗 보았다. 표정은 없지만 피부가 찢어지기라도 할 것처럼 팽팽해져 있었다.

"그래서 아직 단 한 명의 독일군도 죽여보지 못했습니다."

페이버는 바짝 긴장했다. 데이비드가 무슨 결론을 내렸는지, 또는 뭘 알아냈는지는 모르지만 자기 아내와 밤을 보낸 것 말고도 분명 뭔가 더 있다고 믿는 듯했다. 페이버는 데이비드를 향해 옆으로 살짝 고개를 돌리며 아래쪽 구동축에 발을 기대 버티고 오른손을 왼쪽 팔뚝 위로 슬쩍 갖다댔다. 그리고 기다렸다.

"항공기에 관심 있습니까?" 데이비드가 물었다.

"아뇨."

"전 국민의 취미가 됐나봅니다. 항공기 관측 말입니다. 조류 관찰을 하듯이 말이지요. 다들 항공기 식별에 관한 책을 삽니다. 등을 대고 누워서는 오후 내내 망원경으로 하늘을 바라보지요. 당신도 그런 부류인 줄 알았습니다."

"왜요?"

"네?"

"왜 내가 항공기광일 거라고 생각했습니까?"

"글쎄요." 데이비드는 지프차를 멈추고 담뱃불을 붙였다. 그들은 섬의 중간지점에 있었다. 톰의 오두막에서 8킬로미터 정도 왔으니 루시의 오두막에 도착하려면 다시 그만큼을 더 달려야 했다. 데이비드는 바닥에 성냥을 떨어뜨렸다. "당신 재킷 주머니에서 발견한 필름 때문인가보지—"

그 말을 하며 그는 불붙인 담배를 페이버의 얼굴에 던지고 앞유리 위쪽 엽총을 향해 손을 뻗었다.

26

시드 크립스는 창밖을 내다보며 나지막이 악담을 퍼부었다. 목초지에 미국 탱크가 들어차 있었다. 족히 여든 대는 될 것 같았다. 전쟁중인 것은 알지만, 그래도 자기에게 물어봤다면 꼴이 무성하게 자라지 않은 곳을 내주었을 텐데. 지금쯤 가장 좋은 방목지가 무한궤도에 자근자근 밟히고 말았을 테지.

그는 장화를 꺼내 신고 밖으로 나갔다. 들판에 미군이 몇몇 보였는데 황소가 있다는 걸 알고나 있는지 궁금했다. 사람만 드나들게 만든 계단식 울타리 출입구에 도착했을 때 그는 제자리에 멈춰 선 채 머리를 긁적였다. 눈앞에 우스꽝스러운 일이 펼쳐지고 있었기 때문이다.

탱크들은 그의 목초를 짓밟지 않았다. 바큇자국이라곤 전혀 없었다. 하지만 미군이 써레 비슷한 도구로 탱크가 지나간 흔적을 만들고 있었다.

이게 대체 무슨 일인가 상황 파악을 하고 있는데, 황소가 탱크들의 존재를 알아차렸다. 잠시 그쪽을 노려보던 황소는 발로 땅을 헤치는가 싶더니 느릿느릿 움직이다 달리기 시작했다. 탱크 한 대를 치받겠다는 심산이었다.

"바보 같은 놈, 머리통이 깨지고 말겠군." 시드가 중얼거렸다.

군인들 역시 황소를 바라보고 있었다. 재미난 구경거리라도 났다는 분위기였다.

황소는 탱크를 향해 전속력으로 내달려 장갑판을 댄 옆구리에 뿔을 찔러넣었다. 시드는 영국 탱크는 저렇게 약해빠지지 않길 간절히 바랐다.

황소가 뿔을 빼자 크게 쉬이익 소리가 났다. 탱크는 바람 빠진 풍선처럼 주저앉았다. 미군들은 배꼽을 잡고 웃어댔다.

참으로 이상한 광경이었다.

퍼시벌 고들리먼은 우산을 들고 의회 광장을 잰걸음으로 가로질렀다. 레인코트 안에는 짙은 줄무늬 슈트를 입었고 검은색 구두는 반짝반짝 윤이 났다─적어도 빗속으로 나오기 전까지는 그랬다. 처칠을 독대하는 자리가 매일은커녕 매해 있는 일도 아니니까.

직업군인이었다면 그런 나쁜 소식을 들고 국군 통수권자를 만나러 가는 길이 초조했을 터였다. 그러나 고들리먼은 달랐다. 군인이건 정치가건 상대의 역사관이 고들리먼보다 한층 급진적인 경우만 아니라면, 저명한 역사학자는 두려워할 것이 없다고 스스로에게 말했다. 하지만 초조하진 않더라도 걱정스럽기는 했다. 상당히 걱정스러웠다.

그는 이스트 앵글리아에 가짜 미1집단군을 배치시키는 작전에 들어간 노력, 숙고, 주의력, 자본, 그리고 인력에 대해 생각하는 중이었다. 항구와 바다 어귀에 집결시켜 띄워놓은 석유 드럼통 위에 비계飛階와 캔버스천으로 만든 사백 대의 상륙 함정, 정교하게 제작된 공기주입식 모형 탱크, 대포, 트럭, 군용차량, 탄약 창고. 수천 명 규모의 미국 군대가 들어오면서 도덕규범이 무너졌다고 불평하는 독자 투고가 빗발치는 그

지역 신문. 영국 최고의 건축가가 설계하고 영화 촬영소에서 차출한 소품팀이 판지와 낡은 하수관으로 지은 도버의 가짜 유류 이송 독. 이중 첩보위원회에 의해 '전향한' 독일 첩보요원들이 함부르크에 송신하는 정교한 날조 보고서. 독일군 도청 기관을 위해 줄기차게 송파하는 무전. 무전에는 전문 소설가 집단이 엮은 메시지와 함께 이런 내용이 포함되어 있었다. "왕실 연대의 2할이 민간인 여성이며, 추정하건대 무단으로 화물열차에 올랐다고 한다. 이들을 어떻게 하나—칼레로 데려가는가?"

물론 여러 성과가 있었다. 정황상 독일군은 위장전술에 말려들었다. 그런데 그 정교한 위장전술이 망할 스파이—고들리먼이 놓친—하나 때문에 위험에 처했다. 오늘 처칠을 만나는 것도 그 때문이었다.

그는 새처럼 좁은 보폭으로 웨스트민스터 인도를 지나 그레이트 조지 스트리트 2번지의 작은 출입구에 도착했다. 모래주머니 방벽 옆에 서 있던 무장 보초가 출입증을 검사하고 들어가도 좋다는 손짓을 했다. 그는 로비를 가로질러 처칠의 지하 본부로 이어지는 계단을 내려갔다.

전함의 갑판 아래로 내려가는 기분이었다. 폭격에 대비해 천장에 두께가 1미터도 넘는 강화 콘크리트를 댄 전투사령부는 철제 격벽문과 오래된 목재로 만든 천장 버팀대가 눈에 띄었다. 고들리먼이 상황실로 들어가는데 일단의 젊은이가 심각한 표정으로 안쪽 회의실에서 나오고 있었다. 잠시 뒤 보좌관 하나가 그들을 따라나오다가 고들리먼을 알아보았다.

"시간개념이 철저하시군요." 그가 말했다. "기다리고 계십니다."

고들리먼은 작고 아늑한 회의실로 들어섰다. 바닥에 러그가 깔리고 벽에는 왕의 초상화가 걸려 있었다. 전기 환풍기가 자욱한 담배 연기를 휘젓고 있었다. 처칠은 거울처럼 반들반들한 낡은 탁자 머리에 앉아 있었는데, 그 한가운데는 파우누스*의 조각상―처칠이 직접 지휘하는 위장전술 기구인 런던 통제부의 상징―이 있었다.

고들리먼은 경례를 하지 않기로 마음먹었다.

처칠이 말했다. "앉으시오, 교수."

문득 깨달았는데 처칠은 체구가 그다지 크지 않았다. 그러나 꼭 체구가 큰 사람처럼 앉아 있었다. 등은 구부리고, 팔꿈치는 의자 팔걸이에 대고, 턱은 당기고, 다리는 벌린 모양으로. 사무변호사 같은 차림―검은색 짧은 재킷과 줄무늬 회색 바지―에 새하얀 셔츠를 받쳐 입고 물방울무늬가 있는 파란색 보타이를 맸다. 다부진 골격과 불룩한 뱃살에 어울리지 않게 만년필을 쥔 손가락은 섬세하고 가늘었다. 안색도 아기 피부처럼 핑크빛이 돌았다. 다른 손에는 시가를 쥐고 있었고, 테이블에 놓인 서류 옆으로 위스키인 듯싶은 음료 한 잔이 보였다.

처칠은 타이핑된 보고서의 여백에 메모를 휘갈기며 이따금 혼잣말을 중얼거렸다. 고들리먼은 그에게 별로 위압감을 느끼지 않았다. 고들리먼이 보기에 처칠은 평화시의 정치인으로는 일종의 재앙이었다. 그러나 그에게는 위대한 전사 족장으로서 갖추어야 할 자질들이 있었고, 고들리먼은 이 점을 높이 평가했다. (처칠은 자신에게는 그저 포효할 특권뿐이라며 영국의 사자임을 겸손하게 부인했다. 고들리먼은 그 평가가 거의 정확하다는 입장이었다.)

그가 불현듯 고개를 들며 말했다. "그러니까 이 망할 스파이가 우리 계획을 알아내고 말았다는 것이오?"

"그런 것 같습니다." 고들리먼이 말했다.

"그자가 빠져나갔다고 보시오?"

---

* 고대 로마신화에 등장하는 목신.

"애버딘까지 추적했습니다. 이틀 전 훔친 배를 타고 그곳을 떠난 것이 거의 확실합니다. 아마도 북해에서 접선할 계획이었겠지요. 하지만 폭풍이 시작되어 멀리 가지는 못했을 겁니다. 폭풍이 거세지기 전 유보트와 만났을 가능성이 없지는 않지만 희박하고요. 익사했을 확률도 높습니다. 죄송합니다. 더 정확한 정보를 드리지 못해서—"

"유감스럽군." 처칠은 별안간 화가 난 듯 보였다. 고들리먼에게는 아니었다. 처칠은 의자에서 일어나 벽시계 쪽으로 가더니, 마치 최면이라도 걸린 듯 시계에 적힌 문구—1889년, 왕실 자산 관리 사업부, 빅토리아 여왕—를 바라보았다. 그런 다음 고들리먼의 존재를 잊어버리기라도 한 듯 혼잣말을 중얼거리며 탁자를 따라 왔다갔다하기 시작했다. 고들리먼은 그 혼잣말을 알아듣고 충격을 받았다. "이 다부진 체격의 인물은 약간 구부정한 자세로 성큼성큼 왔다갔다한다. 별안간 자기만의 생각에 빠져 다른 존재는 의식하지 못한 채……" 꼭 자기가 쓴 할리우드 영화 대본에 따라 연기를 하는 듯했다.

연기는 시작이 그러했듯 갑작스레 끝났다. 자기 행동이 별난 것을 아는지 모르는지 처칠은 아무 내색도 하지 않았다. 그러고는 자리에 앉더니 고들리먼에게 종이 한 장을 내밀며 말했다. "지난주 독일군의 전력 배치상황이오."

러시아 전선 : 112개 보병사단, 25개 기갑사단, 17개 혼성사단
이탈리아와 발칸반도 : 37개 보병사단, 9개 기갑사단, 4개 혼성사단
서부전선 : 64개 보병사단, 12개 기갑사단, 12개 혼성사단
독일 : 3개 보병사단, 1개 기갑사단, 4개 혼성사단

처칠이 말했다. "서부전선의 12개 기갑사단 가운데 단 하나의 사단만

이 노르망디 해안에 있소. 친위사단 '다스 라이히'와 '아돌프 히틀러'는 각각 툴루즈와 브뤼셀에서 이동의 기미가 없고. 이런 상황이 무엇을 암시한다고 생각하시오?"

"우리의 위장전술이 성공적으로 진행되고 있는 것 같습니다." 고들리먼은 처칠이 자기를 신뢰하고 있음을 깨달았다. 적의 주의를 칼레로 돌리기 위해 진지 구축 위장을 어떻게든 도우며 상황을 파악했고 그에 따라 짐작은 했지만, 지금껏 테리 대령을 포함해 그 누구도 그의 앞에서 노르망디를 입에 올린 사람이 없었다. 물론 침공 날짜—디데이—는 여전히 몰랐고, 그것은 감사한 일이었다.

"전적으로 성공을 거두었지." 처칠이 말했다. "혼란에 빠져 우리의 진짜 계획은 짐작조차 못하고 있으니까. 하지만—" 그는 극적인 효과를 노리고 말을 멈추었다. "그 모든 상황에도 불구하고……" 그는 탁자에서 또다른 종이 한 장을 집어들고 큰 소리로 읽었다. "우리가 상륙거점을 지켜낼 확률은, 특히 독일군이 병력을 집결한 후라면 50 대 50에 불과하다."

그는 시가를 내려놓았다. 그리고 사뭇 부드러워진 목소리로 말했다. "이 50 대 50의 기회라도 얻기 위해 전 세계 영어권 국가—로마제국 이후 가장 위대한 문명—가 사 년에 걸쳐 각국의 군사력과 산업 기술력을 총동원했소. 만약 이 스파이가 빠져나간다면 우리는 그 기회마저 잃을 것이오. 다른 말로, 모든 것을."

그는 잠시 고들리먼을 응시하더니 연약한 흰 손으로 펜을 집어들었다. "내게 가능성을 가져오지 마시오, 교수. 바늘을 데려오시오."

그는 고개를 숙이고 글을 쓰기 시작했다. 잠시 후 고들리먼은 자리에서 일어나 조용히 그곳을 나왔다.

27

담배는 섭씨 800도로 탄다. 그러나 담뱃불 끝은 보통 얇은 재의 막으로 둘러싸여 있다. 일 초 정도는 직접 지져야 피부에 화상을 입히지, 슬쩍 스치는 것만으로는 별다른 효과를 기대할 수 없다. 눈이라고 예외는 아니다. 게다가 눈은 급박한 상황에서 깜빡인다. 그것은 인간 신체가 보이는 가장 빠른 무의식적 반사 반응이다. 담뱃불을 던지는 것은 아마추어나 하는 행동이고 데이비드 로즈는 아마추어였다. 좌절감에 찌들어 행동에 굶주린 아마추어. 프로는 그런 이들을 무시한다.

페이버는 데이비드 로즈가 던진 담뱃불을 무시했다. 그 판단은 옳았다. 담배는 그의 이마를 비스듬히 스쳐 지프차의 금속 바닥에 떨어졌다. 그러고 나서 데이비드의 총을 잡았는데 그것은 실수였다. 순간 깨달았지만, 그때 스틸레토를 꺼내 데이비드를 찔렀어야 했다. 어쩌면 데이비드가 먼저 그를 쏠 수도 있지만 사람을 죽이기는커녕 총을 겨눠본 적도 없는 인물이니 분명 주저할 테고, 그 틈을 타 그를 처리하면 될 터였다. 어쨌든 결코 있을 수 없는 그런 오판을 한 것은 최근 마음이 물러지고 있어서였다. 또다시 착오가 있어선 안 될 일이었다.

데이비드가 양손으로 총의 중간 부분을 잡고—왼손은 총열, 오른손은 약실 근처— 거치대에서 15센티미터가량 잡아당겼을 때, 페이버가 한 손으로 총구를 틀어쥐었다. 데이비드는 자기 쪽으로 총을 끌어당기려 했지만 페이버가 움켜쥐고 놓아주지 않아 총구는 앞유리를 향하게 되었다.

페이버는 힘이 셌지만 데이비드 역시 만만한 상대는 아니었다. 어깨와 팔과 손목으로 몸과 휠체어를 사 년 동안 움직였기 때문에 근육이 비정상적이리만치 발달되어 있었다. 더구나 그는 양손으로 앞쪽에서 총을 잡고 있는 데 반해 페이버는 한 손에다 각도도 어정쩡했다. 데이비드가 다시 한번 총을 자기 쪽으로 잡아당겼다. 이번에는 좀더 단호하게 힘을 주었고 그러자 페이버는 손을 놓고 말았다.

일순간 총구가 복부를 향했고 데이비드의 손가락은 방아쇠를 당길 기세였다. 페이버는 임박한 죽음을 느꼈다.

그는 좌석에서 튀어올랐다. 머리가 지프차의 캔버스 지붕을 때렸을 때 귀가 멍해지는 요란한 총성과 함께 총이 발사되었다. 눈두덩이 뒤쪽으로 통증이 느껴졌다. 조수석 쪽 유리창이 산산조각나고 그 틈으로 비가 들이쳤다. 페이버는 몸을 비틀어 데이비드를 덮쳤다. 그리고 양손으로 데이비드의 목을 잡고 엄지손가락에 힘을 줬다.

데이비드는 다시 한번 발포하기 위해 둘의 몸 사이로 총을 가져오려 했지만 역부족이었다. 그러기에는 총이 너무 컸다. 페이버는 그의 눈을 들여다보았다. 데이비드의 눈 속에는 흥분이 보였다. 마침내 조국을 위해 싸울 기회를 얻은 그는 들떠 있었다. 그러나 몸속의 산소가 서서히 부족해지며 표정이 변해갔고 곧이어 숨을 쉬기 위한 저항이 시작되었다.

데이비드는 손에서 총을 놓고 팔꿈치를 가능한 한 넓게 벌리더니 페이버의 아래쪽 갈비뼈를 향해 강력한 잽을 양쪽에서 날렸다.

고통으로 얼굴을 일그러뜨리면서도 페이버는 데이비드의 목을 조르는 손을 놓지 않았다. 그는 알고 있었다. 자신은 주먹을 견딜 수 있지만 데이비드는 그리 오래 숨을 참지 못하리라는 것을.

데이비드 역시 같은 생각을 한 것이 틀림없었다. 둘의 몸 사이로 팔뚝을 엇갈려놓더니 페이버를 밀쳐냈다. 그리고 사이가 조금 벌어지자 팔뚝을 풀고 양손을 위로 날려 페이버의 팔을 강타해 목에서 떼어냈다. 그리고 오른손 주먹을 쥐고 기술적이지는 않지만 강력한 펀치를 아래쪽으로 날렸다. 펀치는 광대뼈에 맞았고 페이버의 눈가에 눈물이 맺혔다.

페이버는 몸통에 잽을 연타로 날려 대응했다. 데이비드는 얼굴을 집중 공격했다. 너무 가까이 붙어 있어 짧은 시간에 서로 심각한 해는 입히지 못했지만, 형세는 힘이 조금 더 센 데이비드에게 유리하게 흘러갔다.

페이버는 데이비드가 교묘하게 싸울 시간과 장소를 골랐다는 것을 깨닫고 존경에 가까운 심정이었다. 돌발성, 총, 근육이 빛을 발해 그에게는 좁은 공간이 이점이 된 반면, 페이버의 균형 감각이나 기동성은 소용이 없었다. 유일한 실수라면 필름통을 발견했다며 페이버에게 경고하는 허세를 부렸다는─그럭저럭 이해는 되었다─점이었다.

몸의 무게중심이 조금 움직이면서 페이버의 둔부가 변속기를 앞쪽으로 밀어버렸다. 엔진은 아직 돌고 있었고 차가 덜컹거리는 바람에 페이버는 균형을 잃었다. 데이비드는 그 기회를 놓치지 않고─판단을 내렸다기보다는 운으로─왼주먹을 길게 곧장 날렸다. 페이버는 턱이 붉어진 채 조수석 쪽으로 날아가 앞유리와 차문 사이 뼈대에 머리를 찧고 어깨로 문손잡이를 내리받았다. 그대로 차문이 열리고 그는 뒤로 나자빠지며 진흙탕에 얼굴을 처박았다.

잠시 멍해져서 몸을 움직일 수 없었다. 눈을 떴을 때는 붉은색의 흐릿한 배경 앞에서 푸른 번갯불이 번쩍거렸다. 질주하는 지프차의 엔진소리가 들렸다. 그는 눈앞에서 펼쳐지는 불꽃놀이를 떨치려고 고개를 흔들었다. 기는 자세로나마 애써 몸을 일으켰다. 지프차 소리가 멀어지는가 싶더니 다시 가까워졌다. 그는 고개를 돌려 소리나는 쪽을 바라보았다. 눈앞에 떠올랐던 색색이 흩어져 사라지면서 그를 향해 돌진하는 지프차의 모습이 보였다.

데이비드는 그를 칠 심산이었다.

앞 범퍼가 코앞까지 왔을 때 가까스로 몸을 피했다. 돌풍이 느껴졌다. 미처 피하지 못한 발이 굉음을 내며 지나가는 지프차의 펜더에 부딪혔다. 육중한 타이어가 스펀지 같은 풀밭을 짓이기며 진흙을 튀기고 있었다. 그는 축축한 풀밭에서 두 번 굴러 한쪽 무릎으로 땅을 짚었다. 발에 통증이 느껴졌다. 지프차가 급회전하더니 다시 한번 그를 향해 달려왔다.

앞유리로 데이비드의 얼굴이 보였다. 그는 핸들 위로 몸을 숙인 채, 야만적이다 못해 거의 미친 사람처럼 이를 드러내며 웃고 있었다. 좌절당한 전사는 스핏파이어 조종석에 앉은 상상을 하고 있는 게 분명했다. 적기를 발견한 그는 기관총 여덟 문을 총동원해 분당 1260발씩 발포하며 태양 밖으로 모습을 드러냈다.

페이버는 절벽 가장자리로 움직였다. 지프차가 속력을 내고 있었다. 페이버는 자기가 적어도 당장은 달릴 수 없다는 것을 알고 있었다. 절벽 주위를 둘러보았다. 수직에 가까운 험한 낭떠러지, 30미터 아래로 성난 바다가 보였다. 지프차는 그를 목표로 절벽 가장자리를 따라 달려 내려오고 있었다. 페이버는 튀어나온 바위가 없는지, 하다못해 발 디딜 곳이라도 없는지 절벽 아래위를 훑어보았다. 아무것도 없었다.

지프차는 4, 5미터를 남겨놓고 시속 70킬로미터 정도로 접근중이었다. 바퀴와 절벽 가장자리 사이 간격은 60센티미터를 넘지 않았다. 페이버는 납작 몸을 낮춘 뒤, 두 팔로 무게를 지탱하며 절벽 가장자리에 매달렸다. 다리가 허공에 흔들거렸다.

차바퀴는 몇 센티미터 간격을 두고 그를 스쳐지났다. 몇 미터 더 내려갔을까, 차바퀴 하나가 절벽 가장자리로 미끄러졌다. 잠시 페이버는 차량 전체가 미끄러져 바다로 떨어지겠구나 생각했지만 다른 세 바퀴가 지프차를 안전한 곳으로 끌고 갔다.

페이버의 팔 아래 지면이 움직였다. 지프차가 지나갈 때 전해진 진동이 흙을 흔들어놓은 것이다. 몸이 미끄러지는 느낌이 들었다. 30미터 아래 바다가 바위들 사이에서 부글부글 끓고 있었다. 페이버는 한 팔을 최대한 뻗어 부드러운 땅속으로 손가락을 푹 찔러넣었다. 손톱이 뜯겨 나가는 듯했으나 개의치 않았다. 다른 팔로 같은 일을 반복했다. 두 손을 땅에 박은 그는 몸을 위로 끌어올렸다. 고통스러우리만치 느린 과정이었지만 결국 머리가 손 높이까지 올라왔고 허리께가 단단한 지면에 닿아 그는 몸을 굴려 절벽 가장자리에서 멀어질 수 있었다.

지프차가 다시 방향을 바꾸고 있었다. 페이버는 차를 향해 달렸다. 발이 아팠지만 뼈는 부러지지 않았다고 판단했다. 데이비드가 속도를 높여 돌진해왔고 페이버는 행로를 바꿔 지프차의 진행 방향과 직각으로 달렸다. 회전을 하려면 데이비드는 속도를 늦춰야 했다.

페이버는 이런 식으로 얼마 못 가리라는 것을 알고 있었다. 데이비드보다 먼저 지칠 것이 분명했다. 이번이 마지막이어야 했다.

그는 속도를 높였다. 데이비드는 페이버의 앞을 가로막을 심산으로 차를 몰았다. 그래서 페이버는 오던 방향으로 되돌아갔고 지프차는 지그재그로 움직였다. 이제 페이버와 지프차 사이 거리는 많이 가까워져 있었다. 페이버는 전력질주를 했고, 페이버를 따라가려니 데이비드는 급선회할 수밖에 없었다. 지프차는 속도가 점점 더 떨어졌고 페이버와 점점 더 가까워졌다. 둘 사이의 거리가 지척이 되어서야 데이비드는 페이버의 의도를 깨달았다. 거리를 벌려보려 했지만 이미 너무 늦었다. 페이버가 지프차 옆으로 달려들어 위쪽으로 몸을 날렸다. 그리고 엎드린 자세로 캔버스 지붕 위에 안착했다.

그는 몇 초 동안 거기서 숨을 골랐다. 부상당한 발이 마치 불속에서 타는 듯 욱신거렸고 가슴이 터질 것 같았다.

지프차는 여전히 달리고 있었다. 페이버는 소매 안 칼집에서 스틸레토를 꺼내 캔버스 지붕을 들쭉날쭉 길게 찢었다. 천이 아래쪽으로 펄럭거리면서 데이비드의 뒤통수가 보였다.

뒤쪽 위를 올려다본 데이비드는 경악한 얼굴이었다. 페이버는 칼을 찌르기 위해 팔을 들어올렸다.

데이비드가 스로틀을 열고 핸들을 틀었다. 두 바퀴가 공중으로 들리며 급작스레 튕겨나간 지프차는 급커브를 돌 때처럼 요란한 굉음을 냈다. 페이버는 죽을힘을 다해 차체에 매달렸다. 지프차가 여전히 속도를 높이다 쿵 내려앉았다. 그러나 그것도 잠시뿐 바퀴가 다시 들렸고, 비에 흠뻑 젖은 지면을 위태로이 미끄러지던 차는 끼익 소리를 내며 옆으로 넘어졌다.

페이버는 허공을 날아 땅바닥에 내동댕이쳐졌다. 충격으로 숨이 턱 막혀 잠시 몸을 가눌 수 없었다.

지프차는 절벽 근처에서 다시 한번 위험천만한 곡예를 펼친 것이다.

풀밭 저편에 스틸레토가 떨어져 있었다. 페이버는 그것을 집어들고 지프차를 향해 돌아섰다.

어느새 데이비드는 휠체어를 챙겨 찢어진 지붕으로 빠져나와 있었다. 이제 휠체어에 올라탄 그는 절벽 가장자리를 따라 바퀴를 밀고 있었다.

페이버는 그를 쫓아 달리며 그 용기를 인정하지 않을 수 없었다.

데이비드는 그의 발소리를 들은 게 틀림없었다. 페이버가 휠체어를 따라잡으려는 찰나 바퀴를 뚝 멈추고 휙 돌았기 때문이다. 데이비드의 손에 들려 있는 둔중한 렌치가 얼핏 보였다.

페이버는 몸을 피하지 못해 휠체어와 충돌했고 휠체어는 뒤집어졌다. 두 사람은 물론 휠체어까지 저 아래 바다로 떨어지겠구나 하는 생각이 머릿속을 스쳤다. 그때 렌치가 뒤통수를 쳤고 그는 정신을 잃었다.

정신을 차렸을 때 휠체어는 옆에 쓰러져 있었지만 데이비드의 모습은 어디에도 보이지 않았다. 그는 일어나 어지러운 머리를 가누며 주위를 두리번거렸다.

"여기야."

절벽 너머에서 소리가 들려왔다. 렌치로 그를 친 직후, 의자에서 튕겨 나가 절벽 아래로 굴러떨어진 게 분명했다. 페이버는 기어가 아래를 내려다보았다.

데이비드는 절벽 가장자리 바로 아래 자라난 관목 줄기를 한 손으로 붙잡고 버티는 중이었다. 다른 손은 작은 바위틈에 끼운 채였다. 불과 몇 분 전까지 페이버가 그랬던 것처럼 허공에 대롱대롱 매달린 꼴이었다. 허세는 사라지고 없었다.

"올려줘, 제발." 그가 갈라지는 목소리로 말했다.

페이버는 좀더 앞으로 몸을 숙이고 말했다. "필름은 어떻게 알았지?"

"도와줘, 제발."

"필름에 대해 말해."

"오, 정말." 데이비드는 안간힘을 다해 정신을 집중했다. "톰의 오두막에 갔을 때 재킷을 말리느라 부엌에 두었잖아. 톰은 위스키를 가져온다고 2층으로 갔고, 그때 당신 주머니를 뒤졌는데 거기 네거티브필름이—"

"그것 때문에 나를 죽이려 했던 건가?"

"게다가 내 집에서 내 아내와…… 영국 사람이라면 그렇게 행동하지 않으니까—"

페이버는 저도 모르게 웃음이 나왔다. 결국 이 남자는 아이에 불과했던 것이다. "필름은 어디 있지?"

"여기 주머니에……"

"내놔, 그러면 올려주지."

"당신이 직접 가져가. 난 손을 놓을 수가 없어. 빨리……"

페이버는 배를 깔고 납작 엎드려 데이비드의 방수복 안 재킷 윗주머니로 팔을 뻗었다. 필름통에 손이 닿자 안도의 한숨이 나왔다. 조심조심 꺼냈다. 필름은 아무 이상 없어 보였다. 그는 재킷 주머니에 필름을 넣고 단추를 채운 다음, 다시 데이비드에게로 손을 뻗었다. 더이상 실수가 있어선 안 되었다.

그는 데이비드가 매달려 있는 관목을 잡고 뿌리째 확 뽑아버렸다.

"안 돼!" 데이비드가 비명을 내질렀다. 그는 잡을 곳을 찾아 필사적으로 허우적거렸다. 다른 손이 바위틈에서 미끄러지고 있었다.

"비겁한 놈!" 그 외침을 끝으로 그의 손은 바위틈에서 멀어져갔다.

그는 잠시 허공에 머물러 있는 듯 보였지만, 절벽에 두 번 부딪히며 떨어져 마침내 첨벙 소리와 함께 바닷속으로 빠졌다.

페이버는 잠시 아래를 내려다보며 그가 다시 떠오르지 않는지 확인했다. "비겁하다고? 비겁해? 네놈은 전쟁중이란 것도 몰라?"

그는 한동안 바다를 바라보았다. 한 번인가 노란색 방수복이 언뜻 수면 위로 떠오른 듯했지만, 제대로 보기도 전에 사라졌다. 이제 보이는 것은 바다와 바위뿐이었다.

갑자기 녹초가 된 기분이었다. 상처의 고통이 하나하나 되살아났다. 부상당한 발, 머리의 혹, 얼굴 여기저기 생긴 타박상. 데이비드 로즈는 바보였고, 허풍선이였고, 가련한 남편이였고, 자비를 부르짖으며 명을 달리했다. 그러나 그는 용감한 사나이였고 조국을 위해 목숨을 바쳤다―그것이야말로 그가 조국에 기여한 바였다.

페이버는 자신의 죽음 또한 그렇게 의로울까 의문이었다.

그는 절벽 끝에서 몸을 돌려 전복된 지프차를 향해 걸어갔다.

28

 퍼시벌 고들리먼은 생기를 되찾은 기분이었다. 결의에 차고 고무된—그에게는 매우 드물게도—듯했다.

 그런데 곰곰 생각하다보니 마음이 불편해졌다. 격려 연설은 일반 사병들이나 듣는 것이었다. 지식인들은 자신이 영감이나 감화를 주는 연설의 영향을 받지 않는다고 믿었다. 그의 공연이 정교한 시나리오를 바탕으로 했다는 것은 알고 있었다. 대사의 크레셴도와 디미누엔도가 교향곡처럼 미리 결정되어 있었다는 것도. 그럼에도, 그 만남은 그에게 확실히 영향을 미쳤다. 마치 학교 크리켓팀 주장이 체육교사에게서 마지막 순간 격려를 들은 것처럼.

 그는 뭐라도 하고 싶어 조바심을 치며 사무실로 돌아갔다.

 우산대에 우산을 꽂고 젖은 레인코트를 걸고 벽장문 안쪽 거울에 비친 자신의 모습을 바라보았다. 영국의 스파이 추적자 중 하나가 되면서부터 확실히 그의 얼굴은 변했다. 요전날 우연히 1937년 옥스퍼드에서 열린 세미나에서 학생들과 함께 찍은 사진을 보게 되었다. 당시 그는 지금보다 훨씬 늙어 보였다. 창백한 피부에 성긴 머리카락, 깎다 만 듯한 수염, 은퇴한 노인네처럼 몸에 맞지 않는 옷을 입은 모습이었다. 성긴 머리카락은 사라졌다. 그는 이제 수도승처럼 앞머리만 남은 대머리였다. 옷은 선생이 아닌 회사 간부처럼 입고 다녔다. 턱은 예전보다 다부지고 눈도 더 또랑또랑했으며—기분 탓이라는 생각도 들었지만—면도도 신경써서 했다.

그는 책상에 앉아 담뱃불을 붙였다. 새로 생긴 변화 중 그것은 달갑지 않았다. 기침이 잦아져서 끊으려고 노력해봤지만 이미 중독된 상태였다. 그러나 전쟁중인 영국의 거의 모든 사람이 담배를 피웠다. 개중에는 여자도 있었다. 남자들 일을 대신 하고 있으니 그들의 악습 또한 따라 할 자격이 충분했다. 담배 연기에 목이 막혀 기침이 나왔다. 그는 재떨이로 사용하는 깡통 뚜껑에 담배를 비벼 껐다. (자기로 만든 그릇은 귀했다.)

불가능한 일을 실현시키고 말겠다며 고무되었을 때 문제점은 그 영감이 누구에게도 구체적인 방법에 대한 실마리를 제공하지는 않는다는 것이다. 그는 '나무의 토머스'라고 불렸던 중세의 어느 무명 수도승의 여행을 다룬 자신의 대학 졸업논문을 떠올렸다. 고들리먼은 오 년에 걸친 수도승의 여정을 재구성하는 사소하면서도 어려운 작업에 매달렸다. 그러다 설명이 되지 않는 여덟 달에 봉착했다. 파리 아니면 캔터베리에 있었던 것 같은데, 둘 중 어디인지 정할 수 없었고 그것 때문에 전체 프로젝트의 가치가 위협받고 있었다. 그가 참고하던 기록에는 그 정보가 포함되어 있지 않았다. 수도승의 체류 기록이 없다면 그가 있었던 장소를 알아낼 방법은 없었다. 그것으로 끝이었다. 그러나 젊은이다운 낙관에 찬 고들리먼은 정보가 없다고 믿기를 거부했고, 어딘가에는 분명히 토머스가 그 시간을 어떻게 보냈는지 기록이 남아 있으리라는 가정을 붙들고 늘어졌다. 중세에 일어난 거의 모든 일이 기록되지 않고 사라졌다는 기정사실은 무시했다. 만약 토머스가 파리나 캔터베리에 있지 않았다면 분명 그 두 곳 사이를 이동중이었을 거라고 고들리먼은 주장했다. 그리고 암스테르담의 한 박물관에서 토머스가 도버행 선박에 올랐다는 사실을 보여주는 운송기록을 발견했다. 그 배는 폭풍으로 항로를 벗어나 결국 아일랜드 해안에서 난파했다. 이 역사 연구의 사례로 고들리먼은 교수직을 얻게 되었다.

페이버에게 일어난 일이라는 난제에도 이런 식의 사고과정을 적용할 수 있을 것이다.

페이버는 익사했을 가능성이 다분했다. 안 그랬다면 지금쯤 독일에 있을 테고. 그러나 그 두 가능성은 고들리먼이 따를 행동방침을 제시해주지 못했다. 그러므로 그것들은 무시하는 게 옳았다. 그에게 필요한 것은 페이버는 살아 있고 육지 어딘가에 도달했을 것이라는 가정뿐이었다.

그는 사무실을 나와 한 층 아래 상황실로 이어지는 계단을 내려갔다. 삼촌 테리 대령이 담배를 물고 유럽 지도 앞에 서 있었다. 요즘 육군성에서 흔히 볼 수 있는 광경이었다. 전쟁에서 승리할 것인가 패할 것인가 조용히 따져보며 멍하니 지도를 응시하는 상관들의 모습. 그것은 아마도 계획은 모두 세워졌고 방대한 병력이 이미 행동에 착수했기 때문일 터였다. 이제 큰 결정을 내리는 사람들에게 남은 일은 조용히 기다리다 자신들의 판단이 옳았는지 확인하는 것밖에 없었다.

상황실에 들어온 고들리먼을 보고 그가 말했다. "그분과는 어땠나?"

"위스키를 마시고 있더군요." 고들리먼이 말했다.

"하루종일 마시지. 그렇지만 끄떡없어." 테리가 말했다. "뭐라던가?"

"바늘의 머리를 접시에 담아오라고 했습니다." 고들리먼은 영국 지

도가 걸린 벽으로 다가가 손가락으로 애버딘을 짚었다. "스파이를 탈출
시키기 위해 유보트를 보낸다면 말입니다. 해안에서 어느 정도 떨어진
지점까지 안전하다고 생각하겠습니까?"

테리는 그의 옆에 서서 지도를 보았다. "나라면 5킬로미터 안으로는 접
근시키지 않겠지만, 마음 같아선 16킬로미터 지점에서 멈추게 하겠지."

"좋습니다." 고들리먼은 연필로 해안과 나란히 선 두 개를 그었다. 5킬
로미터 한계선과 16킬로미터 한계선. "자, 이제 삼촌이 애버딘에서 자
그마한 고깃배를 타고 바다로 나온 초보 선원이라고 가정하지요. 얼마
쯤 가면 슬슬 초조해질 것 같습니까?"

"상식적으로 그런 배를 타고 얼마나 갈 수 있느냐를 묻는 건가?"

"그렇지요."

테리는 어깨를 으쓱했다. "그런 건 해군에게 물어봐야지. 25에서 30킬
로미터 정도?"

"제 생각도 그렇습니다." 고들리먼은 애버딘을 중심으로 반경 30킬
로미터의 원호를 그렸다. "만약 페이버가 살아 있다면, 본토로 돌아왔
거나 이 구역 어딘가에 있을 겁니다." 그는 나란히 그린 두 한계선과 원
호 사이의 구역을 가리켰다.

"그곳에는 육지가 없네."

"더 큰 지도 없습니까?"

테리가 서랍을 열고 스코틀랜드 대축척지도를 꺼내 서랍장 위에 펼
쳤다. 고들리먼은 소축척지도에 연필로 그린 표시를 대축척지도에 똑
같이 그려넣었다.

이번에도 그 구역 안에 육지가 없기는 마찬가지였다.

"이것 좀 보시죠." 고들리먼이 말했다. 16킬로미터 한계선의 동쪽에
길고 좁은 섬이 하나 있었다.

테리가 지도를 가까이 들여다보았다. "폭풍의 섬이라니, 딱 맞는 이름이군."

고들리먼은 손가락을 탁 튕겼다. "어쩌면……"

"거기로 사람을 보낼 수 있나?"

"폭풍이 지나가면요. 블로그스가 그쪽에 있습니다. 비행기를 준비시켜 날씨가 개는 대로 이륙할 수 있도록 하겠습니다."

"행운을 빌겠네."

고들리먼은 한 번에 두 단씩 성큼성큼 계단을 뛰어올라 위층 사무실로 들어갔다. 그는 전화기를 들었다. "애버딘에 있는 블로그스 씨를 연결해주십시오."

기다리는 동안 그는 압지에 끼적이며 섬을 그렸다. 서쪽 끝이 갈고리 모양으로 생긴 것이 전체적으로 꼭 지팡이 윗부분 같았다. 길이는 16킬로미터, 너비는 2킬로미터쯤 될 것이다. 어떤 곳일지 궁금했다. 황량한 바윗덩어리일까? 아니면 농부들이 모여 잘살아가는 곳? 만약 페이버가 그곳에 있다면 유보트와 접선할 기회는 아직 얼마든지 있었다. 블로그스는 잠수함보다 먼저 그곳에 도착해야 했다.

"블로그스 씨 연결됐습니다." 교환원이 말했다.

"여보세요?"

"네, 교수님."

"내 생각에 그자는 폭풍의 섬이라는 곳에 있네."

"아뇨, 그렇지 않습니다." 블로그스가 말했다. "이쪽에서 막 체포했거든요." (그의 희망이었다.)

스틸레토는 길이 23센티미터에 조각이 새겨진 칼자루 머리가 조그맣고 뭉툭했다. 바늘처럼 생긴 끄트머리는 굉장히 날카로웠다. 블로그스는 그것이 아주 효율적인 살인도구처럼 보인다고 생각했다. 날은 최근에 연마했다.

블로그스도 킨케이드 경감도 그것을 바라보며 서 있을 뿐, 선뜻 만지려 들지 않았다.

"에든버러로 가는 버스를 탈 작정이었나봅니다." 킨케이드가 말했다. "순경 하나가 매표소에서 그를 발견하고 신분증을 요구했는데, 슈트케이스를 버리고 도망쳤어요. 차장 여자가 매표기로 머리를 내리쳐서 잡았고요. 정신을 차리는 데 십 분이나 걸렸습니다."

"일단 가서 만나보죠." 블로그스가 말했다.

그들은 복도를 따라 감방으로 갔다. "여깁니다." 킨케이드가 말했다.

블로그스는 문에 난 작은 창으로 안을 들여다보았다. 남자는 벽에 등을 대고 감방 구석에 놓인 스툴에 앉아 있었다. 눈을 감은 채 다리를 꼬고 주머니에 손을 찔러넣은 모습이었다. "감옥이 처음은 아닌 것 같군요." 블로그스가 말했다. 남자는 큰 키에 얼굴이 길고 잘생겼으며 머리카락은 검은색이었다. 사진 속 그자일 수도 있지만 장담하기는 어려웠다.

"들어가보겠습니까?" 킨케이드가 물었다.

"잠깐만요. 저 사람 슈트케이스에 스틸레토 말고 뭐가 들어 있었습니까?"

"절도행각에 필요한 도구들이었습니다. 소액권으로 현금이 아주 많았고, 권총 한 자루와 탄약 약간. 검은 옷가지와 크레이프 고무창 신발. 러키 스트라이크 담배 이백 개비."

"사진이나 네거티브필름은요?"

킨케이드는 고개를 저었다.

"제길!"

"서류상으로는 미들섹스 주 웸블리에 사는 피터 프레더릭스라는 자입니다. 연장 제작공인데 실직해서 일자리를 찾으러 왔다고 했답니다."

"연장 제작공요?" 블로그스가 회의적으로 말했다. "지난 사 년 동안 영국에서 제작공이 실직한 경우는 없었습니다. 아시다시피 스파이라면 그 정도는 알고 있을 텐데요. 그래도……"

킨케이드가 물었다. "먼저 심문할까요? 아니면 먼저 하겠습니까?"

"먼저 하시죠."

킨케이드가 문을 열고 들어가고 블로그스가 뒤따랐다. 구석에 앉아 있던 남자는 별 호기심 없이 눈을 떴다. 자세도 바꾸지 않았다.

킨케이드는 작고 평범한 탁자에 앉았다. 블로그스는 벽에 기대섰다.

킨케이드가 말했다. "진짜 이름이 뭐지?"

"피터 프레더릭스."

"고향에서 여기까지 뭘 하려고 왔지?"

"일자리를 찾고 있습니다."

"군대는 왜 안 갔나?"

"심장이 약해서요."

"지난 며칠 동안 어디 있었나?"

"여기, 애버딘에요. 그전에는 던디, 그전에는 퍼스였고요."

"애버딘에는 언제 도착했지?"

"그제요."

킨케이드가 블로그스를 바라보자 그는 고개를 끄덕였다. "네놈 얘기는 말이 안 돼." 킨케이드가 말했다. "연장 제작공은 일자리를 찾아다닐 필요가 없어. 이 나라에 지금 모자라서 안달인 게 바로 그런 사람이란 말이다. 사실대로 말하는 게 신상에 좋을걸."

"사실대로 말하고 있다고요."

블로그스는 주머니에서 동전을 다 꺼내 손수건으로 싸서 묶었다. 그리고 아무 말 없이 서서 오른손으로 손수건 꾸러미를 돌리면서 지켜보았다.

"필름은 어딨지?" 킨케이드가 말했다. 필름이 뭐가 어쨌다는 건지 알 도리가 없었으나 그걸 물어야 한다는 것 정도는 블로그스에게서 들었다.

남자의 표정에는 변화가 없었다. "무슨 말인지 모르겠습니다."

킨케이드는 어깨를 으쓱하고 블로그스를 보았다.

블로그스가 말했다. "일어서."

"네?"

"일어서라고!"

남자는 별생각 없이 자리에서 일어섰다.

"앞으로 나와."

그는 탁자 쪽으로 두 걸음 옮겼다.

"이름은?"

"피터 프레더릭스."

블로그스가 벽에서 몸을 떼더니 남자를 향해 꾸러미를 휘둘렀다. 정확히 콧등을 가격당한 그는 비명을 지르며 손으로 얼굴을 감쌌다.

"똑바로 선다." 블로그스가 말했다. "이름."

남자는 손을 옆으로 내리고 몸을 똑바로 세웠다. "피터 프레더릭스입니다."

블로그스는 똑같은 곳을 다시 한번 후려쳤다. 이번에는 남자가 한쪽 무릎을 꿇었다. 눈에는 눈물이 고였다.

"필름은 어디 있지?"

남자는 고개를 내저었다.

블로그스는 그를 일으켜 세워 무릎으로 사타구니를 찍고 주먹으로 복부를 가격했다. "네거티브필름은 어떻게 했어?"

남자는 바닥에 쓰러져 속을 게워냈다. 블로그스는 그의 얼굴을 걷어 찼다. 뭔가가 부러지는 날카로운 소리가 났다. "유보트는? 접선장소는 어디야? 신호는 뭐야, 이 새끼야—"

킨케이드가 등뒤에서 블로그스를 저지했다. "그만하십시오." 그가 말했다. "이곳은 내 경찰서입니다. 더는 눈감아줄 수가—"

블로그스는 벌컥 화를 내며 말했다. "우린 지금 하찮은 도난사건을 다루는 게 아닙니다! 나는 MI5 소속입니다. 당신 경찰서가 됐든 어디가 됐든 내 맘대로 할 수 있어요. 죄수가 죽으면 내가 책임지면 될 것 아닙 니까!" 블로그스가 바닥에 널브러진 남자를 향해 돌아섰다. 그는 피범 벅이 된 채 어안이 벙벙한 얼굴로 블로그스와 킨케이드를 응시하고 있 었다. "대체 무슨 소리를 하는 겁니까?" 그가 다 죽어가는 목소리로 말 했다. "대체 무슨 일이냐고요?"

블로그스가 그를 일으켜 세웠다. "너는 하인리히 루돌프 한스 폰 뮐 러귀더다. 1900년 5월 26일 올른에서 태어났고, 독일 정보부 소속 중령 이며, 헨리 페이버라는 이름으로 알려져 있지. 네놈을 살려둬봐야 우리 에게 쓸모가 없다면, 넌 첩보활동을 한 죄로 석 달 안에 교수형에 처해 질 것이다. 어서 쓸모 있는 존재가 되는 게 좋아, 뮐러귀더 중령."

"아닙니다!" 남자가 말했다. "아니에요, 아니라고요! 나는 스파이가 아니라 도둑입니다. 제발 믿어주십시오!" 블로그스의 치켜든 주먹을 피 하며 그가 말했다. "정말이에요. 증명할 수 있어요—"

블로그스가 다시 한번 그를 후려치자 킨케이드가 또다시 중재에 나 섰다. "진정하라니까…… 좋아, 프레더릭스. 그게 네 이름이라 치고, 네가 도둑이라는 걸 증명해봐."

"지난주 주빌리 크레센트에서 세 군데 집을 털었습니다." 남자는 숨을 헉헉거리며 말했다. "한 집에서 500파운드 정도 훔쳤고, 다음 집에서 다이아몬드 반지하고 진주 같은 보석을 털었고, 세번째 집에선 아무것도 못 훔쳤어요. 개 때문에…… 사실대로 말하고 있는 거라고요. 그 사람들이 신고했을 겁니다, 아닌가요? 아, 제기랄—"

킨케이드는 블로그스를 보았다. "모두 신고접수된 사건입니다."

"신문기사를 읽고 알았을 수도 있습니다."

"세번째 건은 보도되지 않았어요."

"그런 짓을 다 저질렀다고 해도 스파이가 아니란 법은 없습니다. 스파이도 도둑질을 하니까." 그는 기분이 꺼림칙했다.

"하지만 지난주 발생한 사건들 아닙니까. 그때 그자는 런던에 있었던 것으로 아는데, 아닙니까?"

블로그스는 잠시 말이 없었다. 그러고는 외마디 욕설을 뱉더니 감방을 나가버렸다.

피터 프레더릭스는 피 흘리는 얼굴을 들어 킨케이드를 올려다보았다. "저 인간 대체 누굽니까? 빌어먹을 게슈타포라도 됩니까?"

킨케이드가 그를 응시했다. "네 녀석이 저 사람이 찾는 자가 아닌 것이나 기뻐해."

"어찌됐나?" 고들리먼이 물었다.

"아니었습니다." 장거리전화인지라 블로그스의 목소리가 지지직거리고 불분명했다. "삼류 도둑이었는데, 우연히 스틸레토를 지닌데다 생김새도 페이버와 흡사해서……"

"다시 원점이군."

"무슨 섬에 대해 말하지 않았나요?"

"맞네. 폭풍의 섬. 애버딘 해안에서 정동방으로 16킬로미터쯤 되는

지점이야. 대축척지도에나 나오는 곳이지."

"왜 그자가 거기 있다고 확신하는 거죠?"

"확신까진 아니고. 다른 도시며 해안이며 일말의 가능성도 다 조사해야 하는 건 마찬가지야. 다만 만약 그자가 정말로 그 배를 훔쳤다면, 그……"

"마리 2호입니다."

"그래. 만약 정말로 그 배를 훔쳤다면 접선장소는 아마도 그 섬 인근일 거야. 그리고 만약 그렇다면, 그자는 지금쯤 익사했거나 그 섬에 난파 상륙했을 거고—"

"알겠습니다. 그럴 법하군요."

"그쪽 날씨는 어떤가?"

"여전합니다."

"큰 배를 타면 그 섬에 갈 수 있겠나?"

"배만 충분히 크다면 어떤 폭풍이든 헤치고 나갈 수 있겠지만, 그 섬에 그런 배를 댈 만한 곳은 없지 않겠습니까?"

"알아봐. 자네 말이 맞겠지만. 그렇다면…… 에든버러 근처에 영국 공군기지가 있어. 거기 도착할 무렵 수륙양용 비행기를 대기시켜놓지. 폭풍이 지나가는 즉시 이륙하도록 해. 그 지역 해안경비대도 즉시 출동할 수 있도록 준비시키고. 누가 먼저 도착할지 모르니까."

"만약 유보트 역시 폭풍이 지나가기를 기다리고 있다면 그들이 제일 먼저 도착할 텐데요."

"자네 말이 맞아." 고들리먼은 머릿속으로 해결방안을 찾으며 담뱃불을 붙였다. "호위함을 보내 섬 주위를 감시하고 페이버의 무전신호를 잡도록 해군에 연락을 취해놓지. 폭풍이 잠잠해지면 섬으로 배를 내릴 수도 있을 거야."

"전투기도 몇 대 준비시키는 게 어떨까요?"

"그러는 게 좋겠군. 자네하고는 달리 그들은 날씨가 갤 때까지 기다려야겠지만."

"폭풍이 오래가지는 않을 겁니다."

"스코틀랜드 기상청에서는 뭐라고 하는가?"

"적어도 하루는 더 계속될 것 같답니다. 그래도 우리가 묶여 있는 동안은 그자도 빠져나가지 못하니까요."

"거기 있다면 말이지."

"그렇죠."

"좋아." 고들리먼이 말했다. "호위함 한 척, 해안경비대, 전투기 몇 대, 수륙양용기 한 대를 준비시키겠네. 자네는 어서 출발해. 로사이스에 도착하거든 전화하고. 몸조심하도록."

"네, 그러겠습니다."

고들리먼은 전화를 끊었다. 재떨이에 둔 담배가 타들어가 작은 꽁초로 변해 있었다.

29

옆으로 쓰러져 누운 지프차는 거대하지만 무력해 보였다. 그 모습이 마치 상처입은 코끼리 같았다. 시동은 꺼져 있었다. 페이버가 있는 힘을 다해 밀어젖히자 지프차는 둔중한 쿵 소리를 내며 바로 섰다. 인간들의 싸움에도 차는 비교적 손상이 없는 편이었다. 캔버스 지붕은 물론 엉망으로 망가져 있었다. 페이버가 칼로 찢은 곳은 한참이나 더 길게 찢겨 있었다. 땅에 끌려다니다 차를 멈추게 만든 펜더가 찌그러져 있었다. 그쪽은 전조등도 깨지고 창문도 총에 맞아 부서져 있었다. 앞유리는 기적적으로 무사했다.

페이버는 운전석으로 기어올라 기어를 중립으로 놓고 시동기를 작동시켰다. 점화되는가 싶더니 꺼져버렸다. 다시 한번 시도했더니 이번에는 엔진에 시동이 걸렸다. 고마운 일이었다. 그는 오래 걸을 수 없는 몸이었다.

그는 상처를 살피며 잠시 차 안에 앉아 있었다. 조심조심 오른쪽 발목을 만져보았다. 상당히 부어오르고 있었다. 뼈에 금이 간 것 같았다.

다리 없는 사람이 운전하도록 설계된 지프차라 얼마나 다행인지 몰랐다. 페이버는 브레이크 페달을 밟을 수 없을 터였다. 뒤통수의 혹도 부어올라 못해도 골프공만했다. 만져보니 손에 끈적끈적한 피가 묻어났다. 그는 백미러로 얼굴을 살펴보았다. 여기저기 긁히고 커다란 멍이 들어 있는 게, 마치 경기에 패한 권투선수의 얼굴 같았다.

오두막에 방수복을 두고 온지라 재킷과 작업복 바지는 비에 흠뻑 젖은데다 진흙투성이였다. 어서 빨리 몸을 말리고 덥혀야 했다.

그는 핸들을 잡았다. 타는 듯한 고통이 찌르르 손에 전해졌다. 손톱이 뜯겨나간 것을 잊고 있었던 것이다. 살펴보니 상처 중 가장 심했다. 운전은 한 손으로 해야 했다.

그는 천천히 차를 몰아 길인 듯 보이는 곳으로 접어들었다. 이 섬에서 길을 잃을 위험은 없었다. 루시의 오두막에 도착할 때까지 절벽을 따라가기만 하면 되었다.

남편에게 무슨 일이 생겼는지 루시에게 전할 거짓말을 만들어내야 했다. 거리가 머니 총성을 듣지는 못했을 터였다. 물론 진실을 말할 수도 있었다. 그래봐야 그녀가 뭘 어찌겠는가. 그러나 태도가 비협조적으로 변한다면 그녀를 죽여야 할지도 몰랐고, 그는 그러고 싶은 마음이 전혀 없었다. 쏟아지는 비와 몰아치는 바람을 뚫고 절벽을 따라 천천히 차를 몰면서 그는 자기 마음에 새로운 현상, 양심의 가책이 생겨난 데 놀랐다. 살인을 주저하기는 처음이었다. 도덕관념이 없어서가 아니었다. 오히려 그 반대였다. 그는 도덕적 기준으로 판단할 때 자신이 저지르는 살인은 전쟁터에서의 죽음과 똑같다는 마음으로 살아왔으며, 감정보다 이성이 앞서는 사람이었다. 살인 후에는 언제나 육체적인 반응, 즉 구토가 뒤따랐지만 그것은 이해할 수 없어 무시해버리는 일일 뿐이었다.

그렇다면 왜 루시를 죽이기를 꺼리는 것일까?

아무래도 그 느낌은, 그로 하여금 루프트바페에 세인트폴성당의 위치를 거짓으로 알려주게 만든 애정과 동일선상에 있는 것 같았다. 아름다운 것을 보호하고 싶은 충동. 그녀는 어떤 예술작품에도 뒤지지 않는 사랑스러움과 미묘함으로 가득한 아름다운 창조물이었다. 페이버는 살인자로는 살 수 있어도 성상 파괴자로는 아니었다. 그런 생각이 떠오르자마자 깨달았다. 참으로 기묘한 삶의 방식이군. 그러나 스파이란 원래 기묘한 인간 아닌가.

그는 같은 시기 아프베어에 뽑힌 몇몇 스파이를 떠올렸다. 오토. 그는 북유럽 거구였는데 일본식의 정교한 종이접기를 했고 여자를 싫어했다. 프리드리히. 교활하고 조그마한 수학 천재로 그림자만 보면 달려들었고 체스에 지면 닷새 동안 우울해했다. 헬무트는 미국 노예제도에 관한 책을 즐겨 읽더니 얼마 안 가 친위대에 들어갔고…… 모두 다르고 전부 기묘했다. 그들에게 공통적인 특질이 있었다 해도 그것이 뭔지 그는 몰랐다.

차는 점점 더 천천히 달렸고 비와 안개는 점점 더 심해졌다. 페이버는 왼쪽의 절벽이 신경쓰이기 시작했다. 열이 나는 것 같고 간헐적으로 몸이 떨렸다. 문득 자기가 오토와 프리드리히와 헬무트에 대해 큰 소리로 말하고 있었다는 사실을 깨달았다. 의식이 혼미해지고 있었다. 그는 아무 생각도 하지 않고 오로지 지프차를 똑바로 모는 데만 정신을 집중하려 애썼다. 바람 소리가 일종의 리듬을 타면서 졸음이 밀려왔다. 한번은 저 너머 바다를 응시하며 멈춰 서 있기도 했다. 언제 차를 멈췄는지는 기억이 전혀 없었다.

루시의 오두막이 시야에 들어온 것은 몇 시간이 흐른 뒤 같았다. 그는 오두막을 향해 차를 몰며 생각했다. 기억해야 한다. 벽을 들이받기 전 브레이크 거는 것을 기억해야 한다. 문가에 형체 하나가 서서 빗속으로 그가 있는 쪽을 내다보고 있었다. 그녀에게 거짓말을 하려면 한동안 정신을 잃어선 안 된다. 기억해야 한다, 기억해야 한다……

지프차가 돌아온 것은 늦은 오후 무렵이었다. 루시는 남자들에게 무슨 일이 생긴 게 아닐까 걱정스러운 동시에 애써 준비한 점심을 먹으러 집에 오지 않아 화가 나 있었다. 날이 저물기 시작하자 그녀는 두 사람을 기다리며 점점 더 오래 창가에 머물렀다.

지프차가 오두막을 향해 야트막한 비탈을 내려오는 모습을 보니 뭔가 잘못된 게 틀림없었다. 지그재그로 너무나 느리게 움직이고 있었고, 차 안에는 한 사람뿐이었다. 차가 가까이 다가오자 앞쪽이 찌그러지고 전조등이 깨진 것이 보였다.

"세상에!"

덜컹거리던 지프차는 오두막 앞에 와서 멈춰 섰다. 타고 있는 사람은 헨리였다. 그는 밖으로 나올 기미가 없었다. 루시는 빗속으로 뛰어나가 운전석 문을 열었다.

운전석에 앉은 그는 머리를 젖히고 눈을 반쯤 감은 상태였다. 손은 브레이크에 올려져 있고, 얼굴은 피와 멍 투성이였다.

"무슨 일이에요? 무슨 일이 있었던 거예요?"

그의 손이 브레이크에서 미끄러지자 지프차가 앞으로 움직였다. 루시는 몸을 숙여 기어를 중립으로 넣었다.

"데이비드는 톰의 오두막에…… 오는 길에 사고를……" 입 밖으로 말을 내는 것이 힘겨워 보였다.

상황을 파악하자 루시는 침착해졌다. "안으로 들어가요." 그녀가 날카롭게 말했다. 목소리에 담긴 다급함이 그에게 전해졌다. 그는 그녀를 향해 몸을 돌리고 발판에 발을 디뎠다. 그러나 그대로 땅에 고꾸라졌다. 루시는 그의 발목이 풍선처럼 부풀어올랐다는 것을 알게 되었다.

그녀는 겨드랑이에 팔을 넣어 그를 일으켜 세웠다. "다른 쪽 발에 체중을 싣고 나한테 기대요." 그녀는 헨리의 오른팔을 자기 목에 감고 그를 끌다시피 집안으로 데려갔다.

조가 눈을 휘둥그레 뜨고 그녀가 헨리를 부축해 거실 소파에 앉히는 모습을 지켜보았다. 헨리는 눈을 감고 소파에 기대앉았다. 옷은 다 젖었고 진흙투성이였다.

루시가 말했다. "조, 위층에 올라가서 잠옷 입어."

"아직 동화책 못 읽었어요. 아저씨 죽었어요?"

"아저씨는 죽지 않았어. 차 사고를 당한 것뿐이야. 오늘밤은 동화책 못 읽어주겠다. 자, 어서."

아이가 구시렁대자 루시가 무섭게 노려보았다. 아이는 위층으로 올라갔다.

루시는 바느질 상자에서 큼지막한 가위를 꺼내 헨리의 옷을 잘라내기 시작했다. 처음에는 재킷, 그다음에는 작업복 바지, 그다음에는 셔츠. 왼쪽 팔뚝에 묶인 칼집을 보고 어리둥절해 얼굴을 찡그렸다. 하지만 물고기 손질이나 뭐 그런 데 사용하는 특수한 장비쯤 되겠거니 여겼다. 칼집을 풀어내려는데 그가 손을 밀쳤다. 그녀는 어깨를 으쓱하고 장화로 옮겨갔다. 왼쪽은 쉽게 벗겨졌다. 양말도. 그런데 오른쪽을 건드리자 그가 고통스러운 비명을 질렀다.

"벗어야 해요." 그녀가 말했다. "아플 테지만 조금만 참아요."

이상야릇한 미소가 얼굴에 번지더니 곧이어 그가 고개를 끄덕였다. 그녀는 신발끈을 자르고, 양손으로 조심스럽지만 단단히 신발을 잡아 마침내 벗겨냈다. 헨리는 이번에는 아무 소리도 내지 않았다. 그녀는 양말도 잘라 벗겨냈다.

조가 거실로 내려왔다. "아저씨, 팬티만 입었네!"

"옷이 다 젖어서 그래." 그녀는 아이에게 잘 자라는 키스를 했다. "이제 가서 자렴. 나중에 엄마가 보러 갈게."

"곰인형한테도 뽀뽀해줘요."

"그래."

조가 나가자 루시는 다시 헨리를 보았다. 그는 눈을 뜨고 미소짓고 있었다. 그가 말했다. "헨리에게도 키스해줘요."

그녀는 몸을 숙여 그의 상처투성이 얼굴에 키스했다. 그리고 조심스럽게 그의 팬티를 잘라냈다.

난롯불의 열기가 있으니 벗은 몸은 곧 마를 것이다. 그녀는 부엌으로 가서 그릇에 따뜻한 물을 채우고 소독약을 조금 섞었다. 탈지면까지 챙긴 다음 거실로 돌아왔다.

"반죽음 상태로 문간에 나타난 게 벌써 두번째예요." 그녀는 상처를 닦기 시작했다.

"보통신호." 헨리가 말했다. 갑작스레 튀어나온 말이었다.

"뭐라고요?"

"유령 부대가, 칼레에서⋯⋯"

"헨리, 무슨 소리를 하는 거예요?"

"매주 금요일, 월요일⋯⋯"

그제야 그녀는 헨리가 헛소리를 한다는 것을 깨달았다. "힘들게 말하려고 하지 마요." 그녀가 말했다. 그리고 혹이 난 부위에 말라붙은 피를 닦아내기 위해 그의 머리를 살짝 들었다.

갑자기 그가 벌떡 일어나 앉더니 그녀를 뚫어져라 보며 말했다. "오늘이 무슨 요일입니까? 무슨 요일입니까?"

"일요일이에요, 진정해요."

"네."

그는 다시 조용해졌고 그녀가 칼을 치우는데도 내버려두었다. 그녀
는 그의 얼굴을 닦고, 손톱이 빠진 손가락에 붕대를 감고, 발목에 드레
싱을 했다. 다 마친 다음에는 자리에서 일어나 가만히 그를 보고 있었
다. 잠이 든 듯했다. 그녀는 그의 가슴에 길게 난 흉터와 엉덩이에 난 별
모양 자국을 만져보았다. 별 모양 자국은 모반이라 생각하기로 했다.

잘라낸 옷가지를 버리기에 앞서 주머니를 살펴보았다. 별것 없었다.
약간의 돈, 신분증, 가죽지갑, 필름통이 다였다. 그녀는 그것들을 벽난
로 위 낚시칼 옆에 모아두었다. 데이비드의 옷을 입혀야 할 터였다.

그녀는 그를 남겨두고 조의 잠자리를 살피러 위층으로 올라갔다. 아
이는 팔을 양옆으로 쭉 뻗고 곰인형을 깔고 잠들어 있었다. 그녀는 아
이의 부드러운 뺨에 키스하고 이불을 잘 덮어주었다. 그리고 밖으로 나
가 지프차를 창고에 넣었다.

그런 다음 부엌에서 술 한 잔을 따르고 앉아 헨리를 지켜보았다. 그
가 어서 깨어나 다시 한번 사랑해주길 바라면서.

그가 깨어난 것은 거의 자정이 다 되어서였다. 눈을 뜨더니, 이제는
그녀에게도 익숙한 표정들을 연속으로 지어 보였다. 처음에는 두려워
하다가 그다음에는 조심스레 방안을 살피고 그러고 나서 안심하는 표
정. 충동적으로 그녀가 물었다. "헨리, 뭐가 그렇게 두려워요?"

"무슨 말인지 모르겠군요."

"잠에서 깰 때면 언제나 두려운 표정을 지어요."

"그래요?" 그는 어깨를 으쓱하며 말했다. 그 정도 움직이는 것도 고
통스러운 모양이었다. "이런, 몸이 말이 아니군요."

"무슨 일이 있었는지 말해줄래요?"

"그러죠. 브랜디를 한 잔 주면."

그녀는 찬장에서 브랜디를 꺼냈다. "데이비드 옷을 준비해뒀어요."

"잠시만 이대로 있겠습니다. 괜찮다면."

그녀는 웃으며 그에게 유리잔을 건넸다. "아주 괜찮은데 어쩌죠?"

"내 옷은 다 어디로 간 겁니까?"

"잘라냈어요. 버렸고요."

"내 신분증까지 버린 건 아니겠죠." 미소지으며 말했지만 뭔가 다른 감정이 숨어 있는 듯했다.

"저 위에 놓아두었어요." 그녀가 벽난로를 가리키며 말했다. "저 칼은 물고기 손질이나 뭐 그런 데 쓰는 건가요?"

그의 오른손이 칼집이 있던 왼쪽 팔뚝으로 움직였다. "비슷합니다." 그가 말했다. 처음에는 불안한 기색이더니 애써 긴장을 풀며 술을 마셨다.

잠시 뒤 그녀가 말했다. "그래서요?"

"뭐가 말입니까?"

"어쩌다 남편을 잃어버리고 지프차를 저 모양으로 망가뜨린 거죠?"

"데이비드는 오늘밤 톰의 집에서 자기로 했습니다. 양들에게 문제가 생겼어요. 무슨 협곡 같은 데서—"

"거긴 나도 알아요."

"예닐곱 마리가 다쳤어요. 전부 톰의 부엌으로 데려가 붕대를 감아줬는데 난리법석이 벌어졌습니다. 어쨌든 데이비드가 나더러 자기는 톰의 집에서 자겠다고 전하라고 했습니다. 어쩌다 사고를 당했는지는 잘 모르겠군요. 차도 익숙지 않고 길이라고 할 만한 길도 딱히 없고, 뭘 들이받고 미끄러져서 지프차가 옆으로 쓰러졌습니다. 자세한 건……" 그는 어깨를 으쓱했다.

"굉장히 빨리 달렸나봐요. 여기 도착했을 때 상태가 심했어요."

"차 안에서 심하게 구른 것 같습니다. 머리를 부딪히고 발목을 삐고……"

"손톱도 빠지고, 얼굴도 어디 부딪히고, 폐렴 직전이었어요. 사고를 달고 다니나봐요."

그는 바닥에 다리를 내려놓고 일어서서 벽난로 쪽으로 갔다.

"회복력도 대단하고."

그는 팔에 칼을 묶고 있었다. "우리 뱃사람들은 아주 건강하지요. 옷은 어디 있습니까?"

그녀가 자리에서 일어나 그의 곁으로 다가섰다. "옷이 무슨 필요가 있어요? 이제 잘 시간인데."

그는 그녀를 끌어당겨 자신의 벗은 몸에 밀착시켰다. 그리고 그녀에게 열렬히 키스했다. 그녀는 그의 허벅지를 쓰다듬었다.

잠시 후 그는 그녀에게서 몸을 뗐다. 벽난로 위에 있는 물건들을 집어들더니 그녀의 손을 잡고 다리를 절뚝거리며 위층 침실로 올라갔다.

30

넓고 하얀 아우토반은 바이에른 계곡을 통과해 산악지대로 구불구불 이어지고 있었다. 참모용 메르세데스의 가죽 뒷좌석에는 육군 원수 게르트 폰 룬트슈테트가 피곤한 모습으로 말없이 앉아 있었다. 예순아홉의 나이, 그는 자신이 샴페인을 지나치게 좋아한다는 것과 히틀러를 별로 좋아하지 않는다는 것을 알고 있었다. 그의 야위고 침울한 얼굴은 히틀러의 다른 장교들보다 훨씬 길고 굴곡진 경력을 말해주고 있었다. 기억하는 것보다 훨씬 여러 번 불명예스러운 파면을 당했지만 총통은 번번이 그를 불러들였다.

자동차가 16세기에 지어진 베르히테스가덴의 마을을 지나갈 때 그는 생각에 잠겼다. 나는 히틀러가 용서해줄 때마다 왜 번번이 그에게 돌아가는가. 그에게 돈은 아무 의미가 없었다. 이미 오를 수 있는 최고 직위까지도 올라가봤다. 제3제국에서 훈장은 의미가 없었다. 그리고 이 전쟁에서 명예를 얻기란 불가능하다고 믿고 있었다.

히틀러를 '보헤미아 상병'이라고 처음 부른 사람도 룬트슈테트였다.

그 작달막한 이는 독일 군대의 전통에 대해 아무것도 몰랐다. 군사전략도—영감이 번뜩이기는 했지만—마찬가지였다. 알았다면 이길 수 없는 이 전쟁을 시작하지 않았을 터였다. 룬트슈테트는 독일 최고의 군인이었고, 폴란드와 프랑스와 러시아에서 그 사실을 입증한 바 있었다. 그러나 이번만큼은 승리에 대한 희망이 없었다.

그럼에도 그는 히틀러 타도를 꾀하는 장군들과는 엮이고 싶은 생각이 전혀 없었다. 모르는 척할 뿐, 마음속에 여전히 독일 전사의 피의 맹세가 강하게 남아 있어 그런 음모에는 가담할 수 없었다. 그리고 그것이야말로 그가 제3제국에 충성을 이어가는 이유였다. 옳건 그르건 조국이 위험에 처해 있으니 보호할 뿐, 다른 선택지는 없었다. 나는 늙은 기마와 같은 신세다, 그는 생각했다. 집에 남아 있다면 치욕스럽겠지.

그는 현재 서부전선에서 5개 부대를 지휘하고 있었다. 백오십만 병사가 그의 휘하에 있었다. 그들은 기대만큼 강하지 못했다. 일부 사단은 러시아 전선에서 온 부상병들의 요양소라 해도 과언이 아니었고, 기갑 장비는 부족했으며, 징집되어 들어온 사병들 가운데는 독일인이 아닌 자도 많았다. 그러나 병력을 기민하게 배치한다면 룬트슈테트는 아직 연합군을 프랑스에 들어오지 못하게 막아낼 수 있었다.

오늘 히틀러와 논의해야 할 사안이 바로 그 배치전략이었다.

자동차는 켈슈타인 가*를 올라갔다. 길은 켈슈타인 산기슭에 있는 거대한 청동 문 앞에서 끝났다. 친위대 소속 경비병이 버튼을 누르자 문이 열렸고, 자동차는 청동 등불이 밝혀진 기다란 대리석 터널로 들어갔다. 터널 끝에서 운전사가 차를 멈췄고, 룬트슈테트는 엘리베이터로 걸어가 122미터 위 아들러호르스트, 즉 독수리 둥지로 올라가기 위해 가

---

* 히틀러의 개인도로.

죽의자에 앉았다.

대기실에서 라텐후버에게 권총을 내주고 기다렸다. 그는 무심히 히틀러의 도자기 조각상을 바라보며 할말을 마음속으로 짚어보았다.

잠시 뒤 금발의 경호원이 되돌아와 그를 회의실로 안내했다.

그곳은 18세기 궁전을 떠올리게 했다. 벽은 유화와 태피스트리로 덮여 있었고, 바그너의 흉상을 비롯해 꼭대기를 청동 독수리로 장식한 대형 시계가 있었다. 넓은 창문으로 내다보이는 전망은 실로 대단했다. 잘츠부르크의 언덕들과 운터스베르크 산―전설에 따르면 프리드리히 바르바로사 황제가 무덤에서 일어나 조국을 구할 날을 기다리며 누워 있다는―정상이 한눈에 보였다. 히틀러와 단 세 명의 참모―서부 해군 사령관 테오도어 크랑케 제독, 참모총장 알프레트 요들 장군, 히틀러의 부관인 카를예스코 폰 푸트카머 제독―가 독특한 모양의 통나무 의자에 앉아 있었다.

경례를 마치자 의자에 앉으라는 신호가 떨어졌다. 하인 하나가 캐비아 샌드위치 접시와 샴페인 한 잔을 가지고 들어왔다. 히틀러는 커다란 창가로 가 뒷짐을 지고 서서 밖을 내다보았다. 그러고는 뒤도 돌아보지 않고 불쑥 말했다. "룬트슈테트가 마음을 바꾸었다는군. 연합군이 노르망디를 침공할 거라는 로멜의 생각에 동의하고 있소. 나의 직감 또한 오래전부터 그렇게 말해왔고. 그렇지만 크랑케는 여전히 칼레를 주장하지. 룬트슈테트, 크랑케에게 변심의 경위를 말해주게."

룬트슈테트는 씹고 있던 샌드위치를 삼킨 후 손으로 입을 막고 헛기침을 했다. "두 가지 이유가 있습니다. 새로운 정보와 새로운 추론이지요. 첫째, 정보에 대해 말씀드리자면, 연합군의 프랑스 폭격 최신 동향은 그들의 주요 목표가 센강을 가로지르는 모든 교량의 파괴임을 여실히 보여줍니다. 만약 그들이 칼레에 상륙한다면, 센강은 전투와 아무 상관이 없습니다. 그러나 만약 노르망디라면, 우리의 모든 예비부대는 충돌지역에 도달하기 위해 센강을 건너야 하지요.

둘째, 추론 부분. 만약 제가 연합군을 통솔하고 있다면 어떻게 프랑스를 침공할지 생각해봤습니다. 급선무는 병사와 물품을 신속하게 이동시킬 수 있는 교두보 확보라는 결론을 내렸습니다. 그러므로 첫 공격지점은 크고 넓은 항구지역이어야 합니다. 자연스러운 선택은 셰르부르이지요. 폭격의 양상과 전략적 요건 모두 노르망디를 지목하고 있습니다." 그는 말을 마치고 샴페인을 비웠다. 그러자 하인이 다가와 잔을 채웠다.

요들이 말했다. "첩보 내용 전부가 칼레를—"

"아프베어 수장을 배신자로 처형한 참이잖소." 히틀러가 말을 가로막았다. "크랑케, 납득이 됐소?"

"그렇지 못합니다." 제독이 말했다. "저 역시 제가 적의 입장이라면 어떤 식으로 침공할지 생각해봤습니다. 우리의 전우 룬트슈테트가 아무래도 미처 고려하지 못한 항해의 특성과 관련해 여러 요건을 추론 과정에 개입시켰지요. 저들은 분명 어둠을 틈타 달빛에 기대 공격할 것입니다. 로멜의 수중 장애물을 지나고 절벽, 암초, 급류를 피하기 위해 만조를 택하겠지요. 노르망디라고요? 어림도 없습니다."

히틀러는 동의할 수 없다는 듯 고개를 저었다.

그러자 요들이 말했다. "중요한 정보가 한 가지 더 있습니다. 잉글랜드 북부에 주둔하던 근위 기갑사단이 남동쪽 해안의 호브로 이동해 패튼 장군 휘하의 미1집단군에 합류했습니다. 무전감시팀이 잡아낸 정보입니다—그 와중에 물품들이 뒤섞였는데, 한 부대가 다른 부대의 은붙이 식기를 가지고 있었는지 바보 같은 놈들이 무선으로 언쟁을 벌이더군요. 그들은 앨런 헨리 섀프토 어데어 경이 이끄는 귀족 출신 정예사단입니다. 전투의 중심에서 멀리 있을 리 없지요."

"제군!" 히틀러는 초조한 듯 손을 움직거리는가 하면 망설임이 역력한 얼굴을 씰룩거렸다. "그대들은 충돌하는 의견만 내놓든가 아니면 아예 묵묵부답이군. 내가 모든 것을 말해주겠소—"

그때 특유의 대담성을 발휘해 룬트슈테트가 덤벼들었다. "총통 각하, 현재 뛰어난 4개 기갑사단이 아무 활동도 없이 독일에 남아 있습니다. 만약 적들이 노르망디에 상륙한다는 제 예측이 맞다면, 그 4개 사단은 제시간에 도착 못할 것입니다. 간청하건대, 그들을 프랑스로 보내 로멜의 휘하에 두십시오. 설사 예측이 빗나가 칼레에서 침공이 시작되어도 그곳에 주둔해 있으면 적어도 전투 초반에 투입 가능합니다—"

"모르겠군! 모르겠어!" 히틀러가 눈을 휘둥그레 떴다. 룬트슈테트는 자기가 너무 밀어붙인 게 아닌가 싶었다. 또다시.

푸트카머가 처음으로 입을 뗐다. "각하, 오늘은 일요일입니다—"

"그래서?"

"내일 밤 유보트가 그와 접선할지도 모릅니다. 바늘 말입니다."

"아, 그렇군. 내게도 의지할 만한 누군가가 있었지."

"물론 당장이라도 무전연락을 해올지 모릅니다. 하지만 그것은 위험이 따를 테니—"

룬트슈테트가 말했다. "결정을 지체할 시간이 없습니다. 공습과 파괴활동이 눈에 띄게 늘었습니다. 언제 침공을 감행할지 모릅니다."

"저는 그렇게 생각지 않습니다." 크랑케가 말했다. "6월 초까지는 기상 조건이 안 맞을 테니—"

"그럼 그렇게 먼일이 아니지 않소—"

"그만!" 히틀러가 고함을 질렀다. "결정을 내렸소. 나의 기갑사단은 독일에 머물러 있을 것이오. 지금 당장은. 화요일에, 그때쯤이면 바늘의 보고를 들을 수 있을 테니 병력 배치 문제를 재검토하겠소. 만약 그의 정보가 노르망디 침공설을 뒷받침한다면—그러리라 믿지만—그때 기갑사단을 이동시키지."

룬트슈테트가 조용히 말했다. "만약 그가 보고해오지 않는다면 어떻게 하실 겁니까?"

"병력 배치 재고의 의지에는 변함없소."

룬트슈테트는 알았다는 뜻으로 고개를 끄덕였다. "그럼 저는 이만 제 사령부로 돌아가겠습니다."

"그러시오."

룬트슈테트는 자리에서 일어나 경례를 하고 밖으로 나갔다. 구리줄에 매달린 엘리베이터를 타고 122미터 아래 지하 주차장으로 내려가고 있자니 속이 울렁거렸다. 하강 속도 때문인지, 아니면 행방조차 알 수 없는 단 한 명의 스파이 손에 사랑하는 조국의 운명이 달렸다는 우려 때문인지는 알 수 없었다.

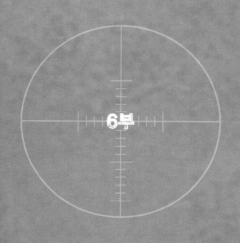

31

루시는 천천히 깨어났다. 차츰차츰, 나른하게, 깊은 잠이 가져다준 텅 빈 따스함 속에서, 켜켜이 쌓인 무의식을 뚫고, 제각기 분리된 하나하나의 단편으로 주변을 인식해나가기 시작했다. 처음에는 곁에 누운 따뜻하고 단단한 남자의 몸, 그다음에는 낯선 헨리의 침대, 어제와 그제처럼 지칠 줄 모르고 노호하는 바깥의 폭풍 소리, 남자의 피부에서 풍기는 희미한 냄새, 그의 가슴에 얹혀 있는 자신의 팔, 그를 가두어놓으려는 듯 그의 다리 위에 걸친 자신의 다리, 그의 옆구리에 닿아 있는 자신의 가슴, 눈꺼풀을 찔러오는 햇살, 얼굴을 부드럽게 간질이는 고르고 가벼운 숨결. 그러다 문득, 퍼즐의 정답이 불현듯 떠오르듯 깨달았다. 자신이 만난 지 48시간밖에 되지 않은 남자와 꼴사납고 부도덕하게 누워 있다는 것을, 그와 함께 남편의 집 침대에 벌거벗고 있다는 것을. 그것도 두번째로.

그녀는 눈을 떴다. 그러자 조가 보였다. 세상에…… 늦잠을 자다니.

구겨진 잠옷 차림의 아이는 눈이 휘둥그레져서는 침대맡에 서 있었다. 헝클어진 머리에 겨드랑이에는 낡은 헝겊인형을 낀 채 엄지를 빨며, 침대에 껴안고 누운 엄마와 낯선 남자를 보면서. 루시는 아이의 표정을 읽을 수 없었다. 이 시간이면 언제나 아이는 세상이 매일 아침 새롭고 경이롭다는 듯이 눈을 휘둥그렇게 뜨고 주위를 바라보곤 했다. 그녀는 무슨 말을 해야 좋을지 모른 채, 침묵 속에서 아이를 보고 있었다.

그때 헨리가 낮은 목소리로 말했다. "안녕."

조가 입에서 엄지손가락을 빼고 말했다. "안녕." 그리고 빙글 돌아 침실 밖으로 나갔다.

"젠장, 젠장." 루시가 말했다.

헨리가 아래로 미끄러져내려와 그녀와 얼굴을 나란히 놓고 그녀에게 키스했다. 그의 손이 허벅지 사이로 옮겨가 그녀를 소유하려는 듯 움켜쥐었다.

그녀는 그를 밀쳐냈다. "제발, 그만해요."

"왜요?"

"조가 우리를 봤어요."

"그게 뭐 어쨌다는 겁니까?"

"조에게도 입이 있으니까요. 조만간 데이비드에게 무슨 말을 할지도 모르죠. 그럼 난 어떡해요?"

"아무것도 하지 말아요. 그게 뭐 중요합니까?"

"물론 중요하죠."

"이해가 안 되는군요. 그 사람 태도로 볼 때 당신은 죄의식을 느낄 필요가 없습니다."

루시는 문득 헨리가 결혼을 구성하는 신의와 의무의 복잡한 관계에 대한 개념이 전혀 없음을 깨달았다. 어떤 결혼도 마찬가지일 테지만 그녀의 상황은 좀더 특별했다. "그렇게 간단한 문제가 아니에요." 그녀가 말했다.

그녀는 침대에서 나와 층계참을 가로질러 자신의 침실로 갔다. 속옷과 바지와 스웨터를 입자 자기가 헨리의 옷을 모두 못쓰게 버려놓았다는 사실이 떠올랐다. 그에게 데이비드의 옷을 빌려주어야 했다. 그녀는 속옷과 양말, 니트 셔츠와 브이넥 풀오버, 그리고 마침내―트렁크 안쪽에서―무릎 부분을 잘라 꿰매지 않은 바지 한 벌을 찾아냈다. 그동안 조가 그녀의 모습을 조용히 지켜보고 있었다.

그녀는 맞은편 침실로 옷을 들고 갔다. 헨리는 면도하러 욕실에 가 있었다. 그녀가 문 너머로 외쳤다. "옷은 침대에 둘게요."

그녀는 아래층으로 내려가 부엌 스토브에 불을 피우고 소스팬에 물을 올렸다. 아침으로 삶은 달걀을 준비할 생각이었다. 개수대에서 조의 얼굴을 씻기고 머리를 빗어준 다음 재빨리 옷을 입혔다. "우리 조가 오늘 아침은 아주 조용한데?" 그녀가 밝은 목소리로 말했다. 아이는 아무 대답이 없었다.

헨리가 아래층으로 내려와 식탁에 앉았다. 오랜 세월 매일 아침 그래온 것처럼 자연스러운 태도였다. 데이비드의 옷을 입고 거기 앉아 있는 모습을 보며 그에게 달걀을 건네고 토스트를 앞에 놓아주고 있으니 루시는 기분이 이상했다.

조가 느닷없이 말했다. "아빠는 죽었어요?"

헨리는 아이를 바라볼 뿐 아무 말도 하지 않았다.

루시가 말했다. "바보 같은 소리. 아빠는 톰 할아버지네 집에 있어."

조는 그녀의 말을 무시한 채 헨리를 보며 말했다. "아빠 옷도 입고, 그리고 엄마랑도 자고. 이제 우리 아빠가 되는 거예요?"

루시는 중얼거렸다. "어린애가 무슨 그런 소리를……"

"어젯밤에 아저씨 옷 봤지?" 헨리가 말했다.

조가 고개를 끄덕였다.

"그럼 왜 아빠 옷을 빌려 입었는지 알겠구나. 아저씨 옷이 생기면 바로 아빠한테 돌려주마."

"엄마도 돌려줄 거예요?"

"물론이지."

루시가 말했다. "조, 어서 달걀 먹어."

아이는 아침을 먹기 시작했다. 분명 만족스러운 표정이었다. 루시는 부엌 창문으로 밖을 내다보았다. "오늘도 배는 오지 않을 거예요." 그녀가 말했다.

"기뻐요?" 헨리가 물었다.

그녀가 그를 보았다. "모르겠어요."

루시는 배가 고프지 않았다. 조와 헨리가 아침을 먹는 동안 그녀는 차를 한 잔 마셨다. 잠시 후 조는 위층으로 올라갔고 헨리는 식탁을 치웠다. 개수대에 식기를 놓으며 그가 말했다. "데이비드가 당신을 해할까봐 두려운 거예요? 육체적으로?"

그녀는 아니라는 뜻으로 고개를 저었다.

"당신은 그를 잊어야 합니다." 헨리가 말했다. "어쨌든 그를 떠날 계획이었으니까. 그가 알건 모르건 당신이 염려할 바가 아닙니다."

"그는 내 남편이에요. 그건 중요한 문제예요. 그가 어떤 남편이었든…… 내게는 그를 모욕할 권리가 없어요."

"그가 어떤 남편인지에 따라 모욕당하건 말건 상관하지 않을 권리가 생기는 것 같은데요."

"논리적으로 설명될 문제가 아니에요. 그냥 기분이 그래요."

그는 포기한다는 손동작을 해 보였다. "톰의 집으로 가서 당신 남편이 집으로 돌아올 생각이 있는지 알아봐야겠습니다. 내 장화는 어디 있나요?"

"거실에요. 재킷을 가져올게요." 그녀는 위층으로 올라가 옷장에서 데이비드의 오래된 승마용 재킷을 꺼냈다. 질 좋은 녹회색 트위드 재킷으로 허리가 잘록하고 주머니에 덮개가 비스듬히 달린 것이 썩 우아했었다. 오래 간수하기 위해 루시가 팔꿈치에 가죽패치를 대두었다. 더이상 그런 옷을 살 수 없기 때문이었다. 그녀는 거실로 재킷을 가지고 내려갔다. 헨리는 장화를 신는 중이었다. 왼발 끈을 묶은 뒤 나머지 한쪽으로 다친 오른발을 조심스레 넣고 있었다. 루시가 도와주기 위해 무릎을 꿇고 앉았다.

"부었던 건 가라앉았네요." 루시가 말했다.

"그래도 젠장, 아직 아프군요."

그들은 오른발을 장화에 넣은 후 끈은 매지 않고 빼버렸다. 헨리는 조심스레 일어섰다.

"괜찮네요." 그가 말했다.

루시는 그가 재킷 입는 것을 도와주었다. 어깨가 살짝 끼었다. "방수복은 없어요." 그녀가 말했다.

"그럼 비를 맞겠군요." 그는 그녀를 끌어당겨 거칠게 키스했다. 그녀는 그에게 팔을 두르고 잠시 꼭 껴안았다.

"오늘은 좀 조심해서 운전해요."

그는 미소짓고 고개를 끄덕이며 다시 한번 그녀에게 키스한 뒤—이번에는 짧게—밖으로 나갔다. 그녀는 절뚝거리며 창고로 향하는 그의 모습을 지켜보았다. 시동을 걸고 오르막길로 지프차를 몰아 시야에서 사라질 때까지 창가에 서서 바라보았다. 그가 가고 나자 마음이 놓였다. 그러나 또 한편 허전하기도 했다.

그녀는 집안 정리를 시작했다. 침대를 정돈하고 설거지를 하고 쓸고 닦았다. 그러나 왠지 의욕이 생기지 않았다. 마음이 부산했다. 자신의 인생을 어떻게 해야 할지 걱정스러웠다. 해묵은 생각들이 익숙한 궤도를 따라 자꾸만 떠올라 어디에도 집중할 수 없었다. 또다시 오두막이 숨막혔다. 바깥세상 어딘가에는 드넓은 세계가 있었다. 전쟁과 영웅의 세계, 활력이 가득한 곳. 사람들, 수백만 명의 사람들이 있는 곳. 그녀는 그곳으로 나가 그 한복판에 있고 싶었다. 새로운 정신을 만나고 도시를 보고 음악을 듣고 싶었다. 라디오를 켰다. 소용없는 짓이었다. 뉴스는 그녀의 고립감을 더해줄 뿐이었다. 이탈리아의 전투 소식이 전해졌고, 배급규제가 조금 풀렸다고 했다. 런던의 스틸레토 살인자는 아직 잡히지 않았고 루스벨트가 연설을 했다. 샌디 맥퍼슨이 파이프오르간 연주를 시작하자 루시는 라디오 스위치를 껐다. 그 어느 것도 마음에 와닿지 않았다. 그녀는 그 세계에 살고 있지 않았다.

소리를 지르고 싶었다.

밖으로 나가야 했다. 날씨 따위 상관없었다. 그러나 그 탈출도 상징에 불과하리라…… 그녀를 가두고 있는 것은 결국 오두막의 돌벽이 아니었기 때문이다. 그러나 아무것도 하지 않는 것보다는 나았다. 그녀는 조를 데리러 위층에 올라가 장난감 병정 연대에서 가까스로 떼놓은 뒤, 방수복으로 아이를 꽁꽁 싸맸다.

"왜 밖으로 나가요?" 아이가 물었다.

"배가 왔는지 보려고."

"오늘은 안 온다고 했잖아요."

"올 수도 있지."

그들은 샛노란 방수모를 쓰고 턱 아래서 끈을 단단히 맨 뒤 집밖으로 나섰다.

바람에 강타를 맞는 기분이었다. 루시는 균형을 잡지 못해 비틀거렸다. 밖으로 나온 지 몇 초 만에 그녀의 얼굴은 대야에 담갔다 뺀 듯 온통 젖고 말았다. 모자 아래로 나온 머리카락이 축 늘어진 채 뺨과 방수복 어깨에 들러붙었다. 조는 흥분해 소리를 질러대며 진흙탕에서 깡충깡 충 뛰었다.

그들은 절벽을 따라 만의 머리까지 걸어가서, 절벽과 해안으로 돌진해 부서지는 거대한 북해의 너울을 내려다보았다. 폭풍은 신만이 그 깊이를 알 해저식물을 뿌리째 뽑아올려 모래사장과 바위 위로 한 무더기씩 내동댕이쳤다. 모자는 끊임없이 변화하는 파도의 모양에 넋을 잃었다. 전에도 이런 적이 있었다. 바다는 모자에게 최면을 걸었고, 둘이 얼마나 오랫동안 말없이 바다를 바라보고 있었는지 루시는 몰랐다.

이번에는 그녀가 본 뭔가에 의해 최면이 깨졌다. 처음에는 파도의 골사이로 어떤 색깔이 언뜻 보였을 뿐이다. 워낙 순식간에 지나가버려서 무슨 색인지도 확실치 않았고, 너무 작고 멀리 있어서 정말 봤는지조차 의심스러웠다. 다시 찾아보려 했지만 소용없어 그녀의 시선은 다시 만과 조그만 방파제 위를 떠돌았다. 그곳에 표류물이 모였다가 뒤이어 밀려오는 큰 파도에 휩쓸려 사라지곤 했다. 폭풍이 지나가고 다음날 날이 개면, 그녀와 조는 바다가 어떤 보물을 토해냈는지 보러 해변으로 나올 것이다. 그리고 기묘한 색깔의 바윗돌, 어디서 왔는지 모를 수많은 나무, 큰 조개껍데기, 녹슬고 뒤틀린 금속 조각을 주워들고 집으로 돌아갈 것이다.

그녀의 눈에 또다시 그 색깔이 언뜻 보였다. 좀더 가까운 위치였다. 이번에는 몇 초 동안 시야에 머물러 있었다. 샛노란색, 그것은 그녀의 가족이 입고 다니는 방수복의 색이었다. 그녀는 쏟아지는 거센 빗줄기 속에서 그것을 눈여겨봤으나 모양을 분간하기도 전에 다시 사라져버렸다. 그러나 다른 모든 것을 그리하듯 물살이 그 쓰레기를 실어날랐고,

바지 주머니를 뒤져 탁자 위에 내용물을 꺼내놓는 사람처럼 모래사장에 부려놓았다.

그것은 틀림없는 방수복이었다. 바다가 파도의 물마루 위에 올려 세 번째이자 마지막으로 그 정체를 드러냈을 때 그녀는 알아보았다. 헨리는 어제 방수복을 입지 않고 돌아왔다. 하지만 어쩌다 바다에 빠진 걸까? 파도가 방파제에 부딪히며 샛노란 방수복을 경사로의 젖은 나무판자 위로 내동댕이쳤다. 루시는 깨달았다. 그것은 헨리의 방수복이 아니었다. 주인이 아직 그것을 입고 있었기 때문이다. 공포에 사로잡혀 터져나온 헉 소리는 바람이 잡아채 그녀 자신조차 들을 수 없었다. 누구지? 어디서 온 것일까? 난파선이 또 있었나?

아직 살아 있을지도 모른다는 생각이 들었다. 가서 확인해봐야 했다. 그녀는 허리를 숙이고 조의 귓가에 소리쳤다. "여기 있어―꼼짝 말고 있어야 돼―움직이면 안 돼." 그런 다음 경사로를 내려갔다.

반쯤 내려갔을까. 뒤에서 발소리가 들렸다. 조가 그녀를 따라 내려오고 있었다. 경사로는 좁고 미끄럽고 아주 위험했다. 그녀는 자리에 멈춰 뒤돌아서서는 아이를 품에 감싸안았다. "이 말썽쟁이! 엄마가 기다리라고 했잖아!" 그녀는 아래쪽에 보이는 형체와 안전한 절벽 꼭대기를 번갈아 보며 어찌해야 좋을지 몰라 잠시 망설였다. 그러나 바다가 언제 달려들어 그 형체를 쓸어가버릴지 모르는 일이었다. 그녀는 조를 안고 아래쪽으로 계속 내려갔다.

작은 파도가 그 형체를 덮고 있었다. 그리고 파도가 물러날 즈음 루시는 그것이 남자라는 것을 알아볼 수 있을 정도로 가까이 다가섰다. 오랫동안 물속에 있어 얼굴이 퉁퉁 붓고 훼손되어 있었다. 죽었다는 뜻이었다. 그녀가 해줄 수 있는 건 아무것도 없었다. 시체를 끌어내기 위해 자신과 아들의 목숨을 걸 수는 없었다. 그래서 돌아서려는데, 부풀어오른 얼굴이 어딘가 낯익었다. 그녀는 영문도 모른 채 시체를 응시하며 기억 속 무언가와 그 얼굴을 맞춰보려 노력했다. 그때, 불현듯, 그 얼굴의 본래 모습을 보게 되었다. 그녀는 공포로 몸이 얼어붙었다. 심장이 멎는 것 같았다. "안 돼, 데이비드, 안 돼!" 그녀의 입에서 작은 소리가 새어나왔다.

위험도 망각한 채 그녀는 앞으로 걸어갔다. 또다시 밀려든 잔잔한 파도가 무릎에 부딪히며 웰링턴 장화 속으로 거품 섞인 바닷물을 채워넣었지만 그녀는 알지 못했다. 조가 앞쪽을 보려고 품안에서 몸을 비틀자 그녀는 "보지 마!"라고 외치며 아이의 얼굴을 어깨 쪽으로 밀었다. 아이는 울음을 터뜨렸다.

그녀는 시체 옆에 무릎을 꿇고 그 끔찍한 얼굴을 만졌다. 데이비드였다. 틀림없었다. 그는 죽었고, 죽은 지는 꽤 된 것 같았다. 데이비드가 분명한지 확인해야 했기에 끔찍하고 힘겨웠지만 그녀는 방수복 자락을 들어올렸다. 그의 뭉툭한 다리가 보였다.

죽음을 받아들이기가 힘들었다. 한편으로 그가 죽기를 바라기도 했었지만, 그가 자신의 부정을 알아채고 말았다는 두려움과 죄의식으로 마음이 혼란스러웠다. 비탄, 공포, 안도라는 감정의 새들이 그녀의 마음속에서 날개를 퍼덕거렸다. 어떤 감정도 제자리를 찾지 못했다.

그녀는 그곳에 꼼짝없이 서 있었을지도 모른다. 그러나 이어진 파도는 컸다. 거센 물살이 그녀를 밀어쳤고 그녀는 엄청난 양의 바닷물을 삼켰다. 정신이 없는 와중에도 그녀는 간신히 조를 껴안고 경사로에 머물렀다. 파도가 물러가자 그녀는 몸을 일으켜 대양의 탐욕스러운 손아귀를 벗어나기 위해 내달렸다.

절벽 꼭대기까지 가는 동안 그녀는 뒤돌아보지 않았다. 오두막이 보이는 지점에 다다랐을 때 밖에 서 있는 지프차가 눈에 들어왔다. 헨리가 돌아온 것이었다.

여전히 조를 안은 채, 그녀는 비틀거리며 뛰기 시작했다. 상처입은 마음을 헨리와 나누고 싶었다. 그의 품에 안겨 위로받고 싶었다. 숨소리에 거친 흐느낌이 뒤섞이고 얼굴에는 눈물이 빗물과 함께 흘러내렸다. 그녀는 오두막 뒤편으로 향했다. 부엌문을 열어젖히고 안으로 뛰어들어가 바닥에 조를 다급히 내려놓았다.

헨리가 태연히 말했다. "데이비드는 톰의 집에 하루 더 있겠답니다."

그녀는 믿기지 않아 정신이 멍해진 채 그를 보았다. 그리고 여전히 믿기지 않지만 이해하게 되었다.

헨리가 데이비드를 죽였구나.

복부를 맞은 듯한 충격으로 처음 한동안은 숨을 쉴 수 없었다. 그러다 눈 깜짝할 사이 여러 사실이 떠올랐다. 조난 사고, 그가 집착하는 이상한 모양의 칼, 부서진 지프차, 스틸레토 살인자에 관한 뉴스. 갑자기 모든 것이 들어맞았다. 공중으로 던져진 퍼즐 조각이 거짓말처럼 완전히 다 맞춰져 내려앉은 듯이.

"그렇게 놀란 표정 할 것 없어요." 헨리가 미소지으며 말했다. "그쪽에 할 일이 많습니다. 굳이 집에 오라고 설득하진 않았지만."

톰. 톰에게 가야 했다. 톰이라면 무엇을 해야 할지 알 것이다. 경찰이 올 때까지 우리 모자를 보호해줄 것이다. 개도 있고 총도 있으니.

두려움이 사라지니 슬픔이 찾아들었다. 비애가 밀려왔다. 그녀는 헨리를 믿었다. 사랑할 뻔했다. 그는 존재하지 않는 사람, 상상 속 남자였다. 따뜻하고 강하고 다정한 남자가 더는 아니었다. 미소 띤 얼굴로 앉아 자신이 살해한 사람의 전언이라며 거짓말을 읊어대는 괴물이었다.

그녀는 몸이 떨리지 않도록 안간힘을 썼다. 조의 손을 잡고 부엌을 나가 현관으로 향했다. 지프차에 올라타 옆자리에 조를 앉혔다. 그리고 엔진의 시동을 걸었다.

그러나 어느새 헨리가 와 있었다. 아무렇지 않게 발판에 발을 올리고 데이비드의 엽총을 쥔 채. "어디 가는 겁니까?"

이대로 차를 몰고 도망친다면 그는 총을 쏠지도 몰랐다. 무슨 생각으로 이 시간에 데이비드의 총을 집안에 들인 걸까. 혼자라면 도망쳐보겠는데 조를 위험에 처하게 할 수는 없었다. 그녀가 말했다. "차를 창고에 들이려고요."

"조의 도움이 필요한 일입니까?"

"차에 타는 걸 좋아해요. 꼬치꼬치 캐묻지 좀 마요!"

그는 어깨를 으쓱하고 뒤로 물러섰다.

그녀는 잠시 데이비드의 승마용 재킷을 입고 데이비드의 총을 너무도 자연스럽게 들고 있는 그를 바라보며 생각했다. 차를 몰고 가버린다면 그는 정말로 총을 쏠까? 순간 처음부터 그에게서는 냉정한 면모가 감지되었다는 사실이 떠올랐다. 그는 그렇게 철저한 사람이었다. 원하는 바를 위해서는 못할 게 없는 무자비한 사람이었다. 그는 무슨 짓이든 할 수 있었다.

피폐해진 기분으로 그녀는 후진 기어를 넣고 창고로 들어갔다. 엔진 점화 스위치를 끄고 차에서 내려 조와 함께 오두막으로 다시 들어갔다. 헨리에게 무슨 말을 해야 할지, 함께 있을 때 어떻게 행동해야 할지, 자기가 알고 있다는 사실을 어떻게 숨길지—정말로 아직 들킨 게 아니라면—아무 생각이 나지 않았다.

그녀는 아무 계획도 없었다.

다만 창고 문을 열어두고 나갔을 뿐이었다.

32

"바로 저기다." 함장은 그렇게 말하고 망원경을 내렸다.

일등항해사가 비와 물보라 사이로 전방을 유심히 살폈다. "이상적인 휴양지는 아니군요. 안 그렇습니까, 함장님? 끝내주게 황량한데요."

"그렇다." 희끗희끗한 턱수염을 기른 함장은 독일과의 첫번째 전쟁 때도 바다에 있었던 구식 해군 장교였다. 그러나 그는 일등항해사의 본 데없는 대화 방식을 무시하는 법을 익혔다. 왜냐면 겪어보니―예상과 는 전혀 다르게―그 애송이는 완벽하게 훌륭한 항해사였기 때문이다.

서른이 넘었고 이번 전쟁의 기준으로는 노련한 항해사인 이 '애송이'는 자신이 어떤 아량의 수혜를 누리고 있는지 전혀 몰랐다. 그가 난간을 잡고 버티는 동안 호위함은 파도를 타고 물마루에 똑바로 올랐다가 파 도 사이 골로 곤두박질쳤다. "도착은 했는데 말이죠. 이제 우리는 뭘 합 니까?"

"섬 주변을 선회한다."

"그렇군요."

"그리고 유보트를 찾는다."

"이런 날씨에 수면 가까이 떠오를 리가 없지 않습니까. 설사 나타나더라도 아주 가까운 거리가 아니면 볼 수 없을 테고요."

"폭풍은 오늘밤이면 끝난다. 늦어도 내일이야." 함장은 파이프에 담배를 채우기 시작했다.

"그렇게 생각하십니까?"

"확신한다."

"항해 본능 같은 건가요?"

"일기예보다."

호위함이 곶을 돌자 방파제가 보이는 작은 만이 나왔다. 그 위로 절벽 꼭대기에 작고 네모반듯한 오두막 한 채가 웅크린 채 바람을 맞고 있었다.

"상황이 허락하는 대로 저곳에 우리 병력을 상륙시킬 것이다."

일등항해사가 고개를 끄덕였다. "그거야 그런다고 쳐도……"

"뭐지?"

"섬을 한 바퀴 도는 데 한 시간가량 걸릴 겁니다."

"그래서?"

"엄청난 운이 따라서 정확한 시간 정확한 장소에 있지 않으면……"

"유보트가 떠올라 요원을 싣고 쥐도 새도 모르게 다시 잠수해버릴 것이다, 이 말인가?"

"네."

함장은 거친 바다에서 그런 일을 한 세월이 오래되었다는 사실을 말해주듯 숙련된 동작으로 파이프에 불을 붙였다. 몇 차례 뻐끔거리더니 연기를 한 모금 빨아들였다. "이유를 묻는 것은 우리 몫이 아니다." 그는 그렇게 말하고 콧구멍으로 연기를 뿜었다.

"좀 불길한 인용인데요, 함장님."

"왜지?"

"악명 높은 경기병 여단의 돌격*에서 온 표현이니까요."

"전혀 몰랐군." 함장은 담배를 뻐끔거렸다. "교육을 못 받은 게 유용할 때도 있어."

섬의 동쪽 끝에 또다른 작은 오두막이 있었다. 함장이 망원경으로 유심히 살펴보니, 그 집에는 전문가용으로 보이는 커다란 무선안테나가 설치되어 있었다. "통신병, 저 오두막과 교신할 수 있는지 알아본다! 왕립감시대 주파수를 시도해봐!"

오두막이 시야에서 사라지자 통신병이 외쳤다. "응답이 없습니다, 함장님."

"좋아." 함장이 말했다. "중요한 일은 아니었다."

애버딘 항구에서는 해안경비대 대원들이 경비정 갑판 아래 앉아 반페니짜리 블랙잭을 치며, 예외 없이 고위직을 수행해야 하는 자신들의 처량한 처지를 곱씹고 있었다.

"한 장 더." 이름과 어울리지 않지만 스코틀랜드인이 분명한 잭 스미스가 말했다.

고향에서 멀리 떠나온 뚱뚱한 런던 토박이 앨버트 '슬림' 패리시가 그에게 잭을 주었다.

"죽었어." 스미스가 말했다.

슬림이 판돈을 긁어모았다. "1페니 반씩이나!" 그가 짐짓 놀라며 말

---

* 크림전쟁 때 발라클라바 전투에서 영국 기병대가 러시아군을 상대로 감행한 돌격작전. 영국 군사 체계의 병폐를 드러낸 비극적인 패배로, 앨프리드 테니슨의 시 「경기병 여단의 돌격」에 '이유를 묻는 것은 그들 몫이 아니다'라는 구절이 있다.

했다. "살아서 이 돈을 쓸 수 있어야 할 텐데."

스미스는 현창 안쪽에 맺힌 물방울을 닦아내고 항구에서 흔들리는 배들을 유심히 살폈다. "대장이 정신을 못 차리니, 우리가 폭풍의 섬이 아니라 빌어먹을 베를린에라도 가는 줄 아나보지?"

"몰랐나? 우린 연합군 침공의 선봉이라고." 슬림은 텐을 뒤집고 킹을 가져가며 말했다. "블랙잭이야."

스미스가 말했다. "그런데 그자는 누구야? 탈영병인가? 그럼 이런 일은 우리가 아니라 헌병이 해야지."

슬림은 카드를 섞었다. "그자가 누구인지 내가 말해주지. 바로 도망친 전쟁범이야."

야유.

"좋아. 맘대로 생각해. 하지만 체포할 때 억양에 주목하라고." 그는 카드를 내려놓았다. "내 말 좀 들어봐. 어떤 배가 폭풍의 섬에 가지?"

"보급선밖에 더 있나." 누군가 말했다.

"그러니까 그가 본토로 돌아올 수 있는 유일한 방법은 보급선뿐이야. 헌병이야 찰리가 섬에 갔다 올 때까지 기다리기만 하면 돼. 이자가 배를 타고 돌아와 이곳에 내릴 때 붙잡으면 되는 거지. 우리가 여기 죽치고 앉아 있다가 날이 개는 대로 닻을 올려 빛의 속도로 그곳을 향해 내달릴 이유가 없다고. 만약……" 그는 말을 멈춰 긴장감을 높였다. "만약 이자에게 섬을 빠져나갈 또다른 수단이 없다면."

"예를 들면?"

"유보트 같은 거지."

"개소리." 스미스가 말했다. 다른 사람들은 그저 웃기만 했다.

슬림이 다시 카드를 돌렸다. 이번에는 스미스가 따고 다른 사람은 다 잃었다. "다 해서 1실링 땄군." 슬림이 말했다. "난 퇴역하고 데번에 있는 조그맣고 편안한 오두막으로 갈 생각이야. 우린 당연히 이자를 못 잡을 테니까."

"탈영병 말이야?"

"전쟁범이라니까."

"왜?

슬림이 자기 머리를 톡톡 치며 말했다. "대가리를 좀 써라. 폭풍이 지나갈 무렵 우리는 여기 있고 유보트는 만 아래쪽에 있을 거야. 누가 먼저 도착하겠냐?"

"그럼 왜 우리는 이러고 있는데?" 스미스가 말했다.

"명령을 내리는 사람들은 이 몸처럼 똑똑하지 못해서지. 너희는 웃을지 모르지만." 그는 또 카드를 돌렸다. "원한다면 내기를 해도 좋아. 내가 옳다는 걸 알게 될 테니. 그게 뭐야, 스미스, 1페니? 염병할, 무리하지 말라고. 내 말 잘 들어. 우리가 섬에서 빈손으로 돌아올 확률은 5대1이야. 여기 걸 사람 없어? 10대1은 어때? 응? 10대1?"

"아무도 없어." 스미스가 말했다. "카드나 돌려."

슬림은 카드를 돌렸다.

비행 중대장 피터킨 블렌킨숍(피터킨을 피터로 줄여보려 애썼지만 어찌된 일인지 언제나 본명을 들켰다)은 지도 앞에 꼿꼿하게 서서 브리핑 중이었다. "우리는 3개 편대로 나누어 비행한다. 날씨가 개는 즉시 1편대의 세 대가 이륙할 것이다. 목표는."—그는 지휘봉으로 지도를 톡톡 쳤다—"이곳이다. 폭풍의 섬. 도착 즉시 이십 분 동안 저공비행하며 유보트를 찾는다. 이십 분 후에는 기지로 귀환한다." 그는 잠시 말을 멈췄다. "논리적인 사고력을 갖춘 제군은 벌써 짐작했겠지만, 적에게 들키지 않고 비행 수색을 이어나가기 위해 2편대 세 대가 정확히 이십 분 뒤에 이륙한다. 3편대의 경우도 이와 같다. 이상. 질문 있나?"

비행 장교 롱먼이 말했다. "중대장님?"

"질문 있나?"

"유보트를 보면 어떻게 해야 합니까?"

"물론 폭격이다. 수류탄을 투하한다. 문제를 일으켜."

"하지만 저희는 비행 전투대입니다. 유보트를 정지시키기 위해 할 수 있는 일이 많지 않습니다. 그건 전투함대의 일이 아닙니까?"

블렌킨솝은 한숨을 내쉬었다. "늘 그렇듯, 제군 가운데 전쟁에서 승리할 더 나은 방법을 아는 사람은 언제라도 런던 SW1, 다우닝 스트리트 10번지로 윈스턴 처칠 경에게 편지를 보내면 된다. 어리석은 불평 말고, 질문 있나?"

질문은 없었다.

전쟁의 후반 세월은 다른 종류의 공군 장교를 낳았다는 생각을 하면서 블로그스는 조종사 대기실 난로 가까이 놓인 안락의자에 앉아 양철 지붕을 두드리는 빗소리를 듣고 있었다. 간간이 졸기도 했다. 본토 항공전 때 조종사들은 감당할 수 없을 정도로 활기차 보였다. 대학 시절 속어를 지껄였고, 끊임없이 술을 마셔댔고, 지칠 줄 몰랐고, 매일 목도하는 불타는 죽음 앞에 무신경했다. 그러나 그런 유치한 영웅주의만으로는 세월을 견딜 수 없었다. 전쟁은 고향에서 머나먼 곳에서 오랫동안 끝날 줄 몰랐고, 저돌적인 공중전의 시간이 지나가자 기계적이고 고된 폭격 임무가 반복적으로 이어졌다. 여전히 술을 마시고 은어를 썼지만 그들은 늙고 무정하고 냉소적으로 보였다. 이제 『톰 브라운의 학창 시절』*

---

* 영국 사상가이자 소설가 토머스 휴스의 1857년 작품으로, 퍼블릭스쿨의 생활을 묘사했다.

같은 면모는 찾아볼 수 없었다. 블로그스는 애버딘 경찰서 유치장에서 평범하기 그지없는 불쌍한 도둑에게 자기가 한 짓을 떠올렸다. 그리고 깨달았다. 모두가 변했다는 것을.

대기실의 조종사들은 매우 조용했다. 블로그스의 주변에 앉은 몇몇은 역시나 졸고 있었고, 몇몇은 책을 읽거나 보드게임을 했다. 구석에 앉은 안경 쓴 조종사는 러시아어 공부를 하는 중이었다.

반쯤 감은 눈으로 대기실을 둘러보는데 조종사 하나가 들어왔다. 한눈에 보기에도 전쟁의 때가 묻지 않은 젊은이였다. 촌스럽게 이를 드러내고 웃었고, 면도는 일주일에 한 번으로도 충분할 것처럼 산뜻한 얼굴이었다. 재킷 지퍼는 채우지 않았고 헬멧을 들고 있었다. 그는 곧장 블로그스를 향해 걸어왔다.

"블로그스 경위님인가요?"

"그렇다네."

"좋습니다. 경위님을 모실 조종사 찰스 콜더입니다."

"반갑군." 블로그스는 그와 악수를 나누었다.

"연은 이륙 준비를 마쳤습니다. 엔진은 새처럼 부드럽고요. 아시겠지만 수륙양용입니다."

"알고 있어."

"좋습니다. 바다에 착륙한 후 해안선에서 10미터 떨어진 지점까지 천천히 이동할 겁니다. 그런 다음 경위님을 소형보트에 내려드리겠습니다."

"그런 다음 내가 돌아올 때까지 기다리는 거겠지?"

"그렇습니다. 우선은 날씨가 개야 합니다."

"그렇지. 그런데 찰스, 지난 엿새 동안 밤낮으로 전국을 쫓아다니느라 잠을 못 잤어. 그러니 기회가 있을 때 부족한 잠을 좀 벌충하고 싶은데, 그래도 되겠지?"

"물론입니다." 조종사는 자리에 앉더니 재킷 안쪽에서 두꺼운 책 한 권을 꺼냈다. "저는 그동안 교양을 좀 벌충하겠습니다. 『전쟁과 평화』입니다."

블로그스가 말했다. "좋지." 그리고 그는 눈을 감았다.

퍼시벌 고들리먼과 그의 삼촌 테리 대령은 상황실에 나란히 앉아 커피를 마시며 둘 사이 바닥에 놓인 비상용 소화 양동이에 담뱃재를 털고 있었다. 고들리먼은 같은 소리를 반복하고 있었다.

"더이상은 우리가 취할 수 있는 조치가 떠오르지 않습니다." 그가 말했다.

"그런 것 같군."

"호위함은 이미 가 있고 전투기도 몇 분 후면 출발할 테니, 수면 위로 떠오르기만 하면 잠수함은 포화에 휩싸일 겁니다."

"나타나준다면 말이지."

"호위함이 가능한 한 빨리 병력을 상륙시킬 겁니다. 블로그스가 곧이어 도착하고, 해안경비대가 뒤따를 겁니다."

"누구도 제시간에 도착하리란 보장은 없어."

"압니다." 고들리먼이 힘없이 말했다. "할 수 있는 건 다 했지만 과연 그것으로 충분할지 의문입니다."

테리가 또다시 담뱃불을 붙였다. "섬에 사람이 사나?"

"네. 집은 두 채뿐입니다. 한 집에는 목양업자와 아내가 아이와 함께 살고, 다른 집에는 늙은 양치기가 삽니다. 양치기는 왕립감시대인지 집에 무전기가 있는데 교신이 안 돼요…… 스위치를 송신으로 맞춰놓은 모양입니다. 노인네라."

"목양업자에게 희망을 걸어봄직한데." 테리가 말했다. "똑똑한 친구라면 그자를 잡아줄지도 모르잖나."

　고들리먼이 고개를 저었다. "휠체어 신세입니다."

　"이런, 우리가 운이 별로 없군. 안 그래?"

　"그러게 말입니다." 고들리먼이 말했다. "바늘이 판을 독점한 것 같
군요."

33

루시는 마음을 가라앉혔다. 마치 차가운 마취제가 온몸에 퍼지듯 차분함이 점점 밀려들면서 감정은 무뎌지고 정신은 또렷해졌다. 살인자와 한 지붕 아래 있다는 생각에 문득문득 얼어붙는 시간은 점차 줄었고, 스스로도 놀랄 만큼 냉철한 경계의식에 사로잡혔다.

그녀가 집안일을 하며 부산스레 움직이는 동안 헨리는 거실에 앉아 소설책을 읽고 있었다. 그녀의 감정 변화를 얼마나 알아챘을지 궁금했다. 그는 눈치가 대단히 빠른 사람이었다. 놓치는 것이 거의 없었고, 아까 지프차에서도 노골적인 의심까지는 아니었지만 분명 경계하는 기색이었다. 그녀에게 어떤 동요가 있다는 것을 아는 게 분명했다. 하지만 아까 집을 나서기 전 둘이 같이 있는 것을 조에게 들켜 기분이 좋지 않다는 것을 알고 있었으니…… 그것 때문이라고 생각할지 모른다.

그럼에도 그녀는 그가 그녀의 마음속을 정확히 알면서 애써 아무 일 없는 척하고 있다는 기분이 들었다.

그녀는 부엌에서 건조대에 빨래를 널었다. "미안해요." 그녀가 말했다. "비가 그칠 때까지 마냥 기다리고 있을 수가 없어서."

그는 무관심한 표정으로 옷가지를 보았다. "괜찮습니다." 그는 그렇게 말하고 거실로 돌아갔다.

젖은 옷가지 사이에 깨끗하고 마른 루시의 옷 한 벌이 섞여 있었다.

점심으로는 간단하게 채소 파이를 만들었다. 그녀는 조와 페이버를 식탁으로 불러 식사를 하게 했다.

데이비드의 총이 부엌 한구석에 세워져 있었다. "집안에 장전된 총이 있는 건 좋지 않아요." 그녀가 말했다.

"식사 끝나면 내다놓겠습니다. 파이가 아주 맛있네요."

"난 맛없어." 조가 말했다.

루시는 총을 집어 찬장 위에 올려두었다. "조의 손에만 닿지 않으면 괜찮아요."

조가 말했다. "크면 독일놈들을 쏘아버릴 테야."

"조, 오후에는 낮잠 좀 자렴." 루시가 말했다. 그녀는 거실로 가서 벽장에 놓인 병에서 데이비드의 수면제 한 알을 꺼냈다. 몸무게 73킬로그램의 성인 남자에게 두 알이 셌으니까, 23킬로그램인 남자아이가 낮잠을 자는 데는 반의반 알이면 충분할 것이다. 그녀는 도마 위에 수면제를 놓고 반토막낸 다음, 그것을 또 한번 반토막냈다. 그리고 그 조그만 수면제 조각을 숟가락에 올려놓고 다른 숟가락으로 눌러 으갠 다음 조그만 잔에 담긴 우유에 탔다. 그녀는 조에게 그 잔을 내밀었다. "자, 한 방울도 남기지 말고 다 마셔야 해."

페이버는 조용히 이 과정을 지켜보았다.

점심식사를 마친 후 그녀는 여러 권의 책을 옆에 두고 조를 소파에 앉혔다. 아이는 글을 읽지 못했지만 여러 번 큰 소리로 읽어줘서 책 내용을 외다시피 했다. 아이는 책장을 넘기면서 그림을 보고 단어들을 읊었다.

"커피 들겠어요?" 그녀가 페이버에게 물었다.

"진짜 커피요?" 그가 놀라 물었다.

"보관해둔 게 조금 있어요."

"사양할 이유가 없지요!"

그는 그녀가 커피 타는 모습을 지켜보았다. 혹시 자기도 수면제를 먹일까봐 의심하는 건지 그녀는 궁금했다. 거실에서 조의 목소리가 들려왔다.

곰돌이 푸가 큰 소리로 외쳤어요.

"집에 누구 있어요?"

그러자 누군가 말했다. "없다!"

조는 늘 그렇듯 그 부분에서 큰 소리로 웃었다. 하느님, 제발, 조가 다치지 않게 해주세요, 루시는 생각했다.

그녀는 커피를 따라 페이버의 맞은편에 앉았다. 그는 식탁 위로 그녀의 손을 잡았다. 그들은 잠시 침묵 속에 앉아 커피를 마셨다. 빗소리와 조의 목소리가 한데 섞여 들려왔다.

"날씬해지려면 얼마나 오래 걸려요?"

푸가 걱정스레 물어보았어요.

"일주일은 생각해야 할걸?"

"하지만 여기 일주일 동안 있을 순 없어요!"

조의 목소리에 슬슬 졸음이 묻어나더니 이내 잠잠해졌다. 루시는 거실로 나가 아이에게 담요를 덮어주었다. 그리고 아이의 손에서 미끄러져 바닥에 떨어진 책을 집어들었다. 루시 역시 어릴 때 읽던 책이어서 그 이야기를 외고 있었다. 속지에 어머니의 반듯한 글씨가 보였다. '네 살이 된 루시에게 엄마 아빠의 사랑을 담아.' 그녀는 낮은 장식장 위에 책을 올려두고 부엌으로 돌아갔다.

"잠들었어요."

"그럼……" 그가 손을 내밀었다. 그녀는 억지로 그 손을 잡았다. 그가 자리에서 일어났다. 루시가 앞장서서 계단을 올라 둘은 침실로 향했다. 그녀는 문을 닫고 머리 위로 스웨터를 벗었다.

잠시 그는 가만히 서서 그녀의 가슴을 바라보았다. 그리고 자기도 옷을 벗기 시작했다.

그녀는 침대로 들어갔다. 이 상황—두려움과 혐오감과 죄의식뿐인 마음으로 그의 몸을 즐기는 척해야 하는—을 감당할 수 있을지 자신이 없었다.

그가 침대로 들어와 그녀를 껴안았다.

조금 뒤 그녀는 즐기는 척할 필요가 전혀 없다는 것을 깨달았다.

잠시 그녀는 그의 팔을 베고 누워 생각했다. 어떻게 그런 끔찍한 일을 저지른 사람이 여자에게 이토록 부드러울 수 있는 걸까?

그러나 입에서 나온 말은 전혀 달랐다. "커피 마실래요?"

"생각 없습니다."

"나는 마실래요." 그녀는 그의 품을 빠져나와 몸을 일으켰다. 그가 움직이자 그녀는 그의 탄탄한 배에 손을 얹고 말했다. "그냥 있어요. 차를 타올게요. 난 아직 안 끝났어요."

그가 빙그레 미소지었다. "정말 잃어버린 사 년을 보상받고 싶나봐요."

침실을 나오자마자 그녀의 얼굴에서는 미소가 사라졌다.

재빨리 계단을 내려가는 동안 심장이 요동쳤다. 부엌으로 들어간 그녀는 스토브에 주전자를 소리나게 내려놓고 잔을 부러 달그락거린 후 젖은 빨래 사이에 감춰둔 옷을 챙겨 입기 시작했다. 손이 바들바들 떨려 바지 단추를 제대로 채울 수가 없었다.

위층에서 침대 삐걱거리는 소리가 들렸다. 그녀는 그 자리에 못박힌 듯 서서 귀를 세우고 있었다. 그대로 있어! 그녀는 생각했다. 다행히 몸을 뒤채는 소리였다.

준비를 마친 그녀는 거실로 갔다. 조는 이를 갈며 깊이 잠들어 있었다. 하느님, 제발 깨지 않게 해주세요. 그녀가 안아올리자 조는 크리스토퍼 로빈이 어쩌고저쩌고하며 잠꼬대를 했다. 루시는 눈을 질끈 감고 제발 아이가 입을 다물어주길 바랐다.

그녀는 아이를 담요에 싸매고 부엌으로 돌아갔다. 총을 내리려고 찬장 위로 손을 뻗었는데 그만 총이 선반으로 떨어지며 접시 하나와 컵 두 개를 박살내고 말았다. 쨍그랑 소리가 요란했다. 그녀는 제자리에 붙박인 채 서 있었다.

"무슨 일이죠?" 위층에서 페이버가 소리쳤다.

"컵을 떨어뜨렸어요!" 그녀가 큰 소리로 대답했다. 목소리에서 두려운 기색을 감출 수 없었다.

침대가 또다시 삐걱대더니 위층 바닥을 딛는 발소리가 들렸다. 되돌리기에는 너무 늦었다. 그녀는 총을 집어들고 뒷문을 열어 조를 안고 창고를 향해 뛰기 시작했다.

도중에 그녀는 공황상태에 빠졌다. 열쇠를 지프차에 두었던가? 분명 그랬다. 늘 그랬으니까.

그녀는 진흙탕에 미끄러져 무릎으로 넘어졌다. 울음이 터져나왔다.

그대로 주저앉아 그에게 잡혀버릴까 싶은 마음이 들었다. 남편을 죽인 것처럼 나도 죽여보라고 하고 싶었다. 그러나 문득 품에 안은 아이가 떠올라 그녀는 몸을 일으켜 다시 뛰기 시작했다.

창고로 들어가 지프차의 조수석 문을 열었다. 좌석에 앉히자 아이는 옆으로 쓰러졌다. 루시는 흐느꼈다. 다시 한번 똑바로 앉히자 이번에는 그대로 있었다. 그녀는 차를 빙 돌아가 운전석에 올라타고는 다리 사이에 총을 내려놓았다.

시동기를 작동시켰다.

엔진이 몇 번 털털거리다가 꺼져버렸다.

"제발, 제발!"

그녀는 다시 한번 시동을 걸었다.

엔진이 요란한 소리를 내며 살아났다.

페이버가 뒷문으로 달려나오고 있었다.

루시는 엔진을 켜둔 채 전진 기어를 넣었다. 지프차는 마치 뛰쳐나가듯 창고 밖으로 나섰다. 그녀는 스로틀을 열어젖혔다.

바퀴가 잠시 진창에 처박힌 채 돌아가더니 그러기를 반복했다. 지프차는 고통스러우리만치 느릿느릿 속력을 높였다. 간신히 페이버를 따돌렸지만 그가 진창길을 맨발로 달려 지프차를 쫓고 있었다.

그와의 거리가 점점 더 좁혀졌다.

그녀는 레버가 부러져라 있는 힘껏 수동 스로틀을 밀었다. 답답하고 화가 나 비명을 내지르고 싶은 심정이었다. 페이버와의 거리는 이제 고작해야 1미터 정도, 그는 그녀를 거의 따라잡아 피스톤처럼 팔을 흔들고 맨발로 진흙땅을 쿵쿵거리며 육상선수처럼 달리고 있었다. 가쁜 숨을 몰아쉴 때마다 볼이 홀쭉해졌고 맨가슴이 오르락내리락했다.

엔진에서 날카로운 쇳소리가 나더니, 자동변속기가 덜컥 고속으로 변하면서 갑자기 힘이 폭발했다.

루시는 다시 옆을 보았다. 페이버 역시 이대로 가면 그녀를 놓치리라는 것을 알고 있었다. 그가 물속으로 뛰어들듯 앞으로 몸을 내던졌다. 그리고 왼손으로 차문 손잡이를 잡고 이어 오른손을 가져왔다. 끌려가다시피 하며 그는 지프차와 나란히 몇 걸음 달렸다. 루시는 그의 얼굴을 응시했다. 아주 가까이서. 안간힘을 쓰느라 붉게 달아오르고 고통으로 일그러진 얼굴. 강인한 목의 힘줄이 툭툭 불거져 있었다.

불현듯 그녀는 무엇을 해야 할지 깨달았다.

그녀는 운전대에서 한 손을 떼고 열린 창문으로 뻗어 손톱이 긴 집게손가락으로 그의 눈을 찔렀다.

그는 문손잡이를 잡고 있던 양손으로 얼굴을 감싸며 차에서 떨어져나갔다.

그와 지프차의 간격은 빠르게 벌어졌다.

루시는 아이처럼 울고 있었다.

오두막에서 3킬로미터쯤 떨어진 곳에 휠체어가 보였다.

그칠 줄 모르는 비에도 아랑곳없이 금속 프레임과 커다란 고무 타이어가 마치 기념비처럼 절벽 꼭대기에 서 있었다. 루시는 땅이 살짝 팬 곳에서 휠체어를 향해 다가갔다. 청회색 하늘과 부글거리는 바다가 휠체어의 검은색 윤곽에 테를 두르고 있었다. 그 상처입은 모습이 나무가 뿌리째 뽑힌 자리나 창문이 깨진 집 같았다. 앉아 있던 사람은 자리에서 거칠게 팅겨나간 듯했다.

그녀는 처음 병원에서 그것을 본 날을 떠올렸다. 그것은 데이비드의 침대 옆에 서 있었다. 새것이었고 반짝반짝 빛났다. 그는 능숙하게 몸을 날려 앉아 보란듯이 병동을 휙휙 돌아다녔다. "깃털처럼 가벼워. 비행기용 합금으로 만들었거든." 흥분에 차 불안정한 그는 그렇게 말하고 나란히 늘어선 침대 사이를 빠르게 미끄러져갔다. 그리고 그녀에게 등을 보인 채 병동 저편 끝에 멈춰 서 있었다. 잠시 뒤 그의 뒤로 다가갔을 때 그녀는 그가 울고 있는 것을 보았다. 그녀는 그의 앞에 무릎을 꿇고 말없이 손을 잡아주었다.

그녀가 그를 위로할 수 있었던 마지막 순간이었다.

그곳 절벽 꼭대기에서 비와 바닷바람에 머지않아 합금이 상하고, 결국 녹슬어 허물어질 것이다. 고무는 닳고 가죽시트는 썩어버리고.

루시는 속도를 늦추지 않고 그곳을 지나쳤다.

5킬로미터쯤 더 달려 두 오두막 사이 중간지점에 왔을 때 그만 연료가 바닥났다.

지프차가 털털거리다 멈춰 서자 그녀는 공포와 싸우면서도 애써 냉정을 유지했다.

사람의 보행 속도는 시간당 6.5킬로미터라는 내용을 책에서 읽은 기억이 났다. 헨리는 육상선수지만 발목을 다쳤고, 빠르게 회복된 것 같아도 지프차를 따라 달리는 바람에 다시 나빠졌을 터였다. 그녀는 족히 한 시간은 그보다 앞서 있었다.

(그녀는 그가 틀림없이 뒤쫓아오리라 생각했다. 톰의 오두막에 무선 송신기가 있다는 사실을 그 역시 잘 알고 있으니까.)

아직 시간 여유가 있었다. 바로 이런 경우를 대비해 지프차 뒤에 2리터들이 연료통을 싣고 다녔다. 그녀는 차에서 내려 더듬더듬 통을 찾아낸 다음 연료탱크 뚜껑을 열었다.

그리고 잠깐 생각에 잠겼다. 문득 스스로도 놀랄 만큼 사악한 아이디어가 떠올랐다.

그녀는 연료탱크 뚜껑을 닫고 차 앞쪽으로 갔다. 점화장치가 꺼져 있는지 확인하고 보닛을 열었다. 정비는 잘 몰랐지만 배전기 캡을 분간하고 엔진 리드선을 찾아낼 수 있었다. 그녀는 연료통을 엔진 블록 옆에 단단히 고정하고 뚜껑을 열었다.

연장통에 점화플러그 렌치가 있었다. 그녀는 점화장치가 꺼져 있는지 다시 한번 확인한 후 플러그 하나를 끄집어내 연료통 속으로 집어넣고 빠지지 않게 테이프로 마감했다. 그런 다음 보닛을 덮었다.

헨리가 따라온다면 그는 분명 지프차를 출발시키려 할 것이다. 점화 스위치를 켜고, 시동모터가 돌아가고, 플러그가 점화되고, 가솔린 2리터가 폭발할 것이다.

피해가 어느 정도나 될지는 확신할 수 없지만, 피할 길은 없을 것이다.

한 시간 후 그녀는 자신의 꾀를 후회하고 있었다.

속옷까지 젖은 채, 어깨에 기대 잠든 아이를 안고 진흙탕 길을 터벅터벅 걷고 있으려니 쓰러져 죽어버리고 싶다는 생각밖에 들지 않았다. 곰곰 생각해보니 자신이 놓은 덫 역시 미심쩍고 의심스러운 구석이 많았다. 가솔린은 타기만 할 뿐 폭발하지 않을 것이다. 연료통 입구에 공기가 충분치 않을 경우에는 불이 붙지 않을 수도 있었다. 최악의 경우, 덫을 의심한 헨리가 보닛을 열어 폭탄을 해체하고 연료탱크에 가솔린을 채운 뒤 그녀를 쫓아올 수도 있었다.

그녀는 잠시 멈춰 쉴까 생각도 해봤지만 일단 앉으면 다시는 일어나지 못할 것 같았다.

지금쯤이면 톰의 오두막이 보여야 했다. 길을 잃었을 리는 없었다. 이 길을 걸어서 다닌 일은 많지 않아도 길을 잃을 만큼 큰 섬도 아니었다.

그녀는 언젠가 조와 함께 여우를 보기도 했던 덤불을 알아보았다. 톰의 집까지는 1.6킬로미터 정도 남아 있었다. 비만 아니었어도 보였을 것이다.

그녀는 조를 다른 쪽 어깨로 옮기고 엽총을 다른 손에 바꿔 쥐며 한 발씩 억지로 걸음을 옮겼다.

퍼붓는 빗줄기 속으로 마침내 오두막이 보이자 그녀는 안도의 비명을 내지를 뻔했다. 생각보다 톰의 집에 가까이 왔던 것이다―400미터 정도.

갑자기 조가 가벼워지기라도 한 것처럼, 마지막 남은 길은 오르막― 이 섬의 유일한 언덕―인데도 순식간에 갈 수 있을 것만 같았다.

"톰!" 문 앞에 다다른 그녀가 외쳤다. "톰! 톰!"

개의 대답 소리가 컹컹 들려왔다.

그녀는 앞문으로 들어갔다. "톰, 어서요!" 흥분한 밥이 그녀의 발목 근처에서 정신없이 왔다갔다하며 사납게 짖어댔다. 톰은 멀리 가지 않았을 것이다. 별채에 있을지도 몰랐다. 루시는 위층으로 올라가 톰의 침대에 조를 눕혔다.

무전기는 그 침실에 있었다. 전선과 다이얼과 손잡이가 달린 그 기계는 구조가 아주 복잡해 보였다. 모스전건 같은 것도 있었다. 시험 삼아 만져보니 탁탁 소리가 났다. 오래된 기억 속에서―어릴 때 읽은 스릴러 소설이었던가―뭔가가 떠올랐다. 구조신호를 보내는 모스부호. 그녀는 다시 전건을 두드렸다. 짧게 세 번, 길게 세 번, 짧게 세 번.

톰은 어디 있는 거지?

무슨 소리가 들린 것 같아 그녀는 창가로 달려갔다.

지프차가 언덕을 올라 톰의 집으로 오고 있었다.

헨리는 기어이 덫을 알아채고 연료탱크에 가솔린을 채운 것이다.

톰은 어디 있는 거지?

그녀는 침실 밖으로 뛰어나갔다. 가서 별채 문을 두드릴 생각이었다.

그러다 문득 계단 머리에서 멈춰 섰다. 다른 침실의 열린 문 안쪽으로 밥이 보였다. 그곳은 빈방이었다.

"이리 와, 밥." 그녀가 말했다. 개는 짖기만 할 뿐 제자리에서 움직이지 않았다. 그녀는 그 방으로 들어가 개를 안아올리기 위해 허리를 숙였다.

그리고 그녀는 톰을 보았다.

그는 바닥에 등을 대고 쓰러져 있었다. 텅 빈 침실의 마룻장에, 앞을 보지 못하는 눈은 천장을 향한 채, 머리맡에 뒤집어진 모자를 두고서. 재킷 단추가 풀려 있었고 안쪽 셔츠에 조그만 핏자국이 보였다. 손 가까이 위스키 상자가 놓여 있었다. 톰이 저렇게 술을 많이 마시는지는 몰랐어, 라고 루시는 무의식중에 뜬금없는 생각을 했다.

그녀는 그의 맥을 짚어보았다.

이미 죽었다.

생각을 해, 생각을.

어제 헨리는 피폐한 모습으로 돌아왔다. 싸움이라도 한 것처럼. 그때 데이비드를 죽였을 것이다. 오늘은 "데이비드를 데려오겠다"며 집을 나섰다. 물론 그는 데이비드가 톰의 집에 없다는 것을 알고 있었다. 그럼 왜 이곳으로 왔을까? 톰을 죽이기 위해서였던 거다. 분명.

이제 그녀는 완전히 혼자였다.

그녀는 개의 목덜미를 잡고 주인의 사체 곁에서 끌고 나왔다. 충동적으로 빈 침실로 돌아가, 톰을 죽인 조그만 스틸레토 자국이 보이지 않도록 재킷 단추를 잠갔다. 그런 다음 방문을 닫고 앞쪽 침실로 돌아가 창밖을 내다보았다.

지프차가 집 앞에 멈춰 섰다. 헨리가 차에서 내렸다:

34

루시의 구조신호는 호위함에 수신되었다.

"함장님." 통신병이 말했다. "방금 섬에서 구조신호가 왔습니다."

함장은 얼굴을 찌푸렸다. "구명정을 상륙시키기 전까진 우리가 할 수 있는 일이 아무것도 없다." 그가 말했다. "다른 신호는 없었나?"

"없습니다. 구조신호도 단 한 번뿐이었습니다."

"지금으로선 할 수 있는 일이 없다." 그가 다시 말했다. "본토에 보고하고 계속 주시하라."

"네, 함장님."

루시의 구조신호는 스코틀랜드의 어느 산꼭대기에 있는 MI8 청음초소에도 수신되었다. 무선전신기사는 공군에서 복부에 부상을 당해 의병제대한 젊은이로, 노르웨이발 독일 해군의 신호를 잡아내려는 중이어서 구조신호를 무시했다. 그러나 오 분 후 근무 교대를 했고 지휘관에게 그 사실을 언급했다.

"딱 한 번이었습니다." 그가 말했다. "아마 스코틀랜드 해안의 고깃배였을 겁니다. 날씨가 이러니 조그만 배라면 당연히 곤경에 처했을 겁니다."

"내가 처리하지." 지휘관이 말했다. "해군에 전화를 넣겠다. 화이트홀에도 알리는 것이 좋겠고. 그게 원칙이니까."

"감사합니다."

왕립감시대 기지에서는 소동이 벌어졌다. 물론 구조신호는 감시대원이 적기를 발견했을 때 보내기로 약속된 신호가 아니었다. 하지만 톰은 나이가 많으니 다급하면 무슨 신호라도 보낼 수 있다고 판단했다. 그래서 공습 사이렌을 울리고, 다른 모든 기지에도 비상사태를 알리고, 스코틀랜드 동쪽 해안을 향해 방공 고사포를 조준했다. 무전기사는 톰과 교신하기 위해 필사적으로 애썼다.

물론 독일 폭격기는 나타나지 않았다. 육군성에서는 하늘에 보이는 것이라곤 더러운 거위 몇 마리뿐인데 왜 전면 경계경보가 울린 것인지 알고 싶어했다.

그래서 보고가 올라갔다.

해안경비대 역시 그 신호를 들었다.

주파수가 정확했다면, 송신기의 위치를 잡아낼 수 있었다면, 그리고 그곳이 해안에서 접근 가능한 위치였다면 그들은 조치를 취했을 것이다.

사실 그들은 신호가 왕립감시대 주파수로 왔다는 사실에 비춰 늙은 톰이 보낸 거라 추측했고, 그런 상황에 취할 수 있는 모든 조치를 이미 취하고 있었다. 그게 무슨 상황이든.

그 소식이 애버딘 항구에 있는 해안경비정의 갑판 아래 전해졌을 때

슬림은 또다른 블랙잭 패를 돌리며 말했다. "내가 상황을 정리해주지. 톰이 전쟁범을 잡은 거야. 그놈 위에 걸터앉아 군인들이 들어와 놈을 잡아가길 기다리고 있어."

"개소리." 스미스가 말했다. 다들 그 말에 동의하는 분위기였다.

그리고 유보트 505호가 그 신호를 들었다.

폭풍의 섬까지는 아직 30해리 이상 떨어져 있었지만, 바이스만은—그럴 리 없겠지만 혹시 영국의 미군 방송망을 통해 글렌 밀러*를 들을 수 있을까 싶어—다이얼을 이리저리 돌리고 있었다. 그러다 우연히, 바로 그때 바로 그 주파수를 잡은 것이다. 그는 그 정보를 헤어 소령에게 전했다. "우리 잠수함이 태울 승객의 주파수는 아니었습니다."

여지없이 짜증나게 굴고 있던 볼 소령이 말했다. "그럼 아무 의미가 없습니다."

헤어는 그의 말을 수정할 기회를 놓치지 않았다. "그건 아니지." 그가 말했다. "저 위에 올라가보면 무슨 일이 있을 거라는 뜻 아니겠소?"

"우리가 신경쓸 문제는 아닐 겁니다."

"그럴 테지." 헤어가 동의했다.

"그러니 의미가 없는 게 맞습니다."

"꼭 그렇게만 볼 수는 없소."

섬으로 가는 내내 그들의 논쟁은 계속됐다.

상황이 그렇게 돌아가자 해군, 왕립감시대, MI8, 해안경비대에서 오분 간격으로 고들리먼에게 전화를 걸어 구조신호에 대해 알려왔다.

---

* 미국의 트롬본 연주자.

고들리먼은 블로그스에게 전화를 걸었다. 조종사 대기실의 난롯가에서 곯아떨어져 있던 블로그스는 요란한 전화벨 소리에 화들짝 놀라 벌떡 일어섰다. 이륙신호라고 생각했다.

조종사 하나가 수화기를 집어들고 "네, 네" 하더니 블로그스에게 건네며 말했다. "고들리먼 씨라고 합니다."

"여보세요?"

"섬에서 구조신호를 보내왔다는군."

블로그스는 아직 가시지 않은 잠기운을 쫓으려고 머리를 흔들었다. "누가 말입니까?"

"그건 몰라. 신호는 단 한 번뿐, 교신은 안 되고 있고."

"하지만 이제 상황이 분명해졌군요."

"그렇지. 그쪽은 준비가 다 됐나?"

"날씨 빼곤 완료됐습니다."

"행운을 빌겠네."

"감사합니다."

블로그스는 전화를 끊고 여전히 『전쟁과 평화』를 읽고 있는 젊은 조종사를 향해 돌아섰다. "좋은 소식이 있어." 그가 말했다. "그놈이 그 섬에 있는 게 확실해."

"좋습니다." 조종사가 말했다.

35

페이버가 지프차의 문을 닫고 그 집을 향해 아주 천천히 걷기 시작했다. 그는 다시 데이비드의 승마용 재킷을 입고 있었다. 바지는 온통 진흙투성이였고 머리카락은 젖어 찰싹 달라붙었으며 오른쪽 다리를 살짝 절었다.

루시는 창가에서 뒷걸음쳐 침실 밖으로 달려나가서 계단을 내려갔다. 엽총은 그녀가 떨어뜨렸던 그대로 현관 바닥에 놓여 있었다. 그녀는 그것을 집어들었다. 갑자기 너무 무겁게 느껴졌다. 그녀는 총을 쏴본 적이 한 번도 없었다. 장전 여부를 어떻게 확인하는지도 전혀 몰랐다. 시간이 있다면 알아낼 수도 있겠지만 지금은 한시가 급한 상황이었다.

그녀는 숨을 깊이 들이마시고 앞문을 열었다. "거기 서!" 목소리는 의도했던 것보다 훨씬 높았고, 날카롭고 히스테릭하게 들렸다.

페이버는 싱글거리며 계속 걸어왔다.

루시는 왼손으로 총신을, 오른손으로는 약실을 잡고 그에게 총을 겨누었다. 손가락은 방아쇠에 놓여 있었다. "죽일 거야!"

"바보처럼 굴지 마요, 루시." 그가 부드러운 목소리로 말했다. "어떻게 당신이 나를 해칠 수 있겠습니까? 함께한 시간은 다 잊었습니까? 조금은…… 서로 사랑하지 않았습니까?"

사실이었다. 그녀는 그와 사랑에 빠질 수 없다고 스스로 되뇌었고 그것은 사실이었지만, 분명 그에게 감정을 느낀 것 또한 부인할 수 없는 사실이었다. 사랑이 아니었다 해도, 그 감정을 아무것도 아니었다고 말할 수는 없었다.

"당신은 오늘 오후 나에 대해 알게 되었습니다." 그가 말했다. 거리는 이제 30미터가 채 되지 않았다. "그러나 당신에게는 상관없는 일이죠. 안 그래요?"

그것 역시 사실이 아니라고 부정할 수 없었다. 잠시 그녀의 마음속에 그의 위에 걸터앉아 그의 섬세한 손을 가슴으로 가져가는 자신의 모습이 생생히 떠올랐다. 그러다 문득 그의 계략을 알아챘다.

"루시, 우리는 이 상황을 이겨낼 수 있습니다. 서로를 가질 수―"

그때 루시는 방아쇠를 당겼다.

귀가 터질 듯한 총성과 함께 총이 발사되었고, 그 반동으로 개머리판이 허리께를 내리쳤다. 하마터면 총을 떨어뜨릴 뻔했다. 총을 쏘면 그런 느낌일 줄은 꿈에도 몰랐다. 잠시 귀가 먹먹했다.

총알은 페이버의 머리 한참 위로 날아갔지만, 그는 몸을 숙이고 뒤돌아 지프차를 향해 지그재그로 내달렸다. 루시는 다시 한번 쏘고 싶은 유혹을 느꼈지만 때맞춰 마음을 가다듬었다. 총신 양쪽이 다 빈 것을 들킨다면 그가 반격해오는 것을 저지할 도리가 없을 것이다.

그는 지프차의 문을 벌컥 열고 뛰어들어가 언덕 아래로 쏜살같이 달렸다.

루시는 그가 돌아올 것을 알고 있었다.

그러나 갑자기 행복해졌다. 기쁘기까지 했다. 첫번째 판에서 승리를 거둔 것이었다. 내가 그를 쫓아내다니……

그러나 그는 돌아올 것이다.

아직은 그녀가 우세였다. 집안에 있었고 총을 가졌다. 그리고 이제 그녀에게는 대비할 시간이 있었다.

대비하자. 그를 맞을 준비가 되어 있어야 한다. 다음번 그는 보다 교활해질 것이다. 어떤 식으로든 허를 찌를 것이 분명했다.

그녀는 그가 어두워질 때까지 기다려주길 바랐다. 그러면 그녀에게도 여력이 생길 테니……

우선 총을 장전해야 했다.

톰은 무엇이든—식량, 석탄, 연장, 저장품—부엌에 보관했고, 그에게는 데이비드와 같은 종류의 총이 있었다. 그녀는 두 총이 같은 기종이라는 것을 알고 있었다. 데이비드가 톰의 총을 살펴본 다음 정확히 똑같은 것으로 주문했기 때문이다. 두 남자는 무기에 대해 오랫동안 즐겁게 얘기를 나누곤 했다.

그녀는 톰의 총과 탄약 상자를 찾아내 데이비드의 총과 함께 부엌 식탁 위에 올려놓았다.

기계란 단순하다고 그녀는 확신했다. 부품을 면전에 두고 여자들이 당황하는 이유는 멍청해서가 아니라 걱정이 앞서서였다.

그녀는 총구가 자기 쪽을 향하지 않도록 조심해가며 데이비드의 총을 만지작거렸다. 마침내 약실이 열렸다. 그것이 어떻게 열렸는지 떠올리면서 몇 차례 반복해보았다.

놀라울 정도로 간단했다.

그녀는 총 두 자루를 모두 장전했다. 그런 다음 모든 과정을 올바로 해냈는지 확인하기 위해 부엌 벽을 향해서 톰의 총을 겨누고 방아쇠를 당겼다.

회벽이 부서져내리자 밥은 미친듯이 짖어댔고, 허리께에 멍이 들고 귀가 또 먹먹해졌다. 그러나 마침내 무장을 하게 되었다.

방아쇠는 부드럽게 당겨야 한다는 점을 명심해야 했다. 그래야 총이 홱 튕겨 목표물을 빗맞히는 것을 막을 수 있었다. 남자들은 아마도 이런 것들을 군대에서 배울 터였다.

이제 뭘 하지? 헨리가 집안에 들어오지 못하도록 막아야 한다.

앞문에도 뒷문에도 자물쇠는 없었다. 이곳에는 두 집뿐이니 한 집이 털리면 범인은 다른 집 사람 아닌가. 루시는 톰의 연장통을 뒤져 번쩍거리고 날선 도끼를 찾아냈다. 그리고 계단 위에 서서 난간을 내리찍기 시작했다.

팔이 아파왔지만 오 분 후에는 튼튼하고 잘 건조된 오크 재질의 짧은 나무토막 여섯 개가 생겼다. 그녀는 망치와 못을 찾아내 그것들을 앞문과 뒷문에 각각 세 개씩, 나무토막 하나당 못을 네 개씩 때려박았다. 그일을 마치자 손목이 욱신거렸고 망치는 납처럼 무겁게 느껴졌지만 아직 할 일이 남아 있었다.

그녀는 10센티미터 길이의 빛나는 못을 한 움큼 집어 집에 있는 창문마다 박아넣었다. 하다보니 왜 남자들이 언제나 못을 입에 물고 작업하는지 그 이유를 체득하게 되었다. 일을 하려면 양손이 다 필요했고, 주머니에 넣었다간 못에 찔리기 십상이었다.

다 마쳤을 때는 해가 진 뒤였다. 그러나 그녀는 불을 켜지 않았다.

그렇게 해놓았어도 그는 집안으로 들어올 수 있었다. 그러나 적어도 조용히 들어올 수는 없을 것이다. 뭔가를 깨야 할 테고 그러면 그녀 역시 경계태세를 갖추고 총을 들 수 있었다.

그녀는 총 두 자루를 모두 들고 위층으로 올라갔다. 조는 아직 담요에 싸인 채 톰의 침대에 잠들어 있었다. 루시는 아이의 얼굴을 보려고 성냥불을 켰다. 수면제에 깊이 취했겠지만, 혈색은 보통 때와 다르지 않고 체온도 정상 같았고 숨도 편하게 쉬고 있었다. "계속 그렇게 있어야 한다, 아가." 루시가 낮은 목소리로 말했다. 갑작스레 찾아든 평화에 헨리를 향한 그녀의 감정은 더욱더 사나워졌다.

그녀는 어둠에 휩싸인 창밖을 응시하며 쉴새없이 집안을 돌아다녔다. 밥이 뒤를 졸졸 쫓아다녔다. 총은 한 자루만 들고 나머지 한 자루는 계단 머리에 놓아두었다. 그렇지만 도끼는 바지 벨트에 차고 다녔다.

그녀는 무전기가 있다는 걸 기억해내고 몇 차례 더 구조신호를 보냈다. 누가 듣고는 있는지, 하다못해 무전기가 작동하는지조차 알 길이 없었다. 더이상 아는 모스부호도 없어서 다른 내용을 타전한다는 것은 불가능했다.

문득 톰이 모스부호를 몰랐으리라는 생각이 들었다. 그렇다면 어딘가에 부호록이 있을 텐데? 여기서 벌어지는 일을 누군가에게 알릴 수만 있다면…… 그녀는 수십 개의 성냥을 켜가며 집안을 뒤졌다. 아래층 창문으로 보일 만한 곳에서 성냥을 켤 때마다 겁이 났다. 결국 아무것도 찾아내지 못했다.

그래, 실은 모스부호를 알았을 수도 있지.

하지만 군이 암호문을 칠 필요가 있었을까? 적기가 오고 있다고 본토에 보고만 하면 되었다. 그런 정보라고 무선송신이 되지 않을 이유가 없었다…… 데이비드가 그걸 뭐라고 불렀더라…… 평문.

그녀는 침실로 돌아가 다시 한번 무전기 장치를 살폈다. 전에 대충 봤을 때는 지나친 마이크가 본체 한쪽 옆에 있었다.

만약 그녀가 그들에게 말을 할 수 있다면 그들 역시 그녀에게 말을 할 수 있었다.

불현듯, 또다른 인간—정상적이고, 제정신이고, 본토에 있는—의 목소리야말로 이 세상에서 바랄 수 있는 최고의 희망인 듯 느껴졌다.

그녀는 마이크를 들고 스위치를 건드려보기 시작했다.

밥이 부드럽게 으르렁거렸다.

그녀는 마이크를 내려놓고 어둠 속에서 개를 향해 손을 뻗었다. "왜 그래, 밥?"

개가 다시 한번 으르렁거렸다. 개의 귀가 쫑긋 솟은 것을 느낄 수 있었다. 끔찍한 두려움이 몰려들었다. 총을 들고 헨리와 맞서고, 장전하는 법을 익히고, 문에 방어벽을 만들고, 창문에 못을 치면서 얻은 자신감도 뭔가 낌새를 챈 개가 으르렁거리자 단번에 사라져버렸다.

"아래층으로 내려가자." 그녀가 속삭였다. "조용히."

그녀는 목줄을 잡고 개를 앞세워 계단을 내려갔다. 방어벽을 치기 위해 다 쳐냈다는 것을 까맣게 잊고 난간을 찾아 어둠 속을 더듬거리다 중심을 잃을 뻔했다. 몸의 균형을 잡은 그녀는 손가락에 박힌 지저깨비를 빨아 뱉어냈다.

개는 현관에서 잠시 주저하더니, 더 크게 으르렁거리며 그녀를 부엌 쪽으로 끌어당겼다. 그녀는 개를 안아올려 주둥이를 다물게 했다. 그런 다음 문가로 살금살금 움직였다.

창문 쪽으로 눈길을 주었지만 보이는 것은 짙은 어둠뿐이었다.

그녀는 가만히 귀를 기울였다. 창문이 삐걱거렸다. 처음에는 거의 들리지 않더니 점점 소리가 커졌다. 그가 부엌 창문으로 들어오려 하고 있었다. 밥이 위협적으로 낮게 으르렁거렸지만, 갑자기 루시의 손이 주둥이를 막자 그녀의 뜻을 이해하는 것 같았다.

밤이 되자 주위가 보다 조용해져 있었다. 거의 알아차리기 힘들 정도이지만 폭풍이 잦아들고 있음을 그녀는 깨달았다. 헨리는 부엌 창문을 포기한 것 같았다. 그녀는 거실로 움직였다.

오래된 나무가 압력에 저항하며 삐걱거리는 소리가 다시 들려왔다. 헨리는 결심을 단단히 굳힌 모양이었다. 크지 않은 쿵 소리가 연달아 세 번 났다. 손바닥 아래 불룩한 부분으로 창틀을 치는 듯했다.

루시는 개를 내려놓고 엽총을 들어올렸다. 아마도 기분 탓이겠지만, 칠흑 같은 어둠 속에 유리창인 듯한 회색 사각형이 떠올랐다. 만약 그가 창문을 연다면 곧바로 총을 쏘아버릴 생각이었다.

훨씬 묵직한 쿵 소리가 들렸다. 그러자 밥이 자제력을 잃고 큰 소리로 짖어댔다. 바깥쪽에서 사람이 휙 움직이는 기척이 났다.

그리고 그의 목소리가 들렸다.

"루시?"

그녀는 입술을 깨물었다.

"루시?"

침대에서 듣던 목소리였다. 깊고 부드럽고 다정한 그 목소리.

"루시, 내 말 들립니까? 무서워 마요. 난 당신을 해칠 마음이 없습니다. 제발 뭐라고 말 좀 해봐요."

그녀는 당장 양쪽 방아쇠를 당겨 그 끔찍한 목소리와 그 목소리가 불러오는 기억을 떨쳐버리고 싶은 충동과 싸워야 했다.

"루시, 내 사랑……" 숨죽여 흐느끼는 소리가 들리는 듯했다. "루시, 그 사람이 먼저 나를 공격했습니다. 그래서 어쩔 수 없이 죽여야 했어요…… 내 조국을 위한 일이었습니다. 그것 때문에 나를 미워해선 안 됩니다—"

저건 대체 무슨 소리인가. 미친 소리였다. 은밀한 관계를 가진 이틀 동안 광적인 면을 감추고 있었던 걸까? 하지만 그는 대부분의 사람보다 훨씬 분별이 있어 보였다. 그러나 그는 이미 살인을 저지른 사람……

사정이야 알 길이 없지만…… 그만…… 마음이 물러지고 있었다. 그는 이 상황을 바라고 있을 게 분명했다.

좋은 생각이 떠올랐다.

"루시, 제발 말 좀 해봐요……"

까치발을 하고 부엌으로 움직이자 그의 목소리가 희미해졌다. 헨리가 이야기 외에 다른 행동을 시도한다면 밥이 알려줄 것이다. 그녀는 톰의 연장통을 뒤져 펜치를 하나 찾아냈다. 그리고 창가로 가서 그곳에 박은 못대가리 세 개의 위치를 손끝으로 확인했다. 그녀는 조심스럽게, 최대한 소리내지 않으려고 애쓰며 그것들을 빼냈다. 안간힘을 써야 했다.

다 빼내자 그녀는 거실로 되돌아가 바깥 소리에 귀기울였다.

"……말썽을 일으키지 말아줘요. 그렇게만 해주면 괴롭히지 않겠습니다……"

그녀는 가능한 한 조용히 부엌 창문을 열었다. 그런 다음 거실로 살금살금 걸어와 개를 안아들고 또다시 부엌으로 갔다.

"……당신을 해치는 일은…… 절대……"

그녀는 개를 쓰다듬으며 속삭였다. "다른 방법이 있었다면 이러지 않았을 거야." 그리고 창밖으로 개를 밀쳤다.

그런 다음 창문을 재빨리 닫고, 못을 하나 찾아내 새로 위치를 잡고 세 번 두들겨 박았다.

그녀는 망치를 내려놓고 총을 들고 거실로 달려가 창문 가까이 벽에 기대섰다.

"……마지막 기회를 주겠습니다!"

밥이 잽싸게 달려드는 소리가 들리더니, 양치기개에게서는 한 번도 들어본 적 없는 끔찍하게 위협적인 소리로 짖기 시작했다. 이어서 실랑이하는 소리, 사람이 쓰러지는 소리까지. 헨리의 숨소리가 들렸다. 헐떡거리며 구시렁대고 있었다. 그리고 또 한 차례 밥이 덤벼드는 소리, 고통스러운 비명, 외국말로 내뱉는 욕, 소름끼치게 짖어대는 개의 소리.

그 모든 소리가 점차 희미하게 멀어지더니, 갑자기 뚝 끊겼다. 루시는 창문 가까운 벽에 몸을 붙인 채 귀기울이며 기다렸다. 위층에 가서 조가 괜찮은지 살피고 싶었다. 다시 한번 무전기를 작동하고 싶었다. 기침을 하고 싶었다. 하지만 한 걸음도 떨어지지 않았다. 밥이 헨리를 어떻게 물어뜯었을지 피비린내 나는 장면이 머릿속에 떠올랐다 사라졌다. 그녀는 개가 문가에서 쿵쿵대는 소리가 들려오기만을 간절히 바랐다.

그녀는 창문 쪽을 보았다…… 그리고 자신이 창문을 보고 있다는 것을 깨달았다. 그녀가 보고 있는 것은 어렴풋한 회색 사각형이 아니라 형체가 분명한 창문의 나무틀이었다. 아직 밤이었지만 이제 끝자락이었고, 밖을 내다보면 한 치 앞도 알 수 없는 암흑 대신 이제 막 생겨난 희미한 빛이 하늘에 퍼져 있을 터였다. 머지않아 동이 틀 테고, 방안의 가구들이 보일 테고, 그러면 헨리 역시 더이상 어둠 속에서 그녀를 놀래지 못할 터였다.

그때 쨍그랑 소리와 함께 얼굴 근처에서 유리창이 부서졌다. 그녀는 펄쩍 뛰었다. 뺨에 조그맣고 날카로운 고통이 전해졌다. 손으로 만져보니 유릿조각이 튀며 긁힌 자국이 남았다. 그녀는 엽총을 들고 헨리가 창문을 넘어오기를 기다렸다. 아무 일도 일어나지 않았다. 뭐가 창문을 깨뜨렸나 의문이 든 것은 그로부터 일이 분이 지나서였다.

그녀는 바닥을 유심히 살폈다. 깨진 유릿조각 사이에 시커멓고 커다란 형체가 있었다. 똑바로 보기보다 비스듬히 봐야 더 잘 알 수 있을 것 같았다. 그렇게 했더니 익숙한 개의 형체가 보였다.

그녀는 눈을 감았다. 그리고 고개를 돌렸다. 더이상 아무것도 느껴지지 않았다. 그녀의 심장은 앞서 지나간 그 모든 공포와 죽음—처음에는 데이비드, 그다음은 톰, 그리고 밤새 갇혀 있는 동안 경험한 끝없는 긴 긴장감—에 의해 마비되어 있었다. 유일한 느낌은 허기뿐이었다. 어제는 신경이 곤두서서 하루종일 아무것도 넘길 수가 없었다. 그러니 마지막으로 식사를 한 게 서른여섯 시간 전쯤이었다. 상황에 어울리지 않게, 어처구니없게도 그녀는 치즈 샌드위치가 먹고 싶었다.

또다른 무언가가 창문으로 들어오고 있었다.

곁눈으로 알아차린 그녀는 고개를 돌려 그쪽을 똑바로 보았다.

그것은 헨리의 손이었다.

그녀는 얼어붙은 채 그 손을 응시했다. 반지를 끼지 않은 긴 손가락, 흙은 묻었지만 하얀 피부, 잘 다듬은 손톱, 끝에 반창고를 붙인 집게손가락. 그녀를 다정하게 어루만지던 손, 그녀의 몸을 악기처럼 연주하던 손, 늙은 양치기의 심장에 칼을 찌른 손.

그 손이 유리창을 깨더니 연달아 한번 더 깨서 판유리에 큰 구멍을 냈다. 그러더니 그 안으로 팔꿈치까지 넣고 창턱을 더듬거리며 잠금장치를 찾았다.

쥐죽은듯이 조용히, 고통스러우리만치 천천히, 루시는 왼손으로 총을 옮긴 다음 오른손으로 벨트에 차고 있던 도끼를 찾아 쥐었다. 그리고 머리 위로 높이 들어올렸다가 있는 힘껏 헨리의 손을 향해 내리쳤다.

그가 손을 홱 뺐다. 무슨 낌새를 느꼈든 바람 소리를 들었든, 아니면 창문 뒤에서 움직이는 어렴풋한 형체를 본 게 틀림없었다.

도끼는 탁 소리를 내며 나무창턱에 박혀버렸다. 바로 그 찰나 루시는 빗나간 줄 알았다. 그런데 바깥에서 고통스러운 비명이 터져나왔고, 그녀는 도끼날 옆, 광택제를 바른 나무창턱 위에서 애벌레처럼 생긴 두 개의 잘린 손가락을 보았다.

달아나는 발소리가 들렸다.

그녀는 토악질을 했다.

피곤이 몰려왔고, 뒤이어 자기연민이 밀려들었다. 나는 지금껏 충분히 고생했다. 신에게 맹세코 그렇지 않은가. 세상에 경찰과 군인이 있는 이유는 이런 상황을 처리하기 위함이 아닌가. 평범한 아내이자 어머니가 살인자를 무한정 물리쳐야 하는 상황을 누가 상상이나 하겠는가. 지금 포기한다 한들 누가 비난할 수 있겠는가. 그들이라면 더 잘해냈을 거라고, 더 오래 버텼을 거라고, 더 많은 기지를 발휘했을 거라고, 누가 솔직히 말할 수 있겠는가.

그녀는 기진맥진했다. 이제 그들 몫이었다. 바깥세상 사람들, 경찰과 군인, 누군지는 모르지만 무전기 앞에 앉아 있는 사람. 나는 이제 더이상은 못하겠다……

그녀는 기괴한 창턱 풍경에서 눈을 돌리고 힘없이 계단을 올랐다. 두번째 총을 마저 집어들고 침실로 들어갔다.

다행히 조는 아직 자고 있었다. 밤새 뒤채지도 않았고, 감사하게도 주위에서 벌어진 대재앙은 알지 못했다. 그렇지만 지금은 깊이 잠든 상태가 아니라는 걸 알 수 있었다. 얼굴 표정이 왠지 그랬고, 숨쉬는 걸 봐도 조만간 깨서 아침을 달라고 조를 것이 분명했다.

그녀는 반복되던 일상생활이 그리웠다. 아침에 일어나기, 식사 준비하기, 조에게 옷 입히기, 설거지와 청소와 허브 뜯기와 차 만들기처럼 단순하고 지루하고 안전한 집안일하기…… 데이비드의 매정함, 길고 지루한 저녁시간, 풀밭과 히스가 끝없이 펼쳐진 황량한 풍경, 그리고 줄기차게 내리는 비를 자신이 그토록 견딜 수 없어했다니 믿기지 않았다.

그 생활은 이제 다시는 돌아오지 않을 것이다.

그녀는 도시와 음악과 사람과 기발한 생각을 열망했다. 그러나 이제 그런 욕망은 그녀를 떠났고, 자기가 어쩌다 그런 것들을 원하게 되었는지조차 이해할 수 없었다. 평화야말로 모든 인간이 구해야 하는 가치 같았다.

그녀는 무전기 앞에 앉아 스위치와 다이얼을 유심히 관찰했다. 이것만 마치고 쉴 생각이었다. 그녀는 남은 힘을 그러모아 조금만 더 분석적으로 생각하려고 애썼다. 스위치와 다이얼의 가능한 조합이 그리 많지는 않을 터였다. 그녀는 두 가지 설정이 가능한 손잡이를 발견하고 그것을 돌렸다. 그리고 모스전건을 두드렸다. 아무 소리도 들리지 않았다. 어쩌면 마이크가 작동되고 있다는 뜻인지도 몰랐다.

그녀는 마이크를 당겨 거기 대고 말했다. "여보세요, 여보세요, 거기 누구 있어요? 여보세요?"

위쪽에는 '송신', 아래쪽에는 '수신'이라고 적힌 스위치가 있었다. 스위치는 송신 쪽으로 맞춰져 있었다. 만약 세상이 그녀에게 대답을 하려면 분명 스위치를 수신 쪽으로 밀어야 하리라.

"여보세요? 거기 누가 내 말 듣고 있나요?" 그녀는 그렇게 말한 다음 스위치를 수신으로 밀었다.

아무 소리도 들리지 않았다.

그러나 잠시 뒤 반응이 있었다. "나와라, 폭풍의 섬. 그쪽 소리가 크고 분명하게 들린다."

남자의 목소리였다. 젊고 강하고 유능하고 안정감을 주고 생기 있고 정상적인 사람 같았다.

"나와라, 폭풍의 섬. 밤새 교신을 시도했다. 대체 어디 있었나?"

스위치를 송신으로 밀고 말을 하려던 루시는 그만 울음을 터뜨리고 말았다.

36

퍼시벌 고들리먼은 머리가 아팠다. 담배를 너무 많이 피우고 잠을 너무 못 잔 탓이었다. 사무실에서 길고 걱정스러운 밤을 나기 위해 위스키를 조금 마셨는데 그것도 화근이었다. 모든 것이 그를 압박하고 있었다. 날씨, 사무실, 임무, 전쟁. 이 일에 뛰어든 후 처음으로 그는 먼지 낀 도서관과 읽기 힘든 문서와 중세 라틴어가 그리웠다.

테리 대령이 쟁반에 찻잔 두 개를 들고 들어왔다. "여기 사람들은 잠을 안 자는군." 그는 유쾌한 목소리로 말하며 자리에 앉았다. "비스킷 좀 들겠나?"

고들리먼은 그가 내민 비스킷 접시를 사양하고 차를 마셨다. 잠시나마 기분이 나아졌다.

"방금 그분 전화를 받았어." 테리가 말했다. "우리와 함께 밤을 새우고 있지."

"그럴 필요가 있을까요?" 고들리먼이 심술궂게 말했다.

"걱정이 되지 않겠나."

전화벨이 울렸다.

"고들리먼입니다."

"애버딘 왕립감시대라고 합니다."

"연결하게."

"애버딘 왕립감시대입니다." 처음 듣는 젊은이의 목소리였다.

"네."

"고들리먼 씨인가요?"

"맞습니다." 이 사람들은 참 느긋하기도 했다.

"섬하고 결국 교신이 되긴 했는데…… 그쪽 송신자가 우리 대원은 아닙니다. 사실 여자인데—"

"그 여자가 한 말을 알려주십시오."

"아직 아무 말도 안 했습니다."

"그게 무슨 소리입니까?" 화가 치밀려는 고들리먼은 초조함을 애써 다스렸다.

"여자는 그냥…… 그냥 울고 있습니다."

고들리먼은 잠시 주저하다가 말했다. "내게 연결해주겠습니까?"

"네. 잠시만 기다리십시오." 딸깍하는 소리가 몇 차례 들리고 윙윙거리더니, 마침내 여자의 울음소리가 들렸다.

그가 말했다. "여보세요? 제 목소리가 들립니까?"

울음소리가 계속 이어졌다.

젊은이의 목소리가 다시 들렸다. "스위치를 수신에 놓지 않으면 들을 수가 없을 겁니다. 아, 이제 바꿨나보군요. 말씀하십시오."

고들리먼이 말했다. "여보세요? 부인. 이쪽에서 말을 마치면 '오버'라고 하겠습니다. 내게 말을 하고 싶으면 송신으로 스위치를 놓으면 되고, 부인 말이 끝나면 부인이 '오버'라고 하십시오. 알겠습니까? 오버."

여자의 목소리가 들렸다. "오, 하느님, 제정신인 사람 목소리를 듣게 해주셔서 감사합니다. 네, 알겠어요. 오버."

"자, 그럼 그곳에서 무슨 일이 벌어지고 있는지 말해보세요. 오버."

"한 남자가 이틀, 아니 사흘 전에 난파당해 이곳으로 왔어요. 런던에서 온 그 스틸레토 살인자 같은데, 남편을 죽이고 우리 양치기를 죽이더니 지금은 집밖에 있어요. 저는 여기 아이하고 같이 있고요…… 창문에 못을 치고 엽총으로 그를 쐈어요. 문을 막고 개를 풀었지만 개마저 그가 죽여버렸어요. 창문으로 들어오려고 해서 도끼로 내려쳤어요. 하지만 이제 더이상은 안 돼요, 제발 여기로 와주세요. 오버."

고들리먼은 전화기 위에 손을 얹었다. 얼굴이 하얗게 질렸다. 그러나 짐짓 활기찬 목소리로 말했다. "좀더 기운을 내야 합니다. 해군과 해안경비대와 경찰과 온갖 사람이 부인 있는 곳을 향해 가는 길이니까요. 그러나 폭풍이 누그러져야 상륙이 가능합니다…… 자, 부인. 제 말을 잘들으세요. 부인이 해줘야 할 일이 있습니다. 이유는 말할 수 없습니다. 누군가 우리 얘기를 듣고 있을지도 모르기 때문입니다. 하지만 대단히 중요한 일이니 꼭 해줘야 합니다. 제 목소리가 분명하게 들립니까? 오버."

"네, 말하세요. 오버."

"무전기를 부숴야 합니다. 오버."

"안 돼요, 제발……"

"해야 합니다." 고들리먼은 그렇게 말하고는 그녀가 여전히 송신상태임을 깨달았다.

"안 돼요…… 전 할 수 없어요……" 그리고 잠시 뒤 비명소리가 들렸다.

고들리먼이 말했다. "애버딘, 무슨 일입니까?"

"무전기는 여전히 송신상태인데 여자가 말을 안 합니다. 아무 소리도 안 들립니다."

"비명을 지르던데."

"네. 저희도 들었습니다."

고들리먼은 잠시 주저했다. "그곳 날씨는 어떻습니까?"

"비가 오고 있습니다." 젊은이는 당황한 목소리였다.

"한담이나 나누자는 게 아니라." 고들리먼이 퉁명스럽게 말했다. "폭풍이 누그러질 기미가 보이냐 그 말입니다!"

"조금 전부터 나아지고 있습니다."

"여자가 다시 나오는 대로 내게 연결하십시오."

"네."

고들리먼이 테리에게 말했다. "그 여자에게 무슨 일이 일어났는지 모르겠습니다." 그리고 수화기 거치대를 눌렀다.

대령이 다리를 꼬며 말했다. "그 여자가 무전기를 부수기만 한다면—"

"그럼 그자가 여자를 죽여도 상관없단 말입니까?"

"상황이 그렇다는 거지."

고들리먼이 전화기에 대고 말했다. "로사이스에 있는 블로그스를 연결해줘."

블로그스는 화들짝 잠에서 깨어 귀를 기울였다. 밝은 새벽이었다. 대기실에 앉은 모든 이가 귀를 기울이고 있었다. 아무 소리도 들리지 않았다. 그들이 귀기울이고 있는 것은 바로 정적이었다.

양철 지붕을 때리는 빗소리는 더이상 들리지 않았다.

블로그스는 창가로 갔다. 잿빛 하늘의 동쪽 지평선으로 하얀 띠가 보였다. 바람은 갑자기 멈추었고 억수같이 쏟아지던 빗줄기도 어느새 보슬비로 바뀌어 있었다.

조종사들은 마지막 담뱃불을 붙이며 재킷을 입고 헬멧을 쓰고 군화 끈을 조이기 시작했다.

경적 소리에 뒤이어 비행장에 "이륙 준비! 이륙 준비!" 하는 소리가 울려퍼졌다.

전화가 울렸다. 조종사들은 전화벨을 무시하고 우르르 문밖으로 빠져나갔다. 블로그스가 전화를 받았다. "여보세요?"

"나야. 방금 섬과 교신이 됐어. 그자가 남자 둘을 죽였다는군. 여자는 현재로선 간신히 저항하는 것 같은데 더 오래 버티지는 못할 거야."

"비가 그쳤습니다. 지금 이륙합니다."

"서두르도록. 이만 끊겠네."

블로그스는 수화기를 내려놓고 아까 본 조종사를 찾았다. 찰스 콜더는 『전쟁과 평화』를 읽다 잠들어 있었다. 블로그스는 그를 흔들어 깨웠다. "일어나, 이 잠꾸러기 친구야! 어서 일어나지 못해!"

콜더가 눈을 떴다.

블로그스는 하마터면 그를 칠 뻔했다. "어서 일어나. 이륙이야. 폭풍이 지나갔어!"

조종사는 벌떡 일어섰다. "좋습니다."

그가 문밖으로 뛰어나갔고 블로그스는 고개를 저으며 뒤따랐다.

구명정은 총성처럼 날카로운 소리와 함께 넓은 V 모양으로 물보라를 일으키며 떨어졌다. 바다는 잔잔하지 않았지만 비교적 안전한 만 지형이었고, 노련한 수병들이 몰고 갈 튼튼한 보트이니 걱정할 것은 없었다.

함장이 말했다. "출발하라."

일등항해사는 수병 셋과 함께 난간에 서 있었다. 방수 권총집에 총을 차고 있었다. "가자." 그가 수병들에게 말했다.

네 사람은 사다리를 타고 내려가 구명정에 올랐다. 일등항해사가 선미에 앉고 나머지 셋은 노를 젓기 시작했다.

함장은 잠시 서서 방파제를 향해 나아가는 그들의 안정된 모습을 지켜보았다. 그리고 함교로 돌아가 호위함은 섬 주변을 계속 선회한다는 명령을 내렸다.

벨소리가 찌르르 울리자 해안경비대의 카드 게임은 끝났다.

슬림이 말했다. "뭔가 다르다고 생각했어. 가는 동안 많이 출렁대진 않을 거야. 거의 움직이지 않겠어. 덕분에 뱃멀미를 하겠군, 젠장."

아무도 듣는 이가 없었다. 대원들은 서둘러 제 위치로 이동하고 있었다. 개중 몇몇은 벌써 구명조끼를 챙겨 입었다.

엔진이 쾅음을 내며 돌아갔고 배가 희미하게 떨리기 시작했다.

갑판 위에서는 스미스가 뱃머리에 서서 밑에서 하룻밤 하룻낮을 보낸 뒤 맞이한 신선한 공기와 얼굴에 튀는 물보라를 즐기고 있었다.

경비정이 항구를 떠나자 슬림이 곁에 와서 섰다.

"다시 출발이군." 슬림이 말했다.

"그때 벨이 울릴 걸 알고 있었어." 스미스가 말했다. "어떻게 알았는 줄 알아?"

"어떻게 알았는데?"

"에이스하고 킹을 쥐고 있었거든. 블랙잭 타이밍이었어."

베르너 헤어 소령은 자기 시계를 봤다. "삼십분이군."

볼 소령이 고개를 끄덕였다. "날씨는 어떻습니까?"

"폭풍은 끝났소." 헤어가 마지못해 말했다. 그럴 수만 있다면 혼자 알고 있고 싶은 정보였다.

"그럼 부상해야지요."

"그 사람이 저기 있다면 신호를 보내오겠지."

"이 전쟁은 가정으로 이길 수 있는 전쟁이 아닙니다, 함장님." 볼이 말했다. "지금 당장 부상해주시기를 강력히 제안합니다."

유보트가 아직 독에 있을 때 헤어의 상관과 볼의 상관 사이에 격렬한 언쟁이 벌어졌다. 승자는 볼의 상관이었다. 여전히 함장은 헤어가 분명했지만, 다음번 볼 소령의 강력한 제안을 무시하려면 분명한 이유가 반드시 필요할 거라는 소리를 들었다.

"우리는 여섯시 정각 부상할 거요." 그가 말했다.

볼은 다시 고개를 끄덕이고 눈길을 돌렸다.

37

유리 깨지는 소리가 들리고 소이탄이 터지는 듯한 폭발이 이어졌다.

펑……

루시는 마이크를 떨어뜨렸다. 아래층에서 무슨 일이 벌어지고 있었다. 그녀는 엽총을 집어들고 계단을 달려내려갔다.

거실이 온통 불길에 휩싸여 있었다. 불이 시작된 곳은 바닥에 떨어져 깨진 병이었다. 헨리가 지프차에 남은 가솔린으로 일종의 폭탄을 만든 것이었다. 불길은 낡은 카펫을 따라 번지며 오래된 소파 커버를 핥고 있었다. 깃털이 채워진 쿠션에 옮겨붙자 불길은 천장으로 치솟았다.

루시는 불붙은 쿠션을 집어들어 깨진 창 바깥으로 내던졌다. 손이 그슬렸다. 황급히 코트를 벗어 카펫에 던진 후 발로 쿵쿵 밟았다. 그런 다음 다시 집어들어 꽃무늬 소파를 덮었다.

또다시 유리 깨지는 소리가 들렸다.

위층이었다.

"조!"

루시는 코트를 내팽개치고 허둥지둥 계단을 올라 침실로 들어갔다.

페이버가 무릎 위에 조를 앉히고 침대에 앉아 있었다. 잠에서 깬 아이는 엄지손가락을 빨고 있었다. 아침이면 늘 그렇듯 눈을 휘둥그레 뜨고서. 페이버는 아이의 헝클어진 머리카락을 쓰다듬었다.

"침대로 총 던져요, 루시."

그녀는 어깨를 늘어뜨리며 그가 시키는 대로 했다. "벽을 타고 올라와 창문을 넘었군요." 그녀가 멍한 목소리로 말했다.

페이버가 조를 내려놓으며 말했다. "엄마에게 가."

그녀는 달려드는 아이를 안아올렸다.

그는 총 두 자루를 들고 무전기 쪽으로 갔다. 오른손은 왼쪽 겨드랑이에 끼우고 있었다. 재킷에 붉은 핏자국이 크게 얼룩져 있었다. 그가 자리에 앉으며 말했다. "당신이 나를 이렇게 만들었습니다." 그리고 무전기로 관심을 돌렸다.

별안간 기계에서 소리가 났다. "나와라, 폭풍의 섬."

그가 마이크를 집어들었다. "폭풍의 섬이다."

잠깐 기다리라는 남자의 목소리가 들리더니 잠시 후 또다른 목소리가 들렸다. 무전기를 부수라고 말했던 런던의 그 사람이라는 걸 루시는 알았다. 그는 그녀에게 실망했을 것이다. "여보세요? 고들리먼입니다. 제 목소리 듣고 있습니까? 오버."

페이버가 말했다. "네, 들립니다, 교수님. 요사이도 대성당을 보러 다닙니까?"

"그게 무슨…… 혹시—"

"네." 페이버는 미소를 지었다. "안녕하셨습니까." 그러고는 휴식시간은 끝났다는 듯 표정이 확 바뀌었다. 그는 무전기의 주파수 다이얼을 이리저리 돌렸다.

루시는 발길을 돌려 그곳을 나왔다. 이제 모든 것이 끝났다. 그녀는 축 늘어진 모습으로 계단을 내려와 부엌으로 들어갔다. 그의 손에 죽을 때까지 기다리는 것밖에, 이제 할 수 있는 일은 아무것도 없었다. 도망칠 수도 없었다. 그럴 기운이 없었다. 그도 그 사실을 잘 알고 있었다.

그녀는 창밖을 내다보았다. 폭풍은 이제 그쳤다. 휘몰아치던 돌풍은 된바람으로 누그러들었고, 비도 그쳤다. 동쪽 하늘은 햇빛을 예고하고 있었다. 바다는—

그녀는 눈살을 찌푸리며 다시 한번 바다를 보았다.

맞아. 세상에! 그건 분명 잠수함이었다.

무전기를 부숴야 합니다. 그 남자가 그렇게 말했다.

간밤에 헨리는 외국말로 욕을 했고…… 이런 말도 했다. "내 조국을 위한 일이었습니다."

그리고 의식이 혼미할 때 중얼거린 소리. 유령 부대가, 칼레에서……

무전기를 부숴야 합니다.

낚시 여행에 네거티브필름통을 가져올 이유가 없지 않은가.

그녀는 내내 그가 미친 사람일 리 없다고 생각했었다.

저 잠수함은 독일 유보트이고 헨리는 일종의 요원이었던 것이다. 스파이일까? 지금 이 순간 그는 무전기로 저 유보트와 교신을 시도하는 게 분명했다.

무전기를 부숴야 합니다.

그녀에게는 포기할 권리가 없었다. 이 모든 상황을 알게 된 이상 그럴 수는 없었다. 무엇을 해야 하는지는 알았다. 조가 보지 못하도록— 그녀 자신이 느낄 고통보다 그것이 더 마음에 걸렸다—다른 곳으로 데려다놓고 싶었지만, 그럴 시간이 없었다. 헨리가 언제 원하는 주파수를 찾을지 몰랐고 그렇게 되면 끝이었다.

그녀는 무전기를 부숴야 했다. 그러나 무전기는 헨리와 함께 위층에 있었다. 그는 총 두 자루를 가지고 있으니 허튼 수를 썼다간 분명 죽이려 들 것이다.

방법은 하나뿐이었다.

그녀는 부엌 한가운데 의자를 갖다놓고 그 위에 올라섰다. 그리고 팔을 뻗어 전구를 돌려 빼냈다.

의자에서 내려온 다음 문가로 가 스위치를 올렸다.

"전구를 바꾸는 거예요?" 조가 물었다.

루시는 의자 위로 올라가 잠시 주저하다가 전기가 통하는 소켓에 세 손가락을 집어넣었다.

펑 소리가 났고, 몸에 전율이 흘렀고, 그녀는 의식을 잃었다.

페이버는 펑 소리를 들었다. 주파수를 찾아내 무전기 스위치를 송신으로 밀고 마이크에 막 말을 하려는 참이었다. 바로 그때 기계장치의 다이얼 불빛이 사라졌다.

그의 얼굴이 분노로 일그러졌다. 그녀가 합선을 일으킨 것이다. 이 정도로 영리할 줄은 미처 몰랐다.

진작 죽였어야 했다. 내가 왜 그랬을까? 이 여자를 만나기 전까지 그는 망설임을 모르는 남자였다.

그는 총 한 자루를 집어들고 아래층으로 내려갔다.

아이가 울고 있었다. 루시는 부엌문 옆에 의식을 잃고 쓰러져 있었다. 의자 위를 보니 빈 소켓이 보였다. 그는 깜짝 놀라 이맛살을 찌푸렸다.

자기 손을 쓰다니. 어안이 벙벙해졌다.

페이버가 말했다. "맙소사."

루시가 눈을 떴다.

온몸이 상처투성이였다.

헨리는 손에 총을 쥔 채 그녀를 내려다보며 서 있었다. "왜 손을 썼지? 왜 스크루드라이버를 사용하지 않고?"

"드라이버로 해도 되는 줄 몰랐으니까."

그가 고개를 내저었다. "정말 놀라운 여자야." 그는 그렇게 말하며 총을 들어올려 그녀를 겨눴다. 하지만 금세 총구를 내렸다. "이런, 젠장!"

그는 창문으로 고개를 돌렸다. 그리고 화들짝 놀랐다.

"저걸 봤군." 그가 말했다.

그녀는 고개를 끄덕였다.

그는 잠시 긴장해 서 있더니 문가로 갔다. 못이 쳐진 것을 알고는 개머리판으로 유리창을 부수고 그쪽으로 기어나갔다.

루시는 자리에서 일어섰다. 조가 와서 다리에 달라붙었지만 아이를 안아올릴 힘이 없었다. 그녀는 비틀거리며 창가로 갔다.

그는 절벽을 향해 달리고 있었다. 유보트는 아직 바다에 있었다. 해안에서 800미터쯤 떨어진 곳이었다. 절벽 가장자리에 도착한 그는 아래로 기어내려가기 시작했다. 잠수함까지 헤엄쳐 갈 작정인 모양이었다.

그를 막아야 했다.

오, 더이상은……

그녀는 아들의 울음소리를 뒤로한 채 창을 타넘어 그를 향해 달렸다.

절벽 가장자리에 도착한 그녀는 엎드려 아래를 내려다보았다. 그는 그녀와 바다 사이의 중간지점에 있었다. 위쪽을 올려다본 그는 그녀를 보고 잠시 얼어붙더니 좀더 빠르게 움직이기 시작했다. 위험할 정도로 빠르게.

그녀의 머릿속에 떠오른 첫번째 생각은 그를 쫓아 내려가는 것이었다. 그러나 그런 다음 뭘 어떻게 한단 말인가. 그를 따라잡더라도 저지할 수는 없을 터였다.

　그녀의 몸 아래 지면이 살짝 흔들렸다. 무너지는 흙더미와 함께 절벽 아래로 떨어질까봐 재빨리 뒤쪽으로 물러났다.

　그때 좋은 생각이 떠올랐다.

　그녀는 두 주먹으로 바위투성이 지면을 쾅쾅 내리쳤다. 좀 전보다 더 흔들리는가 싶더니 틈이 벌어졌다. 한 손은 절벽 가장자리 너머로 뻗고 나머지 손은 그 틈으로 집어넣었다. 그러자 수박만한 백악 한 덩이가 손안으로 떨어져나왔다.

　그녀는 가장자리 너머로 그를 내려다보았다.

　조심스레 겨누고 돌을 떨어뜨렸다.

　너무 천천히 떨어지는 것 같았다. 돌이 떨어지는 것을 알아챈 그가 팔로 머리를 감쌌다. 돌은 목표를 빗나갈 듯 보였다.

　돌은 그의 머리에서 몇 센티미터 빗겨가면서 왼쪽 어깨를 쳤다. 왼손으로 버티고 있던 그는 붙든 것을 놓쳤는지 잠시 중심을 잡으려고 위험천만하게 애를 썼다. 부상당한 오른손이 잡을 것을 찾아 허우적댔다. 그러다 몸이 젖혀졌고, 암벽 표면에서 멀어지며 풍차 돌듯 양팔을 돌렸다. 마침내 다리가 좁은 바위에서 미끄러져 그는 허공에 떠 있게 되었다. 그리고 돌맹이처럼 아래쪽 바위를 향해 떨어졌다.

　그는 아무 소리도 내지 않았다.

　그리고 수면 위로 툭 튀어나온 평평한 바위에 떨어져내렸다. 루시의 귓가에 그의 몸이 바위를 때리는 끔찍한 소리가 맴돌았다. 그는 괴상한 각도로 고개가 꺾인 채 두 팔을 벌리고 나동그라져 있었다.

　그의 몸 안쪽에서 바위로 뭔가가 흘러나오자 루시는 고개를 돌렸다.

　곧이어 모든 일이 한꺼번에 벌어졌다.

하늘에서 굉음이 들리더니 날개에 영국 공군 마크가 새겨진 전투기 세 대가 구름을 헤치고 나타나 유보트 위로 저공비행을 하며 총을 쏘아 댔다.

수병 넷이 그중 한 명이 외치는 구령에 맞춰 언덕을 올라 톰의 오두막으로 향하고 있었다. "왼발, 오른발, 왼발, 오른발, 왼발, 오른발."

또다른 비행기 한 대가 바다에 상륙했다. 안에서 소형보트가 내려오고 구명조끼를 입은 남자가 절벽을 향해 노를 저어왔다.

작은 함정 하나가 곶을 돌아 나오더니 유보트를 향해 속력을 냈다.

유보트는 잠수했다.

소형보트가 절벽 발치에서 바위에 부딪혀 멈추자 남자가 내려 페이버의 시체를 살폈다.

그녀도 알아보는 해안경비정이 한 척 나타났다.

수병 하나가 다가왔다. "괜찮으신가요? 오두막에 있는 여자아이가 엄마를 찾으면서 울고 있는데요—"

"남자아이예요." 루시가 말했다. "머리를 잘라줘야겠어요."

블로그스는 절벽 발치의 시체를 향해 보트를 저어갔다. 바위에 부딪혀 보트가 멈추자 그는 시체가 있는 평평한 바위로 내려섰다.

바위에 부딪힌 바늘의 머리통은 유리잔처럼 박살나 있었다. 자세히 살펴보니 추락 전부터 이미 부상을 입은 모양이었다. 오른손이 망가졌고 발목에도 문제가 있었다.

블로그스는 시체를 뒤졌다. 스틸레토는 추측한 바로 그곳에 있었다. 왼쪽 팔뚝에 맨 칼집에. 비싸 보이는 피 묻은 재킷 안주머니에서는 지갑, 신분증, 돈, 그리고 서른여섯 장분의 35밀리미터 네거티브필름이 든 작은 통을 찾아냈다. 그는 필름을 들어 점점 강해지는 햇빛에 비춰

보았다. 페이버가 포르투갈 대사관에 보낸 봉투 속 사진들의 네거티브가 분명했다.

절벽 꼭대기에서 수병들이 밧줄을 내려주었다. 블로그스는 페이버의 소지품을 자기 주머니에 챙겨넣고 사체에 밧줄을 감았다. 수병들은 페이버를 끌어올린 후 블로그스를 위해 다시 밧줄을 내려보냈다.

꼭대기에 오르자 해군 중위가 자기소개를 했고, 그들은 언덕 위에 있는 오두막으로 향했다.

"아무것도 손대지 않았습니다. 증거를 훼손하지 않기 위해서 말입니다." 중위가 말했다.

"너무 걱정 마십시오." 블로그스가 말했다. "기소는 없을 겁니다."

그들은 부엌의 깨진 창문을 통해 집안으로 들어가야 했다. 여자는 무릎 위에 아이를 앉히고 식탁에 앉아 있었다. 블로그스는 그녀를 향해 미소지어 보였다. 무슨 말을 해야 할지 생각나지 않았다.

그는 재빨리 집안을 둘러보았다. 그곳은 전쟁터였다. 창문에는 못이 쳐져 있고 문에는 나무가 박혀 있고 불이 났던 모양이고 개는 목이 잘려 있었다. 엽총에, 잘려나간 난간하며 창턱에 박힌 도끼, 그 옆에 두 개의 잘린 손가락까지.

이 여자는 대체 어떤 여자지? 그는 생각했다.

그는 수병들에게 지시를 내렸다. 한 명은 집을 치우고 창문과 문을 원상 복구하고, 또 한 명은 퓨즈를 갈아 끼우고, 세번째 수병에게는 차를 만들라고 했다.

그는 여자 앞에 앉았다. 여자는 몸에 맞지 않는 남자 옷을 입고 있었다. 머리카락은 흠뻑 젖었고 얼굴은 지저분했다. 그렇지만 대단히 아름다웠다. 얼굴은 갸름했고 눈동자는 호박색이었다.

블로그스는 아이에게 미소지어 보이고 여자에게 조용히 말했다. "말로 다할 수 없을 만큼 중요한 일을 해내셨습니다. 상황은 조만간 설명할 테니, 우선 제가 두 가지 질문을 드리겠습니다. 괜찮겠습니까?"

여자는 그를 뚫어져라 보더니 잠시 후 고개를 끄덕였다.

"페이버가 무전기로 유보트와 교신하는 데 성공했습니까?"

여자는 그저 멍한 표정이었다.

블로그스는 바지 주머니에서 토피를 하나 꺼냈다. "아이에게 줘도 되겠습니까? 배가 고파 보이는데요."

"감사합니다." 여자가 말했다.

"자, 페이버가 유보트와 교신을 했나요?"

"그의 이름은 헨리 베이커예요." 여자가 말했다.

"아, 그렇습니까?"

"교신은 못했어요. 제가 전기를 합선시켰어요."

"아주 기발한 생각이었습니다. 어떻게 한 건가요?"

그녀는 그들 머리 위에 있는 빈 소켓을 가리켰다.

"스크루드라이버를 사용했겠군요?"

"아뇨. 그런 생각까지는 못했어요. 손가락을 썼어요."

그는 경악하며 믿을 수 없다는 표정을 지었다. 의도적으로 손가락을…… 그는 마음속에 떠오르는 생각을 지워버리기 위해 고개를 흔들었다. 그러나 다시 생각이 돌아왔다. 이 여자는 대체 어떤 여자지? "그렇군요. 네. 유보트에 타고 있던 사람들 중 혹시 누구라도 그가 절벽을 내려가는 모습을 봤을까요?"

그녀는 집중하느라 얼굴을 찡그렸다. "해치에서 나온 사람은 아무도 없었어요. 분명해요." 그녀가 말했다. "잠망경으로 볼 수 있었을까요?"

"아뇨." 그가 말했다. "좋은 소식입니다. 아주 좋은 소식이에요. 그렇다면 그들은 그가…… 무력화됐다는 것을 모르는 셈입니다. 그건 그렇고……" 그는 서둘러 화제를 바꿨다. "부인은 최전선에서 싸우고 있는 어떤 군인보다도 험한 일을 겪었습니다. 부인과 아드님을 본토에 있는 병원으로 이송해드리겠습니다."

"네." 그녀가 말했다.

블로그스는 중위에게 고개를 돌리고 말했다. "근처에 이동수단이 있습니까?"

"네. 저기 나무 몇 그루가 서 있는 곳 아래 지프차가 한 대 있습니다."

"잘되었군요. 여기 두 사람을 방파제까지 데려가 그쪽 함정에 태워주겠습니까?"

"알겠습니다."

블로그스는 다시 여자 쪽으로 고개를 돌렸다. 존경과 호감이 뒤섞인 주체할 수 없는 감정이 밀려들었다. 지금이야 이렇게 연약하고 무력해 보이지만, 아름다운 만큼 용감하고 강한 여자다. 그는 그녀를 놀라게 하며—스스로도 놀랐다—그녀의 손을 잡았다. "병원에 하루이틀 있다 보면 기분이 가라앉을 겁니다. 그렇지만 나아지고 있다는 신호입니다. 제가 가까이 있을 겁니다. 의사들하고도 제가 얘기를 나눌 거고요. 좀 더 할말이 있지만, 좀 나아지시면 그때 하겠습니다. 아셨지요?"

마침내 그녀가 그를 보며 웃자 마음이 따스해졌다. "친절한 분이군요." 그녀가 말했다.

그리고 여자는 자리에서 일어나 아이를 데리고 밖으로 나갔다.

"친절하다고?" 블로그스가 중얼거렸다. "정말 대단한 여자야."

그는 무전기를 찾아 위층으로 올라갔다. 그리고 왕립감시대 주파수를 찾아 맞췄다.

"여기는 폭풍의 섬이다, 오버."

"말하라, 오버."

"런던으로 연결을 부탁한다."

"알았다." 한참 후에야 익숙한 목소리가 들렸다. "나야."

"교수님, 우리가 그…… 밀수업자를 잡았습니다. 그는 죽었습니다."

"잘됐군! 잘됐어!" 고들리먼은 승리의 기쁨을 감추지 않았다. "파트너하고는 연락이 됐을까?"

"십중팔구 못한 것 같습니다."

"잘했군! 잘했어!"

"축하받을 사람은 제가 아닙니다." 블로그스가 말했다. "도착해보니 상황은 이미 끝나 있었습니다. 정리만 빼고요."

"그럼 누가……"

"그 여자요."

"어허, 그렇군. 어떤 여자던가?"

블로그스가 빙그레 웃으며 말했다. "이 여자는 영웅이에요, 교수님."

고들리먼은 그의 말을 알아듣고 미소지었다.

38

히틀러는 전경이 내다보이는 창가에 서서 산맥을 바라보고 있었다. 비둘기색 제복 차림에 피곤하고 침울해 보였다. 간밤에는 주치의도 불러들였다.

푸트카머 제독이 경례를 하고 아침인사를 했다.

히틀러는 뒤돌아서 부관을 가만히 응시했다. 반짝거리는 그의 눈동자는 늘 푸트카머를 불안하게 만들었다. "바늘은 유보트에 올랐나?"

"아니요. 접선에 약간 문제가 있었습니다. 영국 경찰이 밀수업자를 쫓고 있던 바람에. 어쨌거나 바늘은 그곳에 없었던 것으로 보입니다. 몇 분 전 무전을 하나 보내왔습니다." 그가 종이 한 장을 내밀었다.

히틀러는 그것을 받아들더니 안경을 쓰고 읽기 시작했다.

접선상황이 못 미덥다 이 머저리들아 나는 부상당했고 왼손으로 송신중이다 미1 집단군은 패튼의 전투 명령에 따라 이스트 앵글리아에 집결해 있다 병력 규모는 다음과 같다 필요한 수송선에 더해 21개 보병사단 5개 기

갑사단 전투기 약 5천 대 6월 15일 칼레를 공격할 것이다 빌리에게 안부
전함

히틀러는 푸트카머에게 전문을 도로 건네고 한숨을 내쉬었다. "그러
니까 결국 칼레라는 말이군."

"이자를 믿어도 되겠습니까?" 부관이 물었다.

"물론이지." 히틀러는 돌아서서 의자로 향했다. 움직임이 뻣뻣했고
고통스러운 듯 보였다. "그는 순수 혈통의 독일인이다. 나는 그를 알아.
그의 가족도 알고."

"하지만 총통 각하의 직감이—"

"으…… 이자의 보고를 믿겠다고 했으니 그렇게 하겠다." 그는 이제
그만 나가보라는 손짓을 했다. "로멜과 룬트슈테트에게 기갑사단은 이
동시키지 말라고 전해. 빌어먹을 의사도 좀 들여보내고."

푸트카머는 다시 경례하고 명령을 하달하기 위해 밖으로 나갔다.

에필로그

1970년 월드컵 준준결승전에서 독일이 영국을 이기자 할아버지는 불같이 화를 냈다.

그는 컬러텔레비전 수상기 앞에 앉아 턱수염을 너털거리며 투덜댔다. "묘책이라니까!" 그는 경기 결과를 분석하는 여러 전문가에게 화면에 대고 말했다. "묘책과 잠행! 그게 망할 독일놈들을 이기는 방법이라고!"

그가 겨우 울분을 삭인 것은 손자들이 도착하고 난 후였다. 조의 하얀색 재규어가 침실 세 개짜리 소박한 집 앞 진입로에 들어섰다. 여유 만만한 표정에 스웨이드 재킷을 입은 조가 아내 앤과 아이들을 데리고 집안으로 들어왔다.

조가 말했다. "아버지, 축구 봤어요?"

"끔찍했어. 형편없더라." 퇴직해 여가가 생기자 그는 스포츠에 관심을 갖게 되었다.

"독일이 더 잘했어요." 조가 말했다. "경기 내용도 아주 좋던데요. 어떻게 매번 우리가 이길 수—"

"빌어먹을 독일놈들에 대해 나한테 가르치려는 거냐? 묘책과 잠행, 그게 놈들을 이기는 길이야." 그는 무릎에 손자를 앉혔다. "우리는 그걸로 놈들을 전쟁에서 물리쳤단다. 데이비. 멋지게 속여넘겼지."

"어떻게 속였는데요?" 데이비가 물었다.

"그게 그러니까, 우리는 놈들이—" 그가 낮고 은밀한 목소리로 이야기를 시작하자 어린 소년은 기대감에 부풀어 싱글거렸다. "우리가 칼레를 공격할 거라고 생각하게 만들었지—"

"거긴 프랑스잖아요, 독일이 아니라—"

앤이 손가락을 입에 대고 아이를 조용히 시켰다. "할아버지가 얘기하시잖니."

"어쨌든." 할아버지는 말을 이어나갔다. "우리는 놈들이 우리가 칼레를 공격할 거라고 생각하게 만들었어. 놈들은 탱크며 병사를 죄다 거기 배치했지." 그는 쿠션을 프랑스로, 재떨이를 독일군으로, 주머니칼을 연합군으로 삼았다. "하지만 우리가 공격한 곳은 노르망디였단다. 그곳에는 늙다리 로멜과 장난감 총 몇 개밖에 없었지—"

"독일군이 속임수를 못 알아냈어요?" 데이비드가 물었다.

"하마터면 그럴 뻔했지. 사실 알아낸 스파이가 하나 있었단다."

"그 사람은 어떻게 됐어요?"

"독일군에 우리 속임수를 알리기 전에 우리가 죽였지."

"할아버지가 죽였어요?"

"아니. 네 할머니가."

그때 할머니가 찻주전자를 들고 들어왔다. "프레드 블로그스 씨, 애들한테 무슨 소리를 하는 거죠?"

"알 건 알아야지요." 그가 투덜거렸다. "할머니는 훈장도 받았단다. 그런데 할아버지가 그걸 손님들한테 보여주는 걸 안 좋아해서 어디다

됐는지도 말해주지 않아."

그녀는 차를 따르고 있었다. "다 끝난 일이에요, 잊어버리는 게 좋아요." 그녀는 접시에 받친 찻잔을 남편에게 건넸다.

그가 그녀의 팔을 잡으며 말했다. "끝났다니, 그건 아니죠." 그의 목소리가 갑자기 온화해졌다.

그들은 가만히 서로를 바라보고 있었다. 그녀의 아름다운 머리칼은 이제 잿빛이 되어가고 있었고 뒤로 틀어올렸다. 예전보다 몸도 불었다. 그러나 눈은 변함없었다. 크고 호박색이고 눈부시게 아름다웠다. 그 눈이 지금 그를 바라보고 있었고, 둘은 과거를 회상하며 가만있었다.

데이비드가 할아버지의 무릎에서 뛰어내리며 찻잔을 떨어뜨리는 바람에 마법의 주문이 풀릴 때까지.

옮긴이 **김이선**
프랑스 투르 대학 언어학과를 졸업했으며 서강대학교 영문학과 대학원을 수료했다. 옮긴 책으로
『저체온증』『빛과 물질에 관한 이론』『카미유 클로델』『폴 스미스 스타일』『보트 위의 세 남자』『자전
거를 탄 세 남자』등이 있다.

문학동네 블랙펜 클럽
바늘구멍

초판인쇄 2018년 2월 9일 | 초판발행 2018년 2월 23일

지은이 켄 폴릿 | 옮긴이 김이선 | 펴낸이 염현숙
책임편집 박아름 | 편집 황문정 홍지은
디자인 엄자영 이원경 이주영 | 저작권 한문숙 김지영
마케팅 정민호 정진아 함유지 김혜연 강하린 | 홍보 김희숙 김상만 이천희
제작 강신은 김동욱 임현식 | 제작처 (주)상지사P&B

펴낸곳 (주)문학동네
출판등록 1993년 10월 22일 제406-2003-000045호
주소 10881 경기도 파주시 회동길 210
전자우편 editor@munhak.com | 대표전화 031) 955-8888 | 팩스 031) 955-8855
문의전화 031) 955-8896(마케팅) 031) 955-2654(편집)
문학동네카페 http://cafe.naver.com/mhdn | 트위터 @munhakdongne

ISBN 978-89-546-5023-6 03840

www.munhak.com